馬自毅 注譯
李清筠 校閱

新譯

增廣賢文・千字文

三民書局

國家圖書館出版品預行編目資料

新譯增廣賢文・千字文／馬自毅注譯;李清筠校閱.－
－二版九刷.－－臺北市：三民，2023
面；　公分.－－(古籍今注新譯叢書)

ISBN 978-957-14-3666-1 （平裝）
1. 蒙求書 2. 中國語言-讀本

802.81　　91016175

古籍今注新譯叢書

新譯增廣賢文・千字文

注譯者　馬自毅
校閱者　李清筠

發行人　劉振強
出版者　三民書局股份有限公司
地　址　臺北市復興北路 386 號 (復北門市)
臺北市重慶南路一段 61 號 (重南門市)
電　話　(02)25006600
網　址　三民網路書店 https://www.sanmin.com.tw

出版日期　初版一刷 2002 年 10 月
初版三刷 2005 年 5 月
二版一刷 2007 年 3 月
二版九刷 2023 年 7 月
書籍編號　S032020
ＩＳＢＮ　978-957-14-3666-1

刊印古籍今注新譯叢書緣起

劉振強

人類歷史發展，每至偏執一端，往而不返的關頭，總有一股新興的反本運動繼起，要求回顧過往的源頭，從中汲取新生的創造力量。孔子所謂的述而不作，溫故知新，以及西方文藝復興所強調的再生精神，都體現了創造源頭這股日新不竭的力量。古典之所以重要，古籍之所以不可不讀，正在這層尋本與啟示的意義上。處於現代世界而倡言讀古書，並不是迷信傳統，更不是故步自封；而是當我們愈懂得聆聽來自根源的聲音，我們就愈懂得如何向歷史追問，也就愈能夠清醒正對當世的苦厄。要擴大心量，冥契古今心靈，會通宇宙精神，不能不由學會讀古書這一層根本的工夫做起。

基於這樣的想法，本局自草創以來，即懷著注譯傳統重要典籍的理想，由第一部的四書做起，希望藉由文字障礙的掃除，幫助有心的讀者，打開禁錮於古老話語中的豐沛寶藏。我們工作的原則是「兼取諸家，直注明解」。一方面熔鑄眾說，擇善而從；一方面也力求明白可喻，達到學術普及化的要求。叢書自陸續出刊以來，頗受各界的喜愛，使我們得到很大的鼓勵，也有信心繼續推廣這項工作。隨著海峽兩岸的交流，我們注譯的成員，也由臺灣各大學的教授，擴及大陸各有專長的學者。陣容的充實，使我們有更多的資源，整理更多樣化的古籍。兼採經、史、子、集四部的要典，重拾對通才器識的重視，將是我們進一步工作的目標。

古籍的注譯，固然是一件繁難的工作，但其實也只是整個工作的開端而已，最後的完成與意義的賦予，全賴讀者的閱讀與自得自證。我們期望這項工作能有助於為世界文化的未來匯流，注入一股源頭活水；也希望各界博雅君子不吝指正，讓我們的步伐能夠更堅穩地走下去。

新譯增廣賢文・千字文　目次

上韻

去韻

入韻

千字文（取每段前兩句為標題）

導讀

重視教育是中華民族的優秀傳統，且視教育為神聖之業。《易・蒙》謂：「蒙以養正，聖功也。」傳說中虞夏時已設「小學」。從文字記載看，至遲在西周，已經有了較為完整的包括學校和課程設置在內的貴族教育體系。春秋戰國後，私人講學興起，蔚然成風，當時的諸子幾乎都收學生，一些有影響的「顯學」，如儒學、墨學，皆有眾多的追隨者。如孔子，弟子三千，其中賢者七十。學生的身分也不再限於貴族，而是普及到平民，無論貴賤賢愚都可以接受教育，即孔子所說的「有教無類」（《論語・衛靈公》），在長期的教育實踐中逐步形成了完整的教育思想和教育理論。世界歷史上先後出現過許多古文明，博大精深的中國文化之所以能綿延數千年而不絕，是唯一傳承至今而沒有中斷者，教育有著極其重要的作用。

古人認為沒有受教育的人是蒙昧（愚昧）無知的，故稱兒童為「蒙童」、「童蒙」、「蒙幼」等，對兒童進行啟蒙教育的地方稱「蒙學」、「蒙館」；並很早就認識到早期教育的重要性，今日風行世界的「胎教」、「零歲教育」等，一千多年前就有所論述（參見本書《增廣賢文》篇中「訓子須從胎教始」、「子教嬰孩」等文句）。兒童達到一定年齡後，就應當「端蒙」，即以正道啟迪教導初學的兒童。宋代朱熹說：「人生八歲，則自王公以下至于庶人之弟子，皆入小學，而教之以灑掃、應對、進退之節，禮、樂、射、御、書、數之文。」（〈大學章句序〉）對啟蒙教育的重視，導致了蒙學教材的繁榮，所以，古代中國又是兒童教科書最豐富多彩的國家。從唐代的《急就篇》、《勸學》、《啟蒙記》、《兔園冊》、《開蒙要訓》到宋元以降的《三字經》、《百家姓》、《千字文》、《童蒙訓》、《增廣賢文》、《幼學瓊林》等等，不一而足。這些教材的編著者有宏儒巨匠，也有村野學究，儘管各具時代特色，各有側重點，但除了基本的認字和傳授文化知識外，注重倫理道德與行為規範的教導是其共同特徵，這正是中國古代教育思想和教育實踐成熟的表現。

本書收有《增廣賢文》和《千字文》兩種。

在中國古代兒童教育（蒙學）書籍中，《增廣賢文》是影響較大的一本。

《增廣賢文》是《增廣昔時賢文》的簡稱，顧名思義，這是對《昔時賢文》的增添擴展。而《昔時賢文》（或又名《古今賢文》），其名最早見於明代萬曆年間（西元十七世紀末）的戲曲《牡丹亭・閨訓》一折戲中，推斷大約形成於明代中後期。作者已無從詳考，相傳為一儒生所撰，是當時的蒙學教材。因其在編排上還比較粗糙、散亂，明末及清代民間一些士子文人又陸續增補或仿作改編，力圖彌補《昔時賢文》中的缺陷，增補改編後稱《增廣昔時賢文》，通稱《增廣賢文》，亦簡化為《增廣》或《賢文》。明清時期廣泛流傳，家喻戶曉，婦孺皆知，歷來有「《賢文》一篇，古諺三千」、「讀了《增廣》會說話」等評價。清後期仍不斷有改編本出現，如碩果山人（生平姓名不詳）的《訓蒙增廣改本》，對原文作了較大幅度的增補、修訂和調整，分為四言、五言、六言、七言和雜言五類。清同治年間（西元十九世紀六〇年代），一私塾教師周希陶認為前人編的《增廣》雖然「雅俗兼收，言淺意深」，但其中也有不少格調粗俗、低下的內容，不適合兒童教育，因而再次改編，刪除不妥的部分，增補通俗易懂的經傳格言，以「增其智慧，廣其見聞」，並按音韻平、上、去、入排列，定名為《重定增廣賢文》（省稱《重定增廣》），較早期的本子又有較大的改進。《重定增廣賢文》成書於清同治八年（西元一八六九年）。書成後，由同鄉何榮爵作序，釋子（和尚）雲峰捐資刊刻。本書即以此為底本點校、注釋，並譯成白話。在注釋中盡可能標明該書所選「賢文」的原始出處或相關的文獻，以方便讀者。

《重定增廣賢文》內容廣泛。在形式和體制上採用歷代有韻的格言、諺語和各種文獻中的佳言警句，同時大量吸取戲曲、小說中廣為流傳的各種民間俗語、俚語，經改編後匯為一冊。兩句一款，或四句一組，每段長句與短句雜列，整齊而富於變化，合轍押韻，讀起來抑揚頓挫，琅琅上口，便於記誦。內容通俗易懂，言簡意賅，有文言，有俗言；有直言，有婉言；有勸善言，有勉戒言；有仕宦治世言，隱逸出世言，也有在家、出家言。士農工商皆備，典雅通俗並集，採錄極廣，舉凡道德禮儀、典章制度、風物典故、天文地理，幾無所不包，而其重點則緊緊圍繞人生和社會兩方面，從不同角度闡發為人處世、修身齊家之道。

從內容取捨看，作者顯然受老莊及禪宗思想影響很大，除儒家經典、民間俗語外，文中有不少句子直接取自《老子》、《莊子》和禪宗典籍《景德傳燈錄》、《五燈會元》，以及《菜根譚》（明末洪應明著）這類說禪勸世的書籍。

本書的第二部分是《千字文》。係南朝梁散騎侍郎給事中周興嗣於梁武帝大同年間（西元五三五～五四五年）所編。

據唐朝人李綽《尚書故實》記載：南朝梁武帝為教諸子寫字，命殷鐵石在王羲之的書法中拓出一千個不重複的字，但這些字拓出後，梁武帝覺得太凌亂無序，便召來周興嗣，說：「卿有才思，為我韵之。」周興嗣以一夜編定，梁武帝見後拍案稱絕。因為周興嗣把雜亂無章且限定的一千個字編成一篇對仗工整、文采斐然的美文，從開天闢地講起，逐一敘述天文地理、節候氣象、錦繡河山、珍貴物產、中國文化、制度的起源、歷史掌故、帝王德政勛業、文武大臣的豐功偉績，以及倫理道德、修身養性、為人處事等等，氣勢磅礴，意蘊雋永，韻律妥帖，的確令人讚嘆。

由於天災、戰亂等諸多因素，許多唐、宋時期編撰的蒙學課本早已不存，《千字文》雖然編定時間很早，卻傳承至今。可以毫不誇張地說，從南北朝至清末的一千多年中，每個接受過教育（哪怕只有一、二年）的中國人，都讀過、背誦過這本薄薄的小書，都有過從這本書開始的識字、求學、問道的經歷，以致此書在當時可算相當偏遠的西北地區都十分流行。十九世紀初發現的敦煌石窟文獻（撰寫年代上自東晉下迄宋）中有數十種《千字文》的寫本，如果不是非常普及、應用廣泛，是不可能有這種現象的。

《千字文》之所以能夠流傳如此之久，影響面如此之廣，是因其具備了至少以下幾個特點：

第一，總共只有一千個字，篇幅不大，而這一千個字全部是常用字，學會後可滿足最基本的閱讀需要，有很強的實用性；同時，這些字也囊括了漢字的基本結構和筆畫，在書法上有較強的代表性，是兒童學寫字的好教材。（不僅如此，歷代書法家也競相書寫《千字文》。明代《文淵閣書目》、《晁氏寶文堂書目》各輯錄了二十多種歷代著名書法家書寫的法帖。）

第二，每句只有四個字，韻律自然妥帖，讀起來琅琅上口，易於記誦。

第三，在為數有限的一千個字中，包含了天文、地理、歷史、人物等常識，以及倫理道德、為人處事的基本準則，初學者可以在短時期裡輕而易舉地掌握這些知識。同時，由於周興嗣飽學多才，《千字文》中有大量詞句直接源自典籍，初學者不僅可以舉一反三，擴大知識面，還可以由此入門，進入中國文化的宏偉殿堂。

正因為上述特徵，《千字文》編成後很快就被廣泛接受，在民間代代相傳。宋朝禮部尚書王應麟仿照《千字文》的樣式，編寫成《三字經》（也有說是宋末・區適編，或明・黎貞編）；差不多同時，還有一位不知其名的學者也仿照《千字文》，以最常見的四百多個姓，編成了《百家姓》。這兩種蒙學課本也因其簡潔實用，編成後流傳甚廣，與《千字文》合稱「三、百、千」。在此後的七百多年裡，「三、百、千」始終是中國兒童啟蒙教育的基本課本。民國成立後，學制與教育內容都有所改革，「三、百、千」不再作為小學課本，但書店一直在賣，許多人仍然在讀（一九四九年後這類書在大陸有一段時間都被禁，三十餘年後才開禁），這就是《千字文》等書永久的魅力。

除了教育領域外，《千字文》在大眾文化和日常生活中影響也甚大。

北宋・李昉編輯的《太平廣記》保存了唐、宋人士詩文中使用《千字文》文句的部分資料，如卷二五二「千字文語乞社」條，錄自唐朝人侯白《啟顏錄》，其中引用《千字文》語有四十六句。清朝學者平步青引錄此條，謂：「唐人已有以此為戲者。」他還指出唐朝人使用《千字文》語的其他材料：「閻立本善畫，後拜右相；而姜恪以戰功為左相，時人有『左相宣威沙漠，右相馳譽丹青』之嘲。此又在《啟顏錄》之前。」（見《霞外捃屑》卷五。本書頁二五二有「宣威沙漠，馳譽丹青」句及其注釋）明清時期，小說、戲曲及文人著作中引用《千字文》語非常普遍。《牡丹亭》第十七齣〈道覡〉中石道姑自道出身的一段話，引錄《千字文》語多達一一八句、四七二字，接近《千字文》一半的篇幅；《貪歡報》第九回張二官語用《千字文》一三四句；《龍膏記》第二一折郭暖語、《蜃中樓》第二一折蝦兵語、《品花寶鑒》第八回孫嗣徽語、《芙蓉樓》第十齣、《西洋記》第七八回，以及《雞肋編》、《詞謔》、《談概》、《南亭四話》、《一夕話》等書中都或多或少地引用了《千字文》的文句（錢鍾書《管錐編》對此有所評說，可參見）。

由於《千字文》「字無重複，且眾人習熟，易於檢覓」，所以「今之科場、號舍、文卷及民間質庫、計簿，皆以其字編次為識」（陸以湉《冷廬雜識》卷七）；一些大部頭的圖書以及公、私藏書也以《千字文》的字序編次、編號，如《佛藏》（包括國外印行的《高麗藏》、《天海藏》、《弘教藏》等），明代文淵閣藏書、《大明續道藏經目錄》、明朝人趙琦美的脈望館藏書及書目、白雲霽編《道藏目錄》及清代學者鮑廷博所輯的《知不足齋叢書》等都以《千字文》編次。直至今日，《北京圖書館藏敦煌遺書目錄》仍是用《千字文》的字序編的號。僅就此也可知《千字文》在中國的巨大影響，是一分值得珍視的文化遺產。

《千字文》短小精悍，傳承年代雖然久遠，但就筆者所見元・趙孟頫六體千字文字帖、清初汪嘯尹纂輯《千字文釋義》及坊間其他版本，除「策功」一詞汪嘯尹纂輯《千字文釋義》作「策功」外，餘皆並無錯訛，故不特別注明版本。

馬自毅　謹識

增廣賢文

平韻

昔時賢文，誨汝諄諄❶。集韻❷增廣❸，多見多聞。觀今宜鑒古❹，無古不成今。

【章旨】本節開宗明義，說明重新編撰《增廣賢文》的目的：希望以古代賢哲的佳言警句訓誨、教導今人，以古為鑒。

【注釋】❶昔時賢文兩句　意思是古代聖賢著書立說，反覆訓誨、再三教導後人。昔時賢文，指古聖先賢的著作、語錄。賢文，對古聖先賢著作文章的美稱。在本文中亦可理解為前人編撰的《昔時賢文》之意。賢，優良；美善。誨汝諄諄，反覆告誡、教導你們。語本《詩・大雅・抑》：「誨爾（汝）諄諄。」誨，教導；訓誨。《詩・小雅・緜蠻》：「飲之食之，教之誨之。」汝，你。諄諄，反覆告誡，再三叮嚀貌。❷集韻　按照韻部匯集編排。韻，漢語字音中聲母、聲調以外的部分。舊時稱之為韻，今稱韻母。如「聲」ㄕㄥ，ㄥ是韻母；「媽」ㄇㄚ，ㄚ是韻母。❸增廣　從廣義理解，即原作者周希陶所稱「增添也，廣多也；增其智慧，廣其見聞」，用作動詞；就狹義而言，則為書名《增廣賢文》的省稱，對應前句中的《昔時賢文》。❹觀今宜鑒古　謂觀察、了解今天，應該借鑒古代的經驗教訓。唐太宗曾說：「以銅為鏡，可以正衣冠；以古為鏡，可以知興替；以人為鏡，可以明得失。」（唐朝吳兢《貞觀政要・求諫》）句用此意。宜，應當；應該。鑒，儆戒或教訓。如：前車之鑒。《詩・大雅・蕩》：「殷鑒不遠，在夏后之世。」

【語　譯】古代聖賢著書立說，反覆訓誨、再三教導後人。現在把它們按照韻部匯集編排，以開闊你們的見聞，增長你們的知識。觀察、了解現在的事物，應當借鑒古時的經驗教訓，沒有過去也就沒有今天。

賢乃國之寶❶，儒為席上珍❷。農工與商賈，皆宜敦五倫❸。孝弟為先務，本立而道生❹。尊師以重道❺，愛眾而親仁❻。錢財如糞土，仁義值千金❼。作事須循天理，出言要順人心❽。心術不可得罪于天地，言行要留好樣與兒孫❾。

【章　旨】本節強調讀書人是國家最重要的財富；而讀書明理、仁義孝悌、尊師重道則是人之為人的根本。

【注　釋】❶賢乃國之寶　謂志行高潔、才德出眾的人是國家的瑰寶。據《漢詁纂疏》：秦欲伐楚，派人觀看楚國的寶器（有覬覦國權及挑戰之意），楚大臣奚恤對秦使說：「客欲觀楚之寶器乎？楚國最寶貴的就是賢臣，任憑你們觀看。」賢，賢士；賢才。指志行高潔，才能、品德出眾的人。❷儒為席上珍　讀書人的美德才學是無上的珍寶。句本《禮記・儒行》：「哀公命席，孔子侍曰：『儒有席上之珍以待聘，夙夜強學以待問，懷忠信以待舉，力行以待取。』」後因以「席珍待聘」比喻懷才待用。儒，本指孔子創立的學派——儒家，漢以後亦泛指讀書人、學者。席上珍，又作「席珍」。坐席上的珍寶。比喻儒者的美德、才學。席，坐臥鋪墊用具，有草席、竹席、篾席等。古人鋪席於地以為坐（即「席地而坐」），故以之稱坐位、坐席、席位。❸農工與商賈兩句

意思是無論是農夫、工匠還是商賈，都應恪守君臣、父子、夫婦、兄弟、朋友這五種倫常。敦，注重；崇尚。五倫，指君臣、父子、夫婦、兄弟、朋友之間的五種倫理關係，即：父子有親，君臣有義，夫婦有別，長幼有序，朋友有信（見《孟子・滕文公上》）。古人認為這五倫是不可改變的常道，故又稱「五常」、「人倫」、「倫常」。此外，也指父義、母慈、兄友、弟恭、子孝；（見《書・泰誓下》：「今商王受，狎侮五常。」孔穎達疏：「五常即五典，謂父義、母慈、兄友、弟恭、子孝，五者人之常行。」）或指仁、義、禮、智、信。西漢董仲舒〈賢良策一〉：「夫仁、義、禮、智、信，五常之道，王者所當修飭也。」❹孝弟為先務兩句　意為孝順父母，遵從兄長，這是做人的根本，確立這個根本，而後才有一切道德倫理。句由《論語・學而》「君子務本，本立而道生。孝弟也者，其為人之本與」化出。孝弟，亦作「孝悌」。孝順父母，敬愛兄長。《論語・學而》：「其為人也孝弟，而好犯上者鮮矣。」朱熹集注：「善事父母為孝，善事兄長為弟。」弟，通「悌」。順從兄長。先務，首要的事務。❺尊師以重道　言尊敬師長，尊重其所傳之道。案：這是中國古代非常重視的德行。先賢一再強調，甚且視為天道。如《禮記・學記》：「師嚴然後道尊。」漢鄭玄注：「尊師重道焉，不使處臣位也。」漢朝班固《白虎通・王者不臣》：「尊師重道，欲使極陳天人之意也。」❻愛眾而親仁　句本《論語・學而》：「泛愛眾，而親仁。」意為博愛眾生，親近仁德之人。仁，一種含義極廣的道德觀念，其核心是人與人相親相愛。孔子視為最高的道德準則。❼錢財如糞土兩句　意思是金銀財寶如同糞土，而道德仁義才價值千金。錢財如糞土，語本《晉書・殷浩傳》：有人問殷浩：「將莅官而夢棺，將得財而夢糞，何也？」殷曰：「官本腐臭，故將得官而夢尸；錢本糞土，故將得錢而夢穢。」時人以為名言。仁義值千金，俗諺。明朝吳承恩《西遊記》

第二四回：「三藏道：『縱有錢沒處買呵。常言道：仁義值千金。他賠你個禮便罷了。』」❽作事須循天理兩句　謂做事要遵循天理，說話要順從民眾的意願。天理，本指天道，自然法則；（人的）天性。宋代理學家也以此指道德倫理。宋代朱熹〈答何叔京〉之二十八：「天理只是仁、義、禮、智之總名，仁、義、禮、智便是天理之件數。」文中二意兼有之。出言，說話。順，遵循；依照。人心，指人們的意願、感情等。《易・咸》：「聖人感人心，而天下和平。」❾心術不可得罪于天地兩句　謂心中所想不可違背天地倫常，言行舉止應當為後代留下好榜樣。語出清朝金纓《格言聯璧・齊家類》。心術，指內心。《禮記・樂記》：「奸聲亂色不留聰明，淫樂慝禮不接心術。」又指心思、居心。

【語　譯】志行高潔、才能出眾的賢士是國家的重寶，讀書明理、德才兼備的儒生是席上的珍品。無論是農夫、工匠，還是商賈，都應當恪守君臣、父子、夫婦、兄弟、朋友這五種倫常。孝順父母、順從兄長，這是做人的根本，確立了這個根本，然後才有一切道德倫理。尊敬師長，並尊重其所傳之道；博愛眾生，同時親近仁德之人。金銀財寶如同糞土，而道德仁義才價值千金。一舉一動都必須遵循天性與倫理，一言一語則要順從民眾的意願。心中所想不可違背天地倫常，言行舉止應當為後代子孫留下好榜樣。

處富貴地，要矜憐貧賤的痛癢；當少壯時，須體念衰老的酸辛❶。

孝當竭力，非徒養身❷。鴉有反哺之孝，羊知跪乳之恩❸。豈無遠道思親淚，不及高堂念子心❹。愛日以承歡，莫待丁蘭刻木祀❺；椎牛而祭墓(ㄇㄨˋ)，不(ㄅㄨˋ)如(ㄖㄨˊ)雞(ㄐㄧ)豚(ㄊㄨㄣˊ)逮(ㄉㄞˋ)親(ㄑㄧㄣ)存(ㄘㄨㄣˊ)❻。

【章旨】本節言父母有養育兒女之恩，子女應當孝順雙親，趁他們健在時盡心竭力侍奉，而不必日後用重禮祭祀陵墓。

【注釋】❶處富貴地四句　謂當人處於富裕尊貴的時候，應當憐憫貧苦低賤者的苦難；年輕力壯的時候，必須體恤衰老者的辛酸。句本明末洪應明《菜根譚・概論》：「處富貴之地，要知貧賤的痛癢；當少壯之時，須念衰老的辛酸。」處，在；處在。矜憐，憐憫；憐惜。痛癢，比喻疾苦。楊萬里《庸言》：「覺萬民之痛癢者，愛及乎萬民，故文王視民如傷。」體念，體驗；體恤。❷孝當竭力兩句　言孝敬父母長輩要盡心盡力，細緻入微地體察滿足各方面的需求，而不僅僅是衣食奉養而已。句用《書・酒誥》「肇牽牛車，遠服賈，用孝養厥父母」，以及《論語・學而》「事父母，能竭其力」之意。徒，僅；只。副詞。養身，指奉養父母。西漢董仲舒《春秋繁露・五行之義》：「聖人知之，故多其愛而少嚴，厚養生而謹送終，就天之制也。」本文則指僅僅予以衣食等身體上的照顧，缺少發自內心的關愛和精神慰藉。養，奉養；侍奉。❸鴉有反哺之孝兩句　謂烏鴉長大了，有銜食餵養其母的孝順，羔羊知道母親有養育之恩，吃奶時跪在地上。俗諺。清朝江寧（今南京）書坊編《續神童詩》有「烏（烏鴉）有反哺義，羊伸跪乳情」句，意同。反哺，烏鴉長大後銜食餵養其母。案：中國自古認為烏鴉是一種會反哺老鳥的孝鳥。晉成公綏〈烏賦〉：「雛即壯而能飛兮，乃銜食而反哺。」後以此比喻報答親恩。跪乳，語出《公羊傳・莊公二十四年》：「腶脩（捶搗而加薑桂的乾肉）云乎。」漢・何休注：「凡贄，天子用鬯，諸侯用玉，卿用羔……羔取其執之不鳴，殺之不號，乳必跪而受之，類死義知禮者也。」後以「跪乳」比喻孝義。案：羔羊吃奶時前足雙膝著地，狀如下跪，故有此說。❹豈無遠道思親淚兩句　意為兒女遠行在外，怎能不因思念父母而流淚；但哪裡比得上雙親對子女的牽掛。即兒行千里母擔憂之意。豈無，難道沒有；

怎麼會沒有。豈，難道；怎能。表示反詰。高堂，指父母。因父母尊貴，高高在上；子女卑下，似伏在地面仰視高大的殿堂。以之喻。❺愛日以承歡兩句　言子女要珍惜能夠侍奉父母的日子，事事順其心意，讓他們享受天倫之樂。不要像丁蘭那樣，因父母早逝，不能奉養，只得刻像祭祀。愛日，語本西漢揚雄《法言・孝至》：「事父母自知不足者，其舜乎。不可得而久者，事親之謂也。孝子愛日。」李軌注：「無須臾懈于心。」後以指兒子供養父母的時日，因父母年老，日子無多，故當愛惜能夠侍奉父母的日子。承歡，迎合人意，求取歡心。指奉養父母。丁蘭刻木祀，丁蘭，漢代孝子。相傳少喪父母，長大後，思念他們，刻木為像，事之如生。三國魏國曹植〈靈芝篇〉：「丁蘭少失母，自傷早孤煢。刻木當嚴親，朝夕致三牲。」祀，祭祀。❻椎牛而祭墓兩句　意思是與其殺牛祭祀雙親之墓，不如趁父母健在時用雞鴨魚肉等食物來侍奉他們。句本西漢韓嬰《韓詩外傳》卷七：曾子讀〈喪禮〉，淚如雨下，哭溼了衣襟，說：「往而不可還者，親也；至而不可加者，年也。是故孝子欲養而親不待也，木欲直而時不待也。是故椎牛（殺牛）而祭墓，不如雞豕逮親存也（在父母活著的時候以雞肉豬肉奉養）。」本句即由此化出。椎牛，殺牛。椎，擊殺。豚，豬。逮，趁。介詞。

【語譯】當自己富裕尊貴時，要憐憫關懷貧賤者的疾苦；年輕力壯的時候，必須體恤衰老者的辛酸。孝敬長輩要盡心竭力，細緻入微地體察滿足各方面的需求，而不僅僅是衣食奉養。烏鴉長大後，尚懂得孝順父母，銜食餵養；羔羊吃奶時也知道跪在地上，叩謝母親的養育之恩。兒女遠行在外，怎會不因思念雙親而流淚；但哪裡比得上父母對孩子的牽掛啊。子女應當珍惜能夠侍奉父母的日子，迎合其心意，讓他們享受天倫之樂。不要等到像漢代的丁蘭那樣，因父母已逝，不能奉養，只得刻像祭祀。與其殺牛去父母的墓前祭祀，不如趁他們健在時用雞鴨魚肉等食物來侍奉。

兄弟相害，不如友生❶；外御其侮，莫如弟兄❷。有酒有肉多兄弟，急難何曾見一人❸。一回相見一回老，能得幾時為弟兄❹？打虎還要親兄弟，出陣還要父子兵❺。父子和而家不敗，兄弟和而家不分；鄉黨和而爭訟息，夫婦和而家道興❻。祇緣花底鶯聲巧，遂使天邊雁影分❼。而今學得齊家法，祇是妻孥話不聽❽。

【章　旨】本節言兄弟的情誼，強調友愛和睦的重要，切勿因為背後挑唆致使兄弟不睦。

【注　釋】❶兄弟相害兩句　意思是兄弟之間若互相殘害，那還不如朋友。句本《詩・小雅・常棣》：「雖有兄弟，不如友生。」友生，朋友。❷外御其侮兩句　意為同仇敵愾抵抗外來欺侮時，沒有人比得上親兄弟。句用《詩經・小雅・常棣》「兄弟鬩于墻，外御其務（侮）」及「凡今之人，莫如兄弟」兩句之意。御，同「禦」。抵抗。❸有酒有肉多兄弟兩句　言有酒有肉的時候稱兄道弟者很多，危難時卻看不見他們中任何一個人的蹤影。民間俗語，感嘆世風之薄。戲曲、小說中常見。如明朝馮夢龍《古今小說・吳保安棄家贖友》：「平時酒杯往來若兄弟，一遇虱大的事，才有些利害習相關，便爾我不相顧了。真是個酒肉弟兄千個有，落難之中無一人。」❹一回相見一回老兩句　意思是時光流逝，年歲不斷增長，見一次，老一點，兄弟間還能有多少時間相聚。❺打虎還要親兄弟兩句　言與老虎搏鬥時，親兄弟最能拚死互助；戰場上生死攸關，惟有父子才能捨命相救。民間俗語。戲曲、小說中常見。《西遊記》第八一回：「自古道：『打虎還得親兄弟，上陣須教子弟兵。』望兄長且饒打，待天明和你同心勠力，尋師去也。」❻父子和而家不敗四句　意為父子、兄弟、夫婦和睦則家道興旺，鄉鄰和睦便不會爭吵而訴訟。鄉黨，同鄉；鄉鄰；鄉里。周制，一萬兩千五百家為鄉，五百家為黨。後因以泛指家鄉或鄉鄰。爭訟，因爭吵而訴訟。《韓非子・用人》：「爭訟止，技長立，則彊（強）弱不角力，冰炭不合形，天下莫得相傷，治之至也。」❼衹緣花底鶯聲巧兩句　謂僅僅因為妻、妾的背後挑唆，便導致兄弟不和睦而分家。衹，僅僅；恰好。花底鶯聲，比喻妻妾的枕邊之言。鶯聲，黃鶯的啼叫聲。常以之喻女子婉轉悅耳的語聲。天邊雁影分，比喻兄弟分離。《禮記・王制》：「兄之齒，雁行。」意思是兄長弟幼，年齒有序，如同大雁飛行時並行而有序，故以「雁行」喻兄弟。❽而今學得齊家法兩句　意思是現在學會了治理家庭的方法，那就是不聽妻子兒女的閒言碎語。齊家，治家。語出《禮記・大學》：「欲齊其家者，先修其身。」妻孥，妻子和兒女。

【語　譯】兄弟之間如果互相殘害，那還不如朋友。其實，同仇敵愾，抵禦外敵欺侮時，沒有人比得上親兄弟。世風浮薄，有酒有肉時稱兄道弟者很多，危難時刻，卻見不著一個人的蹤影。歲月無情，人生易老，兄弟間見一次少一次，能有多少時間相聚？在與老虎搏鬥時，同胞兄弟最能拚死互助；戰場上生死攸關，惟有父子才會捨命相救。父子齊心，則家業不衰；兄弟親密，就不會分家；鄉鄰和睦，爭訟必定平息；夫妻情深，家道自然興旺。但往往只是由於妻妾背後的挑唆，便導致兄弟不和而分家。現在學會了治理家庭的方法，那就是不聽妻子兒女的閒言碎語。

諸惡莫作，眾善奉行❶。知己知彼❷，將心比心❸。責人之心責己，愛己之心愛人❹。再三須慎意，第一莫欺心❺。寧可人負我，切莫我負人❻。貪愛沉溺即苦海，利欲熾然是火坑❼。隨時莫起趨時念，脫俗休存矯俗心❽。橫逆困窮，直從起處討由來，則怨尤自息；功名富貴，還向滅時觀究竟，則貪戀自輕❾。

【章　旨】本節說明為人處世要知己知彼，將心比心；多行善事，不做惡事；順應時勢，但不要趨炎附勢、貪戀功名富貴。

【注　釋】❶諸惡莫作兩句　言不做任何惡事，多行各種善舉。句本《大智度論》卷一八：「諸惡莫作，諸善奉行，自淨其意，是諸佛教。」諸惡，各種惡行。眾善，各種善舉。《呂氏春秋・應同》：「堯為善而眾善至。」❷知己知彼　又作「知彼知己」。謂對敵（或他人）我雙方的優劣短長均能透徹了解，這樣辦事才不會失誤。語出《孫子・謀攻》：「知彼知己者，百戰不殆。」❸將心比心　以自己的心比量別人的心。謂設身處地替別人著想，體貼別人。民間俗語。北宋朱熹《四書集注・中庸十三章》注語：「以己之心，度人之心。」意同。❹責人之心責己兩句　意思是以要求、期望他人的標準要求自己，以愛自己之心愛他人。清朝金纓《格言聯璧・持躬類》：「以恕己之心恕人，則全交；以責人之心責己，則寡過。」意同。責，要求；期望。❺再三須慎意兩句　言說話做事、修身養性都應當極其謹慎，最重要的便是不違背良心，自己欺騙自己。再三，猶言非常、極其。慎意，謹慎認真地修身養性。意，胸懷；內心。欺心，自己欺騙自己；昧心；起壞念頭。❻寧可人負我兩句　謂寧可別人對不起自己，千萬別做對不起別人的事情。句本明朝葉子奇《草木子・雜俎篇》：「諺云：『寧人負我，推而大之，忠恕之事也；毋我負人，守而固之，知命之事也，忠厚之道也。』寧我負人，毋人負我者反是。」案：「寧我負人，毋（不）人負我」是東漢末年曹操所說。見《三國志・魏志・武帝紀》裴松之注引孫盛《雜記》。此語是曹操身為奸雄的典型，在中國文化、歷史上始終是極端負面的評價。寧可，寧願。表示兩相比較，選取其一。負，背棄；辜負。切莫，萬萬不可；務必不能。❼貪愛沉溺即苦海兩句　意思是貪愛財貨、溺於美色是墮入苦海；利欲薰心、沉醉享樂則是跳進火炕。句本明末洪應明《菜根譚・概論》：「人生禍區福境，皆為念想造成，故釋氏云：『利欲熾然，即是火炕；貪愛沉溺，便為苦海。一念清淨，烈焰成池；一念驚覺，船登彼岸。』念頭稍異，境界頓殊，可不慎哉！」沉溺，沉迷；迷戀。苦海，原為佛教語，指塵世間的諸種煩惱和苦難。後以此比喻無窮的苦境。南朝梁武帝〈淨業賦〉：「輪迴火宅，沉溺苦海，長夜執固，終不能改。」熾然，猛烈地燃燒。比喻欲念貪婪之盛。也作「熾燃」。❽隨時莫起趨時念兩句　謂處世當順應時勢，但不要起趨炎附勢之念；為人應瀟灑脫俗，卻不必有糾正世俗之心。句本明末洪應明《菜根譚・評議》：「作人要脫俗，不可存一矯俗之心；應世要隨時，不可起一趨時之念。」隨時，順應時勢；切合時宜。趨時，迎合時尚；趨炎附勢。白居易〈陳中師除太常少卿制〉：「不背俗以矯逸，不趨時以沽名。」意同。脫俗，脫離庸俗；不沾染庸俗之氣。矯俗，糾正世俗中的鄙陋庸俗之處。矯，匡正；糾正。❾橫逆困窮六句　意為遇到厄運、窮困的情況時，直接從源頭探討之所以如此的起因，那麼抱怨責怪自然便會消失；身處功名顯赫、大富大貴時，還要想一想當這一切都消失時的情景，對它們的貪戀也就減輕了。句本明末洪應明《菜根譚・應酬》：「功名富貴，直從滅處觀究竟，則貪戀自輕；橫逆困窮，直從起處究由來，則怨尤自息。」橫逆，不合理的情勢。猶橫禍、厄運。直，徑直；直接。討由來，研究探討其發生的原因。討，探索；研究。怨尤，埋怨責怪。漢朝應劭《風俗通・窮通序》：「是故君子厄窮而不閔，榮辱而不苟，樂天知命無怨尤焉。」意同。觀究竟，看看其結果。究竟，結果；結局；結果。

【語　譯】不做任何惡事，多行各種善舉。做任何事情，都要既了解自己，也了解對方，這樣才能做好。常以自己的心比量別人的心，設身處地替別人著想，體貼別人。以要求、期望他人的標準要求自己，以愛自己之心愛他人。說話做事、修身養性都應當極其謹慎，最重要的便是不違背良心，不欺騙自己。寧可別人對不起自己，千萬別做對不起別人的事。貪愛財貨、溺於美色是墮入苦海；利欲薰心、沉醉享樂則跳進了火炕。處世當順應時勢，但不要起趨炎附勢之念；為人應瀟灑脫俗，卻不必有糾正世俗之心。遇到惡運、窮困的情況時，直接從源頭探討之所以如此的起因，那麼埋怨責怪便會自然消失；身處功名顯赫、大富大貴時，還要想一想當這一切都消失時的情景，對它們的貪戀也就減輕了。

晝坐惜陰，夜坐惜燈❶。讀書須用意，一字值千金❷。受得苦中苦，方為人上人❸。

【章旨】此六句強調珍惜光陰，認真讀書；經受磨練，成就事業。

【注釋】❶晝坐惜陰兩句　謂白晝應當珍惜光陰，不能閒逛虛度；夜晚不可浪費燈油，枯坐耗時。即無論白天、夜晚，都應當珍惜時間。惜陰，「惜寸陰」（珍惜極短的時間）的簡稱。語本《淮南子・原道》：「故聖人不貴尺之璧（美玉），而重寸之陰，時（時間）難得而易失也。」後人以「惜寸陰」極言珍惜時間。如《晉書・陶侃傳》：「〔陶侃〕常語人曰：『大禹聖人，乃惜寸陰；至眾人，當惜分陰。』」陰，時間；光陰。❷讀書須用意兩句　意思是讀書必須用心研究，這樣才能體會到文章的意義和價值。用意，用心研究。一字值千金，典出《史記・呂不韋列傳》。秦相呂不韋使門客著《呂氏春秋》，書成，公布於咸陽城門，聲言有能增刪一字者，賞千金。又漢代劉安著《淮南子》，亦懸賞千金，徵求士人意見。見桓譚《新論・本造》。後因以「一字千金」極言文章價值的高貴。❸受得苦中苦兩句　言經受過世間各種痛苦磨難，才能成為眾人之上的人。民間俗語。戲曲、小說中常見。又作「吃得苦中苦，方為人上人」。元代秦簡夫《東堂老》第三折：「婆婆呵，這廝便早識的些前路，想著他破窰中受苦，這是：不受苦中苦，難為人上人。」苦中苦，極言苦難、痛苦之深重。人上人，（才智、地位）在眾人之上、高於眾人的人。

【語　譯】白晝應當珍惜光陰，不能閒逛虛度；夜晚不可浪費燈油，枯坐耗時。讀書必須用心研究，這樣才能真正體會到文章的意義和價值。經受過世間各種痛苦磨難，才能成為眾人之上的人。

酒逢知己飲❶，詩向會人吟❷。相識滿天下，知心能幾人❸？相逢好似初相識，到老終無怨恨心❹。平生不作皺眉事，世上應無切齒人❺。棲遲蓬戶，耳目雖拘而神情自曠；結納山翁，儀文雖略而意念常真❻。螢僅自照，雁不孤行❼。苗從蒂發，藕由蓮生❽。近水知魚性，近山識鳥音❾。路遙知馬力，事久見人心❿。家敗奴欺主，時衰鬼弄人⓫。運去金成鐵，時來鐵似金⓬。馬行無力皆因瘦，人不風流祇為貧⓭。近水樓臺先得月，向陽花木早逢春⑭。饒人不是痴漢，痴漢不會饒人⑮。不說自己桶索短，但怨人家箍井深⑯。

【章旨】本節主要言儘管時運多變，知己難尋，但只要自己心底坦誠，寬以待人，日久自能相互了解，不必一味抱怨指責他人。

【注釋】❶酒逢知己飲　謂美酒要留到與知己相逢時才飲。由民間俗語「酒逢知己千杯少」化出。❷詩向會人吟　言詩僅吟誦給能夠領悟、理解它的人聽。句出南宋普濟《五燈會元》。會人，能領悟、理解的人。會，熟悉；通曉。表示懂得怎樣做或有能力、善於做某事。❸相識滿天下兩句　謂相識的人到處都有，可是真正的知心者能有幾個。句出南宋普濟《五燈會元》卷一五：「僧問：『佛來出世時如何？』師曰：『天。』曰：『出世後如何？』師曰：『地。』上堂：『高不在絕頂，富不在福嚴，樂不在天堂，苦不在地獄。』良久曰：『相識滿天下，知心有幾人。』」後成為民間俗語。戲曲、小說中常見。❹相逢好似初相識兩句　意為如果人們見面時都能夠像初次結識那樣以禮相待，情誼真誠，那麼他們相處到老也不會有怨恨之心。❺平生不作皺眉事兩句　意思是如果一個人能夠一輩子不做虧心事，那麼，他在世上就不會有仇人。句本北宋邵雍詩。據南宋吳曾《能改齋漫錄・逸文》：「邵堯夫（邵雍）居洛四十年，安貧樂道，自云未嘗皺眉，故詩云：『平生不作皺眉事，世上應無切齒人。』」皺眉事，令人不悅的壞事、虧心事。切齒人，仇人。切齒，咬牙；齒相磨切，極端痛恨貌。今常作「咬牙切齒」。❻棲遲蓬戶四句　謂居住在茅草屋裡，見聞儘管不廣，但神情自然豁達；結交山中老翁，禮儀雖然簡略，意念、情感卻是真誠的。句出《菜根譚・閑適》。棲遲蓬戶，語本《詩・陳風・衡門》：「衡門之下，可以棲遲。」棲遲，遊棲；居住。蓬戶，窮人所住的草屋。蓬，草名。葉形似柳葉，邊緣有鋸齒，花外圍白色，中心黃色。秋枯根拔，遇風飛旋，故又名「飛蓬」。耳目，耳朵和眼睛。引申為見聞。拘，局限；限制。自曠，自己感到胸懷寬廣豁達。曠，豁達；開闊。結納，結交。儀文，禮儀形式；禮節。意念，思慮；念頭。❼螢僅自照兩句　言螢火蟲僅能照亮自己，大雁合群，從不單獨飛行。自照，自己照亮自己。比喻狹隘，自顧自。❽苗從蒂發兩句　謂樹木、花草的幼苗都從根部長出，藕則由蓮萌生。比喻事物都有其根本。蒂，花或瓜果與枝莖相連的部分。此處轉義為根、芽。蓮，即荷。也稱芙蓉、菡萏等，多年生草本植物。生淺水中，地下莖肥大而長，有節，稱藕，花大而美，種子叫蓮子。❾近水知魚性兩句　謂生長在水鄉的人能了解魚的習性，而山區的民眾能辨識鳥的鳴叫聲。俗諺。寓人最了解自己周圍的事物。魚性，魚的習性。❿路遙知馬力兩句　意思是路途遙遠，才可以知道馬的腿力好壞；經歷的事情多，時間長了，才能識別人心的善惡好歹。俗諺。句出宋朝陳元靚《事林廣記・結交警語》。亦作「路遙知馬力，日久見人心」。宋元以降戲曲、小說中常見。如元朝無名氏《爭報恩》第一折：「則願得姐姐長命富貴，若有些兒好歹，我少不得報答姐姐。可不道：『路遙知馬力，日久見人心。』」⓫家敗奴欺主兩句　言家境敗落之後，奴僕便欺負主人；一旦時運衰退，鬼也會捉弄人。民間俗語。戲曲、小說中常見。元代無名氏《白兔記・私會》：「畜生，你見我哥嫂磨滅我，你也來戲耍我。自古道得好：『勢敗奴欺主，時乖鬼弄人。』」時衰鬼弄人，典出《世說新語・任誕》劉孝標注引《晉陽秋》：「西晉時，羅友在桓溫府中，以家貧為由乞求官職，桓溫認為他雖有才學，但為人過分放縱恣肆，不適宜治理民眾，因而雖答應他但是始終沒有予以職位。一次，府中同僚有得官者將上任，桓溫設宴送行，羅友很晚才到，問其原因，羅友說：在路上遇見一個鬼嘲笑他官運不佳，總是為人送行，卻沒有人為己送行。桓溫明白其所指，後來讓羅友擔任襄陽太守。在任期間，很得民心。」後因以用作仕途蹇滯的典故。也作「鬼揶揄」。時衰，時運衰退；運氣不佳。時，時運。《史記・項羽本紀》：「力拔山兮氣蓋世，時不利兮騅不逝。」案：古人迷信，認為人的一生吉凶遭際均由命運決定，並通過時間的運轉而逐漸表現出來。時衰就是運氣轉壞。下句「運去金成鐵，時來鐵似金」兩句也含有此意。⓬運去金成鐵兩句　言如果運氣遠離的話，黃金也會失去價值，如同生鐵；

而時運來臨時，生鐵也似金子般珍貴。民間俗語。明末淩濛初《初刻拍案驚奇》卷一：「正是運去黃金失色，時來頑鐵生輝。莫與痴人說夢，思量海外尋色。」運，時運；運氣。⑬馬行無力皆因瘦兩句　謂馬兒行走無力是因為瘦弱，人不風雅瀟灑則是為貧窮所困。風流，灑脫放逸，風雅瀟灑。⑭近水樓臺先得月兩句　意思是靠近水邊的樓臺首先得到月光的照射，向陽的花木最早感受到春光的溫暖和煦。據宋俞文豹《清夜錄》：「范文正公（范仲淹）鎮錢塘，兵官皆被荐（推荐），獨巡檢蘇麟不見錄，乃獻詩云：『近水樓臺先得月，向陽花木易為春。』公即荐之。」後常用來比喻由於近便而獲得優先的機會。亦省作「近水樓臺」。⑮饒人不是痴漢兩句　言謙讓、寬恕他人的人並非心性愚笨，傻瓜是不懂謙讓寬恕的。俗諺。句本明朝顧其元《客坐贅語・諺語》：「饒人不是痴，過後得便宜。此語雖俚，然于人情世事，有至理存焉。」饒人，寬容人；讓人。饒，讓。痴漢，愚蠢之人；笨蛋。⑯不說自己桶索短兩句　意思是井中提水，水桶夠不著水面，不說自己水桶的桶繩太短，反而抱怨別人把井欄造得太深了。比喻凡事不從自己找原因，一味地抱怨指責他人。索，粗繩。泛指繩索。箍，圍束；約束。此處指井欄（水井的圍欄）。

【語　譯】美酒要留待與知己相逢時才飲，詩作僅吟誦給能夠領悟、理解它的人聽。相識的人到處都有，可是真正的知心者能有幾個？如果人們見面都能夠像初次結識時那樣以禮相待，情誼深厚，那麼，他們相處到老也不會有怨恨之心。一個人若能一輩子不做虧心事，他在世上就不會有仇人。居住在茅草屋裡，見聞儘管不廣，但神情自然豁達；結交山中老翁，禮節雖然簡略，意念、情感卻是真誠的。螢火蟲的光僅能照亮自己，大雁合群，從不單獨飛行。萬事都有起因，樹木、花草的苗從根長出，藕則由蓮萌生。生長在水鄉的人能了解魚的習性，山區的民眾能辨識鳥的鳴叫。路途遙遠，才可以知道馬的腿力好壞；時間長了，經歷的事情多了，才能識別人心地的善惡。家境敗落之後，奴僕便欺負主人；一旦時運衰敗，鬼魅也會捉弄人。運氣背離時，黃金亦會失去價值，就像生鐵；時運來臨後，生鐵也如金子般珍貴。馬兒行走無力是因為瘦弱，人不風流瀟灑則是為貧窮所困。靠近水邊的樓臺首先得到月光的照射，向陽的花木最早感受到春日的溫暖和煦。善於謙讓、寬恕他人的人並非心性愚笨，傻瓜是不懂謙讓寬恕的。井中提水，水桶夠不著水面，不說自己水桶的桶繩太短，反而抱怨別人把井欄造得太深了。凡事不從自己找原因，只知一味責怪他人。

美不美，鄉中水；親不親，故鄉人❶。割不斷的親，離不開的鄰❷。

相見易得好，久住難為人❸。客來主不顧，應恐是痴人❹。在家不會迎賓客，出路方知少主人❺。

【章　旨】本節言家鄉的山水最美，故鄉的鄰里最親；在家待客要真誠熱情，出門作客則應懂得禮節、分寸。

【注　釋】❶美不美四句　意思是在遊子的心目中，家鄉的水，無論是清是濁，是甘是苦，都是最美好的；故鄉的人，無論是否相識，是否是親戚，都是最親近的。民間俗語。戲曲、小說中常見。明朝蘭陵笑笑生《金瓶梅詞話》第九二回：「常云：親不親，故鄉人；美不美，鄉中水。雖然不是我兄弟，也是女婿人家。」美不美，以不美為美。第一個「美」用作動詞。親不親，親近非親非故的人。第一個「親」用作動詞。❷割不斷的親兩句　言血緣親情割不斷，鄰里互助離不開。❸相見易得好兩句　言偶爾見面，彼此容易相處，和睦友好；長久住在一起，則很難十分融洽。難為人，不好辦；使人為難。❹客來主不顧兩句　謂如果客人來訪而主人卻不管不問，這樣的人恐怕是呆傻。不顧，不理會；不照顧。恐，恐怕。副詞。表示估計、猜測。❺在家不會迎賓客兩句　言平時在家如不熱情款待賓客，那麼，出門在外，便將體會到沒有人接待的滋味了。出路，猶出門。方知，才知道；將會知道。

【語譯】在遊子的心目中，家鄉的水是最美好的，故鄉的人是最親近的。血緣親情割不斷，鄰里互助離不開。偶爾見面，彼此容易相處，和睦友好；長久住在一起，則難以十分融洽。如果客人來訪而主人卻不管不問，這樣的人恐怕是呆傻。平日在家若不熱情款待賓客，那麼，出門在外時，便將體會到沒有人接待的滋味了。

群居守口，獨坐防心❶。志從肥甘喪，心以淡泊明❷。有錢堪出眾，遭難莫尋親❸。遠水難救近火❹，遠親不如近鄰❺。兩人一般心，有錢堪買金；一人一般心，無錢堪買針❻。力微休負重，言輕莫勸人❼。聽話如嘗湯，交財始見心❽。易漲易退山溪水，易反易覆小人心❾。畫虎畫皮難畫骨，知人知面不知心❿。誰人背後無人說，哪個人前不說人？逢人且說三分話，未可全拋一片心⓫。

【章　旨】本節強調淡泊明志，並謂好鄰居比遠親更重要，同心協力才能辦成大事；不過由於社會很複雜，人的本性難以完全被了解，故而應當慎言慎行，提防小人。

【注　釋】❶群居守口兩句　謂與眾人在一起時，說話要謹慎；一人獨處時，當收斂心思，防止雜念。句出清朝金纓《格言聯璧・惠吉類》：「崇德效山，藏器學海。群居守口，獨坐防心。」守口，閉口不言。南朝齊國王琰《冥祥記》：「守口攝意身莫犯，如是行者度世去。」防心，防止雜念。《隋書・經籍志四》：「(佛家弟子)相與和居，治心修淨，行乞以自資，而防心攝行。」❷志從肥甘喪兩句　意思是雄心壯志往往因安逸舒適的生活而消磨喪失，高尚的情操意趣在淡泊名利的寧靜中涵養顯現。句本明末洪應明《菜根譚・概論》：「藜口莧腸(粗茶淡飯)者，多冰清玉潔；袞衣玉食者，甘卑膝奴顏。蓋志以淡泊明，而節從肥甘喪也。」志以淡泊明，用諸葛亮〈戒子書〉「非淡泊無以明志，非寧靜無以致遠」句意。肥甘，「肥甘輕暖」的省稱。語出《孟子・梁惠王上》：「為肥甘不足于口與？輕暖不足于體與？」後因以「肥甘輕暖」指生活優裕。淡泊，恬淡寡欲，不追名逐利。❸有錢堪出眾兩句　言人有錢時可以在眾人面前張揚，一旦遭難則不要去投靠親戚，以免遭人譏諷厭惡。俗諺。堪，可以；能夠。難，災難；禍患。❹遠水難救近火　謂遠方的水難以撲滅近處的火。比喻緩慢的救助不能解決眼前的急難。典出《韓非子・說林上》：「失火而取水于海，海水雖多，火必不滅矣。遠水不救近火也。」❺遠親不如近鄰　謂好鄰居比遠方的親戚更能互相幫助。民間俗語。宋元以降戲曲、小說中常見。如元代秦簡夫《東堂老》第四折：「豈不聞遠親呵不似我近鄰，我怎敢做的個有口偏無心。」❻兩人一般心四句　意指兩人齊心協力，就能辦成許多事；如果各行其是，則什麼也做不成。句用《易・繫辭上》「二人同心，其利斷金」之意。兩人一般心，即齊心協力。一般心，一條心。一人一般心，謂自顧自，各行其是。

❼力微休負重兩句　言做事當量力而行，力氣小就不要背重物；地位低，說話不起作用，便不要規勸別人。休，停止；罷休。言輕，「人微言輕」的省稱。謂地位低，言論、主張得不到重視。❽聽話如嘗湯兩句　意思是聽別人說話，應當像品嘗湯羹般仔細辨別話中的滋味；與人交往，可以通過對錢財的態度看出那人是重義還是貪利。嘗湯，品嘗湯羹，辨別滋味。寓「品味」之意。交財始見心，通過錢財的來往才能夠看出那人的內心是重義還是貪利。❾易漲易退山溪水兩句　謂山中的溪水漲得快也退得快，就像奸邪小人的心思反覆無常，變化多端。民間俗語。小人，人格卑鄙、見識淺狹的人。❿畫虎畫皮難畫骨兩句　意思是畫老虎可以畫出外表的皮相，難以畫其骨；了解一個人，能夠看清其面貌，卻難以知曉其內心。比喻外表易測，內心難知。句出元代孟漢卿《魔合羅》第一折：「你知道我是甚麼人？便好道畫虎畫皮難畫骨，知人知面不知心。」民間俗語。戲曲、小說常見。⓫逢人且說三分話兩句　言與人交談應當有分寸，不可把心裡話全部說出來。寓說話謹慎之意。民間俗語。句出明朝蘭陵笑笑生《金瓶梅詞話》：「別人都罷了，只是潘金蓮惱的要不得，背地唆調吳月娘，與李瓶兒合氣；對著李瓶兒，又說月娘的許多不是，容不得人。李瓶兒尚不知墮他中計，每以姐姐呼之，于他親厚尤密。正是：逢人且說三分話，未可全拋一片心。」此又本南宋普濟《五燈會元》卷一五〈育王懷璉禪師〉：「上堂：『太陽東升，煉破大千之暗。諸人若向明中立，猶是影響相馳；若向暗中立，也是藏頭露影漢。到這裡，作什麼生吐露？』良久曰：『逢人祇說三分語，未可全拋一片心。』」身為理學大家的朱熹對此語十分反感，謂：「如今俗語云：『逢人只說三分話。』只此便是不忠。」（見《朱子語錄》卷一二）且，應當。

【語　譯】在人多口雜的地方，說話要謹慎；一人獨處時，則應收斂心思，防止雜念。雄心壯志往往因為安逸舒適的生活而喪失，高尚的情操意趣在淡泊名利的寧靜中涵養顯現。人有錢時就可以在眾人面前張揚；一旦遭難則不要去投靠親戚，以免惹人譏諷厭惡。遙遠的水難以撲滅近處的火，好鄰居比遠方的親戚更能互相幫助。兩人齊心協力，就能辦成許多事；如果各行其是，則什麼也做不成。做事當量力而行，力氣小就不要背重物；地位低，說話不起作用，便不要規勸別人。聽人說話，要像品嘗湯羹般仔細辨別滋味；與人交往，可以通過對錢財的態度看出那人是重義還是貪利。山中的溪水漲得快也退得快，奸邪小人的心思反覆無常，變化多端。畫老虎可以畫出外表的皮相，難以畫其骨；認識一個人，能夠知道其面貌，卻難了解其內心。任何人都會被別人在背後議論，又有哪一個人不會在人們面前評論他人？故而與人交談應當有分寸，不可以把心裡話全部說出來。

但行好事，莫問前程❶。鈍鳥先飛❷，大器晚成❸。千里不欺孤，獨木不成林❹。

【章　旨】本節言奮發努力，終究會有成果；要成大事，需要集體的力量。

【注　釋】❶但行好事兩句　謂只管做有益於世的善事，不問將來是否有回報。句本唐朝馮道〈天道〉詩：「窮達皆由命，何勞發嘆聲。但知行好事，莫要問前程。冬去冰須泮，春來草自生。請君觀此理，天道甚分明。」後成為戲曲、小說中的常用語。如清朝李汝珍《鏡花緣》第七一回有此語。明朝洪楩《清平山堂話本・五戒禪師私紅蓮記》作：「日日行方便，時時發道心。但行平等事，不用問前程。」好事，值得稱道、有益於世的事。前程，前面的道路。比喻未來的成就、境遇。❷鈍鳥先飛　即「笨鳥先飛」。言笨拙、遲鈍的鳥兒先飛，才不會落後了。比喻能力差的人做事時，為了不落後，比別人先動手。民間俗語。戲曲、小說中常見。如元代關漢卿

《陳母教子》第一折：「二哥，你得了官也。我和你有箇比喻，我似那靈禽在後，你這等笨鳥先飛。」也可用作謙詞。鈍，笨拙；遲鈍。❸大器晚成　謂貴重器物需要較長時間才能做成。常比喻大才之人往往需要經過多年奮鬥，成就較晚。語出《老子》第四一章：「大方無隅，大器晚成。」大器，寶器。比喻有大才、能擔當大任的人。❹千里不欺孤兩句　言無論在何處、無論走多遠，都不可欺負勢單力孤的人；一棵樹木不能成為樹林，一個人的力量做不成大事。獨木不成林，比喻個人的力量有限，難以做成大事。語本《後漢書・崔駰傳》：「蓋高樹靡陰，獨木不林。隨時之宜，道貴從風。」

【語譯】只管做有益於世的善事，不問將來是否有回報。笨拙、遲鈍的鳥兒先飛，才不會落後了；大才之人往往需要經過多年奮鬥，成就較晚。無論在何處、無論走多遠，都不可欺負勢單力孤的人；一棵樹木不能成為樹林，一個人的力量有限，做不成大事。

貧居鬧市無人問，富在深山有遠親❶。人情似紙張張薄，世事如棋局局新。不信但看筵中酒，杯杯先勸有錢人❷。世人結交須黃金，黃金不多交不深；縱令然諾暫相許，終是悠悠行路心❸。當局者昧，旁觀者明❹。酒能壯膽❺，錢可通神❻。河狹水緊，人急計生❼。有錢道真語，無錢語不真❽。飽煖思淫泆❾，飢寒起盜心❿。飛蛾撲燈甘就鑊⓫，春蠶作繭自纏身⑫。

【章　旨】本節主要感嘆人情冷暖，世態炎涼，認錢不認人。

【注　釋】❶貧居鬧市無人問兩句　言貧寒之人居於繁華的鬧市，無人理睬往來；富有者即便住在深山，不相干者也會爭先恐後地攀親戚。句出元末明初羅貫中《平妖傳》第一八回：「自古道：『貧居鬧市無人問，富在深山有遠親。』就是說舊時相識總以為他有錢有鈔，才相扳來往的，那裡有個管鮑心腹之交。」由《慎子・內篇》「家富則疏族（遠親）聚，家貧則兄弟離」化出。民間俗語。戲曲、小說中常見。❷人情似紙張張薄四句　意思是人與人的情分就像紙一樣薄，經不起一點兒波折；世上之事如同弈棋，每一局都不同，變化多端。如若不信，只要看一看宴席上，每杯酒都是先勸有錢人喝。民間俗語。戲曲、小說中常見。如里汗《新綠林傳》卷一：「人情似紙張張薄，世事如棋局局新。年年難過年年過，處處無家處處家。」人情，人與人的情分；應酬、交際往來。世事，時事；世上的事。❸世人結交須黃金四句　謂世人以金錢來結交，交情的深淺取決於黃金的數量；即便當時曾經做出許諾，終究只是漫不經心地敷衍。此四句為唐・張謂〈題長安壁主人〉詩。世人，世間的人；普通的人。縱令，即使。然諾，許諾；應允。悠悠，遊蕩貌；懶散不盡心貌。行路心，過路人的心情。比喻彼此不相干。❹當局者昧兩句　言身當其事的人反而糊塗，在一旁觀看的局外人看得更清楚。俗諺。《新唐書・元行沖傳》：「當局稱迷，旁觀必審。」今多作「當局者迷，旁觀者清」。當局，（下棋時的）對局。比喻身當其事。局，棋局。昧，黑暗；看不清。旁觀，從旁觀察；在旁邊看。❺酒能壯膽　謂喝酒能增加人的勇氣。壯膽，使膽大。❻錢可通神　形容金錢魔力極大，可以買通一切。典出唐朝張固《幽閑鼓吹》：宰相張延賞「知有一大獄，頗有冤濫（冤情），每甚扼腕（感嘆、惋惜）。及判，使即召獄史嚴戒受賄。明旦視事（第二天早上辦公），案上有一小帖子，曰：『錢三萬貫，乞（懇求）不問此獄。』公大怒，更促之。明日帖子復來，曰：『錢五萬貫。』公益怒，命兩日須畢。明日復見帖子，曰：『錢十萬貫。』公曰：『錢至十萬，可通神矣。無不可回之事（沒有不可改變的事），吾懼及禍，不得不止。』」❼河狹水緊兩句　言河床狹窄，水流湍急；人在危急的情況下猛然想出了辦法。句本明朝柯丹邱《荊釵記》第二六齣：「遭挫折，受禁持，不由人不淚垂。無由洗恨，無由雪恥，拚死在黃泉作冤鬼。自古道：『河狹水緊，人急計生。』」民間俗語。水緊，水流湍急。人急計生，又作「人極計生」。即急中生智之意。❽有錢道真語兩句　意為人們常認為有錢人所說的都是真話，而沒錢的人，無足輕重，說話多不可信。真語，真實的話。❾飽煖思淫泆　意思是生活安逸富足，易起恣欲縱樂的淫念。民間俗語。明清戲曲、小說中常見。又作「飽暖思淫欲」。明末淩濛初《二刻拍案驚奇》卷二一：「自古道：『飽暖思淫欲』，王祿手頭饒裕，又見財物易得，便思量淫蕩起來。」淫泆，亦作「淫佚」。恣欲縱樂；淫蕩；淫亂。泆，放蕩；放縱。❿飢寒起盜心　謂生活貧困，飢寒交迫，容易產生偷盜的念頭。飢寒，飢餓寒冷。形容生活貧困。案：中國古代很早就認識了人的倫理道德意識和自律程度與物質生產的發展水平、生活水準有密切關聯，留下了許多這方面的論述。如：《左傳・成公十六年》載申時權語：「民生（人民的生計）厚而德正。」《管子・八觀》：「奸邪之所生，生于匱（缺乏）不足。」《孟子・滕文公上》：「有恆產者有恆心，無恆產者無恆心。」漢朝王充《論衡・治期篇》：「讓（謙讓）生于有餘，爭（爭奪、爭鬥）起于不足。」等等。⓫飛蛾撲燈甘就鑊　意思是飛蛾爭先恐後撲向燈火是自尋死路。語本晉朝支曇諦〈赴火蛾賦〉：「悉達有言曰：『愚人貪身，如蛾投火。』誠哉斯言，信而有徵也……燭耀庭宇，燈朗幽房，紛紛群飛，翩翩來翔，赴飛焰而體焦，投煎膏而身亡。」後多以「飛蛾投火」、「飛蛾赴火」等等比喻自尋死路，自取滅亡。也比喻不惜犧牲而有所作為。甘，情願；樂意。鑊，古時指無足的鼎，今南方話鍋子叫鑊。⓬春蠶作繭自纏身　謂春蠶吐絲作繭，是自我束縛。案：古代也有以春蠶吐絲比喻至死無悔的。參見本書頁一〇九「春蠶到死絲方盡」句及其注釋。春蠶，春季飼養的蠶。此處泛指各種蠶。

【語　譯】貧寒者居於繁華的鬧市，無人理睬往來；富有的人即便遠在深山，不相干者也會爭先恐後地去攀親戚。人與人的情分就像紙一樣薄，經不起一點兒波折；世上之事如同弈棋，變化多端，每一局都不同。如若不信，只要看一看宴席上，每杯酒都是先勸有錢人喝。世人以金錢來結交，交情的深淺取決於黃金的數量；即便當時曾經做出允諾，終究只是漫不經心地敷衍。身當其事的人反而糊塗，在一旁觀看的局外人卻了解得更清楚。喝酒可以增加勇氣，金錢的魔力極大，可以買通一切。河床狹窄，水流湍急；人在危難的情況下往往會突然想出了辦法。人們常認為有錢人所說的話都是真實的，而沒錢的人，說話多不可信。生活安逸富足，易起恣欲縱樂的淫念；生活窘困，飢寒交迫，容易產生偷盜的念頭。飛蛾爭先恐後撲向燈火，是自尋死路；春蠶吐絲作繭把自己束縛起來，亦為自取滅亡。

江中後浪催前浪，世上新人趕舊人❶。人生一世，草生一春❷。來如風雨，去似微塵❸。鬧裡有錢，靜處安身❹。明知山有虎，莫向虎山行❺。鶯花猶怕風光老，豈可教人枉度春❻。相逢不飲空歸去，洞口桃花也笑人❼。昨日花開今日謝，百年人有萬年心❽。北邙荒塚無貧富❾，玉壘浮雲變古今❿。倖名無德非佳兆，亂世多財是禍根⓫。世事茫茫難自料，清風明月冷看人⑫。勸君莫作守財虜，死去何曾帶一文⑬。血肉身軀且歸泡影，何論影外之影；山河大地尚屬微塵，而況塵中之塵⑭。

【章　旨】本節言大自然的一切生生不息，新陳代謝，當珍惜青春，珍惜友情；而功名富貴都是身外之物，生不帶來，死不帶去，勸戒世人萬勿沉迷於此。

【注　釋】❶江中後浪催前浪兩句　意思是大江中後浪湧動催迫著前浪，人世間年輕一代追趕超過了老一代。寓新陳代謝永不停止的意思。句本《三寶太監西洋記》第七五回：「唐狀元道：『我這三箭，叫做長江後浪推前浪，世上新人趲（趕）舊人。』禪師道：『多謝指教了。』」此又由宋朝文詞〈過苕溪〉詩「祇看後浪催前浪，當悟新人換舊人」化出。民間俗語。宋元以降戲曲、小說中屢見。❷人生一世兩句　言人的生命只有一次，花草僅在春天繁茂。有珍惜生命之意。民間俗語。元末明初施耐庵《水滸傳》第一五回作「人生一世，草生一秋」。一世，一生；一輩子。❸來如風雨兩句　意為人如風狂雨驟般來到世間，熱熱鬧鬧；去世時則似塵土落地，悄然無聲。微塵，佛教語。色體的極細小者稱極塵，七倍極塵謂之微塵，即極其細小的塵埃。常用以比喻卑微不足道、毫無價值的事物或人。❹鬧裡有錢兩句　言市井喧鬧繁華，有許多掙錢的機會，可以發財；但修身養心、安身立命，只能在清淨安寧的田園鄉間。鬧，喧嘩、熱鬧。此處指鬧市。❺明知山有虎兩句　謂如果十分清楚山中有老虎，那就不要到虎山上去送死。案：民間俗語中更多見的是「明知山有虎，偏向虎山行」，表現一種大無畏的精神氣概。本文反其意而用之，有自保求安之意。明知，明明知道；完全了解。❻鶯花猶怕風光老兩句　意思是風塵中的妓女還怕歲月無情，年華不再；讀書求學的士子們豈能毫無作為，虛度時光。鶯花，借喻妓女。元朝石德玉《曲江池》第二折：「誰著你戀鶯花，輕性命，喪風塵？」故也用「鶯花陣」、「鶯花海」等比喻妓院。宋元詞曲、明清小說中常見。風光，風景；景色。也比喻青春年華。枉度，白白地度過；虛度時光。枉，徒然；白費。❼相逢不飲空歸去兩句　意為與知己相逢卻不痛飲美酒，暢敘友情，連洞口的桃花也會嘲笑你的。洞口，古人常在景色秀麗的名山大川或僻靜的山林洞中修身養性，文中即以此代指修養身心之處，並不一定真的住在山洞中。❽昨日花開今日謝兩句　意思是生命短暫，鮮花昨日開今日謝；人的壽數不過百年，卻總有想做萬年大事業之心。有心比天高，實際做不到之意。❾北邙荒塚無貧富　言無論生前是貧是富，是貴是賤，一旦埋葬在北邙的荒涼墓地中，全都是根根白骨，毫無區別。北邙，山名。亦作「北芒」。即邙山。在今河南省洛陽市北。東漢至隋、唐的王侯公卿多葬於此。唐朝王建〈北邙行〉詩：「北邙山頭少閑土，盡是洛陽人舊墓。……朝朝車馬送葬回，還起大宅與高臺。」感嘆貧富無常，生死輪轉。後人常用「北邙」指代墓地。塚，隆起的墳墓。❿玉壘浮雲變古今　謂玉壘山頂的浮雲就像古今世事，變幻不定。句出唐朝杜甫〈登樓〉詩：「花近高樓傷客心，萬方多難此登臨。錦江春色來天地，玉壘浮雲變古今。」玉壘，山名。在今四川省茂汶羌族自治縣境內。⓫倖名無德非佳兆兩句　意思是無德無才，僥倖得到非分的榮譽名聲並非好徵兆；在戰亂災害的年代，擁有太多的財富則是招災的禍根。倖名，僥倖得到的名聲。倖，希圖得到非分的財物或功名利祿。⓬世事茫茫難自料兩句　言世事蒼茫，變化多端，難以預料；惟有亘古不變的清風明月冷眼觀看人世間紛爭不已的是是非非。前一句出自唐朝韋應物〈寄李儋元錫〉詩：「去年花裡逢君別，今日花開已一年。世事茫茫難自料，春愁黯黯獨成眠。身多疾病思田里，邑有流亡愧奉錢。聞道欲來相問訊，西樓望月幾回圓。」自料，自己估量。冷看，以冷靜、客觀的眼光觀察；以冷漠、輕蔑的眼光觀看。文中二意兼有。⓭勸君莫作守財虜兩句　意為奉勸諸位不要當守財奴，離開人世時又怎能帶走一分一文。守財虜，指富而吝嗇的人。猶言「守財奴」。明末淩濛初《初刻拍案驚奇》卷八三：「我何苦空積攢著，做守財虜，倒與他們受用。」何曾，何嘗；幾曾。用反問的語氣表示未曾或者並不。一文，一枚銅錢。舊時銅幣鑄有文字，說明其值，故名。一文錢，比喻數量甚少。⓮血肉身軀且歸泡影四句　意思是有血有肉的軀體尚且消失得無影無蹤，更不必說身外之物的功名利祿、金玉財寶了；在茫茫宇宙中，山河大地都如同塵土，無比渺小，何況塵土中的塵土——區區人類，就更是微不足道。句本明末洪應明《菜根譚・概論》：「山河大地已屬微塵，而況塵中之塵；血肉之軀且歸泡影，而況影外之影。」血肉之軀，即軀體。泡影，水泡和影子。佛教用以比喻事物的虛幻不實，生滅無常。《金剛經・應化非真分》：「一切有為法，如夢幻泡影。」後比喻落空的事情或希望。文中指人一旦死去，就什麼都不存在了。何論，何談；何必說。以反問的語氣表示根本不必說。影外之影，影子外的影子。表示虛幻至極。文中指功名利祿、金玉財寶。而況，何況。連詞。塵中之塵，塵埃中的塵埃。極言其卑微不足道。文中指人。

【語　譯】大江中後浪催湧著前浪，人世間年輕一代追趕過了老一代。人的生命只有一次，花草僅在春天繁茂。人出生時如風雨，熱熱鬧鬧；年老去世，則似塵埃落地，悄然無聲。市井喧鬧繁華，有許多掙錢的機會，可以發財；但修養身心、安身立命，只能在清淨安寧的田園鄉間。如果十分清楚山中有老虎，那就不要到虎山上去送死。風塵中的妓女還怕歲月無情，年華不再，讀書求學的士子們豈能毫無作為，虛度時光。與知己相逢卻不痛飲美酒，連洞口的桃花也會嘲笑你的。生命短暫，鮮花昨日才開今日即謝；人的壽數不過百年，卻總有想做萬年大事業之心。無論生前是貧是富，一旦埋葬在荒涼的北邙墓地中，全都毫無區別。玉壘山頂的浮雲就像古今世事，變幻不定。無德無才，僥倖得到非分的榮譽名聲並非好徵兆；在戰亂災荒的年代，擁有太多的財富即是招災的禍根。世事蒼茫，難以預料；惟有亙古不變的清風明月，冷眼觀看人間的紛爭是非。奉勸諸位不要當守財奴，離開人世時又怎能帶走一分一文。有血有肉的軀體尚且消失得無影無蹤，更不必說身外之物的金玉財寶、功名利祿了；在茫茫宇宙中，山河大地都如同塵土，無比渺小，何況塵土中的塵土——區區人類，那就更是微不足道了。

速效莫求，小利莫爭❶。名高嫉起，寵極謗生❷。眾怒難犯，專欲難成❸。物極必反❹，器滿則傾❺。欲知三叉路，須問去來人❻。

【章　旨】本節強調任何事物都有節度，物極必反，好事也會變成壞事。

【注　釋】❶速效莫求兩句　言做事情不要企求立即獲得效果，蠅頭小利不值得斤斤計較。速效，短期內就取得的成果；立即應驗、見效。❷名高嫉起兩句　謂名氣太大，會引起別人的嫉妒；過分的恩寵，則招來他人的誹謗。唐朝劉禹錫〈萋兮吟〉詩有「名高毀所集」句，意同。名高，名聲顯著。謗，指責；說別人的壞話；誹謗。❸眾怒難犯兩句　意思是眾人的憤怒不可觸犯，否則無法抵擋；一人獨斷，只顧自己的私欲，難以成就事功。句出《左傳・襄公十年》：子孔當國，不聽眾人意見，認為那將是眾人為政，自己沒有權了。「子產曰：『眾怒難犯，專欲難成。合二難以安國，危之道也。』」眾怒，眾人的憤怒。難，不能；不可。犯，觸犯；抵觸。專欲，只顧自己利益的私欲。難成，難以成事。❹物極必反　言事物發展到極限時必然向相反的方向轉化。又作「物極則反」。戰國時楚國鶡冠子《鶡冠子・環流》：「物極則反，命曰環流。」陸佃解：「言其周流如環。」在中國古代哲學中是一種循環論的觀點。現代則理解為事物發展到極限時，就會向相反的方向轉化。❺器滿則傾　謂容器滿溢，則會傾覆。比喻事物發展超過一定界限就會向相反的方向轉化。又作「器滿將覆」。器，指欹器。《荀子・宥坐》：「孔子觀于魯桓公之廟，有欹器焉。孔子問于守廟者曰：『此為何器？』守廟者曰：『此蓋為宥坐之器。』孔子曰：『吾聞宥坐之器者，虛（空）則欹，中則正，滿則覆。』」句本此。欹器，古代盛酒用的一種祭器。其造型奇特：空時欹（通「攲」。傾斜），斟到合適時正，滿則覆。因其欹易傾覆，故名。古人也作宥坐之器，置於座右以為戒，提醒自己物極必反。❻欲知三叉路兩句　意思是旅途中行至三叉路口時，若想知道哪條路正確，必須向來來往往的行人請教。比喻在複雜的情況下不要自以為是，多向他人請教。民間俗語。戲曲、小說中常見。明朝吳承恩《西遊記》第二一回：「常言道：『要知山下路，須問去來人。』你只前去問他一聲，如何？」去來人，來來往往的行人。

【語　譯】做事情不要企求立即見到效果，蠅頭小利不值得斤斤計較。名氣太大，會引起別人的嫉妒；過分的恩寵，則招來他人的誹謗。不要觸犯眾人的憤怒，否則無法抵擋；只顧自己的私欲，難以成就事功。事物發展到極限時，必然向相反的方向轉化；攲器滿溢，則會傾覆。在複雜的情況下不要自以為是，多向他人請教。就像旅途中行至三叉路口，若想知道哪條路正確，必須求教於來來往往的行人。

三十年前人尋病，三十年後病尋人❶。大富由命，小富由勤❷。自恨枝無葉，莫謂日無陰❸。一年之計在于春，一日之計在于寅；一家之計在于和，一生之計在于勤❹。擇婿觀頭角，娶女訪幽貞。大抵取他根骨好，富貴貧賤非所論❺。無限朱門生餓殍，幾多白屋出公卿❻。凌雲甲第更新主，勝概名園非舊人❼。

【章　旨】本節言雖然命運不可抗拒，但人是否勤儉、是否努力也會影響其一生，這便是富貴、貧賤更迭的原因之一。

【注　釋】❶三十年前人尋病兩句　言三十歲以前體質好，但如果不注意飲食起居，仍會生病，是為「人尋病」；三十歲以後身體漸差，不想得病，疾病也會找上門來，是為「病尋人」。❷大富由命兩句　謂大富大貴來自命運，裕饒小康則由於勤勞。❸自恨枝無葉兩句　意思是應當怨恨自己的枝葉不繁茂，不必責怪太陽沒有庇護你。恨，怨恨；抱怨。枝無葉，樹枝上沒有葉子。形容其瘦弱、乾枯。文中喻平民出身、命運不佳等等。日，太陽。文中指權貴、富人等。陰，通「蔭」。覆蔭；庇護。❹一年之計在于春四句　古諺。明朝無名氏《白兔記・牧牛》：「一年之計在于春，一生之計在于勤，一日之計在于寅。春若不耕，秋無所望；寅若不起，日無所辦；少若不勤，老無所歸。」謂一年的計畫要在春季考慮安排，一天的成績取決於能否從清晨起就抓緊時間，一個家庭是否富裕興旺關鍵在於和睦，人一生成就的大小在於是否勤奮。計，計畫；考慮。寅，寅時。中國古代記時法十二時辰之一，凌晨三時至五時。文中指清晨。❺擇婿觀頭角四句　意為挑選女婿時要觀察他的面相，娶媳婦前應當了解女方的德行、貞操。這樣做的主要目的是確定他們的本性、稟賦、操守，至於是窮是富、是貴是賤，則不在考慮之列。頭角，指頭頂左右突出處。泛指面貌、長相。古人認為一個人的相貌可以反映其基本特質和境遇。幽貞，高潔堅貞的節操。語出《易・履》：「履道坦坦，幽人貞吉。」後多以「幽貞」指隱士。亦指堅貞高潔的節操。大抵，大要；大體。根骨，根本。指本性、操守、稟賦等內在因素。❻無限朱門生餓殍兩句　謂無數豪門望族的後代飢寒餓死，許多茅草屋中的平民、寒士則成了王侯公卿。寓世運更替，貧富無常之意。俗諺。句本明朝戚繼光《練兵實記》卷九：「況天地間運氣流行，未有富而不貧，盛而不衰者。諺云：『朱門生餓殍，白屋出公卿。』」朱門，古代王侯貴族的住宅大門漆成紅色以示尊貴，故以「朱門」為貴族宅第或貴族的代稱。唐朝杜甫〈自京赴奉先咏懷五百字〉詩：「朱門酒肉臭，路有凍死骨。」餓殍，餓死的人。亦作「餓莩」。殍，餓死於野外的人曰殍。後也泛指餓死的人。幾多，幾許；多少。南唐李煜〈虞美人〉詞：「問君能有幾多愁，恰似一江春水向東流。」白屋，不施彩色，露出木材本色的房屋。也指以白茅草覆蓋的房屋，為古代平民所居。亦因此而代指平民或寒士。《漢書・吾丘壽傳》：「三公有司，或由窮巷，起白屋，裂地而封。」公卿，三公九卿的簡稱。泛指高官。❼凌雲甲第更新主兩句　意思是高聳入雲的華麗宅第中不斷更換著新主人，美不勝收的著名園林裡的居住者也非舊時人。唐朝杜甫〈秋興八首〉：「王侯第宅皆新主，文武衣冠異昔時。」意同。凌雲，直上雲霄。形容房屋高大壯觀。甲第，本謂封侯者所住的甲等宅第。《史記・孝武本紀》：「賜列侯甲第。」裴駰集解引《漢書音義》：「有甲、乙次第，故曰。」後泛指達官貴人的住宅。更，改變；更換。勝概，美景；勝事；悠閒舒適的生活。勝，形容事物優越、盛大、美好。

【語　譯】三十歲以前體質好，但如果不注意飲食起居，仍會生病，這就叫做「人尋病」；三十歲以後身體漸差，不想得病，疾病也會找上門來，變成了「病尋人」。大富大貴來自命運，裕饒小康則由於勤勞。應當怨恨自己的枝葉不繁茂，而不必責怪太陽沒有隱暗的時候。凡事要抓緊時間，早作打算。一年的計畫應在春季考慮安排，一天的成績取決於能否從清晨起就抓緊時間，一個家庭是否富裕興旺關鍵在於和睦，人一生成就的大小在其是否勤奮。挑選女婿時要觀察他的面相，娶媳婦前應當了解女方的德行、貞操。這樣做的目的主要是確定他們的稟性、操守，至於是窮是富、是貴是賤，則不在考慮之列。無數豪門望族的後代飢寒餓死，許多茅草屋中的平民、寒士則成了王侯公卿。高聳入雲的華麗宅第中不斷更換著新主人，美不勝收的著名園林裡居住的也非舊時人。

眾口難辯❶，孤掌難鳴❷。當場不戰，過後興兵❸。一肥遮百醜❹，四兩撥千斤❺。無病休嫌瘦，身安莫怨貧❻。豈能盡如人意，但求不愧我心❼。雨露不滋無本草，混財不富命窮人❽。慢藏誨盜，冶容誨淫❾。偏聽則暗，兼聽則明❿。耳聞是虛，眼見是實⓫。一犬吠影，百犬吠聲⓬。莫信直中直，須防仁不仁⓭。虎生猶可近，人毒不堪親⓮。來說是非者，便是是非人⓯。世路由他險，居心由我平⓰。惺惺常不足，懞懞作公卿⓱。遍身綺羅者，不是養蠶人⓲。萬般都是命，半點不由人⓳。

【章　旨】本節主要說世道人心複雜而艱險，由此，立身處世既要問心無愧，求實謹慎，聽取多方面的意見建議；同時應當注意防備那些口是心非的小人。

【注　釋】❶眾口難辯　謂許多人都持相同的意見或看法，即便是錯的，也很難辯駁。常用以形容輿論的勢力極大，可以混淆是非。中國古代此類格言甚多，如「眾口鑠金，三人成虎」（《鄧析子・轉辭篇》）、「眾口之毀譽，浮石沉木；群邪所抑，以直為曲」（西漢陸賈《新語・辯惑》）等等。眾口，眾人的言論；輿論。❷孤掌難鳴　意為一隻手掌拍不響。比喻一個人的力量薄弱，不能成事。典出《韓非子・功名》：「人主之患在莫之應，故曰：一手獨拍，雖疾無聲。」❸當場不戰兩句　意思是突發事件的當時不必爭執動武，待事後適當時機再興師問罪。有君子報仇，十年不晚之意。當場，就在那個時候和那個地方。興兵，舉兵；起兵。❹一肥遮百醜　言身材豐滿可以遮掩其他不美的地方。比喻一件出眾的事情可以掩蓋其他的不足。民間俗語。又作「一俊遮百醜」。肥，身材豐滿；家境富裕。案：中國古代在審美觀上，既有以瘦為美的時候，也有以胖為美的年代，故有燕（趙飛燕）瘦環（楊貴妃）肥之說；再者，由於自古人口眾多，食物供給始終是國計民生的大問題，一有災荒便會餓死人，因而肥胖常常成為家境富裕、衣食無憂的象徵。文中二意兼有。醜，相貌難看；惡劣。❺四兩撥千斤

謂秤砣重僅四兩，移動它，卻能稱出千斤的重量。俗諺。比喻一件小物品能產生大的、關鍵的作用。四兩，指秤砣。中國古代量制，一斤（今五百克）等於十六兩，一兩等於十錢。此處為虛數。撥，撥弄；移動。❻無病休嫌瘦兩句　意思是無病平安就是福，不必自尋煩惱，抱怨體瘦或是缺錢。嫌，怨恨；不滿。❼豈能盡如人意兩句　言說話辦事哪能滿足所有人的心意願望，只求自己問心無愧就可以了。語出清朝金纓《格言聯璧・接物類》。豈能，哪能。不愧我心，即問心無愧。不愧，不感到羞愧。《孟子・盡心上》：「仰不愧于天，俯不怍于人。」❽雨露不滋無本草兩句　謂如果草木沒有根，雖然有陽光雨露，它也無法生長；命中注定窮苦的人，即便有飛來的橫財，他也不會富裕。混財不富命窮人，民間俗語。戲曲、小說中常見。明末馮夢龍《醒世恆言・施潤澤灘闕遇友》：「自古道：『橫財不富命窮人。』倘然命裡沒有時，得了他反生災作難，倒未可知。」滋，潤澤；培植養育。無本草，無根的草木。本，草木的根或莖幹。比喻事物的根源或根基。混財，來路不明的錢財。命窮人，命中注定窮苦的人。❾慢藏誨盜兩句　意思是保管財物不謹慎便會招來盜竊者；女子打扮得過分妖豔無異於引誘別人來調戲。即禍由自招的意思。句出《易・繫辭上》：「慢藏誨盜，冶容誨淫。」孔穎達疏：「若慢藏財物，守掌不謹，則教誨于盜者，使來取此物；女子妖冶其容，身不精慤，是教誨淫者，使來淫己也。」慢藏，疏於治理或保管。慢，輕忽；疏怠。誨盜，誘人偷盜。誨，引誘。冶容，過分妖媚的打扮。冶，過分修飾；妖媚。誨淫，引誘別人產生淫欲。❿偏聽則暗兩句　意為僅聽一面之辭就會愚昧糊塗，昏暗不公；廣泛聽取意見，才能明辨是非，正確判斷。句本唐太宗與魏徵的對話。《資治通鑑・唐太宗貞觀二年》載：「上（唐太

宗）問魏徵曰：『人主何為而明，何為而暗？』對曰：『兼聽則明，偏信則暗。』」而魏徵的思想則源於《管子・君臣上》「夫民別而聽之則愚，合而聽之則聖」，以及東漢王符《潛夫論・明暗》「君子之所以明者，兼也；其所以暗者，偏信也」。偏聽，單聽一面之詞。暗，愚昧不明。兼聽，廣泛聽取意見。⑪耳聞是虛兩句　謂聽說的事情常有虛假之處，親眼看見才是事實。即「耳聞不如目見」之意。句本漢朝劉向《說苑・政理》：「夫耳聞之，不如目見之；目見之，不如足踐之。」又作「耳聽是虛，眼見為實」。耳聞，聽說；聽到。虛，虛假不真。實，真實；事實。⑫一犬吠影兩句　言一隻狗看見影子而叫，其餘的狗並無所見，僅僅聽見狗叫就叫喚不已。比喻人云亦云，隨聲附和。俗諺。又作「一犬吠形，群犬吠聲」、「一犬吠形，百犬吠聲」。東漢王符《潛夫論・賢難》：「諺曰：『一犬吠形，百犬吠聲。』世之疾此固久矣哉。吾傷（悲哀、感嘆）世之不察真偽之情也。」吠，狗叫。⑬莫信直中直兩句　意思是不要相信自稱正直坦率的人內心一定是正直坦率的，要提防那些標榜仁義的人有著不仁之心。句本明朝吳承恩《西遊記》第三七回：「莫信直中直，須防仁不仁。」民間俗語。宋元以降戲曲、小說中常見。如元代高文秀《澠池會》第一折：「莫信直中直，提防人不仁。頗奈趙國相無禮。他推說今日畫城子樣圖，換取玉璧……夤夜潛逃出關，把玉璧帶回本國去了。」直，公正，正直；坦率，爽快。⑭虎生猶可近兩句　謂活的老虎尚可接近，心地歹毒的人則決不能親近。寓惡人比老虎更可怕之意。生，活著的。毒，狠毒；歹毒。不堪，不能。堪，可；能。⑮來說是非者兩句　意為到你這裡來評論他人的人，其本身就是多是非者。句出南宋普濟《五燈會元》。後演變為民間俗語。戲曲、小說中常見。如《三寶太監西洋記》：「老爺道：『來說是非者，就是是非人。』就在侯公公身上，要個圓夢先生。」是非，評論；糾紛；口舌。⑯世路由他險兩句　謂儘管人生之旅艱險崎嶇，只要自己心懷坦蕩，都能視險如夷地走下去。世路，世情；世事；人世間的道路。指人一生處世行事的歷程。唐朝劉禹錫〈九日登高〉詩：「世路山河險，君門烟霧深。」居心，心地；存心。⑰惺惺常不足兩句　意為聰明人雖機智伶俐也會有不足之處，身居要職者有時需要裝聾作啞，寬宏大量。語本《慎子・內篇》：「諺云：不聰不明，不能為王；不瞽（盲）不聾，不能為公。」見《太平御覽》卷四九六。案：此二句就字面意義講，也可以理解為在這世上聰明而清醒者常常太少了，渾渾噩噩的糊塗人則往往身居要職。但中國古代一直有「不瞽不聾，不能為公（公卿）」、「不痴不聾，不為姑公（公婆）」之說，意思是身為官長或公婆，有時要裝糊塗，寬宏大量。惺惺，清醒貌；聰明機靈。懵懵，糊塗；迷糊。⓲遍身綺羅者兩句　謂渾身上下穿著綾羅綢緞者，沒有一個是養蠶繅絲的人。句出宋・張俞〈蠶婦〉詩：「昨日到城廓，歸來淚滿襟。遍身羅綺者，不是養蠶人。」遍身，猶全身。綺羅，綺和羅。泛指華貴的絲織品或絲綢衣服。也指穿著綺羅的人。多為貴婦、美女的代稱。綺，有花紋的絲織品。羅，稀疏而輕軟的絲織品。⓳萬般都是命兩句　謂世上所有的一切都是命中注定，人的意志願望不起任何作用。語本《論語・顏淵》：「死生由命，富貴在天。」

【語　譯】當許多人都持相同的意見或看法時，即便是錯的，也很難辯駁；一個人的力量薄弱，不能成就大事。突發事件的當時不必爭執動武，待事後適當時機再興師問罪。一件出眾的事情可以掩蓋其他的不足，秤砣雖小也能夠稱出千斤的重量。無病平安就是福，不必自尋煩惱，抱怨體瘦或是缺錢。說話辦事哪能滿足所有人的心意，只求自己問心無愧就可以了。如果草木無根，縱有陽光雨露，它也無法生長；命中注定窮苦的人，即使有飛來的橫財，他也不會富裕。保管財物不謹慎會招致盜竊，女子打扮得過分妖豔，無異引誘別人來調戲，這便是禍由自招。僅聽一面之辭將愚昧糊塗；廣泛聽取意見，才能明辨是非。聽說的事情常有虛假之處，親眼看見才是事實。一隻狗看見影子而叫，其餘的狗不辨事情真偽，僅僅聽見狗叫就隨聲附和，叫喚不已。不要相信自稱正直坦率的人內心一定是正直坦率的，要提防那些標榜仁義道德者有著不仁之心。活的老虎尚可相處，心地歹毒的人決不能親近。喜歡評論他人長短的人，其本身就是多是非者。儘管人生旅途艱險崎嶇，只要自己心懷坦蕩，都能視險如夷地走下去。聰明人常常因太機靈清醒而覺得有所不足，身居要職者有時需要裝聾作啞，寬宏大量。渾身上下穿著綾羅綢緞者，沒有一個是養蠶繅絲的人。世上所有的一切都是命中注定，完全不能由人的意志願望來決定。

毋私小惠而傷大體，毋借公論而快私情❶；毋以己長而形人之短，毋因己拙而忌人之能❷。勿恃勢力而凌逼孤寡，勿貪口腹而恣殺牲畜❸。以勢凌人，勢敗人凌我❹；窮巷追狗，巷窮狗咬人❺。見色而起淫心，報在妻女；匿怨而用暗箭，禍延子孫❻。先到為君，後到為臣❼。莫道君行早，更有早行人❽。滅卻心頭火，剔起佛前燈❾。平日不作虧心事，半夜敲門心不驚❿。牡丹花好空入目，棗花雖小結實成⓫。眾星朗朗，不如孤月獨明⓬；照塔層層，不如暗處一燈⓭。鼓打千椎，不如雷恨一聲⓮；良田百畝，不如薄技隨身⓯。富厚福澤，不過厚吾之生；貧賤憂慼，乃是玉汝于成⓰。

【章 旨】本節言日常生活中立身行事的一些基本準則，強調貧賤憂戚，是成就大事業所必須經過的磨練。

【注　釋】❶毋私小惠而傷大體兩句　意思是不要因為個人的小利益而損害立身行事的根本，不要假借公眾輿論來滿足個人的心意。句本明末洪應明《菜根譚・概論》：「勿私小惠而傷大體，毋借公論而快私情。」毋，莫；不可。表示禁止。私，偏私。小惠，微小的恩惠。《論語・衛靈公》：「群居終日，言不及義，好行小惠，難矣哉。」有些注疏者認為：小惠，小聰明。若按此，前半句也可解釋為不要因愛耍小聰明而傷害立身行事的根本。傷，損害。大體，重要的義理；有關大局的道理。公論，公眾輿論。快，滿足；愉快。私情，私人間的情誼或個人的心意。❷毋以己長而形人之短兩句　言不要用自己的長處去比照別人的短處。不要因為自己笨拙無能而嫉妒他人的才幹。句本明末洪應明《菜根譚・概論》：「毋偏信而為奸所欺，毋自任而為氣所使；毋以己之長而形人之短，毋因己之拙而忌人之能。」形，比較、對照。拙，笨拙；遲鈍。❸勿恃勢力而凌逼孤寡兩句　言不可依仗權力、財富去欺壓威逼孤兒寡母，不可貪饞口欲而濫殺飛禽走獸。句本明清之際朱用純《治家格言》（又名《朱子家訓》）：「勿恃勢力而凌逼孤寡，毋貪口腹而恣殺牲畜。」恃，憑藉；依仗。勢力，指權力、財富等。凌逼，侵凌逼迫。凌，侵犯；欺壓。孤寡，孤兒寡婦。口腹，口和腹。多指飲食、吃喝。恣，放縱；肆意；任意。❹以勢凌人兩句　意思是如果仗勢欺人，一旦勢力衰敗，別人同樣會欺壓你。以勢凌人，即仗勢欺人。❺窮巷追狗兩句　言在死巷裡追狗，把狗逼到絕路，狗也會瘋狂咬人的。寓凡事不可過分之意。窮巷，死巷；冷僻簡陋的小巷。窮，盡；完。❻見色而起淫心四句　意為見到美色就起奸淫之心，則必然會報應在自己妻子女兒的身上；隱藏起怨恨，在背地裡使用暗箭傷人，災禍將延及自己的子孫。句出明清之際朱用純《治家格言》。色，女子的美貌。也指美貌的女子。報，報應；報復。匿怨，對別人懷恨在心而不表現出來。《論語・公治長》：「匿怨而友其人（與那人做朋友），左丘明恥之，丘亦恥之。」匿，隱藏。暗箭，暗中射來的箭。常比喻用陰險的手段暗中攻擊或陷害別人，或暗中傷人的陰謀。語本宋代劉炎《邇言》卷六：「暗箭中人，其深次骨，人之怨之；亦必次骨，以其掩人所不備也。」❼先到為君兩句　意思是按照來到的先後確定秩序，先來者居主宰地位，後到者位次低，被役使。案：此句也有「先下手為強」之意。即先於他人的行動可以取得優勢。君，主宰；統治。臣，役使；以之為臣。❽莫道君行早兩句　謂強中更有強中手，切莫認為自己是起身最早、最了不起的，事實上還有人比你起得更早、更有才能。句本北宋道原《景德傳燈錄》卷二二：「謂言侵早起，更有夜行人。」南宋普濟《五燈會元》卷三〈古寺和尚〉作：「者曰：『五更侵早起，更有夜行人。』」後演化成民間俗語。戲曲、小說中常見。如《三俠五義》第三〇回：「丁二爺聽了，不覺詫異道：『展大哥，此話怎講？』展爺笑道：『莫道人行早，還有早行人。』」❾滅卻心頭火兩句　言熄滅心中的邪欲惡念，挑亮佛像前的明燈，修養善心。心頭火，即「心火」。指內心的激動、憤怒或邪欲惡念等情緒、欲望。唐朝白居易〈感春〉詩：「憂喜皆心火，榮枯是眼塵。」剔起佛前燈，挑亮佛像前的明燈。指修養善心。剔，撥動；挑出。案：古時點油燈，燈芯燃燒一段時間後成焦炭，亮度減弱，須挑除，即「剔」。北宋晏幾道〈南鄉子〉詞：「細剔銀燈怨漏長。」佛前燈，即佛燈。供於佛前的燈。❿平日不作虧心事兩句　謂如果平時沒有做過問心有愧的事，即便半夜有人敲門，依然心中坦蕩不吃驚。民間俗語。亦作「平日不作虧心事，半夜不怕鬼敲門」。戲曲、小說中常見。元代無名氏《盆兒鬼》第二折：「為人本分作經營，淡飯粗茶心自寧。平日莫作虧心事，半夜敲門不吃驚。」平日，平時。虧心事，違背良心的事；問心有愧的事。⓫牡丹花好空入目兩句　意思是牡丹花漂亮豔麗，但只能觀賞沒有大用，華而不實；棗花雖然很小，不起眼，卻能結出沉甸甸的果實，有益於人。含有為人做事應實在，不要圖虛名的意思。句用五代與宋之交時王溥〈咏牡丹〉詩「棗花至少能結實，桑葉雖柔解吐絲。堪笑牡丹如斗大，不成一事又空枝」之意。空入目，只能觀賞。⓬眾星朗朗兩句　謂群星璀璨，熠熠生輝，卻比不上一輪明月的光亮。句本《晏子春秋・內篇・諫下二十一》：「星之昭昭，不若月之曀曀（陰暗）。」朗朗，明亮；清晰。⓭照塔層層兩句　言與其用無數盞燈照亮層層寶塔，不如在暗處點起一盞油燈，方便夜行人。有與其錦上添花，不如雪中送炭之意。⓮鼓打千椎兩句　謂擂鼓千棰，哪比得上轟雷聲響。寓瑣事再多，沒有特色，一件大事則能驚天動地之意。椎，椎擊的工具，如木椎、鐵椎。⓯良田百畝兩句　意思是縱有良田百畝，也不如自己會一點謀生的技藝，可以應付各種變故。俗諺。北齊顏之推《顏氏家訓・勉學》：「夫明六經之指，涉百家之書，縱不能增益德行，敦厲風俗，猶為一藝得以自資；父兄不可常依，鄉國不可常保，一旦流離，無人庇蔭，當自求諸身耳。諺曰：『積財千萬，不如薄伎（技）在身。』伎之易習而可貴者，無過讀書也。」本句即用此意。薄技隨身，身懷某種技藝。薄技，亦作「薄伎」。微小的技能；淺薄的才能。也泛指手藝。⓰富厚福澤四句　意思是大富大貴，只不過使自己的生活充裕；貧賤困苦，憂愁煩惱，才貴之如玉，能幫助你成功。句本宋代張載〈西銘〉：「富厚福澤，將厚吾之生也；貧賤憂戚，庸玉女（汝）于成也。」福澤，猶福祿。厚吾之生，使我的生活充裕。憂慼，憂愁煩惱。玉汝于成，原意為貴之如玉、助之使成之意。後用為成全之意。亦簡化作「玉成」。

【語　譯】不要因個人的微小利益而損害立身行事的根本，不要假借公眾的評論來滿足個人的心意；不要用自己的長處去比照別人的短處，也不要因為自己無能而嫉妒他人的才幹。不可依仗權勢財富去欺壓威逼孤兒寡母，不可貪饞口欲而濫殺飛禽走獸。如果仗勢欺人，一旦勢力衰敗，別人同樣會欺壓你；在死巷裡追狗，把狗逼到絕路，狗也會瘋狂咬人的。見到美色就起奸淫之心，必然會報應在自己妻子女兒的身上。隱藏起怨恨，在背地裡使用暗箭傷人，災禍將延及自己的子孫。先於他人的行動可以取得優勢，居主宰地位，後到者則往往被役使。強中更有強中手，切莫認為自己是起身最早、最了不起的，事實上還有人比你起得更早、更有才能。熄滅心中的邪欲惡念，挑亮佛像前的明燈，修養善心。如果平時沒有做過問心有愧的事，即便半夜有人敲門，依然心中坦蕩，毫不吃驚。為人做事應實在，不要圖虛名，就像牡丹花漂亮豔麗，但華而不實，只能觀賞沒有大用，棗花雖然很小，不起眼，卻能結出沉甸甸的果實，有益於人。群星璀璨，熠熠生輝，卻比不上一輪明月的光亮。與其錦上添花，不如雪中送炭，就像用無數盞燈照亮層層寶塔，不如在暗處點起一盞油燈，方便夜行人。瑣事再多，沒有特色，一件大事卻能驚天動地，如同擂鼓千槌，哪比得上轟雷聲響。縱使家財萬貫，良田百畝，也不如自己有一點謀生的技藝，可以應付各種變故。大富大貴，只不過使自己的生活充裕；貧賤困苦，憂愁煩惱，才貴之如玉，能幫助你成功。

命薄福淺❶，樹大根深。非上上智，無了了心❷。護疾忌醫❸，掩耳盜鈴❹。烈士讓千乘，貪夫爭一文❺。氣是無名火❻，忍是敵災星❼。但存方寸地，留與子孫耕❽。萬事勸人休瞞昧，舉頭三尺有神明❾。為惡畏人知，惡中猶有善路；為善急人知，善處即是禍根❿。貧賤驕人，雖涉虛矯，還有幾分俠氣；奸雄欺世，縱似揮霍，全沒半點真心⓫。掃地紅塵飛，才著功夫便起障；開窗日月進，能通靈竅自生明⓬。發念處即遏三大欲，到頭時方全一點真⓭。

【章　旨】古人認為人的一切行為，冥冥中的神靈都會記著，到一定的時候清算。只有根本上去除欲念，修身養性，趨吉避凶，才能留存真心善心。本節即由此立論。

【注　釋】❶命薄福淺　謂命運不佳，福分淺薄。❷非上上智兩句　意為不具備出眾的智慧，就難以明心見性、領悟深奧的道理。句出明末洪應明《菜根譚・概論》。案：洪應明此語承接其上文「山河大地已屬微塵，而況塵中之塵；血肉之軀且歸泡影，而況影外之影」（句見本書頁二七）而發，含有如果不具備出眾的智慧，就難以看破紅塵、超凡脫俗之意。上上智，最高的智慧。《壇經・行由》：「下下人有上上智。」了了，通曉事理；佛教以明心見性（認識內心的佛心）為了悟。此謂了而復了，極言其心悟之徹。❸護疾忌醫　言隱瞞疾病，不願醫治。語本《周子通書・過》：「今人有過，不喜人規，如護疾而忌醫，寧滅其身而無悟也，噫！」比喻因害怕他人批評而掩飾自己的缺點和錯誤。今一般作「諱疾忌醫」。護，遮蔽；掩蓋。❹掩耳盜鈴　謂捂著耳朵去偷別人的鈴。比喻自己欺騙自己。典出《呂氏春秋・自知》：「百姓有得鐘者，欲負（背）而走，則鐘大不可負；以椎毀之，鐘況然有音，恐人聞之而奪己也（怕人聽見會奪去），遽揜（捂）其耳。」宋代朱熹〈答江德功書〉：「成書不出姓名，以避近民之譏，此與掩耳盜鈴之見何異？」❺烈士讓千乘兩句　意思是有志之士謙讓高官厚祿；貪鄙小人連一文錢也要爭奪。句出明末洪應明《菜根譚・概論》：「烈士讓千乘，貪夫爭一文，人品星淵（天壤之別）也。」烈士，有氣節有壯志的人。《韓非子・詭使》：「而好名義不仕進者，世謂之烈士。」今指為正義事業而犧牲的人。千乘，兵車千輛。古時一車四馬為一乘，常以兵車的多少來衡量國家的大小。諸侯大國方圓百里，出車千乘，稱千乘之國。一文，一枚銅錢。比喻數量甚少。❻氣是無名火　謂憤怒怨氣是於人有害的痴愚之火。無名火，同「無明火」。痴妄之念；欲火；怒火。《敦煌變文集・維摩詰經講經文》：「一點無明火要防，焚燒善法更難當。」無明，梵語avidy的意譯。謂痴愚無智慧。❼忍是敵災星　言忍耐則為對抗災難的最好法寶。俗諺。清朝杜文瀾《古謠諺》卷三二引《官箴》：「忍之一字，眾妙之門，當官外事，猶是先務：

若能清、慎、勤之外，更行一忍，何事不辦。諺曰：『忍是敵災星。』非空言也。」敵災星，對抗災難的法寶。敵，對抗；抵拒。❽但存方寸地兩句　意思是只需留存一片正大光明、合乎道德禮儀的心地，子孫們處處仿效，便受用無窮。語見南宋羅大經《鶴林玉露》丙編卷六：「俗語云：『但存方寸地，留于子孫耕。』指心而言也……雖有貧無立錐地者，有跨都兼併者，但此方寸地，人人有之。斂之其細無倫，充之包八荒，備萬物，無界限，無方體。」治方寸地，應當以孔孟學說為根本，「忿必懲，欲必窒，惰必警，輕必矯，無稽之言必不聽，便佞之友必不親……優遊而厭飫之，固守而靜俟之，不躐等，不陵節，不求聞，不計獲……誠如是，則信善而大化，篤實而輝日，通神明，贊化育，乃實穎實粟之時，參天溜雨之日也。」方寸地，指心。心處胸中方寸間，故稱。戰國時已有此語。如《列子・仲尼》：「嘻！吾見子之心矣，方寸之地虛矣。」❾萬事勸人休瞞昧兩句

意為奉勸世人做任何事情都不要欺騙隱瞞，頭頂之上就有神靈在，看得清清楚楚。句出《南唐書》徐鉉語：「萬事勸人休瞞昧，舉頭三尺有神靈。」瞞昧，隱藏欺騙。❿為惡畏人知四句　謂做了壞事還能夠害怕別人知道，那麼其邪惡中尚有一絲羞恥心，有改惡從善的希望；做了好事急於告訴大家，那麼，他行善之處就埋下了邪惡的根源。句本明末洪應明《菜根譚・概論》：「為惡而畏人知，惡中猶有善路；為善而急人知，善處即是惡根。」另，明清之際朱用純《治家格言》：「善欲人見，不是真善；惡恐人知，便非大惡。」意同。畏，害怕；恐懼。急人知，急於讓人知道。⓫貧賤驕人六句　言貧窮卑賤卻以此傲氣自負，雖然是虛偽做作，但還有幾分豪俠之氣；耍弄權術、竊取高位的奸雄欺世盜名，看似豪放灑脫，卻沒有絲毫真心實意。句本《菜根譚・評議》：「貧賤驕人，雖涉虛矯，還有幾分俠氣；英雄欺世，縱似揮霍，全沒半點真心。」貧賤驕人，漢朝劉向《說苑・尊賢》：魏文侯從中山奔命安邑，路遇田子方，太子引車避，下謁，「子方坐乘如故，告太子曰：『為我請君，待我朝歌。』太子不說（悅），對子方曰：『不識貧窮者驕人乎？富貴者驕人乎？』子方曰：『貧窮者驕人，富貴者安敢（怎麼敢）驕人！……（因為）人主驕人而亡國，大夫驕人而亡其家，貧窮者若不得意，納履而去，安往不得之貧窮乎（還能不貧窮嗎）？（所以）貧窮者驕人，富貴者安敢驕人！』」《史記・魏世家》

有類似的記載）句用此意。驕人，傲視他人；向他人顯示驕矜。涉，屬於。虛，虛偽做作。奸雄，弄權欺世、竊取高位的人。欺世，欺騙世人，竊取名譽。揮霍，奔放；灑脫；無拘束。⑫掃地紅塵飛四句　意思是心有雜念就不可能修得真道，只有心地真純，才能開竅，一通百通。句本明末洪應明《菜根譚・評議》：「掃地白雲來，才著功夫便起障；鑿池明月入，能空境界自生明。」掃地紅塵飛兩句，言剛開始修養身心，便被欲念煩惱遮蔽了，就像掃地（打掃心靈）時塵土（欲念）飛揚。比喻俗心未泯，難以修得真道。紅塵，佛教、道教等稱人世為「紅塵」。此處也指世間的俗事、欲念。著，動手；開始做。功夫，積功累行、涵蓄存養心性。障，佛教語。業障；煩惱。開窗日月進兩句，謂心地真純便能開竅，一通百通，就像打開窗子，日月光明自然能照進來。日月，比喻真道、真念。靈竅，心靈；慧心。明朝袁宏道《袁中郎先生全集・序》：「而出自靈竅，吐于慧舌，寫于銛穎，蕭蕭冷冷，皆足以蕩滌塵情，消除熱惱。」⑬發念處即遏三大欲兩句　謂從開始修煉之初就克制最有害的三種欲望，持之以恆，臨終時才能保全真性情。發念處，欲念剛產生時。此處指開始修煉。發念，萌生念頭。三大欲，就俗世而言，指孔子「三戒」的對象，即色、鬥、得；或民間常說的「三惑」：酒、色、財。就佛教而言，指毒害眾生最大的「三毒」（又作「三火」、「三垢」），即貪、瞋、痴；或求得解脫的三大障礙，即煩惱障、業障和報障。到頭時，指臨終。人生走到盡頭之意。

【語　譯】命運不佳，福分淺薄；樹木高大，紮根很深。不具備出眾的智慧，就難以明心見性、領悟深奧的道理。隱瞞疾病，不願醫治，這是害怕遭人批評而掩飾自己的缺點和錯誤；捂著耳朵去偷鈴，這是自己欺騙自己。有志之士謙讓高官厚祿，貪鄙小人連一文錢也要爭奪。憤怒怨氣是有害於人的痴愚之火，克制忍耐則為對抗災禍的最好法寶。只需留存一片正大光明、合乎道德禮儀的心地，子孫們處處仿效，便受用無窮。做了壞事還能夠害怕別人知道，那麼，其邪惡中尚存一絲羞恥心，有改惡從善的希望；做了好事急於告訴大家，那麼，他行善之處就埋下了邪惡的根源。

貧窮卑賤卻以此傲氣自負，雖然是虛偽做作，但還有幾分豪俠之氣；耍弄權術、竊取高位的奸雄欺世盜名，看似豪放灑脫，卻沒有絲毫真心實意。心有雜念，剛開始修養身心，便被欲念煩惱遮蔽了，就像掃地時塵土飛揚，不可能打掃乾淨，修得真道；只有心地真純，方能開竅，一通百通，如同打開窗子，日月光明自然能照進來。從開始修煉時起就要克制最有害的三種欲望，持之以恆，臨終時才能保全真性情。

守分安命❶，趨吉避凶❷。識真方知假，無奸不顯忠❸。人無千日好，花無百日紅❹。人老心不老，人窮志不窮❺。座上客常滿，杯中酒不空❻。禮儀興于富足，盜賊出于貧窮❼。乍富不知新受用，乍貧難改舊家風❽。天上有星皆拱北，世間無水不朝東❾。白髮不隨老人去，轉眼又是白頭翁❿。屋漏更遭連夜雨，船慢又被打頭風⓫。筍因落籜方成竹，魚為奔波始化龍⓬。

【章　旨】本節主要言世上一切都在變化，當遵循規律而盡己力。

【注　釋】❶守分安命　言信守本分，安於命運。守分，安守本分。唐・李白〈空城雀〉：「天命有定端，守分絕所欲。」安命，安於命運。語本《莊子・德充符》：「知不可奈何而安之若命，惟有德者能之。」❷趨吉避凶　謂謀求安吉，避開災禍。明朝沈鯨《雙珠記・母子分珠》：「趨吉避凶，儒者之事。」趨，疾走；奔赴。❸識真方知假兩句　意思是只有懂得什麼是真的，才能知道什麼是假的；沒有奸邪，也就顯示不出忠誠。❹人無千日好兩句　言萬事萬物都在變化，人生旅途不會始終順利暢達，就像花兒不能常開不謝。句出元朝楊文奎《兒女團圓》楔子：「人無千日好，花無百日紅。早時不算計，過後一場空。」民間俗語。戲曲、小說中常見。❺人老心不老兩句　言年齡雖老，但雄心未老；境遇困頓，而志向不衰。有老當益壯，窮且益堅之意。俗諺。窮，困境；貧苦。❻座上客常滿兩句　意思是家裡經常賓朋滿座，杯中總是滿盛美酒，這是待客有禮、人緣好、家境富裕的表現。句本《後漢書・孔融傳》。漢朝孔融好客，得人緣，家裡經常高朋滿座。他常說：「座上客恆（常）滿，杯中酒不空，吾無憂矣。」❼禮儀興于富足兩句　意為道德禮儀建立在饒裕富足的基礎上，盜賊則往往是因為貧窮而產生的。句本東漢王符《潛夫論・愛日》：「禮儀生于富足，盜竊起于貧窮。」此與本書頁二三「飢寒起盜心」類似，可參見。禮義興于富足，由《管子・牧民》「倉廩實則知禮節，衣食足則知榮辱」化出。興，產生；興起。❽乍富不知新受用兩句　謂突然暴富，一時還不知道該如何享用；一下子遭難變窮，短時間內也很難改變過去奢華的生活方式。乍，突然；驟然。受用，享受；享用。家風，猶門風。指一家的傳統習慣、生活方式等。❾天上有星皆拱北兩句　意思是天上的星星都圍繞著北斗星，地上的河流皆向東流入大海。句本元朝李好古《張生煮海》第一折：「我便是海中龍氏女，勝似那天上許飛瓊。豈不知『眾星皆拱北，無水不朝東。』」天上有星皆拱北，語出南宋普濟《五燈會元》卷一五〈西禪欽禪師〉：「僧問：『如何是函蓋乾坤句？』師曰：『天上有星皆拱北。』」此又本《論語・為政》：「為政以德（仁愛、仁政），譬如北辰，居其所，而眾星共（拱）之。」後因以喻拱衛君王或四裔歸附。案：古代取一定的星象，作為分辨一年四季的標誌，這些星象叫做辰。北辰就是北極。北極是移動的，因而古今極星不同。但極星移動非常緩慢，古人誤以為極星是不動的，所以孔子說「譬如北辰，居其所，而眾星共（拱）之」。拱北，天上的星星都圍繞著北斗星。猶「拱辰」。

拱，環繞；環抱。北，北辰。即北極星。世間無水不朝東，案：這是就古代中華民族活動的主要區域——中國中原地區及長江流域——的河流流向而言的。由於中國的地勢西高東低，所以，這一區域的河流大多向東流入大海。就世界範圍而言，河流各依其地勢，向東、向南、向西、向北的流向皆有。❿白髮不隨老人去兩句 言白頭髮並不隨著老一輩人的逝去而消失，轉眼間又一代人也成了白頭老翁。喻新陳代謝世世不休。⓫屋漏更遭連夜雨兩句 意為屋子漏了，偏偏遭遇連夜陰雨；船行很慢，卻又碰上迎面颳來的頂頭風。比喻時運不佳，禍不單行。句本元朝高明《琵琶記・代嘗湯藥》：「屋漏更遭連夜雨，船遲又被打頭風。」民間俗語。戲曲、小說中常見。打頭風，逆風。⓬筍因落籜方成竹兩句 謂筍只有在脫去層層外殼後，方可長成竹子；魚因為長途奔波，(跳過龍門)才能變成龍。比喻若要成功，需經過一系列持續不斷的努力。落籜，脫去了層層外殼。籜，竹筍皮。即包在新竹外面的皮葉，竹長成逐漸脫落。俗稱筍殼。魚為奔波始化龍，中國古代傳說，每年春天，無數的魚從大海及各河川經過長途奔波聚集於黃河中游的龍門（地名）下，其中極少數跳過龍門，變為龍；跳不過的，往往力竭而死。化，變化。

【語　譯】為人立身應當信守本分，安於命運；謀求吉祥，避開災禍。只有懂得什麼是真，才能知道什麼是假；沒有奸邪，也就顯示不出忠誠。萬事萬物都在變化，人生旅途不會始終順利暢達，就像花兒不能常開不謝。年齡雖老，但雄心未老；境遇困頓，而志向不衰。家裡經常賓朋滿座，杯中總是滿盛美酒。道德禮儀建立在饒裕富足的基礎上，盜賊則往往因為飢寒交迫而產生。突然暴富，一時還不知道該如何享用；一下子遭難變窮，短時期內也很難改變原來奢華的生活方式。天上的星星都圍繞著北斗星，地上的河流皆向東流入大海。新陳代謝世世不休，白頭髮並不隨著老一輩人的逝去而消失，轉眼間又一代人也成了白頭老翁。時運不佳，禍不單行，屋子漏了，偏偏遭遇連夜陰雨；船行很慢，卻又碰上頂頭風。若要成功，需經過一系列持續不斷的努力，如同筍脫去了層層外殼方可長成竹子，魚經歷長途奔波，跳過龍門，才能變成龍。

汝惟不矜，天下莫與汝爭能；汝惟不伐，天下莫與汝爭功❶。明不傷察，直不過矯。仁能善斷，清能有容❷。不盡人之歡，不竭人之忠❸。不自是而露才❹，不輕試以倖功❺。受享不踰分外，修持不減分中❻。待人無半毫詐偽欺隱，處事祇一味鎮定從容❼。肝腸煦若春風，雖囊乏一文，還憐煢獨；氣骨清如秋水，縱家徒四壁，終傲王公❽。急行緩行，前程祇有許多路；逆取順取，到頭總是一場空❾。

【章旨】本節主要強調人應當有氣節，有愛心；同時，做任何事情都要注意分寸，適可而止，留有餘地。

【注釋】❶汝惟不矜四句　句出《書・大禹謨》。意思是你只要不自恃賢能，那麼，天下便沒有人能夠與你爭能；你只要不自誇功績，那麼，天下就沒有人能夠與你爭功。汝，你。惟，只有；只要。副詞。不矜，不自誇；不自恃。矜，自誇；自恃。不伐，不自我誇耀。《易・繫辭上》：「勞而不伐，有功而不德，厚之至也。」

伐，自我誇耀。❷明不傷察四句　謂人要賢明睿智，但不刻意深究細小的瑣事；為人應正直不阿，但不能過分強拗不合群；既有仁愛之心，又能夠當機立斷；既清正廉潔，又能寬宏大量，容忍他人之過。句本《菜根譚・概論》：「清能有容，仁能善斷，明不傷察，直不過矯。是謂蜜餞不甜，海味不鹹，才是懿德（美德）。」明，賢明；嚴明。傷察，過於苛察；過分深究細小的瑣事。傷，太；過於。察，苛求；詳審。直，正直；剛直。矯，強拗；剛健；卓異不群。善斷，善於決斷。善，擅長；善於。有容，有所包含；寬宏大量。《書・君陳》：「有容德乃大。」孔傳：「有所包容，德乃為大。」意同。❸不盡人之歡兩句　意思是不要享盡別人給予的所有歡樂，不要苛求別人奉獻所有的忠誠。有凡事留有餘地之意。竭，完；盡。❹不自是而露才　言不自以為是而到處顯露才華。自是，自以為是。《老子》第二四章：「自見者不明，自是者不彰。」露才，顯露才華；賣弄才華。❺不輕試以倖功　謂不輕易顯示身手以圖僥倖立功。輕試，輕率地從事某事。輕，輕率；不慎重。倖功，希圖僥倖立功。倖，希圖得到非分的財物或功名利祿。❻受享不踰分外兩句　謂享受不要超越自己所應得到的部分；修身守道，則不降低應當達到的所有標準。句本《菜根譚・概論》：「寵利毋居人前，德業毋落人後；受享毋踰分外，修持毋減分中。」受享，享受；享用。踰，「逾」的異體字。超越；過分。分外，本分以外的（財物、名利等）。修持，修身守道。分中，猶分內。本分以內（所應做的）。❼待人無半毫詐偽欺隱兩句　言待人接物沒有半點虛偽欺詐，處理事務則一貫保持鎮定從容。句出《菜根譚・應酬》：「遇事只一味鎮定從容，縱紛若亂絲，終當就緒；待人無半毫矯偽欺隱，雖狡如山鬼，亦自獻誠。」處事，辦事。一味，專一；一直。❽肝腸煦若春風六句　意思是內心似春風般和煦溫暖，儘管身無分文，仍然關心同情孤苦無靠者；氣節風骨如秋水般清凜高潔，即便家徒四壁，依舊傲視王公貴人。句出《菜根譚・應酬》。肝腸，比喻內心。煦，溫暖；和悅。囊乏一文，口袋裡沒有一分錢。即身無分文。形容極其貧困。囊，口袋。乏，缺少；沒有。一文，一文錢。煢獨，孤獨無助的人。煢，本指沒有兄弟，也泛指孤獨無靠。獨，無子。氣骨，氣節風骨。即志氣、節操、品格等。秋水，秋天江水湖水清澈凜冽。以之比喻人的氣質。縱，即使。家徒四壁，家中只有四面牆壁。形容十分貧困，一無所有。典出《史記・司馬相如列傳》：「文君夜亡奔相如，相如乃與馳歸成都。家居徒四壁立。」司馬貞索隱引孔文祥云：「徒，空也。家空無資儲，但有四壁而已。」終，終究。傲，輕慢；蔑視。❾急行緩行四句意思是人生的路，無論走得快還是走得慢，前程總是那麼漫長；功名利祿，無論用合法或是不合法的方式取得，最終都是一無所有。句本清朝金纓《格言聯璧・惠言類》：「急行緩行，前程總有許多路；逆取順取，命中只有這般財。」逆取順取兩句，含有死去時所有的功名利祿均無法帶走一絲一毫，故而處心積慮、不擇手段地追求它們是毫無意義的意思。逆取，以違背道德倫理等社會規範的方式獲得；以暴力奪取。逆，違背；顛倒。順取，以合乎情理的方法獲得。順，合乎事理。

【語譯】你只要不自恃賢能，那麼，天下便沒有人能夠與你爭能；你只要不自誇功績，那麼，天下就沒有人能夠與你爭功。立身行事既要賢明睿智，又不刻意深究細小的瑣事；既應剛正不阿，也不過分強拗不合群；既有仁愛寬厚之心，又善於當機立斷；既清正廉潔，也能寬宏大量，容忍他人之過。不要享盡別人給予的所有歡樂，不要苛求別人奉獻所有的忠誠。不自以為是而到處顯露才華，不輕易顯示身手以圖僥倖立功。享受不要超越自己所能得到的分額；修身守道，則不降低應當達到的所有標準。待人接物沒有半點虛偽欺詐，處理事務一貫保持鎮定從容。內心似春風般和煦溫暖，儘管身無分文，仍然關心同情孤苦無靠者；氣節風骨如同秋水般清凜高潔，即便家徒四壁，依舊傲視王公貴人。人生的路，無論走得快還是走得慢，前程總是那麼漫長；功名利祿，無論用合法或是不合法的方式取得，死去時都不能帶走一絲一毫。

生不認魂，死不認尸❶。好言難得，惡語易施❷。美玉可沽，善賈且待❸。瓦甑既墮，反顧何為❹？英雄行險道❺，富貴似花枝❻。人情莫道春光好，祇怕秋來有冷時❼。父母恩深終有別，夫妻義重也分離❽。人生似鳥同林宿，大限來時各自飛❾。早把甘旨勤奉養，夕陽光景不多時❿。

【章旨】本節主要講東西失去後難以挽回，應當珍惜情感，善待父母。

【注釋】❶生不認魂兩句　謂人活著的時候並不了解自己的魂魄；死了也無法認識自己的屍體。認，認識；了解。❷好言難得兩句　意思是善意的、讚美他人的話很難聽見；無禮、中傷之語容易流傳散布。好言，善言；好話。惡語，無禮、中傷之語。施，散布。❸美玉可沽兩句　語本《論語‧子罕》：「有美玉于斯，韞匵（藏在櫃子裡）而藏諸？求善賈而沽諸？子曰：『沽之哉！沽之哉！我待賈者也。』」意為美玉可以賣，但要等待好價錢。沽，通「酤」。買或賣。善賈，高價。賈，通「價」。❹瓦甑既墮兩句　意思是瓦罐已經掉在地上摔破了，回頭再看又有什麼用呢。典出《後漢書‧郭泰傳》：東漢人孟敏有次失手把瓦甑掉在地上，他頭也不回，徑直而去。郭泰問他為什麼，孟敏說：「甑已破矣，視之何益（看又有什麼用呢）？」意思是已經失去的東西就不要再留戀了。瓦甑，古代陶製的蒸食炊具。底部有許多透蒸氣的小孔，類似現代的蒸籠。墮，落下。反顧，回頭看。❺英雄行險道　言英雄的道路總是充滿著艱難險阻。❻富貴似花枝　謂功名富貴就像枝上的花朵一樣易於凋零。❼人情莫道春光好兩句　意思是人與人的情感、交往並不是總像春光一樣美好溫暖，只怕也有秋風瑟瑟、寒氣逼人的時候。王維〈酌酒于裴迪〉詩：「酌酒與君君自寬，人情翻覆似波瀾。」句含此意。人情，人與人的交情；應酬、交際往來。❽父母恩深終有別兩句　言父母的養育之恩再深，終究會有離別的一天；夫妻間的情義再重，仍然有分手的時候。❾人生似鳥同林宿兩句　意思是人生在世就像鳥兒住在同一片森林中，一旦死期來臨，便各自離開人世，如同鳥兒飛離樹林，各奔東西。大限，壽數；死期。晉朝葛洪《抱朴子・極言》：「不得大藥，但服草木，可以差于常人，不能延其大限也。」❿早把甘旨勤奉養兩句　謂父母在世時多多向他們盡孝心，因為他們就像夕陽一樣，歲月不多了。甘旨，美味的食物；奉養雙親的食物。白居易〈奏陳情狀〉：「臣母多病，臣家素貧，甘旨或虧，無以為養，藥餌或闕，空致其憂。」夕陽，比喻父母年老，今後的歲月不多了。本書頁六「愛日以承歡」等四句與之相似，參見該數句及其注釋。

【語　譯】人活著的時候並不了解自己的魂魄；死了也無法認識自己的屍體。善意的、讚美他人的話很難聽見；而無禮、中傷之語卻容易流傳散布。美玉可以賣，但要等待好價錢。已經失去的東西不必留戀，就像瓦甑碎了，回頭看又有什麼用呢？英雄的道路總是充滿著艱難險阻，功名富貴如同枝上鮮豔的花朵一樣易於凋零。人與人的情感、交往並不是總像春光一樣美好溫暖，只怕也有秋風瑟瑟、寒氣逼人的時期。父母的養育之恩再深，終究會有離別的一天；夫妻間的情義再重，仍然有分手的時候。人生在世就像鳥兒住在同一片森林中，一旦死期來臨，便各自離開人世，如同鳥兒飛離樹林，各奔東西。因此，趁父母在世時多多向他們盡孝心，因為他們就像夕陽一樣，歲月不多了。

人善被人欺，馬善被人騎❶。人惡人怕天不怕，人善人欺天不欺❷。

善惡到頭終有報，祇爭來早與來遲❸。龍游淺水遭蝦戲，虎落平陽被犬欺❹。但將冷眼觀螃蟹，看伲橫行到幾時❺。黃河尚有澄清日，豈有人無得運時❻？十年窗下無人識，一舉成名天下知❼。燕雀哪知鴻鵠志❽，虎狼豈被犬羊欺❾。事業文章隨身銷毀，而精神萬古不滅；功名富貴逐世轉移，而氣節千載如斯❿。

【章　旨】本節言世道黑暗，善良者常受欺負，但最終善惡有報，只不過時間早晚而已；同時，只要立大志，努力實行，終有成功的一天。

【注　釋】❶人善被人欺兩句　謂人太善良很容易遭惡人欺負，馬太溫馴則人人皆可乘騎。民間俗語。戲曲、小說中常見。《金瓶梅詞話》第七六回：「趁將你家來，與你家做小老婆……不長氣。自古人善得人欺，馬善得人騎，便的如此。」❷人惡人怕天不怕兩句　意思是惡人行凶，大家害怕，但上天並不怕他；善良者受別人欺負，但上天決不欺他。句出明末淩濛初《初刻拍案驚奇》卷一一：「殺人竟不償命，不殺人則要償命，死者生者，怨氣沖天，縱然官府不明，皇天自然鑒察……所以說道：『人惡人怕天不怕，人善人欺天不欺。』」民間俗語。❸善惡到頭終有報兩句　言無論行善還是作惡，到頭來終究會得到他們應有的報應，其差別只在於報應時間來得早或晚而已。民間俗語。句出元代高明《琵琶記・五娘葬公婆》：「公公，自古流傳多有此，畢竟感格上蒼知……正是：『善惡到頭終有報，只爭來早與來晚。』」爭，猶「差」。相差。唐・杜荀鶴〈自遣〉詩：「百年身後一丘土，貧富高低爭幾多。」❹龍游淺水遭蝦戲兩句　意為蛟龍游到淺水中，會遭到蝦米的戲弄；老虎流落在平原上，就將被狗所欺負。比喻英雄身處困境時，遭受小人的淩辱。民間俗語。戲曲、小說中常見。《西遊記》第二八回：「正是『龍游淺水遭蝦戲，虎落平陽被犬欺』。縱然好事多磨障，誰像唐僧西行時。」戲，嘲弄。落，流落。平陽，平地。❺但將冷眼觀螃蟹兩句　意思是以冷靜、輕蔑的眼光觀察行凶作惡的人，看他們能夠橫行霸道到什麼時候。句本元代楊顯之《瀟湘雨》第四折：「正是：常將冷眼看螃蟹，看你橫行到幾時。」但，僅；只是。冷眼，冷靜的眼光；輕蔑的眼光。螃蟹，蟹的別稱。因其橫著行走，違反常道，用以比喻惡人。伲，你；你們。方言。橫行，橫著行走。比喻胡作非為，蠻不講理。❻黃河尚有澄清日兩句　謂渾濁的黃河還有變清的時日，難道人就沒有時來運轉的時候。句出明朝柯丹邱《荊釵記》第十五齣：「黃河尚有澄清日，豈可人無得運時。皇都得意，那時好個風流婿。」黃河尚有澄清日，唐朝劉采春〈羅嗊曲〉已有「黃河清有日，白髮黑無緣」句。案：黃河是中華民族的母親河，但因長期過度開發，上游植被遭到嚴重破壞，水土流失，致使黃河中夾雜著大量的泥沙，河水渾濁，且時常泛濫成災。自古以來人們就期盼著河水變清。古時傳說黃河千年一清，因而以「河清」作為昇平祥瑞的象徵。也比喻機遇難得。《易緯乾鑿度》卷下：「天之將降祥瑞應，河水清三日。」豈，難道。用於疑問或反詰句。如：豈有此理。❼十年窗下無人識兩句　意思是寒窗下苦讀多年而不為世人知曉，一旦金榜題名或建功立業便名揚天下。句出元代劉祁《歸潛志》卷七：「南渡後，疆土狹隘，止河南、陝西，故仕調進官，皆不得遽入仕……往往歸耕，或教小學養生。故當時有云：『古人謂十年窗下無人問，一舉成名天下知；今日一舉成名天下知，十年窗下無人問也。』」十年，虛數。指數年、多年。窗下，指寂寞艱苦的讀書生活。常用「寒窗」一詞，形容其貧寒清苦。一舉成名，原指士子一旦科舉及第就名揚天下，後亦泛指一下子就出了名。❽燕雀哪知鴻鵠志　語出《史記・陳涉世家》：陳涉早年為人做工，有次與同伴說起志向，大家嘲笑他，「陳涉太（嘆）息曰：『嗟乎，燕雀安知鴻鵠之志。』」意思是麻雀、小鳥哪能知道天鵝的志向。後因以比喻庸俗淺薄的人不能理解志向遠大者的抱負。燕雀，燕和雀。泛指小鳥。此處比喻庸俗淺薄的人。鴻鵠，天鵝。❾虎狼豈被犬羊欺　謂真正勇猛的志士怎能被卑鄙小人欺辱。虎狼，比喻勇猛或凶殘的人。亦以喻勇猛或凶殘。《左傳・哀公六年》：「及朝，則曰：『彼虎狼也。』」句中用「勇猛」意。犬羊，狗和羊。常用以比喻任人宰割者，如俘虜、囚犯等。也用作對外敵的蔑稱。漢代陳琳〈為袁紹檄豫州〉：「爾大軍過蕩西山，屠左各校，皆束手奉質，爭為前蹬，犬羊殘醜，消淪山谷。」句中用後一意。❿事業文章隨身銷毀四句　意思是一生的事業、才華、學問都將隨著生命的終結而消亡，但精神萬古不滅；功名富貴會隨著時世的變化而在不同家族中轉移，但貧賤不移、富貴不淫、威武不屈的氣節千年如一。句本明末洪應明《菜根譚・概論》：「事業文章隨身銷毀，而精神萬古如新；功名富貴逐世轉移，而氣節千載一日。君子信不當以彼易此也。」文章，才華學問。萬古，猶萬世、萬代。形容經歷的年代久遠。逐世，隨著時世。逐，隨；跟隨。氣節，志氣；節操。如斯，如此。斯，此。指示代詞。

【語　譯】人太善良容易遭惡人欺負，馬太溫馴則人人皆可乘騎。惡人行凶，大家害怕，但上天並不怕他；善良者受別人欺負，但上天決不欺他。行善的、作惡的，到頭來終究會得到他們應有的報應，其差別只在於報應時間來得早或晚而已。英雄身處困境時，常遭受小人的凌辱，就像蛟龍游到淺水中，會遭到蝦米的戲弄，老虎流落在平原上，則被狗欺負。且以冷靜、輕蔑的眼光觀察行凶作惡者，看他們能夠橫行霸道到什麼時候。渾濁的黃河還有變清的那一天，難道人就沒有時來運轉的時候？寒窗下苦讀多年不被世人知曉，一旦金榜題名或建功立業便名揚天下。庸俗淺薄的人不能理解志向遠大者的抱負，真正勇猛的志士怎能被卑鄙小人所欺辱。一生的事業才學會隨著生命的終結而消亡，但精神萬古不滅；功名富貴會隨著時世的變化而在不同的家族中轉移，但貧賤不移、富貴不淫、威武不屈的氣節千年如一。

得寵思辱❶，居安思危❷。國亂思良相，家貧思良妻❸。榮寵旁邊辱等待，貧賤背後福跟隨❹。成名每在窮苦日，敗事多因得意時❺。聲妓晚景從良，半世之烟花無礙；貞婦白頭失守，一生之清苦俱非❻。

【章　旨】本節言禍福相依，當居安思危，善始善終。

【注　釋】❶得寵思辱　言得到榮耀恩寵時，要想到一旦失寵便會遭受羞辱。寓勿得意忘形之意。得寵，受到寵愛。❷居安思危　謂處於安寧的環境中，要想到可能出現的危難。《左傳・襄公十一年》：「《書》曰：『居安思危。』思則有備，有備無患。」❸國亂思良相兩句　謂國家處於災難變亂時，就懷念想望能夠安邦治國的賢能宰相；家境貧寒，便盼望有個善於持家的賢慧妻子。句本《史記・魏世家》：「魏文侯謂李悝曰：先王嘗教寡人曰：『家貧則思良妻，國亂則思良相。』今所置（指立相事）非成則璜，二子何如（這二人怎麼樣）？」思，懷念；盼望；想望。良相，賢能的宰相。也泛指朝中大臣。❹榮寵旁邊辱等待兩句　意思是榮耀、寵愛的旁邊就有恥辱在等待；貧苦、低賤的背後可能有福分相隨。句本《菜根譚・評議》：「榮寵旁邊辱等待，不必揚揚（得意）；困窮背後福跟隨，何須戚戚（悲哀）。」全句用《老子》五十八章「禍兮，福之所倚；福兮，禍之所伏」意。❺成名每在窮苦日兩句　謂功成名就往往在貧苦微賤的境遇中，事業衰敗多半因為太順利得意。因為前者鼓勵人奮發進取，後者易因驕傲、安逸而頹敗。敗事，失敗；把事情搞壞。❻聲妓晚景從良四句　意思是樂妓晚年脫離賣笑的生涯，嫁作正派人的妻子，那麼半生的賤業不妨礙她重新做人；而貞潔的良家婦女年老時改嫁或失身，她一生為保持貞操所受的清冷孤苦便全部付諸東流。句本《菜根譚・概論》：「聲妓晚景從良，一世之烟花無礙；貞婦白頭失守，半生之清苦俱非。語云：『看人只看後半截。』真名言也。」明朝呂坤

《續小兒語・六言》：「貞婦白頭失守，不如老妓從良。」意同。強調要保持晚節，善始善終。案：中國傳統倫理要求婦女嫁雞隨雞，從一而終，離婚、改嫁都是失節，為人恥笑。聲妓，又作「聲伎」。舊時宮廷及貴族家中的歌姬舞女。也泛指妓女。晚景，日暮時的景色。借喻晚年。從良，舊謂妓女脫離樂籍而嫁人。烟花，妓女或藝妓的代稱。文中指娼妓生涯。貞婦，舊指從一而終的婦女。失守，失去操守；失去貞潔。

【語譯】受到恩寵時勿得意忘形，要想到一旦失寵便會遭受羞辱；處於安寧的環境中，要考慮到可能出現的危難。國家處於災難變亂時，會懷念、想望能夠安邦治國的賢能宰相；家境貧寒窘困，便企盼有個善於持家的賢慧妻子。榮耀、寵愛的旁邊就有恥辱在等待；貧苦、低賤的背後可能有福分相隨。功成名就往往在貧苦微賤的境遇中，事業衰敗多半因為太順利得意。妓女晚年脫離賣笑的生涯，嫁作正派人的妻子，那麼半生的賤業不妨礙她重新做人；而貞潔的良家婦女年老時改嫁或失身，她一生為保持貞操所受的清冷孤苦便全部付諸東流。

見事莫說，問事不知。閑事休管，無事早歸❶。假饒染就真紅色，也被旁人說是非❷。常將酒鑰開眉鎖，莫把心機織鬢絲❸。為人莫作千年計，三十河東四十西❹。秋蟲春鳥，共暢天機，何必浪生悲喜；老樹新花，同含生意，胡為妄別妍媸❺？

【章　旨】本節言明哲保身，順應自然規律，學會欣賞不同形式的美；不要費盡心機，只落個兩鬢斑白。

【注　釋】❶閑事休管兩句　言閒雜之事不要管，無事早早回家。句本南宋胡仔《苕溪漁隱叢話》引諺語：「閑事不管，無事早歸。」休，莫；不要。❷假饒染就真紅色兩句　意思是即使所做的事情十分完美，仍然會被旁人說三道四、議論是非。假饒，即使；假使。❸常將酒鑰開眉鎖兩句　謂常飲美酒，消除憂愁，不要用盡心機，事事算計，致使兩鬢斑白。酒鑰開眉鎖，以酒為鑰匙打開緊鎖的雙眉。即借酒消愁之意。眉鎖，緊皺雙眉。喻憂愁的面容。心機織鬢絲，比喻費盡心思，算計太過，以至於頭髮都白了。心機，心思、計謀。鬢絲，鬢髮。唐朝李商隱〈贈司勛杜十三員外〉詩：「心鐵已從干鏌利，鬢絲休嘆雪霜垂。」❹為人莫作千年計兩句　言人壽不過百年，不要算計千年之事，命運無常，變化多端。三十河東四十西，即民間俗語「三十年河東，三十年河西」的簡略。謂盛衰不常。❺秋蟲春鳥六句　謂秋天的蟲、春天的鳥，都體現了上天的安排，何必徒然產生歡喜或悲哀之情；千年古樹、鮮花初綻，都包含了盎然生機，為什麼要隨便為它們區分美醜。句本《菜根譚・評議》：「秋蟲春鳥，共暢天機，何必浪生悲喜；老樹新花，同含生意，胡為妄別媸妍。」暢，舒展；表達。天機，天（自然）的奧秘。猶天意。浪，隨便；輕率；白白地。生意，生機；生命力。胡，為什麼。妄，胡亂；隨便。妍媸，美好和醜惡。

【語　譯】看見的事不要多說，別人問事就說不知。閒雜之事休管，無事早早回家。即使所做的事情十分完美，仍然會被旁人說三道四、議論是非。常飲美酒，消除憂愁，不要費盡心機妄求功名富貴，只落個兩鬢斑白一無所得。人生百年，不要算計太多太遠，命運無常，盛衰易位。秋天的蟲、春天的鳥，都體現了上天的安排，何必徒然產生歡喜或悲哀之情；千年古樹、鮮花初綻，都包含了盎然生機，為什麼要隨便為它們區分美醜呢？

許人一物，千金不移❶；一言即出，駟馬難追❷。鄙嗇之極，必生奢男；厚德之至，定產佳兒❸。日勤三省❹，夜惕四知❺。博學而篤志，切問而近思❻。少年不努力，老大徒傷悲❼。

【章　旨】本節言言必行，行必果；當潔身自愛，勤於反省。年輕人應立志求學，勤於思考，以免年老時才後悔悲哀。

【注　釋】❶許人一物兩句　意思是答應給別人的東西，無論其價值多高，也不反悔。即一諾千金。許，應允給予。❷一言即出兩句　謂話已出口，最快的馬車也追不回。寓出言應當謹慎之意。語本《論語・顏淵》：「駟不及舌。」何晏集解引鄭玄曰：「過言一出，駟馬追之不及。」《鄧析子・轉辭》：「一聲而非，駟馬勿追；一言而急，駟馬不及。」意同。駟馬，四匹馬拉的車子。❸鄙嗇之極四句　言過分貪鄙吝嗇者，必然生養出驕奢淫逸的敗家子；深仁厚德的君子，一定會有光宗耀祖的好兒郎。奢男，驕奢淫逸的子孫。厚德，猶大德。《國語・晉語六》：「吾聞之，唯厚德者能多受福。」即有德者能受大福。句用此意。❹日勤三省　謂每天都應勤於反省自己。三省，從各方面來反省。三，虛數。多的意思。語本《論語・學而》：「曾子曰：『吾日三省吾身：為人謀而不忠乎？與朋友交而不信乎？傳不習乎？』」後泛指回顧過去的言行，想想是否曾有過錯。❺夜惕四知　意思是夜晚獨處，當潔身自愛，不貪不義之財。語本《後漢書・楊震傳》。東漢楊震任太守，曾經舉荐王密為昌邑令。後楊震途經昌邑，王密謁見，夜晚，王以十金送給楊震，說：「暮夜無知者。」「震曰：『天知、神知、我知，子知，何謂無知？』密愧而出。」惕，敬畏；戒懼。《左傳・襄公二十二年》：「無日不惕。」❻博學而篤志兩句　言學問淵博而志向專一，懇切向人請教，時時思考自己力所能及的問題。句本《論語・子張》：「子夏曰：『博學而篤志，切問而近思，仁在其中矣。』」篤志，志向專一不變。切問，就自己所學而未曾理解的問題向人請教；懇切求教。近思，思己所能及者；就習知易見者思之。❼少年不努力兩句　句本宋朝郭茂倩編《樂府詩集・相和歌辭五・長歌行》：「百川東到海，何時復西歸。少壯不努力，老大徒傷悲。」意思是少年時不努力求學上進，年紀大了才傷心悲哀已毫無意義。老大，年紀大。徒，徒然；白白地。

【語譯】答應給別人的東西，即便價值千金，也不反悔。說話當慎重，一旦出口，就無法收回。善惡有報，過分貪鄙吝嗇者，必然生養出驕奢淫逸的敗家子；深仁厚德的君子，定有光宗耀祖的好兒郎。每天都要勤於反省自己；夜晚獨處，仍當潔身自愛，不貪不義之財。學問淵博而志向專一，懇切向人請教，時時思考自己力所能及的問題。少年時不努力求學上進，年紀大了才傷心悲哀已毫無意義。

惜錢休教子，護短莫從師❶。須知孺子可教❷，勿謂童子何知❸。一舉首登龍虎榜，十年身到鳳凰池❹。進德修業，要個木石的念頭，若稍涉矜誇，便趨欲境；濟世經邦，要段雲水的趣味，若一有貪戀，便墮危機❺。龍生龍子，虎生豹兒❻。

【章　旨】本節言應當注重孩子的教育，嚴格要求；進德修業、濟世經邦必須有堅定的意志，擺脫名利的欲念，只要努力終能取得成就。

【注　釋】❶惜錢休教子兩句　謂吝惜錢財就不要教育兒女，過分溺愛，庇護孩子缺點便無須跟隨老師學習。句出《治家格言》。惜，捨不得。護短，本意為顧全別人的短處，不使其難堪。後亦指諱言過失或缺點。本句有過分溺愛驕縱，容不得老師批評之意。從，跟隨；追隨。❷須知孺子可教　謂要知道兒童是可以教育的。須知，必須知道；應該知道。須，必須；理所當然。孺子可教，指兒童（年輕人）可塑性高，可以造就。語本《史記・留侯世家》：秦朝末年，張良在橋上走，見一老人故意把履（鞋）扔到橋下，然後對張良說：「孺子，下取履。」張良十分驚愕，因其年老，便強忍憤怒，取來了鞋。老人又命張良為他穿鞋，張良跪著為老人穿上鞋。老人笑而去。不多會又返回來，對張良說：「孺子可教矣。」交給張良一卷書，告訴他讀此書可以成為帝王師。其後張良輔佐劉邦，在楚漢相爭、漢朝建立中起了很大的作用。孺子，兒童；小子。❸勿謂童子何知　意為不要說小孩子懂得什麼。童子，兒童；未成年的男子。❹一舉首登龍虎榜兩句　意思是科舉考試一舉入選，龍虎榜上有名；多年努力終於成功，飛黃騰達任職宮廷。句出《夢溪筆談・劉昌言上呂蒙正丞相書》。一舉首，一次行動。文中指參加科舉考試。也指科舉及第。舉，行動；稱科考取士，或考中。文中二意兼有。龍虎榜，《新唐書・歐陽詹傳》載：貞元八年（西元七八五年），歐陽詹、韓愈、李觀、李絳等二十三人同榜考中進士，他們皆是名揚天下的文人，時稱「龍虎榜」。後因以「龍虎榜」稱一時知名之士同登一榜。也泛指會試中選，考取進士。鳳凰池，魏晉時中書省，掌管一切機要，因接近皇帝，故稱「鳳凰池」。後凡中書省中機要位置，也都稱「鳳凰池」。亦簡稱「鳳池」。❺進德修業八句　謂增進德行、修習學問、建立功業，必須有樹木山石般堅定沉穩的意志，如果稍有誇耀自己的長處之心，便會落入欲念的泥潭；濟助世人，治理國家，要如行腳僧那樣有行雲流水似的淡泊灑脫的情趣，一旦起了貪戀名利的念頭，就要墜入危機四伏的險惡深淵。句本《菜根譚・概論》：「進德修道，要個木石的念頭，若一有欣羨，便趨欲境；濟世經邦，要有段雲水的趣味，若一有貪著，便墜危機。」進德修業，同「進德脩業」。意為增進道德與建立功業。語出《易・乾・文言》：「君子進德脩業。」孔穎達疏：「德謂德行，業謂功業。」修業，建立功業。也指研讀書籍。古人寫字著書的方板叫業。《管子・宙合》：「退身不舍端，修業不息板。」本句兼有此二意。矜誇，同「矜侉」、「矜夸」。誇耀自己的長處。語出《書・畢命》：「驕淫矜侉，將由惡終。」孔穎達疏：「矜其所能，以自侉大。」欲境，謂貪戀功名利祿的心態情狀。濟世，濟助世人；救世。經邦，治理國家。經，治理。《周禮・天官・大宰》：「以經邦國。」濟世經邦是中國古代士大夫以天下為己任、治國平天下理想的具體表現。雲水，指雲與水。文中有如行雲流水般灑脫，不為名韁利鎖拘囚的意思。趣味，情趣；旨趣；興趣。❻龍生龍子兩句　言龍之子是龍，虎豹之子是虎豹。即有什麼樣的父母，就有什麼樣的兒女之意。豹兒，小豹。也指勇猛的男孩。猶言「虎子」。

【語　譯】吝惜錢財就不要教育兒女，過分溺愛，諱言孩子過失便無須跟隨老師學習。要知道年輕人有出息，可以造就；可別說小孩子懂得什麼，不屑一顧。科舉考試一舉入選，龍虎榜榜上有名；多年努力終於成功，飛黃騰達任職宮廷。增進德行、修習學問、建立功業必須有樹木山石般堅定沉穩的意志，如果稍有誇耀自己長處之心，便會落進欲念的泥潭；濟助世人，治理國家，要如行腳僧那樣有行雲流水似的淡泊灑脫情趣，一旦起了貪戀名利的念頭，就要墜入危機四伏的險惡深淵。龍生龍子，豹生豹兒，有什麼樣的父母，就會有什麼樣的兒女。

官清書吏瘦，神靈廟祝肥❶。若要人不知，除非己莫為❷。靜坐常思己過，閑談莫論人非❸。友如作畫須求淡❹，鄰有淳風不攘雞❺。小窗莫聽黃鸝語，踏破荊花滿院飛❻。平生最愛魚無舌，游遍江湖少是非❼。無事常如有事時隄防，才可以彌意外之變；有事常如無事時鎮定，才可以消局中之危❽。三人同行，必有我師，擇其善者而從，其不善者改之❾。養心莫善于寡欲❿，無恆不可作巫醫⓫。狎昵惡少，久必受其累；屈志老成，急則可相依⓬。心口如一，童叟無欺⓭。人有善念，天必佑之⓮。過，則無憚改⓯；獨，則毋自欺⓰。道吾好者是吾賊，道吾惡者是吾師⓱。

【章　旨】本節言為人要廉潔正直，清心寡欲；常思己過，及時改正。同時要善於向別人學習，但應遠離品德惡劣、阿諛奉承的小人。

【注　釋】❶官清書吏瘦兩句　謂長官清正廉潔，他的下屬便不會、也無法撈油水；廟裡的神仙靈驗，香火旺盛，管香火的廟祝自然大發其財。書吏，承辦文書的吏員。清代上至內閣，下到各地總督、巡撫、學政、各倉各關中都有書吏。書吏皆父子兄弟相傳，雖職位卑微，但因其熟悉吏事成例，為長官所依仗，而且往往與長官狼狽為奸，陰操實權。廟祝，廟中管理香火的人。❷若要人不知兩句　意思是如果做了事情又不想讓別人知道，那是不可能的，除非自己根本沒有做。句本西漢枚乘〈上書諫吳王〉：「欲人勿聞，莫若勿言；欲人勿知，莫若勿為。」後逐漸簡化，成為民間俗語。若，假如；如果。副詞。❸靜坐常思己過兩句　意為獨自靜坐，當經常反省自己的不足之處；與人閒談，則不要評論他人的是是非非。句出清朝金纓《格言聯璧・接物類》。靜坐，平靜地端坐，反省自己。這是古人修身養性的一種方法。《朱子語類》卷一一：「明道教人靜坐，李先生亦教人靜坐。始學工夫，須是靜坐。」❹友如作畫須求淡　言與朋友交往如同繪畫，所追求的是淡雅悠遠。句出元朝翁朗夫〈尚湖晚步〉：「友如作畫須求淡，山似論文不喜平。」《莊子・山木》有「君子之交淡若水」句，意同。案：南宋以後，中國山水畫由寫實漸趨尚意，於簡淡中追求韻致，強調「意境」、「淡雅」、「空靈」。故作者以繪畫比喻交友，於淡雅中見真情。參見本書頁一八五「君子之交淡以成，小人之交甘以壞」兩句及其注釋。❺鄰有淳風不攘雞　謂民風純樸良善，鄰里間自然不會有偷雞摸狗之事。攘雞，偷雞。《孟子・滕文公下》：「今有人日攘其鄰之雞者，或告之曰：『是非君子之道。』」淳風，敦厚古樸的風俗；純樸良善的風俗。攘，偷；竊取；奪取。❻小窗莫聽黃鸝語兩句　意思是家中妻妾之語不要聽，否則將引起兄弟不睦。參見本書頁九「祇緣花底鶯聲巧，遂使天邊雁影分」兩句及注釋。黃鸝，鳥名。又稱黃鶯。文中指代妻妾。荊花，紫荊花。春天開花，花紫紅色，布滿全枝，連成一片，爛漫如朝霞。典出南朝梁國吳均《續齊諧記・紫荊樹》：「京兆田真兄弟三人，共議分財，生貲皆平均；惟堂前一株紫荊樹，共議破三片，明日就截之。其樹即枯死，狀如火然（形狀好像被火燒過）。真往見之（田真去看了之後），大驚，謂諸弟曰：『樹本同株，聞將被斫（砍），所以憔悴，是人不如木也。』因悲不自勝（不能自持），不復（再）解樹。樹應聲榮茂，兄弟相感，合財寶，遂為孝門。」後因以「荊枝」、「荊花」比喻兄弟骨肉同氣連枝，或兄弟昆仲同枝並茂。❼平生最愛魚無舌兩句　意為平生最喜歡魚沒有舌頭，不多嘴，因而游遍江河湖海不惹是非。平生，一生。舌，舌頭。文中亦代指語言，因為舌頭在發聲器官中起重要作用，無舌不能說話，故以此喻不多嘴多舌，就不會惹麻煩之意。❽無事常如有事時隄防四句

謂尋常日子要像有事時那樣多加提防，才能應付意外的災變；災難真的發生了，也要如同沒有事情時一樣從

容鎮定，才能消除已經存在著的危難。句本《菜根譚・應酬》：「無事常如有事時提防，才可以彌意外之變；有事常如無事時鎮定，方可以消局中之危。」隄防，即提防。亦作「堤防」。防備；防範。隄，攔水的堤壩。引申為防備、管束。彌，通「弭」。止息；平息。局中之危，現已存在著的危險局勢，或問題、災難。局，形勢；局面。❾三人同行四句　意為三個人走在一起，其中必定有值得我學習的人，選擇他們的優點長處虛心學習，對照其錯誤缺點檢查自己，有則改之。句本《論語・述而》：「子曰：『三人行，必有我師焉，擇其善者而從之，其不善者而改之。』」意思是到處都有老師，應當善於向別人學習，取長補短。三人，虛數。泛指眾人。擇，挑選；選擇。善，優點；長處。❿養心莫善于寡欲　謂修養心性的最好方法是減少私心，節制欲望。句出《孟子・盡心下》。養心，修養心性。寡欲，亦作「寡慾」。節制欲望；欲望少。《老子》：「見素抱朴，少私寡欲。」寡，少；使減少。⓫無恆不可作巫醫　意為沒有恆心不可以當巫師或醫生。句本《論語・子路》：「子曰：『南人有言曰：人而無恆，不可以作巫醫。』善夫！」恆，恆心。巫醫，巫師與醫師。⓬狎昵惡少四句　謂成天與品行惡劣的少年混在一起，日子久了必定受其牽累；那些謹慎克己、老成持重的正人君子，急迫危難時是可以依靠的。句出明清之際朱用純《治家格言》。狎昵，不拘禮節的親近、親昵。惡少，品行惡劣的青年男子。《荀子・修身》：「偷儒（懦）憚事，無廉恥而嗜乎飲食，則可謂惡少者矣。」累，連累；使受害。屈志，克制意願；曲意遷就。老成，閱歷多而練達世事。⓭心口如一兩句　言心裡想的和嘴上說的完全一致，不欺騙老人、孩子。叟，古代對長老的稱呼，亦即指老人。⓮人有善念兩句　意為人有善心，行善事，上天必然保佑他。西漢韓嬰《韓詩外傳》卷七：「為善者天報之以福，為不善者天報之以賊（禍害）。」句意同。⓯過則無憚改　意為有了過錯，就不要害怕改正。句出《論語・學而》。過，過失；錯誤。憚，害怕；畏懼。⓰獨則毋自欺　謂一人獨處時不要自欺欺人。即「慎獨」之意：獨處無人時，自己的行為也必須謹慎不苟。獨，單獨；獨自。⓱道吾好者是吾賊兩句　謂只對我說奉承話的人是我的禍害，能指出我缺點錯誤的人才是有益於我的良師。《荀子・修身》：「非我（批評我）而當（正確）者，吾師也；是（肯定）我而當者，吾友也；諂諛我者，吾賊也。」

唐朝韓愈〈答馮宿書〉：「古人有言曰：『告我以吾過者，吾之師也。』」皆此意。道，說；講。賊，禍害。

【語　譯】長官清正廉潔，他的下屬便不會、也無法撈油水；廟裡的神仙靈驗，香火旺盛，管香火的廟祝自然大發其財。如果做了某事又不想讓別人知道，那是不可能的，除非自己根本沒有做。獨自靜坐，當經常反省自己的不足之處；與人閒談，則不要評論他人的是是非非。與朋友交往如同繪畫，追求淡雅中見真情；民風淳樸良善，鄰里間自然不會有偷雞摸狗之事。家中妻妾的閒言碎語不要聽，否則將引起兄弟不睦。平生最喜歡魚，沒有舌頭，不多嘴，因而游遍江湖不惹是非。尋常日子要像有事時那樣多加提防，才能應付意外的災變；災難真的發生了，也要如同沒有事情時一樣從容鎮定，才能消除已存在的危難。三個人走在一起，其中必定有值得我學習的人，選擇他們的優點長處虛心學習，對照其錯誤缺點檢查自己，有則改之。修養心性的最好方法是減少私心，節制欲望；沒有恆心則不可以當巫師或醫生。成天與品行惡劣的少年混在一起，日子久了必定受其牽累；那些能克制自己、老成持重的正人君子，急迫危難時是可以依靠的。心裡想的和嘴上說的完全一致，即便是老人、孩子也不欺騙。人有善心，行善事，上天必然保佑他。有了過錯不要怕改正。一人獨處時，自己的行為也必須謹慎不苟，不要自欺欺人。只對我說奉承話的人是我的禍害，能指出我缺點錯誤的人才是我的良師益友。

入觀庭戶知勤惰，一出茶湯便見妻[1]。父老奔馳無孝子，要知賢母看兒衣❷。入門休問榮枯事，觀看容顏便得知❸。

【章　旨】本節言透過家居瑣事，可以看出主人的德行、能力與財富。

【注　釋】❶入觀庭戶知勤惰兩句　意思是走進某家庭院，便能看出主人是勤是懶；茶水一端上桌子，就知道主婦賢慧與否。庭戶，庭院；門戶。茶湯，茶水。❷父老奔馳無孝子兩句　言父親年紀老了還要為生計奔忙，肯定沒有孝順的兒子；想知道做母親的是否慈愛能幹，只要看看她孩子的衣服就行了。奔馳，猶奔波。奔走忙碌。要知，想知道。要，想；希望。賢母，能幹的母親。❸入門休問榮枯事兩句　意為進門不必詢問主人的家境如何，觀察他們的面容臉色就可以知道。句出明朝施耐庵《水滸傳》第二四回：「婆子道：『有什麼難猜。自古道：入門休問榮枯事，觀看容顏便得知。』」民間俗語。戲曲、小說中常見。元朝無名氏《凍蘇秦》第二折已謂：「我恰入門來休問榮枯事，可不道觀看容顏兀的便得知。」榮枯，草木的茂盛與枯萎。喻人世的盛衰、窮達。

【語　譯】走進某家庭院，便能看出主人是勤是懶；茶水一端上桌子，就知道主婦賢慧與否。父親年紀老了還要為生計奔波忙碌，其子肯定不孝順；母親是否慈愛能幹，看看她孩子的衣服是不是整潔乾淨就知道了。進門不必詢問主人的家境如何，觀察他們的面容臉色就可以知道。

養兒代老，積穀防饑❶。常將有日思無日，莫待無時想有時❷。守己不貪終是穩，利人所有定遭虧❸。美酒飲當微醉候，好花看到半開時❹。

當路莫栽荊棘樹，他年免挂子孫衣❺。望于天，必思己所為；望于人，必思己所施❻。貪了牲畜的滋益，必招性分的損；占了人事的便宜，必受天道的虧❼。

【章　旨】本節言不可占人便宜，而常想自己為他人做了什麼；要珍惜現在，知足長樂，也應未雨綢繆，積德行善。

【注　釋】❶養兒代老兩句　謂養育兒子是為了年老時有人侍奉，積存穀糧是為了防備災荒。句出元朝高明《琵琶記・牛小姐諫夫》：「爹爹，正是養兒代老，積穀防饑。」代老，替老人做事；侍奉老人。民間俗語。戲曲、小說中常見。《敦煌變文集・父母恩重經講經文》已有類似的說法：「人家積穀本防饑，養子還徒（圖）被老時。」其更常見的形式是「養兒防老，積穀防饑。」《里語徵實》卷下引宋朝左圭《百川歸海》：「詹惠明乞代夫償命，臨刑無懼色，曰：『養兒防老，積穀防饑。』太守曾天游奏之，乃免死。」❷常將有日思無日兩句　意思是在擁有福壽平安的日子裡要經常想到失去後的狀況，切莫等到一無所有之後才回想當年擁有時的情形。句本明朝馮夢龍《警世通言・桂員外途窮懺悔》：「（父親）見兒子揮金不吝，未免心疼，惟恐他將家財散盡，去後蕭條，乃密將黃白之物埋藏于地窖中，如此數處，不使人知……正是：常將有日思無日，莫待無時思有時。」民間俗語。戲曲、小說中常見。❸守己不貪終是穩兩句　言安守本分，潔身自好，一生都將安心穩妥；貪愛他人錢物必定會吃大虧。守己，安守本分。也有「守身」之意。即保持品德與節操。《孟子・離婁上》：「事，孰為大？事親（養親）為大。守，孰為大？守身為大。」趙岐注：「守身，使不陷于不義。」穩，穩妥；安心。利人所有，貪愛他人錢物。利，貪愛；喜好。《禮記・坊記》：「先財而後禮，則民利。」鄭玄注：「利，猶貪也。」❹美酒飲當微醉候兩句　謂暢飲美酒只能喝到微有醉意的時候，觀賞奼紫嫣紅之景，僅宜看到花朵半開時為止。北宋邵雍《伊川擊壤集・安樂窩中吟（詩）》：「飲酒莫教成酩酊，看花慎無至離披（散亂貌）。人能得知此般事，焉有閑愁到兩眉。」《菜根譚》：「花看半開，酒飲微醉，此中大有佳趣。若至爛漫酕醄（大醉），便成惡境矣。履盈滿者，宜思之。」意同。寓知足長樂、過猶不及之意。❺當路莫栽荊棘樹兩句　意為路旁不要栽種荊棘，免得日後掛破子孫的衣服。比喻做了缺德事，早晚會有報應。句出清朝張璨〈題所居〉：「當路莫栽荊棘草，他年免挂子孫衣。」荊棘，叢生的多刺植物。❻望于天四句　意思是抬頭看天，必須思考自己的所作所為；環顧四圍，定要想想為他人做了些什麼。施，給予；施捨。❼貪了牲畜的滋益四句　言貪食牲畜禽鳥的滋養補益，必定會損傷自己的本性；在人際交往中占他人的便宜，終究要吃天道報應的虧。句本《菜根譚・應酬》：「討了人事的便宜，必受天道的虧；貪了世味的滋益，必招性分的損。涉世者宜慎之。慎毋貪黃雀而墜深井，舍隋珠而彈飛禽也。」滋益，滋養補益。性分，猶天性、本性。人事，人情事理；人際交往。此處也可作「人世間事」解，以與下文「天道」對應。天道，天理；天意。《書・湯誥》：「天道福善禍淫，降災于夏。」

【語　譯】養育兒子是為了年老時有人侍奉，積存穀糧是為了防備災荒。在擁有福壽平安的日子裡要經常想到失去後的狀況，珍惜它們，切莫等到一無所有之後才回想當年擁有時的情形。安守本分，潔身自好，一生都將安心穩妥；貪愛他人錢物必定會吃大虧。知足常樂，過猶不及，因而暢飲美酒只能喝到微有醉意的時候，觀賞奼紫嫣紅之景，只看到花朵半開時為最佳。路旁不要栽種荊棘，免得日後掛破子孫的衣服。抬頭看天，必須思考自己的所作所為；環顧四周，定要想想為他人做了些什麼。貪食牲畜禽鳥的滋養補益，必定會招來自己本性的損傷；在人際交往上占他人的便宜，終究要吃天道報應的虧。

出家如初，成佛有餘❶。三心一淨，四相俱無❷。著意于無，即是有根未斬❸；留心于靜，便為動芽未鋤❹。

【章旨】本節以佛教學說立論，言保持真心誠意，滅絕欲念，便可達到超凡脫俗的境界；而這一切都必須自然而然、發自內心，不可虛假造作。

【注釋】❶出家如初兩句　謂出家後如能始終保持當初的真心誠意，那麼成就無上正等正覺是綽綽有餘的。出家，離棄家庭，皈依佛門。《大乘本生心地觀經・報恩品》：「發菩提心，舍離父母，出家入道。」後亦分稱入寺為僧為「出家」，在家剃頭穿僧衣奉教為「入道」。成佛，佛教語。謂永離生死煩惱，成就無上正等正覺。亦喻獲得傑出成就。❷三心一淨兩句　意思是三心清淨，四相俱無，斷絕一切欲念，便可達到超凡脫俗的境界。三心，佛家語，佛教《金剛經》有過去心、現在心、未來心之說。謂過去心不可得、現在心不可得、未來心不可得。淨，清淨；斷除。佛教特指情欲的洗除淨盡。南朝・梁武帝〈淨業賦〉：「患累已除，障礙亦淨。」四相，佛教以離、合、違、順為四相。《楞嚴經》卷三：「若從根出，必無離、合、違、順四相。」南朝・梁簡文帝〈莊嚴旻法師成實論義疏序〉：「四相乃無常之刀。」另，《金剛經》有「無人相、無我相、無眾生相、無壽者相」之說。相，佛教指一切事物的外觀形狀。亦指認識中的表象和概念。❸著意于無兩句　謂刻意去追求「無」，那還是「有」的根念沒有斬斷。案：佛教認為佛徒應建立徹底的空觀，無所執著。任何執著的意識，或刻意去追求「無」、「空」，都說明「有」的欲念未斷。著意，集中注意力；用心；刻意。無，即「空」。佛教認為現實世界的一切皆是因緣所生，沒有固定，假而不實，故稱之為「無」、「空」。有，相對於「無」、「空」而謂之。即世俗社會的各種現象和人的欲念。各教派解釋不一，有「假有」、「實有」、「妙有」等區別。❹留心于靜兩句意思是有心追求「靜」，則是「動」的欲芽尚未除盡。案：佛教修煉要求心靜，排除一切雜念，但這是修煉達到一定程度後自然而然的；如果有心追求，還是雜念未除，「心動」的表現。靜，心平如水，無絲毫欲念。動，心有欲念，有牽掛。

【語譯】出家後如能始終保持當初的真心誠意，那麼成就無上正果是綽綽有餘的。三心清淨，四相俱無，斷絕一切欲念，便可達到超凡脫俗的境界。但如果刻意去找尋「無」，那還是「有」的根念沒有斬斷；而有心追求「靜」，則是「動」的欲芽尚未除盡。

鷸蚌相持，漁人得利❶。城門失火，殃及池魚❷。人而無信，百事皆虛❸。言稱聖賢，心類穿窬❹。學不尚實行，馬牛而襟裾❺。欲求生富貴，須下苦功夫❻。既耕亦已種，時還讀我書❼。結交須勝己，似我不如無❽。同君一夜話，勝讀十年書❾。求人須求大丈夫，濟人須濟急時無❿。渴時一滴如甘露，醉後添杯不如無⓫。作事惟求心可以，待人先看我何如⓬。害人之心不可有，防人之心不可無⓭。酒中不語真君子，財上分明大丈夫⓮。白酒釀成緣好客，黃金散盡為收書⓯。竹籬茅舍風光好，道院僧房總不如⑯。

【章　旨】本節主要講讀書求學要重視實際行動，不能言稱聖賢，心如盜賊；助人時應雪中送炭，結交朋友要交勝過自己的；以及己所不欲，勿施於人。

【注　釋】❶鷸蚌相持兩句　典出《戰國策・燕策二》。趙國要進攻燕國，蘇代為此去見趙惠王，說：「我來時經過易水（河），看見一隻蚌張開殼曬太陽，而鷸啄其肉。蚌合上殼拑住鷸喙（嘴）。二者相持時，漁翁一併抓住了牠們。」後因以「鷸蚌相持」、「鷸蚌相爭」比喻雙方相持不下，第三者因而得利。鷸，水鳥名。體色暗淡，喙細長，腿亦長，趾間沒有蹼。常棲田澤，捕食小魚及昆蟲。相持，雙方對立，爭持，互不相讓。❷城門失火兩句　其事本於《呂氏春秋・必己》：「宋桓司馬有寶珠，抵罪出亡（出逃、逃亡），王使（派）人問珠之所在，曰『投之池中。』于是竭池而求之（抽乾池水來找），無得，魚死焉。此言禍福之相及也。」後人加以附會，演化成「城門失火，殃及池魚」。《太平廣記》卷四六六引漢朝應劭《風俗通》謂：相傳春秋戰國時，宋國有名池仲魚的，住在城門旁。某次城門失火，延及其家，仲魚燒死。又說，宋城門失火，汲取池中水滅火，池水汲乾，魚皆枯死。《藝文類聚》卷九六〈魚〉有類似的記載。後以「城門失火」比喻無端受連累而遭禍害。❸人而無信兩句　言人如果不誠實，沒有信用，他說話辦事都是靠不住的。人而無信，語出《論語・為政》：「人而無信，不知其可也（不知道他還可以做什麼）。」信，誠實；信用。虛，假；不可靠。❹言稱聖賢兩句　意思是有些人言談時總是提及聖賢說過的話語，內心卻像盜賊一樣陰暗無恥。言稱聖賢，言談時總是提及聖賢說過的話語。類，相似。穿窬，挖牆洞和爬牆頭。指偷竊行為。《論語・陽貨》：「色厲而內荏，譬諸小人，其猶穿窬之盜也歟！」窬，通「踰」。逾牆。❺學不尚實行兩句　謂讀書求學卻不重視實際行動，就好像牛馬穿上了衣服，裝裝樣子而已。尚，尊崇；重視。馬牛而襟裾，穿衣服的馬和牛。譏人不明道理，不識禮儀。語出唐・韓愈〈符讀書城南〉詩：「人不通古今，馬牛而襟裾。行身陷不義，況望多名譽。」馬牛，馬和牛。襟裾，泛指衣服。襟，古代指衣服的交領。後指衣服的前襟。裾，衣服的前襟；衣袖。❻欲求生富貴兩句　言想求得一生的榮華富貴，必須下苦工夫。句本元朝施君美《幽閨記》第十二齣：「逢人買路要金珠，認得山中好漢無？日後欲求生富貴，眼前須下死工夫。」民間俗語。戲曲、小說中常見。生，一生；活著。❼既耕亦已種兩句　意思是我既耕地種田，也時常讀書養性。句出陶淵明〈讀山海經〉詩十三首中的第一首：「孟夏草木長，繞屋樹扶疏。眾鳥欣有托，吾亦愛吾廬。既耕亦已種，時還讀我書。窮巷隔深轍，頗回故人車。歡言酌春酒，摘我園中蔬。微雨從東來，好風與之俱。泛覽周王傳，流觀山海圖。」表達其耕種讀書的生活與心境。案：陶淵明不為五斗米折腰，棄官還鄉，躬耕自給，寧靜淡泊，是歷代推崇的楷模；而「耕讀」（耕地種田、讀書養性）也是中國歷代士大夫十分讚賞的生活方式與治家格言。參見本書頁一九七「傳家二字耕與讀」等四句及其注釋。❽結交須勝己兩句　謂結交朋友一定要交超過自己的人，與自己差不多的人不如不交。勝，超過。❾同君一夜話兩句　意為與飽學有德君子的一夜長談，其收穫大於十年讀書所得。句出《朱子語類》。君，對對方的尊稱，猶稱「您」。在本句中則為泛指。勝，超過。案：此句更常見的形式是「與君一席話，勝讀十年書」。常在與人暢談後，以之稱道其學養高深。❿求人須求大丈夫兩句　意思是有求於人時必須去求那些正直俠義的大丈夫；救助他人時應當救那些急難中孤苦無靠者。民間俗語。句出明朝蘭陵笑笑生《金瓶梅詞話》第六〇回：「西門慶看了文契，還使王經：『送與你常二叔收了。』不在話下。正是：求人須求大丈夫，濟人須濟急時無。」大丈夫，有志氣、有節操、有作為的男子。《孟子・滕文公下》：「富貴不能淫，貧賤不能移，威武不能屈，此之謂大丈夫。」濟，救助；接濟。⓫渴時一滴如甘露兩句　謂乾渴時一滴水如同甘露，喝醉後再頻頻添酒不如不添。即錦上添花不如雪中送炭之意。語出南宋普濟《五燈會元》。甘露，甜美的露水。甘，甜；可口。⓬作事惟求心可以兩句　意為做事難以得到所有人的稱讚，只求自己心安理得；如何對待別人，則先想想自己希望別人如何對待自己。惟，只。待人先看我何如，即「己所欲，施于人；己所不欲，勿施于人」之意。⓭害人之心不可有兩

句　言傷害他人的心不可有，但防備他人的心不能無。民間俗語。意在提醒那些考慮不周、疏於防範者：世事複雜，人心難測。句本《菜根譚・概論》：「害人之心不可有，防人之心不可無。此戒疏于慮（考慮）者。」⑭酒中不語真君子兩句　言喝酒時不胡言亂語才是真正的君子，錢財上光明磊落才是男兒大丈夫。民間俗語。戲曲、小說中常見。酒中不語真君子，語出明朝徐霖《綉襦記》第十一齣：「〔淨〕鄭兄，你道酒中不語真君子，是我席上多言了。〔生〕樂兄善戲謔，何必計較。」財上分明大丈夫，語出元朝石啟室《秋胡戲妻》第三折：「你個富家郎慣使珍珠，倚仗著囊中有許多聲勢，豈不聞財上分明大丈夫。」分明，明確；清楚。⑮白酒釀成緣好客兩句　意思是釀成美酒是因為好客；散盡錢財只為了買書。句本回道人（呂洞賓）書湖州東林沈氏壁。案：據王會《回仙碑》載：宋代熙寧年間，隱士沈思（字持正）隱居於湖州東林山，以東老自稱，擅長釀造美酒。一天，來了個客人，自稱回道人，向東老拱手致禮，曰：「知道您釀的白酒剛熟，能否讓我盡興醉飲。」沈思請他坐下，與他交談，那人無所不知；仔細觀察，感到其神采奕奕，目光粲然，知其非塵埃中的俗人。便端出美酒。那人從中午至日暮，飲酒數斗，毫無醉意。對東老說：「久不游浙中，今為子（因為您）有陰德，留詩贈子。」於是拿起桌上的石榴皮，在牆上寫下一首詩。《吳興備志》、宋・趙令畤《侯鯖錄》等有類似記載，並說待回道人走後，東老醒悟，此即八仙之一的呂洞賓。宋朝蘇軾有詩記此事。詩題為：〈回先生給湖州東林沈氏，飲醉，以石榴皮書其家東老庵之壁云：「西鄰已富憂不足，東老雖貧樂有餘。白酒釀來緣好客，黃金散盡為收書。」西蜀和仲聞而次其韻三首。東老，沈氏之老自謂也，湖人因以名之。其子偕作詩，有可觀者〉。見清朝王文誥輯注《東坡集》卷一二。緣，為了；因為。⑯竹籬茅舍風光好兩句　謂竹籬笆茅草屋，雖清貧卻自有一派好風光；道觀寺院縱使金碧輝煌，也總是比不上。含有簡樸恬靜的世俗生活比出家更有意味的意思。宋朝玉琪〈題梅〉詩：「不受塵埃半點侵，竹籬茅舍自甘心。」道院，道士居住的地方。也稱道觀。僧房，僧人居住的地方；佛寺。

【語譯】鷸蚌相持，漁翁得利，這是比喻雙方互不相讓，第三者因而得利。城門失火，殃及無辜，這是比喻無端受連累而遭禍害。人如果不誠實，沒有信用，他說話辦事都是不可靠的。有些人言談時總是提及聖賢說過的話語，內心卻像盜賊一樣陰暗無恥。讀書求學卻不重視實際行動，就好像牛馬穿上了衣服，裝裝樣子而已。想求得一生的榮華富貴，必須先下苦工夫。我既耕地種田，也時常讀書養性。結交朋友一定要交超過自己的人，與自己差不多的人不如不交。與飽學有德君子的一夜長談，其收穫大於十年讀書所得。有求於人時必須去求那些正直俠義的大丈夫；救助他人時應當救那些急難中孤苦無靠者。乾渴時一滴水如同甘露，喝醉後再頻頻添酒不如不添。做事難以得到所有人的稱讚，只求自己心安理得；如何對待別人，則先想想自己希望別人如何對待自己。世事複雜，人心難測，所以傷害他人的心不可有，但防備他人的心不能無。喝酒時不胡言亂語才是真正的君子，錢財上光明磊落才算得男兒大丈夫。釀造美酒是因為好客；散盡錢財只為了買書。竹籬笆、茅草屋，雖清貧儉樸卻自有一派好風光；道士觀、僧人寺，縱使金碧輝煌，也難以企及。

炮鳳烹龍，放箸時與鹽齏無異；懸金佩玉，成灰處于瓦礫何殊❶。

先達笑彈冠，休向侯門輕束帶；相知猶按劍，莫從世路暗投珠❷。厚時說盡知心，恐妨薄後發泄❸。少年不節嗜欲，每至中道而殂❹。

【章　旨】本節言享受欲望終有限度，不能過分；處世行事當自立，不要輕易投靠權貴，以致誤入歧途。

【注　釋】❶炮鳳烹龍四句　言精美名貴至極的食物，吃飽喝足後與醃鹹菜沒有區別；光燦眩目的金銀珠玉，化成灰燼時與碎石爛瓦毫無差異。句本《菜根譚・閑適》：「炮鳳烹龍，放箸時與齏鹽無異；懸金佩玉，成灰處共瓦礫何殊？」炮鳳烹龍，又作「烹龍炮鳳」、「炮龍烹鳳」。形容菜肴的豪奢珍奇。元朝王實甫《西廂記》第二本第四折：「俺娘昨日個大開東閣，我只道怎生般炮鳳烹龍。」炮，一種烹調方法。將魚肉片等放在鍋中置於旺火上迅速攪拌。烹，燒煮食物。箸，筷子。齏鹽，切碎後醃漬的菜。齏，切碎的醃菜或醬菜。瓦礫，碎磚爛瓦。何殊，有什麼差別。以反問的語氣表示與某事某物沒有區別。❷先達笑彈冠四句　意思是前輩賢達之士譏笑那些想要當官、正彈冠相慶的後生，勸戒他們不要輕易投靠權貴；即使是真正有才能者，在別人還不知道時投送上門，別人也會起疑心的；更何況沒必要明珠投暗，誤入歧途。句本明末洪應明《菜根譚・應酬》：「先達笑彈冠，休向侯門輕曳裾，相知猶按劍，莫從世路暗投珠。」此數句又由唐朝王維〈酌酒與裴迪〉詩「酌酒與君君自寬，人情翻覆似波瀾。白首相知猶按劍，朱門先達笑彈冠。草色全經細雨濕，花枝欲動春風寒。世事浮雲何足問，不如高臥且加餐」化出。先達，有地位有聲望的前輩。彈冠，「彈冠相慶」的省稱。典出《漢書・王吉傳》：王吉與貢禹是朋友，王吉為官，貢禹也彈去帽子上的灰塵，準備出仕。「世稱『王陽（王吉字子陽，故稱王陽）在位，貢公彈冠』，言其取舍同也。」後因以「彈冠相慶」比喻互相慶賀。多用作貶義。侯門，顯貴之家。輕，輕易；隨便。束帶，繫束腰帶，整飭衣冠。是一種向人表示恭敬和尊重的姿態。《論語・公冶長》：「束帶立于朝，可使與賓客言也。」世路暗投珠，案：此句用「明珠暗投」的典故。《史記・魯仲連鄒陽列傳》載：「臣聞明月之珠，夜光之璧，以暗投人于道路（黑夜裡投向路上的行人），人無不按劍相眄（瞪著眼看）者，何則？無因而至前也。」後多用「明珠暗投」（或「明珠投暗」）比喻有才能的人所事非主，得不到賞識和重用；

或珍貴的東西落入不善鑒別的人之手。世路，仕途；人們一生處世行事的歷程。文中明指仕途，也有處世行事當自立，不要輕易投靠權貴之意。❸厚時說盡知心兩句　意為交情深厚時說盡知心話，要防備一旦情感淡薄了對方把這些都洩露出去。句本明朝呂坤《續小兒語・六言》：「厚時說盡知心，提防薄後發洩。」厚，指友情、交情深厚。恐妨，即「恐防」。防備。❹少年不節嗜欲兩句　謂年輕時不節制嗜好、欲望，常常會導致中年死亡。節，節制；控制。嗜欲，嗜好與欲望。多指貪圖身體感官方面享受的欲望。每，時常；往往。中道，半途；中途。指中年。殂，死亡。

【語譯】精美名貴至極的食物，吃飽喝足後與醃鹹菜沒有區別；光燦眩目的金銀珠玉，化成灰燼時與碎石爛瓦毫無差異。前輩賢達之士譏笑那些想要當官、正彈冠相慶的後生，勸戒他們不要輕易投靠權貴。即使是真正有才能者，在別人還不了解時自動送上門去，別人也會起疑心的，更何況沒必要明珠投暗，誤入歧途。交情深厚時說盡知心話，要防備一旦情感淡薄了對方把這些都洩露出去。年輕時不節制嗜好、欲望，往往會導致中年死亡。

水至清，則無魚；人至察，則無徒❶。痴人畏婦，賢女敬夫❷。兄弟如手足，妻子如衣服❸。妻財之念重，兄弟之情疏❹。寧可正而不足，不可斜而有餘❺。認真還自在，作假費工夫❻。是非朝朝有，不聽自然無❼。久住令人賤，頻來親也疏❽。但看三五日，相見不如初❾。人情似水分高下，世事如雲任卷舒❿。

【章旨】本節言為人當認真本分，但不能太過苛求；兄弟之情如手足，但親戚朋友間來往太密也惹人厭煩。

【注釋】❶水至清四句　謂水太清澈，魚就不能活；人太苛察，便沒有朋友。語本《大戴禮記・子張問入官》：「故君子莅民，不臨以高，不道以遠，不責民之所不能。……水至清則無魚，人至察則無徒。」後世以「水清無魚」比喻待人太苛求就不能得人。案：《孔子家語》中也有類似的說法。察，苛求。徒，同類；朋友。《莊子・人間世》：「內直者，與天為徒。」清・黃生《義府》卷上：「孟子、仲尼（孔子）之徒，徒，猶屬（類、族），非師徒之徒。」❷痴人畏婦兩句　意為愚蠢的男人懼怕老婆，賢慧的女子敬重丈夫。民間俗語。戲曲、小說中常見。明朝蘭陵笑笑生《金瓶梅詞話》第二〇回：「姐姐你若這等，把你從前一場好都沒有了。自古痴人畏婦，賢女畏夫。三從四德，乃婦道之常。」❸兄弟如手足兩句　言兄弟之情如手足，不能分離；妻子則像衣服，可以更換。句出元末明初羅貫中《三國演義》第一五回：「張飛拔劍要自刎，玄德向前抱住，奪劍擲地，曰：『古人云：兄弟如手足，妻子如衣服。衣服破，尚可縫；手足斷，安可續。吾三人桃園結義，不求同生，但求同死。』」民間俗語。案：這是中國古代男尊女卑觀念的反映。手足，比喻兄弟。以兄弟同為父母所生，同枝連氣，關係密切，不可分離而喻。❹妻財之念重兩句　意思是顧念自己妻兒財產的心太重，兄弟之間的情感就會疏遠。妻財，妻子、財產。此處也泛指自己小家庭的利益。❺寧可正而不足兩句　謂為人處世寧可正直而有所不足，也不可心術不正而能有餘裕。正，正直；正派。斜，同「邪」。不正當；不正派。❻認真還自在兩句　言立身行事認真誠懇反而安閒自在，弄虛作假倒是耗心費力。還，反而。自在，安閒自得，身心舒暢；自然。工夫，亦作「功夫」。做事所費的精力和時間。《抱朴子・遐覽》：「藝文不貴，徒消工夫。」❼是非朝朝有兩句　謂是是非非每天都有，一概不聽自然就沒有了。民間俗語。戲曲、小說中常見。明朝蘭陵笑笑生《金瓶梅詞話》第八五回：「娘，你老人家也少要憂心……是非來入耳，不聽自然無。」是非，褒貶；評論；糾紛；口舌。❽久住令人賤兩句　意思是在親戚朋友家住得太久會讓人輕視，來往過密即使是親人也會因厭煩而疏遠。民間俗語。唐代的說唱體文學——變文——中已見。如《敦煌變文匯錄・捉季布變文》：「僕且常聞諺語云：古來久住令人賤。」賤，輕視。頻，屢次；連續多次。❾但看三五日兩句　言只要看看三五天後就知道，彼此見面時已不如相逢之初那麼親密。但，只要。❿人情似水分高下兩句　謂人與人的感情就像流水，有高低親疏之分；世上的事情如同雲彩，任憑其進退隱顯變化多端。人情，人與人的情分；人心世情。高下，高和低；優劣；好壞。卷舒，猶進退、隱顯。元代劉祁《歸潛堂記》：「蓋君子之道以時卷舒，得其時不進為固，失其時而強進為狂。」

【語　譯】水太清澈，魚不能活；人太苛察，便沒有同伴。愚蠢的男人懼怕老婆，賢慧的女子敬重丈夫。兄弟之情如手足，不能分離；妻子則像衣服，可以更換。顧念自己妻兒財產的心太重，兄弟之間的情感就會疏遠。為人處世，寧可正直而有所不足，也不可心術不正而能有餘裕。立身行事認真誠懇反而安閒自在，弄虛作假倒是耗心費力。是是非非每天都有，一概不聽自然就沒有了。在親戚朋友家住得太久會讓人輕視，來往過密即使是親人也會因厭煩而疏遠。只要看看三五天後就可知道，彼此見面時已不如相逢之初那麼親密。人與人的感情就像流水，有高下親疏之分；世界上的事情如同雲彩，任憑其進退隱顯變化多端。

百年成之不足，一旦壞之有餘❶。訓子須從胎教始，端蒙必自小學初❷。養子不教如養驢，養女不教如養豬。有田不耕倉廩虛，有書不讀子孫愚❸。倉廩虛兮歲月乏，子孫愚兮禮儀疏❹。茫茫四海人無數，那個男兒是丈夫❺？要好兒孫須積德，欲高門第快讀書❻。救人一命，勝造七級浮圖❼；積金千兩，不如一解經書❽。

【章旨】本節強調教育的重要，黃金千兩，不如知書達禮；十年樹木，百年樹人，培養孩子要從胎教開始。

【注釋】❶百年成之不足兩句　意思是要做成一件事情不容易，歷時百年不一定成功；敗壞一件事情卻十分簡單，一天就綽綽有餘。句本《王文公文集》卷五：「百年成不足，一旦毀有餘。」一旦，一天。形容時間短暫。❷訓子須從胎教始兩句　意為教育孩子必須從胎教開始，以正道啟發蒙童應當從識字起步。訓，教誨；教導。胎教，孕婦謹言慎行，心情舒暢，給予胎兒良好的影響，謂之「胎教」。《列女傳》載：「古者婦人妊子，寢不側，坐不邊，立不跛；不食邪味，割不正不食，席不正不坐，目不視邪色，耳不聽淫聲，口不出傲言；夜則令瞽誦詩，道正事。如此，則生子形容端正，才過人矣。」端蒙，以正道教導初學的兒童。端，使正直；使正當。《禮記・祭統》：「盡其道，端其義，而道生焉。」蒙，蒙童；知識未開的兒童。也指開始讀書識字的兒童。案：古人認為沒有受教育的人是蒙昧（愚昧）無知的，故稱兒童為「蒙童」、「童蒙」、「蒙養」、「蒙幼」等，對兒童進行啟蒙教育的地方稱「蒙學」、「蒙館」。小學，語言文字學。古時的小學原為教育兒童的學校，據《禮記・王制》鄭玄注，虞夏時已經設立。因兒童入學讀書先從識字開始，漢朝便稱文字學為小學，隋唐以後概念擴大，變為文字學、訓詁學、聲韻學的統稱。又，宋朝朱熹輯錄古人的嘉言善行所編的蒙學課本也名《小學》，分內外篇。內篇四：包括〈立教〉、〈明倫〉、〈敬身〉和〈稽古〉；外篇二：包括〈嘉言〉和〈善行〉。文中二意兼有之。❸有田不耕倉廩虛兩句　言擁有田地而不耕種，倉庫裡就沒有糧食；有讀書機會卻不讀，子孫便會愚昧。倉廩，貯藏米穀的倉庫。《禮記・月令》孔穎達疏引蔡邕：「穀藏曰倉，米藏曰廩。」虛，空。❹倉廩虛兮歲月乏兩句　意為倉庫空虛日子就會過得很艱難，子孫愚昧就不懂得做人的禮儀道德。歲月乏，缺少衣食，日子過得很艱難。乏，(食用)不足；缺少。疏，疏忽；缺乏。❺茫茫四海人無數兩句　謂四海茫茫，人多得無法計數，但有幾個男兒是真正的大丈夫。句本南宋普濟《五燈會元》卷二〇〈資壽尼妙惠禪師〉：「尼問：『如何是奪人不奪境？』師曰：『野花開滿路，遍地是清香。』曰：『如何是奪境不奪人？』師曰：『茫茫宇宙人無數，幾個男兒是丈夫。』」四海，猶言天下、全國各處。丈夫，猶言大丈夫。指有志氣、有節操、有作為的男子。❻要好兒孫須積德兩句　言想要才學皆備的好兒孫必須多多積德行善，希望提高門第、光宗耀祖則要趕快讀書上進。句本明朝吳承恩《西遊記》第九六回：「員外上前扯住道：『這是我兩個小兒，喚寇粱、寇棟，在書房讀書方回，來吃午飯。知老師下降，故來拜也。』三藏喜道：『賢哉賢哉。欲高門第須為善，要好兒孫在讀書。』」民間俗語。戲曲、小說中常見。高門第，提高門第。高，升高；抬高。用作動詞。門第，舊指家庭在社會上的地位等級和家庭成員的文化程度等。顯貴之家稱「高門」，卑庶之家稱「寒門」，其中又各有高低等第，故稱「門第」。魏晉南北朝時選用官員往往是高門中選，寒門受排斥；高門和寒門互不通婚，甚至彼此交際、坐位也有差異。此後雖說沒有那麼嚴格，但門第觀念依然盛行。❼救人一命兩句　意思是救別人一命，其功德超過建造一座七層寶塔。受佛教觀念影響而形成的民間俗語。元曲及明清小說中常見。如元・鄭光祖《㑇梅香》第二折：「救人一命，勝造七級浮圖。」案：佛教認為建造寶塔是功德無量的事。七級浮圖，七層寶塔。浮圖，又作「佛屠」、「浮屠」。佛教語。梵文Buddha的音譯，同「佛陀」，即「佛」。是梵文Buddhast pa音譯（佛陀窣堵波）的訛略。即佛塔。這種建築最初為供奉佛骨之用。後也用於供奉佛像，上藏佛經或保存僧人骨殖。❽積金

千兩兩句　謂積攢千兩黃金，不如讀通一部經書。典出《漢書・韋賢傳》：「韋賢以明經（以通曉經義作為取士的標準）官至丞相，其少子玄成也以明經歷位（累官）至丞相，故鄒魯諺曰：『遺子黃金滿籯，不如一經。』」解，明白；理解。

【語　譯】要做成一件事情很不容易，歷時百年不一定成功；敗壞一件事情卻十分簡單，片刻之間綽綽有餘。教育孩子必須從胎教開始，以正道啟發蒙童應當從識字起步。生了兒子卻不教育，如同養了頭驢；生了女兒而不教育，好比養了頭豬。擁有田地但不耕種，倉庫裡就沒有糧食；有讀書機會卻不去讀，子孫便會愚昧。倉庫空虛，日子就會過得很艱難；子孫愚昧，就不懂得做人的禮儀道德。四海茫茫，人多得無法計數，但有幾個人是真正有作為的大丈夫？要想有才學皆備的好兒孫，必須多多積德行善；希望提高門第、光宗耀祖，則要趕快讀書上進。救助他人一命，其功德超過建造一座七層寶塔；積攢千兩黃金，不如讀通一部經書。

　　靜中觀物動，閒處看人忙，才得超塵脫俗的趣味；忙處會偷閒，鬧中能取靜，便是安身立命的工夫❶。子教嬰孩，婦教初來❷。內要伶俐，外要痴呆❸；聰明逞盡，惹禍招災❹。能讓終有益，忍氣免傷財❺。富從升合起，貧因不算來❻。暗中休使箭，乖裡放些呆❼。

【章　旨】本節言要學會以寧靜淡泊的心態處世行事，使生活和精神都有所依託。大智若愚，謙讓受益；炫耀聰明，必定招災惹禍。

【注　釋】❶靜中觀物動六句　意思是以寧靜淡泊的心態觀察世間滄海桑田、春華秋實的變動，悠閒自在地看他人為名利俗物奔波忙碌，這樣才能體會到超凡脫俗的情趣；奔波忙碌中能夠擠出空閒時間，繁華喧鬧處能使心靈安定寧靜，便是安身立命的真工夫。句本明末洪應明《菜根譚‧應酬》：「從靜中觀物動，向閑處看人忙，才得超塵脫俗的趣味；遇忙處會偷閑，處鬧中能取靜，便是安身立命的工夫。」超塵脫俗，超出塵世之外，不沾染庸俗之氣。趣味，情趣；旨趣；興趣。偷閒，忙碌中擠出空閒時間。靜，使心靈安定寧靜；安定心神。安身立命，指生活和精神皆有所依託。北宋道原《景德傳燈錄‧景岑禪師》：「僧問：『學人不據地如何？』師云：『汝向什麼處安身立命？』」❷子教嬰孩兩句　謂教育孩子應當從嬰兒時就開始，教導媳婦要從她嫁過來的那天起。句本北齊顏之推《顏氏家訓‧教子》：「孔子云：『少成若天性，習慣如自然。』是也。俗諺曰：『教婦初來，教兒嬰孩。』誠哉斯語。」初來，新來；剛來。此處指婦女剛嫁到夫家。❸內要伶俐兩句　意思是心裡要聰明伶俐，外表不妨顯得有點傻呼呼的。此句用《老子》「大直若屈（彎），大巧若拙（笨），大辯若訥（遲鈍）」之意。案：大智若愚是中國古代文化傳統中十分欣賞的為人處世方式。本書中多處提及。❹聰明逞盡兩句　意為如果過分炫耀聰明，算計太精，必將招惹災難禍害。逞，炫耀；賣弄。❺能讓終有益兩句　言能夠謙讓終究受益，忍受欺辱，不輕易發怒，可避免損失錢財。忍氣，忍受別人的欺辱不發怒。❻富從升合起兩句　謂萬貫家財都從一升一合積攢起來，貧困窘迫皆因不精打細算、任意揮霍而招來。《韓非子‧解老》：「是以智士儉用其財，則家富。」句含此意。升、合，皆容量單位。《漢書‧律曆志》：「十合為升，十升為斗。」此處意為很小的數量。案：中國古代容量單位的變化較大，秦漢時，一升等於今天的二百毫升；南北朝至元朝一升等於三百毫升至九百五十毫升不等。明清以降一升等於一千毫升。文中意為很小的數量。❼暗中休使箭兩句　意為暗中不要向別人放冷箭，心思乖巧、聰明機靈仍要存幾分傻氣。暗中休使箭，即不要在背後陷害他人。參見本書頁三八「匿怨而用暗箭，禍延子孫」兩句及其注釋。乖，乖巧；聰明機靈。呆，愚笨；傻。

【語　譯】以寧靜淡泊的心態觀察世間滄海桑田、春華秋實的變動，悠閒自在地看著他人為名利俗務忙碌，這樣才能體會到超凡脫俗的情趣；奔波忙碌中能夠擠出空閒時間，繁華喧鬧處能夠使心靈安定寧靜，這才是安身立命的真工夫。教育孩子應當從嬰兒時就開始，教導媳婦要從她嫁過來的那天起。心裡要聰明伶俐，外表不妨顯得有點傻呼呼的；如果過分炫耀聰明，算計太精，必將招惹災難禍害。能夠謙讓終究受益，忍受欺辱不輕易發怒，可以避免損失錢財。萬貫家財從一升一合積攢起來，貧困窘迫皆因不精打細算、任意揮霍而招來。不要在背後陷害他人，心思乖巧仍需存幾分傻氣。

衙門八字開，有理無錢莫進來❶。天災不時有，誰家挂得免字牌❷。
萬事不由人計校，一生都是命安排❸。用人不宜刻，刻則思效者去；交友不宜濫，濫則貢諛者來❹。財是怨府，貪為禍胎❺。樂不可極，樂極生哀；欲不可縱，縱欲生災❻，百年❼容易過，青春不再來。欲寡精神爽，思多血氣衰❽。一頭白髮催將去，萬兩黃金買不回❾。略嘗辛苦方為福，不作聰明便是才❿。終身疾病，恆從新婚造起⓫；蓋世勛猷，多是老成建來⓬。

【章　旨】本節主要說明凡事有度，貪婪、縱欲都是禍根。用人不宜苛刻，交友不能太濫。天災人禍雖難以避免，但自身行為也有其作用。

【注　釋】❶衙門八字開兩句　言官府的大門敞開著，若遇法律糾紛，雖有道理而沒有錢還是別進去。民間俗語。也作「衙門從古向南開，有理無錢莫進來」。譏諷官府貌似公正，實則貪贓枉法。衙門，舊時官吏辦事的地方。八字開，大門打開後，兩門扇呈八字形。即大門敞開之意。❷天災不時有兩句　意為天災人禍時有發生，誰家都不能保證會永遠免除災害。免字牌，書有「免」字的牌匾。表示宣布去除或要求免除某事。❸萬事不由人計校兩句　謂世上任何事情都不是由人謀劃、打算的，而是命運的安排。句出明末馮夢龍《醒世恆言・黃秀才徼靈玉鳥墜》：「取了這錠銀子，權為路費，徑往長安。正是：人有逆天之時，天無絕人之路。萬事不由人計較，一生都是命安排。」民間俗語。戲曲、小說中常見。計校，謀劃；打算。亦作「計較」。❹用人不宜刻四句　意思是任用人才不應該太苛刻，太苛刻則本來想為你效力的人會離去；交朋友不能毫無選擇，朋友太濫，則獻媚奉承的小人也會來。句出明末洪應明《菜根譚・概論》。用人，任用人才；使用人員。刻，刻薄；苛刻。思效，想要效力。效，效力；效勞。濫，過度；沒有節制。貢諛，獻媚。貢，進獻。❺財是怨府兩句　謂錢財是招致怨恨的淵源，貪婪是惹來災難的禍根。怨府，眾怨歸聚之所。《左傳・昭公十二年》：「平子欲使昭子逐叔仲小，小聞之，不敢朝，昭子命吏謂小待政于朝，曰：『吾不為怨府。』」禍胎，猶禍根。語出《漢書・枚乘傳》：「福生有基，禍生有胎。納其基，絕其胎，禍自何來？」❻樂不可極四句　意思是享樂不可達到極點，樂到極處必生悲哀；欲念不可放縱，縱欲必成災禍。句本唐朝吳兢《貞觀政要・刑法》：「樂不可極，樂極成哀；欲不可縱，縱欲成災。」此又由《禮記・曲禮上》「敖（傲）不可長，欲不可縱，志不可滿，樂不可極」化出。樂極生哀，典出《淮南子・道應》：「何為益而損之？曰：『夫物盛而衰，樂極則悲，日中而移，月盈而虧。』」後將歡樂過度因而招致悲哀之事稱為「樂極生悲」。縱欲，放縱私欲，不加克制。縱，放縱；聽任。❼百年　指人壽百歲。《禮記・曲禮上》：「百年曰期。」陳澔集說：「人壽以百年為期，故曰期。」文中也有「一生」之意。❽欲寡精神爽兩句　意思是欲念少自然精神爽快，思慮多容易氣血早衰。血氣，指元氣、精力。《漢書・宣帝紀》：「耆老之人，髮齒墮落，血氣衰微。」❾一頭白髮催將去兩句　謂滿頭的白髮正催促著生命離去，逝去的時光萬兩黃金也買不回來。血氣衰，精力、健康衰退。血氣，血液和氣息。指人體內維持生命活動的兩種基本要素。也指精力、元氣。❿略嘗辛苦方為福兩句　意為經歷過一些艱難困苦才算有福氣，不炫耀聰明便是真正有才能。方，才；始。副詞。⓫終身疾病兩句　意為一生的疾病常常是在新婚時種下的病根。即由於不節欲而致病。《菜根譚・概論》：「老來疾病，都是壯時招的；衰後罪孽，都是盛時作的。故持盈履滿，君子尤兢兢焉。」意同。恆，經常；常常。⓬蓋世勛猷兩句　言名垂青史的豐功偉績多半由歷經磨難、穩重成熟的人所建立起來。蓋世，才能、功績等高出當代之上，沒有人比得過。蓋，超過；勝過。勛猷，功勛；功勞。勛，功績；功勞。猷，功業；功績。《三國志・吳志・陸遜傳》：「聖化所綏，萬里草偃，方蕩平華夏，總一大猷。」

【語　譯】官府貌似公正，實則貪贓枉法，若有法律糾紛，有道理而沒有錢還是別進去。天災人禍時有發生，誰家都不能保證可以永遠免除災害。所有的事情並不由人來謀劃打算，一生的事業才學、禍福憂樂全都是命運的安排。任用人才不應太苛刻，太苛刻則本來想為你效力的人就會離去；交朋友不能毫無選擇，朋友太濫，則獻媚奉承的小人也將蜂湧而至。錢財是招致怨恨的淵源，貪婁是惹來災難的禍根。歡樂不可達到極點，樂到極處必生悲哀；欲念不可放縱，縱欲必成災禍。人生百年，轉瞬即逝；青春年華，一去不返。欲念少自然精神爽快，思慮多容易氣血早衰。滿頭的白髮正催促著生命離去，逝去的時光萬兩黃金也買不回來。經歷過一些艱難困苦才能算有福氣，不炫耀聰明便是真正有才能。一生的疾病常常是在新婚時種下的病根，名垂青史的豐功偉績多半由精明練達、穩重成熟的人建立起來。

見者易，學者難。莫將容易得，便作等閒看❶。萬惡淫為首，百善孝為先❷。妻賢夫禍少，子孝父心寬❸。事親須當養志，愛子勿令偷安❹。不求金玉重重貴，但願兒孫個個賢❺。卻愁前面無多路，及早承歡向膝前❻。祭而豐不如養之厚，悔之晚何若謹于前❼。

【章　旨】本節言孝順是所有的善行中最重要、最好的善行。與其父母去世後才追悔莫及，予以豐盛的祭祀，不如趁他們健在時盡心侍奉，承歡膝前。

【注　釋】❶莫將容易得兩句　意思是不要把容易得到的東西，便當作尋常物品不重視。民間俗語。元・高文秀《澠池會》第一折：「這玉出荊山，長荊山……你若將容易得，便作等閒看。」等閒看，即「等閒視之」。當作平常事情看待。多用於否定句。等閑，尋常；輕易；隨便。❷萬惡淫為首兩句　言所有罪惡中，最大的罪惡是淫亂；所有善行中，最好的善行是孝順。民間俗語。戲曲、小說中常見。如清朝李汝珍《鏡花緣》：「萬惡淫為首，百行孝為先。此人既忤逆父母，又有桑間月下損人名節之事，乃罪之魁，禍之首。」萬惡，各種罪惡；罪惡多端。百善孝為先，句由《呂氏春秋・孝行》「夫執一術而百善至、百邪去、天下從者，其惟孝也」化出。百善，各種好事、善事。❸妻賢夫禍少兩句　謂妻子賢慧，丈夫的禍患少；子女孝順，父母心中寬慰。民間俗語。戲曲、小說中常見。元・李直夫《虎頭牌》第二折：「你甚的官清民自安，我可什麼妻賢夫禍少。」心寬，寬慰；放心。❹事親須當養志兩句　意思是奉養雙親應當順從其意志，疼愛子女就不要讓他們只圖眼前的安逸。事親，侍奉、供養雙親。事，侍奉；供奉。《孟子・梁惠王上》：「是故明君制民之產，必使仰（上）足以事父母，俯足以畜（養育）妻子。」養志，奉養父母能夠順從其意志。《孟子・離婁上》：「若曾子，則可謂養志也。事親若曾子者，可也。」本書頁六「孝當竭力，非徒養身」意同，可參見。養，奉養；侍奉。偷安，不顧將來的禍患，只圖眼前的安逸；苟安。漢朝賈誼《新書・數寧》：「夫抱火措之積薪之下（把火放在柴堆下）而寢（睡）其上，火未及燃，因謂之安，偷安者也。」❺不求金玉重重貴兩句　意為不貪求一件比一件珍貴的金玉珠寶，只希望兒孫們個個都能成材。但願，只願；只希望。❻卻愁前面無多路兩句　言消除父母年老來日無多的憂愁，趕快趁他們在世盡心承歡膝前。即「愛日以承歡」之意。參見本書頁六該句及其注釋。卻愁，消除憂愁。卻，除去；停止。承歡，侍奉父母，迎合他們的意願以博取歡心。唐朝駱賓王〈上廉使啟〉：「冀鹿迹丘中，絕漢機于俗網；承歡膝下，馭潘輿于家園。」膝前，與「膝下」相近。人幼年時常依偎於父母膝旁，後用作對父母的親近之稱。❼祭而豐不如養之厚兩句　意思是與其父母去世後予以豐盛的祭祀，不如當他們健在時盡心侍奉；與其欲奉養而雙親不在時才追悔莫及，哪能比得上生前的恭敬孝順。祭而豐不如養之厚，句由西漢韓嬰《韓詩外傳》卷七中曾子語化出。參見本書頁六「椎牛而祭墓，不如雞豚逮親存」兩句及其注解。何若，何如；哪裡比得上。謹于前，謂於父母生前恭敬孝順。謹，恭敬。《論語・鄉黨》：「其在宗廟朝廷，便便（雖辯而謹敬）言，唯謹爾。」

【語　譯】看別人做事覺得很容易，自己動手學著做就感到困難了。不要把容易得到的東西，便當作尋常物品不重視。所有罪惡中，最大的罪惡是淫亂；所有善行中，最好的善行是孝順。妻子賢慧，丈夫的禍患就少；子女孝順，則父母心中寬慰。奉養雙親應當順從其意志，疼愛子女就不要讓他們只圖眼前的安逸。不貪求一件比一件珍貴的金玉珠寶，只希望兒孫們個個都能成材。盡力消除父母年老來日無多的憂愁，趕快趁他們在世，承歡膝前。與其父母去世後予以豐盛的祭祀，不如當他們健在時盡心侍奉；子欲養而親不在時才追悔莫及，哪能比得上生前的恭敬孝順。

花逞春光，一番雨，一番風，催歸塵土；竹堅雅操，幾朝霜，幾朝雪，傲就琅玕❶。言顧行，行顧言❷。為事在人，成事在天❸。

【章　旨】本節以鮮花、翠竹為喻，言立身行事當有氣節情操，不可圖一時風光；言語、行為則要一致。

【注　釋】❶花逞春光八句　意思是奼紫嫣紅的百花充分展現了春光的美麗明媚，然而僅僅是一番風一場雨，就催促它們凋零，化歸泥土；翠竹堅韌挺拔，有高雅情操，歷經無數風霜雨雪，依舊傲然挺立，青翠欲滴。逞，顯示；展示。雅操，高尚的操守。《晉書・山濤傳》：「足下在事清明，雅操邁時。」傲就琅玕，依舊傲然挺立，青翠欲滴。傲，高傲；堅不可屈貌。琅玕，本是似玉的一種石，後以其色形容竹之青翠，亦指竹。唐朝杜甫〈鄭駙馬宅宴洞中〉詩：「主家陰洞細烟霧，留客夏簟青琅玕。」仇兆鰲注：「青琅玕，比竹簟之蒼翠。」❷言顧

行兩句　意為言語應注意到行為，行為當顧及言語。即言行一致。宋朝陸九淵〈策問〉：「夫言不顧行，行不顧言，誠是病也。」本句反用此意。顧，顧及；注意到。❸為事在人兩句　謂做不做事以及是否努力做在於人，而能否成功則取決於天意。本句更常見的形式是「謀事在人，成事在天」。民間俗語。戲曲、小說中屢見。如羅貫中《三國演義》第一○三回：「孔明嘆曰：『謀事在人，成事在天。』不可強也！」為事，做事；辦事。成事，成功；辦成事情。天，天意。含有具體的環境、條件等客觀因素之意。

【語譯】姹紫嫣紅的百花充分展現了春光的美麗明媚，然而僅僅一番風一場雨，就催促它們凋零，化歸泥土；翠竹堅韌挺拔，有高雅情操，歷經無數風霜雨雪，依舊傲然挺立，青翠欲滴。言語應注意到行為，行為當顧及言語。做不做事以及是否努力做在於人，而能否成功則取決於天意。

傷人一語，痛如刀割❶。殺人一萬，自損三千❷。擊石原有火，逢仇莫結冤❸。有容德乃大❹，無欲心自閑❺。瓜田不納履，李下不整冠❻。叔嫂不親授，老幼不比肩❼。誤處皆緣不學❽，強作乃成自然❾。將相頭頂堪走馬，公侯肚內好撐船❿。貧不賣書留子讀，老猶栽竹與人看⓫。不作風波于世上，但留清白在人間⓬。勿因群疑而阻獨見，勿任己意而廢人言⓭。路逢險處，為人闢一步周行，便覺天寬地闊⓮；遇到窮時，使我留三分撫恤，自然理順情安⑮。事有急之不白者，寬之或自明，勿操急以速其忿；人有切之不從者，縱之或自化，勿操切以益其頑⑯。

【章　旨】本節言為人當少欲無私，寬宏大量，多為別人考慮，傷人實際也傷己；做事要努力，但在急切難以奏效時，不如順其自然。

【注　釋】❶傷人一語兩句　謂有傷於人的一句話，所造成的痛苦如同刀割。❷殺人一萬兩句　意為殺死一萬敵人，自己也要損失三千。《西遊記》第五回：「勝負乃兵家常事。古人云：『殺人一萬，自損三千。』況捉了去的頭目乃是虎豹、狼蟲、獾獐、狐狢之類，我同類未傷一個，何須煩惱。」❸擊石原有火兩句　意思是擊打石塊就有火星迸出，遇到對手不要結下不可解的冤仇。寓能讓則讓，硬碰硬只會擴大事態之意。擊石原有火，句本唐朝孟郊〈勸學〉詩：「擊石乃有火，不擊元無烟。」仇，敵人。也可作「對手」、「可以匹敵的」解。《詩・小雅・賓之初筵》：「賓載手仇，室人又入。」高亨注：「仇，偶也。此句言賓客自由尋找射箭的對手。」句中用後一意更合適。❹有容德乃大　意思是為人寬宏大量，這才有大德行。句出《書・君陳》。有容，有所包含；寬宏大量。乃，才；才是；這才。❺無欲心自閑　謂沒有欲念心神自然安寧。閑，閒適；安寧。❻瓜田不納履兩句　言經過瓜田不可彎腰提鞋子，走過李樹下不要舉手端正帽子。比喻避免招惹無端的懷疑。亦作「瓜田不納履，李下不正冠」。《藝文類聚》卷四一引三國曹魏曹植〈君子行〉：「君子防未然，不處嫌疑間；瓜田不納履，李下不正冠。」後由此引申出「瓜田李下」、「瓜李之嫌」等成語。納履，穿鞋。履，鞋子。李下，李子樹下。後因「瓜田李下」而指有嫌疑之處。冠，帽子。❼叔嫂不親授兩句　意為小叔與嫂嫂之間不親手遞交物品，長輩和小輩不並肩站立。句本《藝文類聚》卷四一引三國・魏・曹植〈君子行〉：「嫂叔不親授，長幼不比肩。」

叔嫂不親授，古禮謂「男女授受不親」。小叔與嫂嫂之間不親手傳遞物品，以避嫌疑。叔，稱丈夫的弟弟。授，給；遞交。老幼，老人和小孩。也指長輩和小輩。比肩，並肩。《漢書・路溫舒傳》：「比肩而立。」引申為地位相等。案：中國傳統倫理強調「長幼有序」，地位不相等。故老幼不比肩。❽誤處皆緣不學　謂錯誤的原因在於沒好好學習。這是宋朝唐仲友評論漢高祖（劉邦）之語。漢高祖生平誤處甚多，唐仲友說：「誤處皆緣不學，改處皆由敏悟（改正之處都是由於機敏穎悟）。」誤處，錯誤。❾強作乃成自然　意思是凡事努力去做，持之以恆，日久習慣成自然。語本《孔叢子・執節》。戰國末年魏安釐王問孔斌，誰是天下高士（傑出的人才）。孔說：「魯仲連。」王說：「魯仲連強作之者，非體自然也（是強作而不是自然的）。」孔說：「人皆作之，作之不止，乃成君子；作之不變，習與性成，則自然也。」強作，勉力而作；努力去做。強，勉強。❿將相頂頭堪走馬兩句　言將軍、宰相的頭頂上可以任馬馳騁，王公、諸侯的肚子裡能夠划船。民間俗語。比喻度量寬大。將相，將帥和丞相。亦泛指文武大臣。頂頭，即頭頂。堪，可以；能夠。公侯肚內好撐船，此句更常見的形式是「宰相肚裡好撐船」。公侯，公爵與侯爵。亦泛指有爵位的貴族和官高位顯的人。⓫貧不賣書留子讀兩句　意思是家中再窮困，也不賣書換錢，而是把書留給子孫讀；年紀老了依然栽種竹子，以留給別人去觀賞。案：竹子是多年生的常綠植物。作者認為，年紀老了，雖然自己可能看不了多少時間，種下後依然可以留給他人觀賞。有做事要為後人考慮之意。⓬不作風波于世上兩句　謂人生在世不與別人發生是非糾紛，只留下一身清白長存人間。風波，比喻糾紛、亂子或奸詐。清白，品行純潔，沒有污點。屈原〈離騷〉：「伏清白以死直兮，固前聖之所厚。」⓭勿因群疑而阻獨見兩句　言不要因為眾人有懷疑而阻止個人獨到的見解，切勿依據自己的心意而廢棄他人的意見。句出明末洪應明《菜根譚・概論》：「毋因群疑而阻獨見，毋任己意而廢人言。」阻，阻止；阻攔。獨見，獨到的發現；獨特的見解。指能見人所不能見者。《呂氏春秋・制樂》：「故禍兮福之所倚，福兮禍之所伏，聖人所獨見，眾人焉知其極。」任，聽憑；依據。廢，棄置；廢棄。⓮路逢險處三句　意思是行路時走到險惡之處，為他人讓開一條大路，便覺得天地寬闊。即「退一步海闊天空」之意。闢，開闢；打開。周行，大路。《詩・小雅・大東》：「佻佻公子，行彼周行。」⓯遇到窮時三句　謂遇到窮困潦倒不得志時，多留一些寬慰濟助，自然事理順當，心情安寧。窮，不得志。《孟子・盡心上》：「窮則獨善其身，達則兼善天下。」撫恤，寬慰救濟。⓰事有急之不白者六句　意思是當有倉促之間一下子搞不清楚、說不明白的事情時，寬緩一下，事後那人或許能明白，切勿操之過急，免得增加煩惱和憤怒；如果責備某人而他不接受，聽任其便，或許他會自己醒悟改正，不要脅迫、急躁，反致更加固執。寓在急切難以奏效時，不如順其自然之意。句本《菜根譚・概論》：「事有急之不白者，寬之或自明，毋燥急以速其忿；人有操之不從者，縱之或自化，毋操切以益其頑。」急之不白，倉促間難以搞清或說不明白。急，急切；急躁；倉促；短時間。白，明白；清楚。寬，延緩；緩和。操急，操之過急；辦事太急躁。速，招致。《詩・召南・行露》：「誰謂女無家，何以速我獄。」朱熹集注：「速，召致也。」忿，憤怒。切，譴責；批評。不從，不接受；不服從。從，順從；服從。縱，放縱；聽任。自化，自然化育。語本《老子》：「法令滋彰，盜賊多有，故聖人云：我無為而民自化。」文中也有醒悟改正之意。操切，脅迫；辦事過於急躁。益，更加。頑，固執；頑固。

【語　譯】有傷於人的一句話，所造成的痛苦如同刀割。殺死一萬敵人，自己也要損失三千。擊打石塊，就有火星迸出；遇到對手，不要結下不可解的冤仇。為人寬宏大量，這才有大德行；沒有煩雜欲念，心神自然安寧。經過瓜田不可彎腰提鞋子，走到李樹下不要舉手端正帽子，以免招惹無端的懷疑。男女有別，長幼有序，所以小叔與嫂嫂之間不親手遞交物品，長輩和小輩不並肩站立。犯錯誤的原因都在於沒好好學習；凡事努力去做，持之以恆，日久習慣成自然。為人應當度量寬大，就像俗話說的「將相頭頂堪走馬，宰相肚裡好撐船」；做事要為後人考慮，因此，家中再窮，也不賣書換錢，而是把書留給子孫讀；年紀老了依然栽種竹子，以留給別人去觀賞。人生在世不與別人發生是非糾紛，只留下一身清白長存人間。不要因為眾人有懷疑而阻止個人獨到的見解，切勿依據自己的心意而廢棄他人的意見。為人處世禮讓三分，行路時走到險惡之處，為他人讓開一條大路，便覺得天地寬闊；遇到窮困潦倒不得志時，多留一些寬慰濟助，自然事理順當，心情安寧。當有倉促間難以說清楚的事情時，寬緩一下，那人或許能自己明白，切勿操之過急，而招致憤怒；如果責備某人而他不接受，聽任其便，也許他會自己醒悟改正，不要過於急躁，反教他更加固執。

道路各別，養家一般❶。死生有命，富貴在天❷。逸態閒情，惟期自尚；清標傲骨，不願人憐❸。他急我不急，人閒心不閒。富人思來年，貧人顧眼前❹。忙中多錯事，醉後吐真言❺。上山擒虎易，開口告人難❻。不是撐船手，休要提篙竿❼。好言一句三冬煖，話不投機六月寒❽。知音說與知音聽，不是知音莫與談❾。讒言敗壞真君子，美色消磨狂少年❿。用心計較般般錯，退步思量事事難⓫。但有綠楊堪繫馬，處處有路到長安⓬。

【章　旨】本節主要言世道人情浮薄，君子當自重自珍；生死富貴由命運安排，太用心機，過分計較，事事都錯；退後一步，海闊天空。

【注　釋】❶道路各別兩句　謂人生的道路千差萬別，養家餬口則是一樣的。養家，贍養家口。❷死生有命兩句　言死生聽之命運，富貴由天安排。句出《論語・顏淵》：「子夏曰：『商聞之矣：死生有命，富貴在天。君子敬而無失，與人恭而有禮。四海之內皆兄弟也。』」❸逸態閒情四句　意思是清秀美麗的姿態，閒適安逸的情趣，只企求自重自珍；俊逸的神采，傲世的風骨，不願意被他人憐愛。句本《菜根譚・閑適》：「逸態閑情，惟期自尚，何事外修邊幅；清標傲骨，不願人憐，無勞多買胭脂。」逸態，清秀美麗的姿態。漢朝陳琳〈柳賦〉：「偉姿逸態，英豔妙奇。」閒情，閒適安逸的情趣。自尚，自高；自重；自珍。清標，俊逸；超凡脫俗的風度、品位。語本南朝宋劉義慶《世說新語・容止》：「王羲之贊嘆杜弘治：面如凝脂，眼如點漆，此神仙中人。」劉孝標注引南朝宋劉義慶《江左名士傳》：「杜弘治清標令上，為後來之美。」傲骨，高傲不屈的性格。語出戴埴《鼠璞》：「唐人言李白不能屈身，以腰間有傲骨。」憐，喜愛；憐憫。《莊子・秋水》：「夔憐蚿（蟲名），蚿憐蛇，蛇憐風，風憐目，目憐心。」❹富人思來年兩句　意為富貴人家考慮明年的事，貧寒之人只能顧及眼前。思，考慮；思考。來年，明年；未來。❺忙中多錯事兩句　謂忙亂中容易做錯事情，醉酒後常常說出真話。吐真言，說真話。吐，口說；陳述。❻上山擒虎易兩句　意為上山捕捉老虎容易，開口向人求助困難。極言人情淡漠，請求別人幫助之困難。民間俗語。宋元以降戲曲、小說中常用。元代無名氏《奈何曲》：「非奴苦要孝名傳，只為上山擒虎易，開口告人難。」告人，向人求助；向人借貸。告，請求；告借。❼不是撐船手兩句　言不是操舟行船的能手，就不要去拿撐船的竹竿。意思是不要做力所不能及的事情。民間俗語。戲曲、小說中常見。清朝李漁《老星家戲改八字窮皂隸徒發萬全》：「不是撐船手，休來弄竹竿。衙門裡錢，這等好趁？要進衙門，先要吃一付洗心湯，把良心洗去。」篙竿，撐船的竹竿。❽好言一句三冬煖兩句　意為一句讚揚的話語，即使是三冬嚴寒，也會讓人感到心裡暖洋洋的；而見解各異，話不投機，哪怕是盛夏酷暑，仍是倍感寒意。民間俗語。戲曲、小說中常見。《西廂記》第三本第二折：「別人行甜言蜜語三冬暖，我跟前惡語傷人六月寒。」三冬，冬季。即冬季最冷的時候。話不投機，談話時彼此意見情趣不合。❾知音說與知音聽兩句　謂知心話說給知心朋友聽，不是知己不要與他談知心話。知音，知己；同道。語本《列子・湯問》所載伯牙、鍾子期事。伯牙善鼓（彈）琴，鍾子期善聽琴。伯牙琴音志在高山，子期說：「峨峨兮若泰山。」琴音志在流水，子期說：「洋洋兮若江河。」伯牙所念，鍾子期必得之。後世遂以「知音」比喻「知己」，即彼此相知而情誼深切的人。❿讒言敗壞真君子兩句　意為挑撥離間的壞話陷害了無數正人君子，迷人的美色消磨去許多狂放少年的雄心壯志。讒言，毀謗人的壞話。亦指挑撥離間的話。敗壞，損害；破壞。美色，姣美的姿色。也指美女。狂，狂放；率性。⓫用心計校般般錯兩句　言太用心機，過分計較，結果所思所慮件件都錯；退後一步再思量，就會覺得事事都有其難處。句本宋朝俞文豹《吹劍四錄》「著心計較般般錯，退步思量事事寬」。用心，使用心力；專心。《論語・陽貨》：「飽食終日，無所用心，難矣哉。」計校，即「計較」。計算；較量；爭論。般般，猶種種、樣樣、件件。退步，後退一步。思量，考慮；忖度。⓬但有綠楊堪繫馬兩句　言只要有綠色楊樹的地方都可以拴馬，四處的道路皆能夠通往首都長安。意思是不必過於拘泥某一種方法或道理，各種方法最終都可以達到目的。與古羅馬諺語「條條大道通羅馬」類似。句本南宋普濟《五燈會元》卷二〇〈資壽尼妙惠禪師〉：「尼問：『如何是奪人不奪境？』師曰：『野花開滿路，遍地是清香。』曰：『如何是奪境不奪人？』師曰：『茫茫宇宙人無數，幾個男兒是丈夫。』曰：『如何是人境俱不奪？』師曰：『處處綠楊堪繫馬，家家門首透長安。』曰：『如何是人境兩俱奪？』師曰：『雪覆蘆花，舟橫斷岸。』」但，只要。表示假設或條件。繫馬，拴馬。繫，拴縛。長安，古都城名。漢高祖七年（西元前二〇〇年）定都於此。此後東漢獻帝初、西晉愍帝、前趙、前秦、後秦、西魏、北周、隋、唐皆於此定都。大略位置在今西安市。

【語　譯】人生的道路千差萬別，養家餬口則是一樣的。人的生死聽憑命運，富貴取決於天意。清秀美麗的姿態，閒適安逸的情趣，只企求自珍自重；俊逸的神采，傲世的風骨，不願被他人憐憫。遇有變故時，別人著急我不著急，身體清閒但心不清閒。富貴人家考慮明年的事，貧寒之人只能顧及眼前。忙亂中容易做錯事情，醉酒後常常說出真話。上山捕捉老虎容易，開口向人求助困難。不是操舟行船的能手，就不要去拿撐船的竹竿。一句讚揚的話語，即使是三冬嚴寒，也會讓人感到心裡暖洋洋的；而見解各異，話不投機，哪怕是盛夏酷暑，仍是倍感寒意。知心話說給知心朋友聽，不是知己不要與他談知心話。挑撥離間的壞話陷害了無數正人君子，迷人的美色消磨去許多狂放少年的雄心壯志。太用心機，過分計較，結果所思所慮件件都錯；退後一步再思量，就會覺得事事皆有其難處。不必拘泥某一種方法或道理，各種方法最終都可以達到目的。所以，只要有綠楊樹的地方都可以拴馬，四處的道路皆能通往首都長安。

人欲從初起處剪除，如斬新芻，工夫極易；若樂其便而姑為染指，則深入萬仞；天理自乍見時充拓，如磨塵鏡，光彩漸增；若憚其難而稍為退步，便遠隔千山❶。

【章　旨】本節強調修身養性要從初始處做起，不怕困難，持之以恆；稍有退縮畏懼，或溺於名利欲望，便會遠離天理與本性。

【注　釋】❶人欲從初起處剪除十句　意思是各種欲望嗜好要在它們剛產生時就去除，此時除去，如同砍斷新生的嫩草，極容易做到，如果貪圖它們有利，也暫且從中得到一些利益，那就墜入了萬丈深淵；人的本性和道德意識在它們顯露之初就要不斷擴充，這樣就像洗磨積滿塵垢的銅鏡，日積月累，光彩會逐漸增加，若是害怕其困難而不能堅持，那麼只要稍有退步，便會距離天理千山萬水。本節由《菜根譚・修省》「人欲從初起處翦除，便似新芻遽斬，其功夫極易，若樂其便而姑為染指，則深入萬仞；天理自乍明時充拓，便如塵鏡復磨，其光彩更新」，以及同書〈概論〉「欲路上事，毋樂其便而姑為染指，一染指便深入萬仞；理路上事，毋憚其難而稍為退步，一退步便遠隔千山」兩句化出。人欲，人的欲望嗜好。常與「天理」相對。《禮記・樂記》：「夫物之感人無窮，而人之好惡無節，則是物至而人化物也。人化物也者，滅天理而窮（極盡）人欲者也。」孔穎達疏：「滅其天生清淨之性而窮極人所貪嗜欲也。」剪除，除去；伐滅。斬，砍；砍斷。新芻，初生的嫩草。芻，草。工夫，同「功夫」。做事所費的時間和精力。另，理學家稱積功累行、涵蓄存養心性為工夫。如朱熹《朱子語類》卷六九：「謹信存誠是裡面工夫，無迹。」文中二意皆有。樂其便，貪愛其有利。樂，喜愛；貪愛。便，有利。姑，姑且；暫且。染指，語本《左傳・宣公四年》：「楚人獻黿于鄭靈公。公子宋（字子公）與子家將見，子公之食指動，以示子家（給子家看），曰：『他日我如此，必嘗異味。』……及食大夫黿，召子公而弗與也。子公怒，染指于鼎，嘗之而出。」後以「染指」比喻沾取非所應得的利益。萬仞，萬丈深淵。仞，古代長度單位。七尺為一仞。一說八尺為一仞。天理，本指天道，自然法則；（人的）天性。宋代理學家把綱常倫理視作永恆的客觀道德法則，稱「天理」。文中二意兼有之。參見本書頁四「作事須循天理」兩句及其注釋。乍見，突然而短暫地出現。見，顯現；顯露。充拓，擴充開拓。明朝王守仁《傳習錄》卷上：「孩提之童，無不知愛其親，無不知敬其兄，只是這個靈能不為私欲遮蔽，充拓得盡，便完完是他本體。」句含此意。磨塵鏡，磨去鏡上的塵垢。案：在近代大量使用玻璃鏡之前，中國主要使用銅製的鏡子。鏡面日久會因氧化、塵垢而不清晰，需磨光才能照影。文中把充滿欲望嗜好的心靈比作「塵鏡」，認為需要不斷用天理比照衡量，清除欲望，使本性與道德倫理的光彩日增。憚，害怕；畏懼。

【語譯】各種欲望嗜好要在它們剛產生時就去除，此時除去，如同砍斷新生的嫩草，極其容易。如果貪圖它們有利，也暫且從中得到一些利益，那就墜入了萬丈深淵，難以自拔。人的本性和道德意識在它們顯露之初就要不斷擴充，這樣就像洗磨積滿塵垢的銅鏡，日積月累，光彩會逐漸增加。若是害怕困難而不能堅持，那麼只要稍有退步，便會距離天理千山萬水，遙不可及。

風息時，休起浪；岸到處，便離船❶。隱惡揚善❷，謹行慎言❸。自處超然，處人藹然；得意欿然，失意泰然❹。老當益壯，窮且益堅❺。

【章旨】本節言謹行慎言，不要惹是生非；志滿意得時不自滿，身世坎坷時，仍坦然自若。要有老當益壯、窮且益堅之志。

【注釋】❶風息時四句　意為風波平息後，不要再起波瀾；船到岸了，就該離船。寓不要惹是生非之意。句本明末洪應明《菜根譚・應酬》：「鴻（鳥）未至，先援（拉）弓，兔已亡（逃），再呼矢，總非當機作用；風息時，休起浪，岸到處，便離船，才是了手（了悟）工夫。」起浪，掀起波浪。亦喻尋釁肇事、惹是生非。❷隱惡揚善　謂隱瞞他人的過錯惡事，宣揚他人的善行美德。句本《禮記・中庸》：「舜好問而好察邇言，隱惡而揚善。」《易・大有》作「君子以遏惡揚善」。❸謹行慎言　意思是行為謹慎，說話小心。此句更常見的形式是「謹言慎行」。語本《禮記・緇衣》：「故言必慮其所終，而行必稽其所敝，則民謹于言而慎于行。」❹自處超然四句　言對待自己要離塵脫俗，超然世外；對待他人應親切和藹，體貼周到。一帆風順、志滿意得時不要自滿；挫折頗多，身世坎坷時，應當神情自若，不以為意。句本清朝金纓《格言聯璧・存養類》：「自處超然，處人藹然；無事澄然，有事斬然；得意淡然，失意泰然。」自處，安置自己；對待自己；自持。處，對待。《禮記・檀弓下》：「〔顏淵〕謂子路曰：『何以處我？』」超然，超脫世俗；離塵脫俗。處人，對待他人。藹然，溫和、和善貌。得志，實現其志願。欿然，不自滿。《孟子・盡心上》：「附之以韓魏之家，如其自視欿然，則過人遠矣。」朱熹集注：「欿然，不自滿之意。」失意，不如意；不得志。泰然，安然。形容心情安定，含有不以為意之意。❺老當益壯兩句　謂年紀雖老而豪氣更壯，處境窮困而愈加堅強。語出《後漢書・馬援傳》：「〔援〕轉游隴漢間，常謂賓客曰：『丈夫為志，窮當益堅，老當益壯。』」唐朝王勃〈滕王閣序〉：「嗚呼！時運不濟，命運多舛（不順），所賴君子安貧，達人知命。老當益壯，寧知白首之心？窮且益堅，不墜青雲之志。」句，意同。老當益壯，年紀雖老而志氣更壯。窮且益堅，處境越艱難窮困，意志越堅定。

【語　譯】風波平息後，不要再起波瀾；船到岸了，就該離船。這是勸戒世人不要惹是生非。待人處事時，隱瞞他人的過錯惡事，宣揚他人的善行美德。行為謹慎，說話小心。對待自己要離塵脫俗，超然世外；對待他人應親切和藹，體貼周到。一帆風順、志滿意得時不要自滿；挫折頗多，身世坎坷時，仍當神情自若，不以為意。年紀雖老而豪氣更壯，處境窮困則愈益堅強。

榜上名揚，蓬門增色❶；牀頭金盡，壯士無顏❷。由儉入奢易，由奢入儉難❸。少成若天性，習慣成自然❹。自奉必須儉約，宴客切勿留連❺。枯木逢春猶再發，人無兩度再少年❻。少而寡欲顏常好，老不求官夢亦閒❼。書有未曾經我讀，事無不可對人言❽。

【章　旨】本節主要言要自幼養成好習慣，珍惜青春，清心寡欲，襟懷坦蕩。

【注　釋】❶榜上名揚兩句　言科舉考試一旦考中，遠揚的名聲為茅草屋增添了光彩。榜，應試錄取的名單。案：古代科舉考試，錄取者的名單皆張榜公布。故稱。名揚，聲名遠揚。蓬門，以蓬草為門。指貧寒之家。❷牀頭金盡兩句　意思是身邊的錢財用盡，陷於貧困後，英雄好漢也會感到窘迫無顏。句本唐朝張籍〈行路難〉詩：「君不見床頭黃金盡，壯士無顏色。」牀頭金盡，謂錢財耗盡。牀頭，坐榻或床鋪的旁邊。案：古代所說的「牀」，除了今日所稱「床」的意思之外，也指坐具、安放器物的支架几案等物品。壯士，意氣豪邁而勇敢的人；勇士。無顏，羞愧；沒有臉面見人。❸由儉入奢易兩句　謂從儉樸的日子改為奢華享受容易，由奢侈豪華變成儉樸則難。俗諺。句出宋朝袁采《袁氏世範》：「日入（每天的收入）之數多于日出（支出），此所以常有餘……有不知悟者，何以支捂。古人謂：『由儉入奢易，由奢入儉難。』蓋謂此爾。」宋朝司馬光〈訓儉示康〉亦有此語。❹少成若天性兩句　意為自幼養成的習性好像天性一樣，在長時間裡形成的行為就變得自然而然了。句本《孔子家語・七十二弟子解》：「少成則若性也，習慣若自然也。」漢朝賈誼《新書・保傅》則作：「孔子曰：『少成若天性，習慣若自然。』」少成，年少時養成的習性。❺自奉必須儉約兩句　言自己日常所用必須儉樸節約，外出做客切勿留連忘返。語出明清之際朱用純《治家格言》。明朝呂坤《續小兒語・四言》有「待人要豐，自奉要約」句，意同。自奉，自身日常生活的供養。儉約，儉省，節約。宴客，以酒食宴請客人；飲宴所請的客人。

文中用後一意。即參加宴會，去做客。留連，拖延；戀戀不捨。❻枯木逢春猶再發兩句　意思是枯槁的樹木到了春天還會再長出新葉，人卻沒有第二次的少年時光。寓應當珍惜青春之意。民間俗語。戲曲、小說中屢見。如元朝關漢卿《裴度還帶》第二折：「花有重開日，人無再少年。」枯木逢春，比喻重獲生機。元朝劉致〈端正好・上高監司〉套曲：「眾饑民共仰。似枯木逢春，萌芽再長。」兩度，兩次。❼少而寡欲顏常好兩句　謂年輕時清心寡欲，則能青春常駐；年紀老了不求名利，夢中亦是逍遙自在。寡欲，節制欲望；欲望少。《老子》：「見素抱朴，少私寡欲。」顏，面容；臉色。❽書有未曾經我讀兩句　言世上的書籍的確有我未曾讀過的，自己的事情卻沒有不可以對別人說的。寓襟懷坦蕩，為人正派之意。句出清朝金纓《格言聯璧・持躬》。事無不可對人言，語本《宋史・司馬光傳》。司馬光曾對人說：「吾無過人者，但生平所為，未嘗有不可對人言者耳。」

【語譯】科舉考試一旦考中，遠揚的名聲為茅草屋增添了光彩。身邊的錢財用盡，陷於貧困後，英雄好漢也會感到窘迫無顏。從儉樸的日子改為奢華享受容易，由奢侈豪華變成儉樸則難。自幼養成的習性好像天性一樣，在長時間裡形成的行為就變得自然而然了。自身日常所用必須儉樸節約，參加宴會切勿留連忘返。枯槁的樹木到了春天還會再長出新葉，人卻沒有第二次的少年時光。年輕時清心寡欲，則能青春常駐；年紀老了不求名利，夢中亦是逍遙自在。世上的書籍的確有我未曾讀過的，自己的事情卻沒有不可以對別人說的。

兄弟叔侄，須分多潤寡；長幼內外，宜法肅詞嚴❶。一飯一粥，當思來處不易；半絲半縷，恆念物力維艱❷。

【章　旨】本節言家族內既要互相幫助，分多潤寡；也應嚴守家規禮儀，內外有別；並強調製造、生產任何物品都很艱辛，故而一飯一粥、半絲半縷都應當珍惜。

【注　釋】❶兄弟叔侄四句　意思是自家的兄弟叔侄之間，富裕者需要分出一些錢財，接濟那些貧困者；家中的長輩與小輩、男人和女人，應當嚴守家規禮儀，說話謹慎，不隨便言談說笑。句出《治家格言》。分多，從多（富裕）的裡面分出一部分。潤寡，接濟缺少（貧困）者。潤，惠及；接濟；救助。內外，指女子和男子。古代中國女子只能在室內操持家務，不參與社會活動，男子反之。故以「內、外」稱女子和男子。《荀子・天論》：「禮儀不修，內外無別，男女淫亂。」法肅，法紀嚴肅。文中主要指嚴守家規禮儀。詞嚴，措辭嚴謹；說話謹慎。文中主要指長幼、男女之間不隨便言談說笑。❷一飯一粥四句　句本《治家格言》：「一粥一飯，當思來之不易；半絲半縷，恆念物力維艱。」謂一碗飯一盆粥，應當想到它們來之不易；半根絲半條線，總要記住物品生產的艱難。寓「誰知盤中飧，粒粒皆辛苦」之意。縷，線。恆念，經常想到。恆，經常；常常。物力，可供使用的物資。《漢書・食貨志上》：「生之有時，而用之亡（無）度，則物力必屈。」句用此意。維艱，猶艱難。

【語　譯】自家的兄弟叔侄之間，富裕者需要分出一些錢財，接濟那些貧困者；家中的長輩與小輩、男人和女人，應當嚴守家規禮儀，不可隨便言笑。製造、生產任何物品都很艱辛，故而一碗飯一盆粥，應當想到它們來之不易；半根絲半條線，總要記住紡紗織布的艱難。

人學始知道，不學亦徒然❶。愚而好自用，賤而好自專❷。有書真富貴，無事小神仙。出岫孤雲，去來一無所繫；懸空朗鏡，妍醜兩不相干❸。勸君作福便無錢，禍到臨頭使萬千❹。善惡關頭休錯認，一失人身萬劫難❺。積德若為山，九仞頭休虧一簣❻；容人須學海，十分滿尚納百川❼。為善最樂，為惡難逃❽。

【章旨】本節言人當讀書明理，多行善事多積福德；既要有寬大的胸懷，又能夠逍遙自在，不為俗事所羈。

【注釋】❶人學始知道兩句　意思是人只有讀書學習才會明白道理，不讀書的人只是白白地活著。句本唐朝孟郊〈勸學〉詩：「擊石乃有火，不擊元無烟。人學始知道，不學非自然。萬事須己運，他得非我賢。青春須早為，豈能長少年。」徒然，猶枉然。白白地；不起作用。❷愚而好自用兩句　言愚蠢的人喜歡自行其是，低賤卑鄙的人喜歡一任己意，專斷獨行。句出《禮記・中庸》。好，愛好；喜歡。自用，自行其是，不接受別人意見。《書・仲虺之誥》：「好問則裕，自用則小。」賤，地位卑微。文中指地位卑微者；人格卑鄙者。自專，一任己意；獨斷獨行。❸出岫孤雲四句　謂山巒中飄出的一朵白雲，來來去去毫無牽掛；明鏡高懸，照鏡子的人是美是醜與它毫不相干。句本《菜根譚・概論》：「矜名（以名聲驕人）不如逃名趣，練事（熟悉、練達於事）何如省事閑。孤雲出岫，去留一無所繫；朗鏡懸空，靜燥兩不相干。」出岫，出山；從山中出來。陶潛〈歸去來兮辭〉：「雲無心以出岫，鳥倦飛而知還。」岫，峰巒。孤雲，單片飄浮的白雲。也常用以比喻隱居或閒散的人。唐朝劉長卿〈送方外上人〉詩：「孤雲將野鶴，豈向人間住。」所繫，有所牽掛。繫，聯屬；關涉。朗鏡，明鏡。也常用以比喻明月。朗，明亮。妍，美；美好。❹勸君作福便無錢兩句　意為奉勸諸位多行善事多積福德，這樣即便沒有錢也沒關係；一旦作惡多端大禍臨頭，就是花錢萬千也無法消災解難。使萬千，花費千千萬萬的錢財。❺善惡關頭休錯認兩句　言當面臨善惡選擇的時候，千萬不要走錯路，一旦失足，六道輪迴中將不能再成為人，歷萬劫亦難回復。由南宋普濟《五燈會元》卷一五〈雪門文偃禪師〉「莫將等閑，空過時光。一失人身，萬劫不復，不是小事，莫據目前」句化出。案：佛教認為，眾生根據其生前的善惡行為在六道（天道、人道、阿修羅道、畜生道、餓鬼道、地獄道）中輪迴生死。人若做了許多惡事，死後轉世投胎就會變成畜生或者惡鬼，甚至下地獄。再要重新上升，回復到「人」，極為困難。參見本書頁二〇六「轉身變畜生，兒女替不出」兩句及其注釋。萬劫，原為佛教語。佛經稱世界從生成到毀滅的過程為一劫，萬劫猶萬世，形容時間極長。後訛為極大的災難。❻積德若為山兩句　意思是積累善行如同堆土造山，堆至九仞高，不要缺最後一筐土，致使功敗垂成。積德，積累仁德或善行。為山，造山。為，做；幹。九仞頭休虧一簣，由《書・旅獒》「為山九仞，功虧一簣」化出。意思是造山至九仞高，不要缺最後一筐土，致使功敗垂成。九仞，亦作「九軔」。六十三尺。一說七十二尺。常用以形容極高或極深。仞，古代長度單位。據考證，一仞周制八尺，漢制七尺。東漢末五尺六寸。虧，欠；差。一簣，一筐（土）。簣，盛土的筐子。❼容人須學海兩句　言待人要寬厚，應當學大海的胸懷和氣度，雖然已十分浩瀚無際，仍然接納百川奔流而來的水。容人，待人寬厚；容納他人。尚納百川，仍然接納所有江河奔流而來之水。即「海納百川」之意。比喻容受量大。尚，還；猶；仍然。納，接受；容受。百川，江河湖海的總稱。百，凡；一切。舉成數以言其多。❽為善最樂兩句　謂行善是最大的快樂，作惡最終難逃報應。為善最樂，典出《後漢書・東平憲王蒼傳》：「日者問東平王（張蒼）：『居家何等最樂？』王言：『為善最樂。』」其言甚大，副是要腹矣（張蒼大腹便便）。」為善，猶言行善、做善事。為，做。

【語　譯】人只有讀書學習才會明白道理，不讀書的人只是枉度一生。越是愚蠢的人越喜歡自行其是，不接受別人的意見；越是低微卑賤的人越喜歡一任己意，專斷獨行。家有藏書才是真正的富貴，平安無事便能像神仙一樣逍遙自在。山中飄出的一朵白雲，來來去去毫無牽掛；明鏡高懸，照鏡子的人是美是醜與它毫不相干。奉勸諸位多行善事多積福德，這樣即便沒有錢也沒關係；作惡多端，大禍臨頭，就是花錢萬千也無法消災解難。當面臨善惡選擇的時候，千萬不要走錯路，一旦失足，六道輪迴中將不能再成為人，歷萬劫亦難回復。積累善行如同堆土造山，堆至九仞高，不要缺最後一筐土，致使功敗垂成；待人要寬厚，應當學大海的胸懷和氣度，雖已浩瀚無涯，仍然接納百川奔流而來的水。行善是最大的快樂，作惡終究難逃報應。

養兵千日，用在一朝❶。國清才子貴，家富小兒驕❷。萬般皆下品，
唯有讀書高❸。士為知己用❹，節不歲寒彫❺。

【章　旨】本節強調讀書是世上最重要、最尊貴的事。平日要刻苦，一旦國家需要，就可為國效力；在社會黑暗或逆境艱難時仍當保持氣節。

【注　釋】❶養兵千日兩句　謂常年供養和訓練士兵，就是為了在戰爭的那一刻派用。寓平時做好準備，一旦有事即可用之意。俗諺。小說、戲曲中常見。明朝施耐庵《水滸傳》第六一回：「盧俊義聽了大怒道：『養兵千日，用在一朝！我要你跟我去走一遭，你便有許多推故。』」又作「養兵千日，用兵一時」、「養軍千日，用在一朝」、「養軍千日，用軍一時」等。養兵，供養和訓練士兵。❷國清才子貴兩句　意思是國家清明，天下太平，

人才有為國效力的機會，才子便價值高而珍貴；家境富裕但缺乏教養，孩子就會驕橫無禮。家富小兒驕，民間俗語。語本南宋普濟《五燈會元》卷一九〈泐潭擇明禪師〉：「師曰：『從來家富小兒驕，偏向江頭弄畫撓。引得老爺把持不住，又來船上助歌謠。』」後戲曲、小說中常見。如元朝秦簡夫《東堂老》第一折有此語。國清，國家政治清明，天下太平。❸萬般皆下品兩句　言世上各種各樣的事情都是低下的，唯有讀書最尊貴。民間俗語。元朝鄭廷玉《金鳳釵》第二折：「正末題詩云：『天子重英豪，文章教爾曹。萬般皆下品，惟有讀書高。』」萬般，總括之詞。謂各種各樣。下品，猶下等。魏晉士族門第低者稱下品；南朝梁鍾嶸的《詩品》把漢至齊、梁的七十二個詩人的作品分為上中下三等品。後亦以「下品」泛指質量最低或等級最低者。❹士為知己用　意為士人把自己的智慧貢獻給了解、賞識自己的人，為其所用。語出西漢司馬遷〈報任少卿書〉：「士為知己用，女為說（悅）己容（為喜歡自己的人打扮）。」案：春秋戰國時，各國爭霸，皆求賢若渴，而當時士人就職的重要原則就是「士為知己用」，甚至可以「士為知己死」。《戰國策・趙策一》引古諺：「士為知己者死，女為悅己者容。」這種精神後世始終傳承，代不乏人。士，智者；賢者。後泛指讀書人，知識階層。知己，了解、賞識自己的人；彼此相知而情深意切的人。❺節不歲寒彫　謂志氣節操不因為政治黑暗、處境艱難而凋敝衰竭。語本《論語・子罕》：「歲寒，然後知松柏之後彫也。」節，氣節；節操；志向。《孟子・滕文公上》：「富貴不能淫，貧賤不能移，威武不能屈。」後世常以之作為「氣節」的主要內容。歲寒，一年的嚴寒時節。也以此比喻困境、亂世。彫，凋敝；萎謝。

【語　譯】常年供養和訓練士兵，就是為了在戰爭的那一刻派用。國家清明，天下太平，人才有為國效力的機會，才子的價值高而顯珍貴；家境富裕但缺乏教養，孩子就會驕橫無禮。世上各種各樣的事情都是低下的，唯有讀書最高貴。士人把自己的智慧貢獻給了解、賞識自己的人，為其所用；氣節不因政治黑暗、逆境艱難而凋敝衰竭。

不因漁父引，怎得見波濤❶。但知口中有劍，不知袖裡藏刀❷。春蠶到死絲方盡❸，惡語傷人恨難消❹。入山不怕傷人虎，祇怕人情兩面刀❺。世間公道惟白髮，貴人頭上不曾饒❻。無求❼到處人情好，不飲隨他酒價高。

【章旨】本節言萬事須經實踐；世態人情複雜多變，不要隨便求人，更不要惡語傷人。

【注釋】❶不因漁父引兩句　言如果沒有漁翁的指引，怎能見識風浪波濤。寓要多向有經驗的人請教之意。句本《三寶太監西洋記》第五七回：「佛爺道：『張大仙差矣！你豈不聞古人說得好：不因漁夫引，怎得就風濤。』」民間俗語。怎得，猶安得。怎麼能夠。❷但知口中有劍兩句　意思是只知道出言不慎會傷人，卻不知袖裡藏刀更害人。但，只；僅。口中有劍，比喻話語尖刻厲害，出口傷人。袖裡藏刀，把刀藏在袖子裡。比喻詭計多端，暗中害人。❸春蠶到死絲方盡　意為春蠶吐絲，絲吐盡，命亦亡。比喻情到至深，至死不悔。句出唐・李商隱〈無題〉詩：「相見時難別亦難，東風無力百花殘。春蠶到死絲方盡，蠟炬成灰淚始乾。曉鏡但愁雲鬢改，夜吟應覺月光寒。蓬山此去無多路，青鳥殷勤為探看。」❹惡語傷人恨難消　謂用無禮、惡毒的語言傷害他人，其所造成的傷害仇恨永難消除。句出南宋普濟《五燈會元》卷一六〈法昌倚遇禪師〉：「上堂：『汝若退身千尺，我便當處生芽；汝若覿面相呈，我便藏身露影。……直得水洒不著，風吹不入，如個無孔鐵錘相似。且道法昌還有為人處也無？』良久曰：『利刀割肉瘡猶合，惡語傷人恨不消。』」惡語，無禮、中傷的語言。❺入山不怕傷人虎兩句　謂進入山中並不懼怕吃人的老虎，只害怕世態人情口是心非、兩面三刀。極言人情冷暖、反覆無常，其可怕甚於吃人猛虎。兩面刀，比喻當面一套，背後一套，玩弄欺騙手法。即「兩面三刀」之意。民間俗語。❻世間公道惟白髮兩句　意思是人世間的公道只有頭髮變白，即便是大富大貴者，年老了，頭上照樣是白髮。句本唐朝杜牧〈送隱者一絕〉詩：「無媒徑路草蕭蕭，自古雲林遠市朝。世間公道唯白髮，貴人頭上不曾饒。」不曾饒，沒有放過；不曾饒恕。不曾，未曾；沒有。饒，寬容；饒恕。❼無求　無所求。

【語　譯】如果沒有漁翁的指引，怎能見識風浪波濤。只知道出言不慎會傷人，卻不知袖裡藏刀更可怕。情到至深，至死不悔，如同春蠶吐絲，絲吐盡，命亦亡；而用無禮、惡毒的語言傷害他人，其所造成的傷害仇恨永難消除。進入山中並不懼怕吃人的老虎，只害怕世態人情口是心非、兩面三刀。人世間的公道只有頭髮變白，即便是大富大貴者，年老了，頭上照樣是白髮。無所求，到處都有好人緣；不飲酒，隨便他酒價有多高。

書畫是雅事，一貪痴便成商賈；山林是勝地，一營戀便成市朝❶。

情欲意識屬妄心，消殺得妄心盡，而後真心現；矜高倨傲是客氣，降伏得客氣平，而後正氣調❷。

【章　旨】本節言書法繪畫、修身養性都是好事，一旦刻意經營，謀求貪戀，便成了爭名逐利。只有徹底消除了貪婪痴迷、虛驕不誠之氣，浩然正氣、真正的本心才能顯現。

【注　釋】❶書畫是雅事四句　意思是書法、繪畫本是風雅之事，可是一旦貪戀入迷，便有了商賈買賣的俗氣；山川秀麗，林泉幽靜，的確是修身養性的好地方，然而如果刻意經營，謀求貪戀，便成了爭名逐利之所。句本《菜根譚・概論》：「山林是勝地，一營戀便成市朝；書畫是雅事，一貪痴便成商賈。蓋心無染著，欲境是仙都；心有繫戀，樂境成苦海。」書畫是雅事兩句，《收藏・總論》：「收藏書畫是雅事，原似雲烟過眼，可以過而不留，若一貪戀，便生覬覦之心，變雅為俗矣。」文中即用此意。書畫，書法和繪畫。雅事，風雅之事。常指有關棋、琴、書、畫等活動。貪痴，佛教語。謂貪欲和痴愚。後亦用以形容貪戀入迷。山林，山與林。或謂有山有林的地區。常借指隱居或隱居之地。南朝梁沈約〈與謝朏敕〉：「嘗謂山林之志，上所宜宏。」勝地，名勝之地；風景優美的地方。也以指美妙的境界。營戀，經營貪戀。營，製作；經營；謀求。市朝，市場和朝廷；也指爭名逐利之所。《戰國策・秦策一》：「臣聞爭名者于朝，爭利者于市。今三川、周室，天下之市朝也。」文中用後一意。❷情欲意識屬妄心六句　意為所有的七情六欲、先入之見，都是虛幻不實的妄念痴心，只有完全消除了這些虛妄之念，真正的本心才能顯現；傲慢自大，盛氣淩人是虛驕之氣，只有降伏了狂妄不誠之氣，浩然的氣概，剛正的風骨才會和暢發揚。句本明末洪應明《菜根譚・概論》：「矜高倨傲，無非客氣，降伏得客氣下，而後正氣伸；情欲意識，盡屬妄心，消殺得妄心盡，而後真心現。」情欲，欲望；欲念。意識，先入之見。此處也含有佛教所稱的「意識」之意。即以意根為所依，以法（包括一切物質和精神現象）為境的認識，指想像、推理、判斷等心理活動。妄心，佛教語。謂妄生分別之心。《大乘起信論》：「一切眾生，以有妄心，念念分別。」消殺，消除；抵消。真心，佛教語。謂真實無妄之心。常與「妄心」相對。宋朝契嵩《「壇經」贊》：「心有真心，有妄心，皆所以別其正心也。」矜高，高傲自大。矜，自誇；傲。倨傲，傲慢不恭。倨，傲慢不馴。客氣，謂虛驕不誠之氣；一時的意氣，偏激的情緒。與下句的「正氣」相對。《左傳・定公八年》已有此語。降伏，制伏；使馴服。正氣，充塞天地之間至大至剛之氣。體現於人則為浩然的氣概、剛正的氣節；或光明正大的作風、純正良好的風氣。《文子・符言》：「君子行正氣，小人行邪氣。」調，調和通暢。案：《楚辭・七諫・謬諫》：「不論世而高舉兮，恐操行之不調。」王逸注：「調，和也。言人不論世之貪濁，而高舉清白之行，恐不和于俗而見憎于眾也。」本句即用此意。意思是看不慣世俗，自以為清高，傲慢不恭，這只不過是一時的意氣、偏激的情緒。只有克服了這些虛驕、傲慢之氣，浩然正氣、剛直的風骨才會協調於世俗。

【語譯】書法、繪畫本是風雅之事，可是一旦產生貪婪痴迷之欲，便有了商賈買賣的俗氣；山川秀麗，林泉幽靜，的確是修身養性的好地方，然而如果刻意經營，謀求貪戀，遂成為爭名逐利的場所。所有的七情六欲、先入之見，都是虛幻不實的妄念痴心，只有完全消除了這些虛妄之念，真正的本心才能顯現；傲慢自大，盛氣凌人是虛驕之氣，只有降伏了狂妄不誠之氣，浩然的氣概、剛正的風骨才會和暢發揚。

因風吹火，用力不多❶。光陰似箭，日月如梭❷。吉人之辭寡，躁人之辭多❸。黃金未為貴，安樂值錢多❹。兒孫勝于我，要錢做甚麼；兒孫不如我，要錢做甚麼❺。會使不在家豪富，風雅不用著衣多❻。強中更有強中手，惡人自有惡人磨❼。

【章旨】本節主要說明黃金並不值得珍貴，平安快樂才是真正的無價之寶，不要當守財奴，更不必為兒孫積攢錢財。

【注釋】❶因風吹火兩句　言藉著風力吹火，所費力氣不多，火就會很旺。比喻趁便辦事，不費多少力氣。句出明末馮夢龍《警世通言・白娘子永鎮雷峰塔》：「這婦人肩下一個丫鬟……要搭船。那個老張對小乙官說：『因風吹火，用力不多。一發搭了他去。』」民間俗語。戲曲、小說中常見。因風吹火，語出南宋普濟《五燈會元》卷一五〈雙峰竟欽禪師〉：「問：『如何是和尚為人?』師曰：『因風吹火。』」因，依託；利用；憑藉。❷光陰似箭兩句　意為時光似箭，一去不返；日月如梭，來回交替。寓時間流失極快之意。小說、戲曲中常見。如明吳承恩《西遊記》第九回：「光陰似箭，日月如梭，不覺江流年長一十八歲。」光陰似箭，形容時間消失得迅速。語出前蜀韋莊〈關河道中〉詩：「但見時光流似箭，豈知天道曲如弓。」又作「光陰如箭」。光陰，時間；歲月。日月如梭，太陽和月亮如穿梭似地來去交替。形容時間過得很快。梭，織布機中牽引緯線的織具，形如棗核。❸吉人之辭寡兩句　意思是善良之人言語很少；浮躁之人說話太多。句出《易・繫辭下》。吉人，善良的人；有福的人。寡，少。躁人，性格急躁的人；浮躁的人。❹黃金未為貴兩句　謂黃金並不值得珍貴，平安快樂才是真正的無價之寶。句本北宋邵雍詩。元朝關漢卿《裴度還帶》第二折謂：「花有重開日，人無再少年。休道黃金貴，安樂最值錢。」❺兒孫勝于我四句　意思是兒孫比我強，我積攢那麼多錢做什麼，他們自己能掙；兒孫不如我，我積攢錢財更沒有用，只會讓他們成為敗家的紈袴子弟。《漢書・疏廣傳》載：漢代疏廣辭官歸家後，家人勸他將皇帝所賜的巨額黃金購買田宅，疏廣說：「子孫賢而多財，則損其志；愚而多財，則益其過。」把這些錢全部分給鄉黨宗族。❻會使不在家豪富兩句　言會用錢者不在家裡擺闊顯富，風流儒雅並不在於穿著打扮。風雅，風流儒雅。著衣，穿衣。著，穿，戴。❼強中更有強中手兩句　謂強者中還有更強的，惡人自有更惡者欺負他。句出元朝無名氏《桃花女》第二折：「我想有這桃花女，怎顯我的陰陽，只等問成了親事時，不怕不斷送在我手裡。正是：強中更有強中手，惡人終被惡人磨。」強中更有強中手，又作「強中自有強中手」等。謂強者中還有更強的。比喻技藝或謀略等無止境。惡人自有惡人磨，言壞人自然會有比他更壞的人欺負折磨他。即壞人終不會有好下場之意。民間俗語。元曲、明清小說中屢見。如元朝無名氏《賺蒯通》

第三折：「那裡也惡人自有惡人磨，這的是強中更遇強中手。」磨，折磨。

【語譯】藉著風力吹火，所費力氣不多，火就很旺。時光似箭，一去不返；日月如梭，來回交替。善良之人言語很少，浮躁之人說話太多。黃金並不值得珍貴，平安快樂才是真正的無價之寶。兒孫比我強，我積攢那麼多錢做什麼，他們自己能掙；兒孫不如我，我積攢錢財更沒有用，只會讓他們成為敗家的紈袴子弟。會用錢者不在家裡擺闊顯富，風流儒雅並不在於穿著打扮。技藝、謀略無止境，強者中還有更強的，而壞人自然還會有比他更壞的人欺負折磨他。

知事少時煩惱少，識人多處是非多❶。世間好語書說盡❷，天下名山寺占多❸。積德百年元氣厚，讀書三代雅人多❹。上為父母，中為己身，下為兒女，做得清方了卻平生事❺；立上等品，為中等事，享下等福，守得定才是個安樂窩❻。一念常惺，才避得去神弓鬼矢；纖塵不染，方解得開地網天羅❼。富貴是無情之物，你看得他重，他害你越大；貧賤是耐久之交，你處得他好，他益你必多❽。

【章旨】本節強調為人處世要立上等品，為中等事，享下等福；代代讀書積德，不做壞事，才能避開天地鬼神的懲罰。

【注　釋】❶知事少時煩惱少兩句　謂知道的事情少，煩惱就少；認識的人多，是非也就多。有少管閒事，少惹麻煩之意。❷世間好語書說盡　意為世上的仁義之言書上都說完了。好語，指仁義之言、善言。❸天下名山寺占多　意為天下的名山，寺廟占去了許多。句出《韻府群玉・唐人詩歌韻》。案：古時寺廟大多建造在景色秀麗而幽雅的名山中，故有此言。❹積德百年元氣厚兩句　意思是積德行善百餘年，元氣自然充沛；三代都是讀書人，風雅之士便多。百年，虛數。指家中父母子孫代代積德。元氣，指人的精神、精氣。雅人，風雅之士。多指文人。❺上為父母四句　意思是（立身行事）上為父母，中為自己，下為兒女，只有都盡到了心才算了結了自己此生的責任、義務。為，為了。己身，自身；自己。做得清，（該盡的責任、該做的事）都做完。清，完；結束。方，才。了卻，指事情結束、辦完。平生事，一生的事情。文中指人一生中所應做的孝順父母（上），自己修身齊家直至治國平天下（中），教養子女以及他們的婚嫁（下）的事情。平生，一生；此生。❻立上等品四句　言（為人處事）立上等品，做中等事，享下等福，守得住心神安寧，才是個安樂窩。其意思是以最高的品性德行要求自己；事業盡力去做，但期望不要太大；享福則取最下，這樣才能一生安寧。品，品性；品格。守得定，守得住；牢牢守住。安樂窩，北宋・邵雍自號安樂先生，隱居蘇門山，名其居為「安樂窩」。後遷居洛陽天津橋南，仍用此名。曾作〈無名公傳〉自況：「所寢之室謂之安樂窩，不求過美，惟求冬暖夏涼。」又作〈安樂窩中四長吟〉：「安樂窩中快活人，閑來四物幸相親：一編詩逸收花月，一部書嚴驚鬼神，一炷香清沖宇泰，一樽酒美湛天真。」後泛指安靜舒適的住所。文中主要指心靈的安寧舒適。❼一念常惺四句　謂一動念間就要保持清醒，不做壞事，才能避開天地鬼神的懲罰；心中要一塵不染，毫無雜念，才解得開神明布下的天羅地網。句出《菜根譚・修省》。一念，一動念間；一個念頭。文中指每個念想。惺，清醒。神弓鬼矢，神、鬼的弓箭。比喻鬼神的懲罰、報應。矢，箭。纖塵不染，一塵不染。比喻毫無雜念。纖塵，微塵。亦比喻微細污垢。北宋范仲淹〈試筆〉詩：「況有南窗姬《易》在，此心那更起纖塵。」地網天羅，即「天羅地網」。天空地面遍張網羅。比喻法禁森嚴，作惡者難以逃脫。❽富貴是無情之物六句　言富貴是最無情的東西，你越是看重它，它對你的危害也越大；貧賤是可以持久相交的朋友，你跟它相處得越好，它使你受益的地方就越多。含有貧賤能夠磨練人，催人奮發；而富貴常會消磨人的意志，使人墮落之意。句出《菜根譚・評議》：「富貴是無情之物，看得他重，他害你越大；貧賤是耐久之交，處得他好，他益你反深。故貪商於而戀金谷者，竟被一時之顯戮；樂簞瓢而甘敝縕者，終享千載之令名。」耐久之交，可以持久相交的朋友。耐久，能夠經久。處，對待；相處；交往。益你，使你受益。

【語譯】知道的事情少，煩惱就少；認識的人多，是非也就多。世間的仁義之言書上都說完了，天下的名山，寺廟占去了許多。積德行善百餘年，元氣自然充沛；三代都是讀書人，風雅之士便多。立身行事，上為父母，中為自己，下為兒女，只有都盡到了心才算了結了自己此生的責任、義務；為人處世，立上等的品性，做中等的事業，享下等的福分，守得住心神安寧，才是個安樂窩。一動念間就要保持清醒，不做壞事，才能避開天地鬼神的懲罰。心中要一塵不染，毫無雜念，才解得開神明布下的天羅地網。富貴是最無情的東西，你越是看重它，它對你的危害也越大；貧賤是可以持久相交的朋友，你跟它相處得越好，它使你受益的地方就越多。

謙恭待人，忠孝傳家❶。不學無術❷，讀書便佳。男以女為室，女以男為家❸。根深不怕風動搖，表正何愁日影斜❹。能休塵境為真境，末了僧家是俗家❺。成家猶如針挑土，敗家好似水推沙❻。池塘積水堪防旱，田地深耕足養家❼。

【章旨】本節言只要自己身正，謙恭待人，忠孝傳家，就不怕別人說三道四；並說明成家立業不易，敗家只需瞬間。

【注釋】❶謙恭待人兩句　言用謙虛恭敬的態度對待他人，把忠於君國、孝順父母的風氣傳給後代。謙恭，謙虛恭敬。忠孝，忠於君國，孝於父母。案：中國古代倫理——「五倫」之中最重要的是父子君臣，孝為百善始，移孝以作忠，這是一切道德、行為的根本。參見本書頁五有關「五倫」的注釋。傳家，傳給子孫或子孫代代相傳。❷不學無術　語出《漢書・霍光傳贊》：「然光不學亡術，闇于大理。」「亡」通「無」。本謂霍光不能學古，故所行不合於道術。後用以泛指因不學習而缺乏學問、本領。❸男以女為室兩句　意思是男子娶女子為妻，才組成家庭；女子嫁給男子，才有了自己的家。語見明末程登吉原編、清朝鄒聖脈增補《幼學瓊林・婚姻》。室，《禮記・曲禮》：「三十曰壯，有室。」有室，有妻之意。男子娶妻後，才組成一個屬於自己的家庭。所以，男子結婚娶妻，習俗上也稱「成家」。故「室」即「妻」、「家」的代稱。家，古代女子出嫁到夫家後，才作為一生的最終歸宿而有了真正意義上的家。《詩・周南・桃夭》：「之子于歸，宜其室家。」故而女子以丈夫、夫家為家。後世因以「室家」作為夫婦的代稱。❹表正何愁日影斜　謂日圭的標竿立得正，何必為太陽的光影斜而發愁。與「身正不怕影子歪」意同。比喻只要自己品行端正，不怕別人說三道四。表，古代天文儀器圭表的組成部分，為直立的標竿，用以測量日影的長度。何愁，何必發愁。即不必發愁。❺能休塵境為真境兩句　意思是能夠真正超凡脫俗者，即便生活於人世間，也如同在仙境；而欲念沒有除盡的僧人，雖說天天念佛修煉，依然是世俗之人。句出北宋邵雍《伊川擊壤集・十三日遊上寺及黃澗》詩。休，離開；訣別。塵境，現實世界。原為佛教語。佛教以色、聲、香、味、觸、法為六塵，因稱現實世界為「塵境」。真境，仙境。與「塵境」相對而言。了，完畢；結束。僧家，出家人；僧人；和尚。俗家，世俗之人。與出家人相對而言。❻成家猶如針挑土兩句　言成家立業不容易，就像是用針挑土，只能一點點積累；敗壞家業十分簡單，如同大浪推動浮沙，轉瞬間喪失盡淨。敗家，謂使家庭、家族衰敗破落。❼池塘積水堪防旱兩句　意為池塘中蓄滿水，便可防備天旱；田地裡精耕細作收成好，足以養家。句本謝良齋〈勸農〉詩：「池塘多放旋添祝，田地深耕足養家。」見清朝褚人穫《堅瓠集》。堪，可以；能夠。養家，贍養家口；維持全家人的生活。

【語譯】用謙虛恭敬的態度對待他人，把忠於君國、孝順父母的風氣傳給後代。沒有學問，缺少本領，多讀書就有了才能。男子娶女子為妻，才組成家庭；女子嫁給男子，才有了自己的家。只要自己品行端正，不怕別人說三道四，就像樹根紮得深，不怕大風來搖動；日圭的標竿立得正，不必擔心太陽光的影子傾斜。能夠真正超凡脫俗者，即便生活在人世間，也如同在仙境；而欲念沒有除盡的僧侶，雖說天天念佛修煉，依然是世俗之人。成家立業不容易，就像是用針挑土，只能一點點積累；敗壞家業很簡單，如同大浪推浮沙，轉瞬間喪失盡淨。池塘中蓄滿水，可以防備天旱，田地裡精耕細作收成好，足以養家。

講學不尚躬行，為口頭禪；立業不思種德，如眼前花❶。一段不為的氣節，是撐天立地之柱石；一點不忍的念頭，是生民育物之根芽❷。

【章　旨】本節言讀書要重視實踐，立業當培養德行；氣節、仁愛是為人行事的根本。

【注　釋】❶講學不尚躬行四句　言研究、談論學問而不能身體力行，那麼，其學問只不過是掛在嘴邊的空話；建功立業卻不考慮培養德行，施恩德於人，那麼，功業也只是眼前的鮮花，轉瞬即謝。句見明末洪應明《菜根譚・概論》：「讀書不見聖賢，為鉛槧傭；居官不愛子民，為衣冠盜；講學不尚躬行，為口頭禪；立業不思種德，為眼前花。」另，清・唐訓方《里語徵實》卷中下：「董思白曰：『讀書不見聖賢，為鉛槧佣；講學不尚躬行，為口頭禪；居官不愛百姓，為衣冠盜；立業不思種德，為眼前花。』」講學，研習；學習。尚，尊崇；重視。躬行，親身實行；實踐。《論語・述而》：「躬行君子，則吾未之有得。」口頭禪，原為佛教語。指不能領會禪宗哲理，只襲用它某些常用語作為談話的點綴。此種常用語亦稱之為「口頭禪」。後用以指一些常掛在嘴上的話或口頭慣用語。此二句與本書頁七二「學不尚實行，馬牛而襟裾」意義相似。參見該句及其注釋。立業，建樹功業；建立事業。種德，猶布德。施恩德於人。《書・大禹謨》：「皋陶邁種德，德乃降，黎民懷之。」文中也作培養德行、積累德行解。如同當時人所說的「種學」（培養學識）。眼前花，瞬即凋謝的花朵。比喻一時的榮華。❷一段不為的氣節四句　謂那種貧賤不移、威武不屈的志氣節操，是頂天立地的柱石；那點不忍的惻隱、仁愛之心，是生養萬民、覆育萬物的根芽。句本《菜根譚・修省》：「一點不忍的念頭，是生民生物之根芽；一段不為的氣節，是撐天撐地之柱石。故君子于一蟲一蟻不忍傷殘；一縷一絲勿容貪冒（貪圖）。便可為民物立命，為天地立心矣。」不為，文中指保持節操，不做那些違背道義的事。氣節，志氣；節操。撐天立地，又做「撐天拄地」。猶言頂天立地。柱石，頂梁的柱子和墊柱的礎石。比喻重要、不可或缺。不忍，《孟子・梁惠王》載：齊宣王看到一頭被牽往屠宰場的牛哆嗦可憐的樣子，起了惻隱之心，不忍殺牠。孟子和他討論這件事，認為這種不忍之心正是仁愛。後因以指仁愛之心、惻隱之心。生民，養育民眾。《左傳・文公六年》：「閏以正時，時以作事，事以厚生。生民之道。」生，養育。育物，扶植培育萬物。根芽，植物的根和幼芽。比喻事物的根源、根由。

【語　譯】研究、談論學問而不能身體力行，那麼，他的學問只不過是掛在嘴邊的空話，毫無意義；建功立業卻不考慮培養德行，施恩德於人，那麼，其功業也只是眼前的鮮花，轉瞬而謝。那種貧賤不移、威武不屈的志氣節操，是立身行事能夠頂天立地的柱石；那點不忍的惻隱仁愛之心，是生養萬民、覆育萬物的根芽。

早起三光，遲起三慌❶。順天者存，逆天者亡❷。世路風波，煉心之境；人情冷煖，忍性之場❸。爽口食多終作疾，快心事過必生殃❹。湯武以諤諤而昌，桀紂以唯唯而亡❺。量窄氣大❻，髮短心長❼。善必壽考❽，惡必早亡。

【章　旨】本節主要言做事當順從天意，善於聽取不同意見；世態炎涼，曲折艱難，正是修煉心志、堅忍其性之處。

【注　釋】❶早起三光兩句　言早些起床，什麼事都可以做得俐落；起晚了，什麼事都慌慌張張。民間俗語。三光，頭光（梳完頭、洗完臉）、地光（掃完地）、灶光（做完飯，並清掃完灶臺）。也有其他說法。皆泛指做完早晨應做的一切家務或其他應做之事。三慌，同上，反其意。指做什麼事都慌慌張張。❷順天者存兩句　意思是順從天道者就生存，違背天道者則滅亡。句出《孟子・離婁上》：「天下有道，小德役（驅使、使役）大道，小賢役大賢；天下無道，小役大，弱役強。斯二者，天也。順天者存，逆天者亡。」也作「順天者昌，逆天者亡」。順天，遵循天道；順從天意。逆天，違背天意或天道。❸世路風波四句　意為人生道路曲折艱難，正是修煉心性的處所；人情冷暖，風氣勢利，就是堅忍其性，不違背仁義的地方。句出清朝金纓《格言聯璧・存養類》：「世路風霜，吾人練心之境也；世情冷暖，吾人忍性之地也；世事顛倒，吾人修行之資也。」世路，人一生處世行事的歷程；世情；世道。風波，風浪。比喻糾紛、災難。煉心，修煉心性。煉，修煉；鍛煉。境，處所；地方。人情冷煖，又作「人情冷暖」。謂社會風氣勢利，在別人得意時就對他親熱，在別人失意時就冷淡。忍性，堅忍其性；使其性堅忍。《孟子・告子下》：「所以動心忍性，增益其所不能。」趙岐注：「所以動驚其心，堅忍其性，使不違仁。」句用此意。❹爽口食多終作疾兩句　意思是美味佳肴吃得太多最終會引起疾病，稱心如意的事做得過分必定要遭災禍。句本明末洪應明《菜根譚・概論》：「爽口之味皆爛腸腐骨之藥，五分便無殃；快心之事悉敗身喪德之媒，五分便無悔。」此又由《晉書・張載傳》「耽（沉溺於）爽口之饌（食物），甘腊毒（極毒）之味，服腐腸之藥，御（用）亡國之器，雖子大夫之所榮，故亦吾之所畏（害怕），余病（厭惡）未能也」化出。爽口，口感舒爽。也指美味佳肴。本處二意兼有。快心，猶稱心。感到滿足或暢快。也指使感到滿足或暢快。殃，禍患；災難。❺湯武以諤諤而昌兩句　謂商湯和周武王因善於聽取直言而使國家昌盛，夏桀和殷紂王因喜歡阿諛諂媚而導致滅亡。西漢韓嬰《韓詩外傳》卷一〇：「有諤諤爭臣者，其國昌；有默默諛臣者，其國亡。」即此意。湯武，又稱武湯、武王成湯等。湯，商朝的開國之君。建都於亳（今山東省曹縣東南）。任用賢臣，勵精圖治，終於滅夏，建立商朝。武，周武王，周朝的建立者。姬姓，名發。繼承其父文王滅商遺志，會盟諸侯，聯合西南各族，牧野之戰獲得大勝，滅商，建立周朝，定都於鎬（今陝西省西安市西南灃水東岸）。以，使用；任用。諤諤，直言爭辯貌。昌，興盛；繁榮。桀，夏代最後一個國君。名履癸。帝發之子，一說發之弟。相傳為暴君，後人稱其為桀（「桀」有凶悍、橫暴之意）。商湯起兵伐桀，大敗夏師，他出奔南巢（今安徽省巢湖西南）而死，夏亡。紂，商代最後一個君主的謚號。一作受，亦稱帝辛。相傳沉迷酒色，奢侈荒淫，重徵賦稅，暴虐無度，歷代著作中都作為暴君的典型。周武王聯合西南各族，牧野之戰商朝軍隊前線倒戈，他兵敗自焚而死。《謚法》：「殘義損善曰『紂』。」故以之謚。唯唯，恭敬的應答聲；應而不置可否貌。此即「唯唯諾諾」意。卑恭順從。《韓非子・八姦》：「優笑侏儒，左右近習，此人主（君主）未命而唯唯，未使而諾諾，先意承旨，觀貌察色以先主心（察言觀色，揣摩君主的心意）者也。」❻量窄氣大　言肚量狹窄，脾氣就大。量，氣度；氣量。氣，脾氣；火氣。❼髮短心長　意為年紀雖老而計慮深長。語出《左傳・昭公三年》：盧蒲嫳是春秋時齊國人，因叛亂被流放到莒。齊侯去莒打獵時，盧蒲嫳哭著向齊侯請求說：「我年紀大了，頭髮已經掉得稀稀疏疏的，沒有什麼用了，放我回去吧。」齊侯回去把這事告訴了兒子。兒子不同意釋放他，說：「彼其髮短，而心甚長，其或寢處（寢皮食肉，形容仇恨極深）我也。」❽善必壽考　謂善人必定高壽。壽考，年高；長壽。《詩・大雅・棫朴》：「周王壽考，遐不作人。」鄭玄箋：「文王是時九十餘矣，故云壽考。」考，老；壽。

【語　譯】早些起床，什麼事都可以做得俐落，起晚了，什麼事都慌慌張張。順從天道者就生存，違背天道者則滅亡。人生道路曲折艱難，正是修煉心志的處所；人情冷暖，世風勢利，就是堅忍其性、使之不違背仁義的地方。口感舒爽的食物吃得太多最終會引起疾病，稱心如意的事情做得過分必定要遭災禍。商湯和周武王因善於聽取直言而使國家昌盛，夏桀和殷紂王因喜歡阿諛諂媚而導致滅亡。肚量狹窄，脾氣就大；年紀雖老，而計慮深長。善人必然高壽，惡人一定早死。

有兒貧不久，無子福不長。與治同道，罔不興；與亂同事，罔不亡❶。

富貴定要依本分，貧窮不必枉思量❷。福不可邀，養喜神以為招福之本；禍不可避，去殺機以為遠禍之方❸。人為財死，鳥為食亡。貪他一斗米，失卻半年糧；爭他一腳豚，反失一肘羊❹。不貪為寶，兩不相傷❺。畫水無風偏作浪❻，繡花雖好不聞香❼。貧無達士將金贈，病有高人說藥方❽。三生有幸❾，一飯不忘❿。見善如不及，見惡如探湯⓫。隱逸林中無榮辱，道義路上泯炎涼⓬。秋至滿山皆秀色⓭，春來無處不花香。

【章旨】本節主要言福分不可強求，災禍無法逃避，只有追求道義行正事，培養善心，消除貪婪、惡意，才是根本。

【注釋】❶與治同道四句　意思是採取與天下太平的治世相同的措施，沒有不興盛的；做與動盪亂世一樣的惡事，沒有不敗亡的。句出《書・太甲下》：「德惟治，否德（不實行德政）亂。與治同道，罔不興；與亂同事，罔不亡。」治，指政治清明、社會安定。即治世。同道，行為相同；採取同樣的措施。罔，無。亂，混亂動盪不安定的時代。與「治」相對。即亂世。同事，謂行事相同、做同樣的事。《書・太甲下》該句孔穎達疏：「總言治國，則稱道；單指所行，則言事。」案：文中的「事」，指《書・伊訓》中所說的「三風十愆」。即三種惡劣的風氣，所滋生的十種罪惡。包括：巫風二：舞、歌；淫風四：貨（財物）、（女）色、遊（樂）、畋（打獵）；亂風四：侮聖言、逆忠直、遠耆德（疏遠年高德劭者）、比頑童（親昵頑愚幼稚者），合而為十愆（過錯、罪惡）。並認為這些「事」都是導致災難、動亂的根源。❷富貴定要依本分兩句　言富貴時一定要安守本分，不可胡作非為；困苦時安貧樂道，不必枉費心思求富貴。民間俗語。依，根據；按照。本分，本人的身分地位；安分守己。枉，徒然；白費。❸福不可邀四句　意思是福分不可強求，只有培養善心行善事，作為招引福分的根本；災禍無法逃避，只有消除傷害別人的惡意，作為遠離禍患的方法。句本明末洪應明《菜根譚・概論》：「福不可徼（通『邀』），養喜神以為招福之本；禍不可避，去殺機以為遠禍之方。」此又由《墨子・非命上》「福不可請而禍不可違」化出。邀，謀求；求取。養喜神，供奉吉祥之神。文中指培養善心善行。《左傳・成公十三年》：「是故君子勤禮，小人盡力。勤禮莫如致敬，盡力莫如敦篤；敬在養神，篤在守業。」楊伯峻注：「養神，供奉鬼神。說詳陶鴻慶《別疏》。」養，奉養；事奉。喜神，吉祥之神。殺機，欲加殺害之心；惡意。❹貪他一斗米四句　意為貪圖別人的一斗米，反而失去自己半年的糧食；爭奪別人的一隻豬蹄，反而失去自己的一頭羊。寓貪小失大、得不償失之意。句本南宋普濟《五燈會元》卷一九〈護國景元禪師〉：「曰：『向上還有路也無？』師曰：『有。』曰：『如何是向上路？』師曰：『黑漫漫地。』僧便喝，師曰：『貪他一粒粟，失卻半年糧。』」一腳豚，一隻豬蹄。豚，小豬。也泛指豬。一肘羊，一條羊腿。文中作一隻羊解。❺不貪為寶兩句　意思是我以不貪財為寶，你以玉為寶，每人保留自己的，彼此都不傷害。語出《左傳・襄公十五年》：宋國有人得一塊寶玉，獻給子罕，子罕不要，說：「我以不貪為寶（以不貪財為珍寶），爾（你）以玉為寶。若以與我（若給了我），皆喪寶焉，不若人有其寶。」意思是我若收下，你失去了心愛的玉，我失去了我珍視的不貪，不如每人保留自己的寶貝。❻畫水無風偏作浪　言圖畫中的江河水沒有風卻偏偏興起巨浪。比喻突然發生意想不到的糾紛或事故。與「平地波瀾」意同。❼綉花雖好不聞香　謂繡出的花朵雖然好看但聞不著香味。寓華而不實之意。❽貧無達士將金贈兩句　意思是窮困時沒有達官貴人贈送金錢，生病了倒會有不同凡俗者告知治病的藥方。達士，達官貴人。高人，才識超人的人；不同凡俗的人。❾三生有幸　極言幸運之深。受佛教影響而形成的民間俗語。戲曲、小說中屢見。元朝王實甫《西廂記》第一本第二折：「小生久聞老和尚清譽……

今能一見，是小生三生有幸矣。」三生，佛教語。指前生（前世的生存）、今生（現在的生存）、來生（命終之後的生存）。❿一飯不忘　典出《史記・淮陰侯列傳》：漢代韓信少年時貧窮，在淮陰城釣魚，有一漂母（漂洗衣物的老婦）見韓信飢，給他飯吃。後來韓信幫助劉邦取得天下，被封為楚王。韓信找到那位漂母，賜千金。後因以稱受恩重報為「一飯千金」。⓫見善如不及兩句　意思是看見善良的行為，應當像趕不上似地努力追求；看見邪惡的行為，就要像手伸進沸水中那樣立即避開。句本《論語・季氏》：「孔子曰：『見善如不及，見不善如探湯。吾見其人矣，吾聞其語矣。』」不及，趕不上；來不及。探湯，手伸進沸水中；探試沸水。比喻艱難痛苦之境。湯，沸水。⓬隱逸林中無榮辱兩句　言隱居山林的士人沒有凡俗中功名利祿的榮辱觀念，追求道義的君子泯滅了俗世裡親富疏貧的勢利行為。句出《菜根譚・概論》：「隱逸林中無榮辱，道義路上無炎涼。」隱逸林中，指隱居山林的隱士們。泯，消滅；消除。炎涼，冷熱。指親富疏貧的勢利現象。喻人情勢利，反覆無常。⓭秀色　優美的景色。

【語　譯】有兒子，可以依靠他養家，貧窮不會長久；沒有兒子，年老無靠，福分難以久遠。採取與天下太平的治世相同的措施，沒有不興盛的；做與動盪的亂世一樣的惡事，沒有不敗亡的。富貴時一定要安守本分，不可胡作非為；困苦時安貧樂道，不必枉費心思求富貴。福分不可強求，只有培養善心行善事，作為招引福分的根本；災禍無法逃避，只有消除傷害別人的惡意，作為遠離禍患的方法。世人都為了錢財而死，鳥獸為爭奪食物而亡。貪圖別人的一斗米，反而失去自己半年的糧食；爭奪別人的一隻豬蹄，反而失去自己的一頭羊。這是譏諷貪小失大、得不償失的人。我以不貪財為寶，他人以玉為寶，每人保留自己的，彼此都不傷害。圖畫中的江河水沒有風卻偏偏興起巨浪，繡出的花朵雖然好看但聞不著香味。窮困時沒有達官貴人贈送金錢，生病了倒會有不同凡俗者告知治病的藥方。三生有幸，極言幸運之深；一飯不忘，比喻受恩重報。看見善良的行為，應當像趕不上似地努力追求；看見邪惡的行為，就要像手伸進沸水中那樣立即避開。隱居山林的士人沒有凡俗中功名利祿的榮辱觀念，追求道義的君子泯滅了俗世裡親富疏貧的勢利行為。秋天到來，滿山都是秀麗的景色；春日來臨，到處可聞鮮花的芬芳。

惡忌陰，善忌陽❶。窮竈門，富水缸❷。家賊難防，偷斷屋樑❸。坐吃如山崩❹，遊嬉則業荒❺。奴婢勿用俊美，妻妾切記豔妝❻。居身務期質樸，訓子要有義方❼。富若不教子，錢穀必消亡；貴若不教子，衣冠受不長❽。能師孟母三遷教，定卜燕山五桂芳❾。國有賢臣安社稷，家無逆子惱爺娘❿。

【章　旨】本節言居家、教子中應注意的事項；強調只有像孟母那樣注重教育，才能培養出安邦定國、孝順父母的忠臣孝子。

【注　釋】❶惡忌陰兩句　意思是惡事最可怕的是躲在暗處做，善事則忌諱故意放在明處做。句出明末洪應明《菜根譚・概論》：「惡忌陰，善忌陽。故惡之顯者禍淺，而隱者禍深；善之顯者功小，而隱者功大。」案：此句與「為惡畏人知」四句的意思相近，參見本書頁四二該句及其注釋。惡，壞事。忌，禁忌；忌諱。陰，暗處（背面）；暗中；偷偷地。陽，明處（面前）；外露；顯露。與陰相對。❷窮竈門兩句　言灶門前的柴禾要少，水缸中的水須常滿。民間俗語。清朝李光庭《鄉言解頤・開口七事》：「窮灶門，富水缸，曲突徙薪，免致焦頭爛額矣。」案：古代做飯燒水用灶，燒柴禾，稍有不慎，灶底火苗外竄，很容易引起火災。故而強調灶前要空，少堆放柴禾；而水缸中的水則要常滿，以備不測。窮，空；少。富，滿。❸家賊難防兩句　謂自己家中的賊最難提防，會連僅有的糧食都偷光。家賊難防，家庭內部的賊人或內奸最難防範。南宋普濟《五燈會元・同安志禪師法嗣・梁山緣觀禪師》：「問：『家賊難防時如何？』師曰：『識得不為冤。』」偷斷，偷光。斷，盡；極。副詞。屋糧，家中的糧食。❹坐吃如山崩　意為光是消費而不從事生產，即使財產堆積如山，也會很快吃完用盡。民間俗語。戲曲、小說中常見。又作「坐吃山空」。如元朝秦簡夫《東堂老》第一折：「自從俺父親亡過十年光景，只在家裡死丕丕的閑著，那錢物則有出去的，無有進來的，便好道坐吃山空，立吃地陷。」坐吃，只消費，不生產。❺遊嬉則業荒　言只知遊戲玩耍，學業就會荒廢。唐朝韓愈〈進學解〉：「業精于勤，荒于嬉。」本句即用此意。遊嬉，遊戲玩耍。嬉，戲樂；遊玩。❻奴婢勿用俊美兩句　意思是家中的奴婢不要用英俊漂亮的，妻妾切記不可打扮得過分豔麗。句本朱用純《治家格言》：「童僕勿用俊美，妻妾切勿豔妝。」含有「治容誨盜」之意。豔妝，豔美的裝扮；裝束豔麗。❼居身務期質樸兩句　言立身處世一定要質樸，教育孩子必須用合乎義理的法則。句本《治家格言》：「居身務期質樸，教子要有義方。」居身，猶安身、立身處世。務期，一定要。訓子要有義方，語本《左傳・隱公三年》：「石碏諫曰：『臣聞：愛子，教之以義方，弗納于邪（不要走上邪路）。』」義方，行事應該遵守的規範和道理。後多指教子的正道，或曰家教。訓，教誨；教導。❽富若不教子四句　意為家境富裕而不教育孩子，將來財產錢糧必定會消耗完；地位尊貴卻不教育孩子，其地位就不會長久保持傳承。衣冠，衣和冠（帽子）。古代士以上戴冠，故常以之代稱搢紳、士大夫。文中指諸如搢紳、達官貴人的社會地位。受，承；繼。❾能師孟母三遷教兩句　謂孟子的母親為使兒子有一個良好的成長環境而三次搬家，如果能夠學習效法這種精神，那麼，必定可以預料自家子孫能像燕山竇公的五個兒子一樣，進士及第，天下揚名。孟母三遷，漢朝劉向《列女傳・母儀》載：孟子幼年住所鄰近墓地，他玩耍時仿效殯葬之事，孟母見了說：「此非吾所以居處子也（這不是我應當居住、教育孩子的地方）。」遂遷居街市附近。孟子又學著買賣人做生意吆喝。孟母再次搬家，住在學校旁邊，孟子受此影響，玩耍時便模仿禮儀規範。孟母說：「真可以居吾子矣。」遂居之。待孟子長大，「學六藝，卒成大儒之名。」後用作家長為教育孩子而選擇良好環境的典故。卜，估計；預測。燕山五桂芳，《宋史・竇儀傳》載：五代後晉竇均（河北燕山人）五子：竇儀和弟儼、侃、偁、僖，相繼考中進士，他的朋友馮道贈詩竇均曰：「燕山竇十郎，教子有義方。靈椿一株老，丹桂五枝芳。」句用此意。燕山，本指天津薊縣東南綿延而東至海的燕山山脈。宋宣和四年（西元一一二二年）改燕京為燕山府。後以指燕京，即今北京市。⑩國有賢臣安社稷兩句　意思是國家有賢良的大臣就能夠安邦定國，家中無忤逆之子便不會惹惱爹娘。社稷，古代帝王、諸侯所祭祀的土神和穀神。社，土神。稷，穀神。因土地、糧食是農耕時代的立國之本，故也用作國家的代稱。逆子，指忤逆不孝的兒子。

【語　譯】惡事就怕躲在暗處做，善事則忌諱故意放在明處做。灶門前的柴禾要少，水缸中的水則須常滿。自己家中的賊最難提防，會連僅有的糧食都偷光。光是消費而不從事生產，即使財產堆積如山，也會很快吃完用盡。只知遊戲玩耍，學業就會荒廢。家中的奴婢不要用英俊漂亮的，妻妾切記不可打扮得過分豔麗。立身處世一定要質樸，教育孩子必須用合乎義理的法則。家境富裕而不教育孩子，將來財產錢糧必定消耗完；地位尊貴卻不教育孩子，其地位哪能長久保持。孟子的母親為使兒子有一個良好的成長環境而三次搬家，如果能夠學習效法這種精神，那麼，必定可以預料自家子孫能像燕山竇公的五個兒子一樣，進士及第，天下揚名。國家有賢良的大臣，就能夠安邦定國；家中無忤逆之子，便不會惹惱爹娘。

說話人短，記話人長❶。各人打掃門前雪，休管他人瓦上霜❷。平生祇會說人短，何不回頭把己量❸？言易招尤❹，對親友少說兩句；書能化俗❺，教兒孫多讀幾行。施惠勿念，受恩莫忘❻。刻薄成家，理無久享；倫常乖舛，立見消亡❼。觸來莫與說，事過心清涼❽。萬事皆先定，浮生空自忙❾。

【章旨】本節主要講言語惹禍，不要隨便議論他人；多讀書，多反省自己。予人恩惠勿念，受人恩惠萬不可忘。

【注釋】❶說話人短兩句　意為議論別人的人經常忘記自己說過的話。而聽見他所說內容的人記住此話的時間長。寓說話謹慎，不要輕易議論他人之意。短、長，時間短暫、長久。❷各人打掃門前雪兩句　比喻每人只管自己的事，不管他人的事。民間俗語。常作「各人自掃門前雪，莫管他人瓦上霜」。戲曲、小說中屢見。明朝馮夢龍《警世通言・玉堂春落難逢夫》：「王定拜別三官而去。正是：各人自掃門前雪，莫管他人瓦上霜。」❸平生祇會說人短兩句　謂一輩子只會挑剔別人缺點的人，為什麼不回過頭來認真衡量一下自己，看看是否也有過失。平生，一生；有生以來；平素。把己量，衡量自己。❹言易招尤　謂話語容易招惹怨恨。尤，抱怨；責備；怪罪。❺書能化俗　言讀書能夠使人長知識、明道理，因而可以化解淺薄浮華的社會習俗。化俗，風俗受德教而發生變化。《後漢書・曹褒傳》：「以禮理人，以德化俗。」❻施惠勿念兩句　意思是給人以恩惠不必記住，受了別人的恩惠切莫忘記並要報答。句本漢朝崔瑗〈座右銘〉：「無道人之短，無說己之長；施人慎勿念，受施慎勿忘。」施惠，給人以恩惠。❼刻薄成家四句　意為以冷酷無情的手段建立的家業，從道理上說不會長久享受；違背人與人相處的倫理道德，立刻就能看到其衰亡。句出《治家格言》。刻薄，冷酷無情；苛刻；剋扣。倫常乖舛，違背人與人相處的倫理道德。倫常，人與人相處的倫理道德。古時特指「五倫」、「五常」，即君臣、父子、夫婦、兄弟、朋友之間的五種倫理關係及其準則，認為這些是不可改變的常道。故稱「倫常」。參見本書頁五有關「五倫」的注釋。乖舛，謬誤、差錯；矛盾、衝突。乖，背離；違背。舛，相違背；錯亂。消亡，滅亡；消失。❽觸來莫與說兩句　謂當別人冒犯了自己時，不必計較多說，事過之後心境自然會平靜下來。觸，冒犯；觸犯。清涼，清淨；不煩擾。元朝鄭廷玉《忍字記》第三折：「忍之一字豈非常，一生忍過卻清涼。」句同此意。❾萬事皆先定兩句　意為所有的事情都由命運在先前決定，人生在世不過是白白忙碌而已。民間俗語。句本明末淩濛初《初刻拍案驚奇》卷一：「這幾位名人，說來說去，都是一個意思。總不如古語云：『萬事分死定，浮生空自忙。』」浮生，即人生。語本《莊子・刻意》：「其生若浮，其死若休。」以人生在世，虛浮不定，因稱人生為「浮生」。

【語　譯】議論別人的人很快忘記自己說過的話，而聽見他所說內容的人則長久記住此話。所以說話要謹慎，不可輕易議論他人。各人打掃自己家門前的雪，別去管他人屋瓦上的霜，這是比喻每人只顧自己，不管他人。一輩子只會挑剔別人缺點的人，為什麼不回過頭來認真衡量一下自己，看看是否也有過失？話語容易招惹怨恨，即使是對親戚朋友也少說兩句；書中的倫理道德能夠化解世俗的浮薄，要教育兒孫多讀一些。給人以恩惠不必記住，受了別人的恩惠切莫忘記並要報答。以冷酷無情的手段建立起來的家業，從道理上說不會長久享受；違背人與人相處的倫理道德，立刻就能看到其衰亡。當別人冒犯自己時，不必計較多說，事過之後心境自然會平靜下來。萬事都是由命運於先前決定，人生在世不過是白白忙碌而已。

君子不可貌相，海水不可斗量❶。蓬蒿之下，或有蘭香；茅茨之屋，或有公王❷。一家飽煖千家怨，萬世機謀二世亡❸。狐眠敗砌，兔走荒臺，盡是當年歌舞地；露冷黃花，烟迷綠草，悉為舊日爭戰場❹。撥開世上塵氛，胸中自無火炎水競；消去心中鄙吝，眼前時有鳥語花香❺。

【章　旨】本節以歷史上的典故、事例說明滄海桑田、世事人生變動不已，進一步強調功名利祿毫無意義，去除欲望，自然海闊天空，鳥語花香。

【注　釋】❶君子不可貌相兩句　謂君子才德出眾，不可根據他的外貌來判斷，大海浩瀚無邊，無法用斗、升去測量。民間俗語。戲曲、小說中常見。元朝無名氏《小尉遲》第二折：「軍師，量他無名小卒，何足道哉？房玄齡云：『老將軍，古語有云：凡人不可貌相，海水不可斗量。休輕覷了他。』」君子不可貌相，孔子曾以貌取人而有此感嘆。《史記・仲尼弟子列傳》：「澹臺滅明，武城人，字子羽，狀貌甚惡（長相醜），孔子以為材薄（沒有大材）。既已受業，退而修行，行不由徑（不走小路），非公事不見卿大夫。南遊至江，從弟子三百，設取予去就，名施（揚名）乎諸侯。孔子聞之，曰：『吾以言取人，失宰予；以貌取人，失子羽。』」案：《孔子家語》則謂：「子羽有君子之容，而行不勝其貌。」與《史記》所言正相反。《抱朴子・刺驕》：「君子無以貌取人。」是說君子不可以以外貌來判斷人。君子，泛指才德出眾的人。貌相，根據外貌來判斷人。斗量，以

斗來測量。斗，量器。容量為一斗。歷朝數值不一，明代以後固定，一斗等於今日一萬毫升。❷蓬蒿之下四句

意思是荒野偏僻之處有美才盛德的君子賢人，茅草屋中居住著未來的（或過去曾經顯赫的）王公貴族。蓬蒿，蓬草與蒿草。借指荒野偏僻之處。蘭香，香草。屈原在《楚辭・離騷》等篇中多次以蘭草、白芷、杜若（皆香草）等比喻美才盛德或者君子賢人，後世沿用之。茅茨之屋，茅屋。借指簡陋的居室。茅茨，茅草蓋的屋頂。亦指茅屋。茨，用茅草、蘆葦等蓋屋；茅屋的頂蓋。公王，即王公。天子與諸侯；被封為王爵和公爵者。亦泛指達官貴人。❸一家飽煖千家怨兩句　意為一家榮華富貴的同時，卻害得千家萬戶怨聲載道；費盡心機想使皇位萬世永傳，結果二世便亡。萬世機謀二世亡，此指秦始皇事。秦始皇滅六國，統一中國後，自稱始皇帝，後代則為二世、三世、四世，乃至千世、萬世，傳之無窮。但因其嚴刑峻法，焚書坑儒，租役繁重，加之連年用兵，民眾痛苦不堪。秦始皇死後不久，人民起兵反抗，其子胡亥（秦二世）被推翻。即「二世而亡」。機謀，猶計謀、計策。❹狐眠敗砌六句　意思是狐狸棲身的破屋殘壁，野兔奔跑的廢亭荒臺，曾經是當年王公貴族歌舞宴飲的地方；寒露中抖抖瑟瑟的遍地黃花，煙霧籠罩著的那片綠茵，皆為昔日刀光劍影、血流成河的舊戰場。句本《菜根譚・概論》：「狐眠敗砌，兔走荒臺，盡是當年歌舞之地；露冷黃花，烟迷衰草，悉屬舊時爭戰之場。盛衰何常？強弱安在？念此令人心灰。」敗砌，殘破的臺階。指代斷垣殘壁，廢亭荒臺。敗，廢棄；破爛；衰敗。砌，臺階。走，疾趨；奔跑。《韓非子・五蠹》：「田中有株（樹），兔走，觸株折頸（脖子斷了）而死。」荒臺，荒涼殘破的樓臺。悉，全；盡；皆。舊日，往日；從前。❺撥開世上塵氛四句　意為撥開人世間功名富貴的塵俗氣氛，胸中自然寬廣，沒有了計較得失的念頭；消除心裡爭權奪利的鄙吝欲望，眼前豁然開朗，體驗到鳥語花香的生命意韻。句本《菜根譚・修省》：「撥開世上塵氛，胸中自無火炎冰競；消卻心中鄙吝，眼前時有月到風來。」塵氛，塵俗的氣氛。即指功名富貴，爭權奪利，計較得失等。唐朝牟融〈題孫君山亭〉詩：「長年樂道遠塵氛，靜築藏修學隱論。」文中即有此意。火炎水競，比喻爭權奪利、追求功名富貴欲火的熾熱和爭奪之激烈。炎，盛大、猛烈貌。競，爭競；角逐。鄙吝，貪鄙吝嗇；過分愛惜錢財。亦形容心胸狹窄。鳥

語花香，鳥鳴叫，花飄香。形容春天宜人的風物景象。文中比喻消除奪利、追求功名富貴欲火後怡然平和的心境。

【語　譯】君子才德出眾，不可根據他的外貌來判斷；大海浩瀚無邊，難以用斗、升去測量。荒野偏僻之處有美才盛德的君子賢人，茅草屋中居住著未來的王公貴族。一家榮華富貴的同時，卻害得千家萬戶怨聲載道；秦始皇費盡心機想使皇位萬世永傳，結果二世便亡。狐狸棲身的破敗臺階，野兔奔跑的荒涼土臺，曾經是當年王公貴族歌舞宴飲的地方；在寒露中抖抖瑟瑟的遍地黃花，煙霧籠罩著的那片綠茵，皆為昔日刀光劍影、血流成河的古戰場。撥開人世間功名富貴的塵俗氣氛，胸中自然寬廣豁達，沒有了計較得失的念頭；消除心裡爭權奪利的鄙吝欲望，眼前就會豁然開朗，時常體驗到鳥語花香的生命意韻。

貧窮自在，富貴多憂❶。既往不咎❷，覆水難收❸。人無遠慮，必有近憂❹。勿臨渴而掘井，宜未雨而綢繆❺。寧向直中取，不可曲中求❻。馭橫切莫逞氣，止謗還要自修❼。忍得一時之氣，免得百日之憂❽。是非祇為多開口，煩惱皆因強出頭❾。酒雖養性還亂性❿，水能載舟亦覆舟⓫。克己者，觸事皆成藥石；尤人者，啟口即是戈矛⓬。以直報怨⓭，以義解仇⑭。莊敬日強，安肆日偷⑮。懼法朝朝樂，欺公日日憂⑯。晴乾不肯去，祇待雨淋頭⑰。

【章　旨】本節主要講為人處世嚴以律己，以直報怨，以義解仇；凡事認真恭謹，早作準備，切勿安逸放縱，作奸犯科。

【注　釋】❶貧窮自在兩句　言生活貧困者，安閒自得，無拘束；大富大貴的人，擔心財產地位，反而多憂愁煩惱。北宋道原《景德傳燈錄》：「寧可清貧自樂，不作濁富多憂。」意同。自在，安閒自得；無拘束。佛教以心離煩惱之繫縛，通達無礙為自在。文中數意兼有。❷既往不咎　謂對以往的過錯不再責難追究。語出《論語・八佾》：「成事不說，遂事不諫（已經做了的事不再去解釋，已經完成的事不再規勸挽救），既往不咎。」咎，責難；加罪。❸覆水難收　意思是潑出去的水難以收回。典出《漢書・朱買臣傳》：漢代朱買臣早年十分窮困，其妻嫌貧，自請離去。朱買臣勸她別走，再過幾年一定會富貴，妻子不信，堅決求去。數年後買臣當了會稽太守，其妻又請求復婚。朱買臣取一盆水潑在地上，說：「如果能夠收回，才可以復婚。」後因以用「覆水」、「覆水難收」比喻事情已成定局，難以挽回。亦喻夫妻離異，不能重圓。《漢書・何進傳》已見此語：「國家之事，亦何容易！覆水不可收。宜深思之。」覆水，潑出去的水；已倒出的水。❹人無遠慮兩句　意為一個人如果沒有深遠的考慮，一定會有近在眼前的憂患。句出《論語・衛靈公》：「子曰：『人無遠慮，必有近憂。』」遠慮，長遠的計慮。也指計慮深遠。近憂，近在眼前的憂患。❺勿臨渴而掘井兩句　謂不要到口渴了才去挖掘水井，應該事先早做準備，天未下雨就修好房屋門窗。句本《治家格言》：「宜未雨而綢繆，毋臨渴而掘井。」臨渴而掘井，即「臨渴掘井」。又作「臨渴穿井」。臨到渴時才去鑿井。比喻平時無備，事到臨頭才想辦法。語本《晏子春秋・內篇・雜上》：「夫愚者多晦，不肖者自賢，游者不問墜，迷者不問路。溺而後問墜，迷而後問路，譬之猶臨難而遽鑄兵（武器），噎而遽掘井，雖速亦無及已（來不及了）。」宜，應當；應該。未雨綢繆，語出《詩・豳風・鴟鴞》：「迨天之未陰雨，徹彼桑土，綢繆牖戶。」原謂乘天還沒有下雨，（鴟）剝取桑樹的根皮，把窩巢纏捆牢固。後以「未雨綢繆」喻事先做好預防、準備工作。綢繆，緊密纏繞貌；亦因「未雨綢繆」而比喻事先做好準備工作。❻寧向直中取兩句　意思是寧可以剛直正當的手段努力獲取，不可在邪僻阿附中營營苟求。句本明朝鍾山逸叟許仲琳《封神演義》第二三回：「豈可曲中而取魚乎？非丈夫之所為也。吾寧在直中取，不向曲中求。」直，正直；公正。《韓非子・解老》：「所謂直者，義必公正，公心不偏黨也。」曲，邪僻；不正派。❼馭橫切莫逞氣兩句　意為制約粗暴蠻橫的人切記不可意氣用事，平息誹謗謠言還是靠修養自己的德行。馭橫，制約粗暴蠻橫的人。馭，治理；制約；控制。橫，粗暴；蠻橫；專橫。逞氣，任心鬥氣；意氣用事。止謗還要自修，句本三國時魏國徐幹《中論・虛道》：「語稱：『救寒莫如重裘，止謗莫如修身，療暑莫如親冰。』信矣哉！」《三國志・魏志・王昶傳》引此語，謂：「人或毀己（誹謗我、說我壞話），當退而求之于身，若己有可毀之行，則彼語當矣；若己無可毀之行，則彼言妄矣……且聞人毀己而忿者，惡醜聲之加人也，人報者滋甚，不如默而自修也。諺云：『救寒莫如重裘，止謗莫如自修。』」止謗，平息誹謗；止息謗言。自修，修養自己的德行。亦作「自脩」。❽忍得一時之氣兩句　言能夠忍下一時的怒氣，可以免除長久的憂患。句本明朝無名氏《四馬投堂唐》第二折：「王伯當，我忍不的了也。兀的不氣殺我也。（正末云）：『元帥息怒，可不道：忍一時之氣，免百日之憂也。』」民間俗語。百日，虛數。言時間長久。❾是非祇為多開口兩句　謂糾紛爭端都是因為多嘴多舌引起的，麻煩苦惱皆是由於爭強好勝而招來的。句出宋朝陳元靚《事林廣記・人事下・處世警言》。是非，糾紛；口舌。《莊子・盜跖》：「搖唇鼓舌，擅生是非。」強出頭，遇到可以不管的事卻硬要出來管；爭強好勝。❿酒雖養性還亂性　言適當飲酒，可以養生，一旦過量，則迷亂心性。養性，養生。性，通「生」。亂性，迷亂心性。東晉葛洪《抱朴子・暢玄》：「宴安逸豫，清醪（濁酒）芳醴（甜酒），亂性者也。」

⓫水能載舟亦覆舟　意思是水能夠承載舟船，也能傾覆舟船。本用以比喻民眾既可以擁戴君主，也可以推翻君主。句本《荀子・王制》：「庶人安政，然後君子安位。傳曰：『君者，舟也；庶人者，水也。水則載舟，水則覆舟。』此之謂也。」唐太宗曾與群臣一起探討隋朝二世而亡的教訓，說：「水能載舟，亦能覆舟。民，猶水也；君，猶舟也。」成為中國古代認識及處理君民關係的名言。後多用以喻能令人成功的因素，往往也能讓人失敗。⓬克己者四句　意為對於能夠克制私欲、嚴以律己者而言，所遭遇的一切事情都是告戒規勸；而那些喜歡抱怨別人的人，一開口說話就會引起糾紛衝突。語本《菜根譚・概論》：「反己者，觸事皆成藥石；尤人者，動念即是戈矛。一以闢眾善之路，一以濬（開）諸惡之源，相去霄壤矣。」克己，克制私欲、嚴以律己。觸事，猶遇事。觸，接觸；遇，遇到。藥石，藥劑和砭石（古代用以治癰疽、除膿血的石針）。也比喻規戒。《左傳・襄公二十三年》：「季孫之愛我，疾疢（疾病）也；孟孫之惡我，藥石也。」尤人，抱怨、責怪別人。尤，埋怨。啟口，開口；張開嘴說話。戈矛，戈和矛。皆古代兵器，常泛指兵器。借指戰爭、衝突。⓭以直報怨　謂以公平正直之道對待怨恨。語出《論語・憲問》：「或曰：『以德報怨，何如？』子曰：『何以報德？以直報怨，以德報德。』」直，公正；正直。報，對待；回報。怨，怨恨；冤家。⓮以義解仇　謂以善良而合於道德規範的方式消解仇恨。義，符合正義或道德規範；善良；善良的行為。解仇，消除冤仇。⓯莊敬日強兩句　意思是為人行事莊重恭敬則日漸強盛，安樂放縱則日益怠惰。句出《禮記・表記》：「君子莊敬日強，安肆日偷。」莊敬，莊嚴恭敬。《禮記・樂記》：「致禮以治躬則莊敬，莊敬則嚴威。」安肆，安樂放縱。肆，恣意；放縱。偷，怠惰；苟且。⓰懼法朝朝樂兩句　言謹慎戒懼，遵紀守法，天天都感到安寧快樂；欺世盜名，背理昧心，則時時有憂慮恐懼。懼，戒懼。朝朝，天天；每天。欺公，欺騙公道；作奸犯科。⓱晴乾不肯去兩句　意思是天氣晴朗時不肯去，直等到大雨淋頭才匆忙辦事。句本馮夢龍《古今小說・蔣興哥重會珍珠衫》：「晴乾不肯走，直待雨淋頭。」此又本南宋普濟《五燈會元》卷一五〈大溈懷宥禪師〉：「僧應諾，師便大。曰：『教沐不肯休，直待雨淋頭。』」晴乾，晴天；曬乾。衹待，一直等到。

【語譯】生活貧困，安閒自得；大富大貴，多憂多愁。對以往的過錯不要再責難追究，潑出去的水無法收回，事情一旦成為定局，就很難挽回。一個人如果沒有深遠的考慮，必然會有近在眼前的憂患。不要等到口渴了才去挖掘水井，應該事先早做準備，天未下雨就修好房屋門窗。寧可在剛直正派中努力進取，不可在邪僻阿附中營營苟求。制約粗暴蠻橫的人切記不可意氣用事，平息誹謗謠言還是靠修養自己的德行。能夠忍下一時的怒氣，可以免除長久的憂患。糾紛爭端都是因為多嘴多舌才引起的，麻煩苦惱皆由於爭強好勝而招來。適當飲酒，可以養生，一旦過量，則迷亂心性。水能載舟，亦能覆舟，就看人怎麼運用。對於能夠克制私欲、嚴以律己者而言，所遭遇的一切事情都是告戒規勸；而那些喜歡抱怨別人的人，一開口說話就會引起糾紛衝突。以公平正直之道對待怨恨，以善良而合於道德規範的方式消解仇恨。為人行事莊重恭敬則日漸強盛，安樂放縱則日益怠惰。謹慎戒懼，遵紀守法，天天都感到安寧快樂，欺世盜名，背理昧心，則時時有憂慮恐懼。天氣晴朗時不肯去，直等到大雨淋頭才匆忙辦事，何必如此！

月到十五光明滿，人到中年萬事休。兒孫自有兒孫福，莫與兒孫做馬牛❶。人生七十古來稀，問君還有幾春秋❷？當出力處須出力，得縮頭時且縮頭❸。生年不滿百，常懷千歲憂❹。藥能醫假病，酒不解真愁❺。逢橋須下馬，有路莫登舟❻。路逢險處須當避，事到頭來不自由❼。吳宮花草埋幽徑，晉代衣冠成古坵❽。功名富貴若長在，漢水亦應西北流❾。

青塚草深，萬念盡同灰冷❿；黃粱夢覺，一身都似雲浮⓫。

【章　旨】本節以史為例，說明功名富貴如浮雲，轉眼便逝；人生苦短，該盡力時盡力，當退縮時退縮，不必為富貴、為兒孫做馬牛。

【注　釋】❶月到十五光明滿四句　意思是農曆每月十五日，月亮最圓最亮，十六日以後逐漸變成月牙；人到中年，一生的事業達到頂峰，此後萬事都已罷了。兒女子孫自有他們自己的福分，不必為了兒孫而奔波操勞做馬牛。句出元朝無名氏《漁樵記》第三折：「月過十五光明少，人到中年萬事休。兒孫自有兒孫福，莫為兒孫作馬牛。」元朝關漢卿《蝴蝶夢》楔子作：「月過十五光明少，人到中年萬事休；兒孫自有兒孫福，莫為兒孫作遠憂。」民間俗語。戲曲、小說中屢見。月到十五光明滿兩句，寓事物達到其頂點後，向反方向轉變之意。十五，農曆每月十五日。休，結束；罷休。猶完蛋。馬牛，馬和牛。比喻供人驅使從事艱苦勞作的人。❷人生七十古來稀兩句　言自古以來，人能夠活到七十歲的就很稀少，試問你的生命還有幾度春秋。人生七十古來稀，七十歲高齡的人從古以來就不多見。謂享高壽不易。句出唐朝杜甫〈曲江二首〉詩之二：「朝回日日典春衣，每日江頭盡醉歸。酒債尋常行處有，人生七十古來稀。穿花蛺蝶深深見，點水蜻蜓款款飛。傳語風光共流轉，暫時相賞莫相違。」稀，少；難得。春秋，歲月；年數。❸當出力處須出力兩句　意思是應當盡力的地方必須盡力，需要退縮的時候就退縮。得縮頭時且縮頭，語出宋代惟白《續傳燈錄》卷八：「僧問：『如何是佛祖西來意？』師曰：『入市烏龜。』曰：『意旨如何？』師曰：『得縮頭時且縮頭。』」得，需要；能夠。縮頭，退縮；畏懼貌。且，即；就；姑且。❹生年不滿百兩句　謂人的一生不滿百年，心中卻經常縈繞著千年的憂愁。

句出〈古詩十九首〉第十五首：「生年不滿百，常懷千歲憂。晝短苦夜長，何不秉燭游？為樂當及時，何能待來茲。愚者愛惜費，但為後世嗤。仙人王子喬，難可與等期。」生年，年歲；活著的時候。❺藥能醫假病兩句　意思是藥物治病，所能醫治的僅僅是身體的疾病，不能治心病；借酒澆愁，只能解一時之煩悶，不能解真愁。假病，指各種原因引起的身體上的疾病，一般可以醫治。較之生老病死等與生俱來的無法醫治的痛苦、「真愁」而言，謂之「假病」。真愁，指生老病死等與生俱來的苦痛，或對於天地宇宙、滄海桑田等等的終極關懷所引發的憂慮。❻逢橋須下馬兩句　謂途中遇到橋應當下馬緩行，能夠走路騎馬的時候就不要乘船。寓事事處處都要小心之意。❼路逢險處須當避兩句　意為行路時走到危險的地方必須注意避讓，一旦事故發生，再想躲那就由不得自己了。事到頭來，事情臨到頭上；最終。❽吳宮花草埋幽徑兩句　意為昔日吳王宮中的幽靜小路早已被荒草野花湮埋，晉朝的風流人物、王公貴族也早已進了墳墓。句出唐朝李白〈登金陵鳳凰臺〉：「鳳凰臺上鳳凰游，鳳去臺空江自流。吳宮花草埋幽徑，晉代衣冠成古丘。三山半落青天外，一水中分白鷺洲。總為浮雲能蔽日，長安不見使人憂。」案：金陵，又曾名建業、建康，今南京。三國東吳、東晉和南朝的宋、齊、梁、陳六朝相繼建都於此。此六朝皆崇尚華靡，奢侈豪華，故有「六朝金粉」之稱。「鳳凰臺」在金陵鳳凰山上，相傳南朝劉宋永嘉年間有鳳凰集於此山，乃築臺，山與臺也由此得名。古代的中國人認為鳳凰是祥瑞。當年鳳凰來遊象徵著王朝的興盛，如今鳳去臺空，六朝的繁華也一去不返。李白遊金陵而有此感嘆。本書借用此句強調滄海桑田、世事人生的變動不居。吳，三國時期三國之一。西元二二二年孫權在建業稱吳王，二二九年稱帝，歷史上也叫孫吳、東吳。占有今長江中下游、浙江、福建和兩廣等地區。西元二八〇年為晉所滅。共歷四帝，五十九年。晉，朝代名。西元二〇五年司馬炎（晉武帝）代魏稱帝，國號晉，都洛陽，史稱西晉。太康元年（西元二八〇年）滅吳，統一中國。建興四年（西元三一六年），匈奴貴族建立的漢國滅西晉，北方從此進入十六國時期。建武元年（西元三一七年），司馬睿（晉元帝）在南方重建晉朝，都建康，史稱東晉。元熙二年（西元四二〇年），劉裕代晉，建（南朝）宋，史稱劉宋，東晉亡。兩晉共歷十五帝，一百五十六年。衣冠，衣和冠。代稱搢紳、士大夫或達官貴人。古坵，古墓。坵，墳墓。❾功名富貴若長在兩句　言功名富貴如果能夠長久，漢水也應改道流向西北。句出唐朝李白〈江上吟〉：「木蘭之枻沙棠舟，玉簫金管坐兩頭。美酒尊中置千斛，載妓隨波任去留。仙人有待乘黃鶴，海客無心隨白鷗。屈平辭賦懸日月，楚王臺榭空山丘。興酣落筆搖五岳，詩成笑傲凌滄州。功名富貴若長在，漢水亦應西北流。」漢水亦應西北流，漢水也應該改道往西北方向流淌。由於中國地勢西高東低，絕大部分河流由西北流向東南，李白詩中以根本不可能「漢水西北流」作假設，從反面強調功名富貴不會長久，並帶有譏諷嘲弄的意味。本書引用此詩，也同樣借用了李白詩中的意韻。❿青塚草深兩句　意思是看到古墓上長滿深深的荒草，所有的功名利祿的欲念都如同死灰一樣冰冷。案：此與本書頁二六「北邙荒塚無貧富，玉壘浮雲變古今」兩句意同，可參見。青塚，原指漢代王昭君的墓。王昭君本為漢元帝妃。相傳漢元帝嬪妃眾多，命畫工將她們每人相貌畫下來，按圖召幸。所有的嬪妃宮女都賄賂畫工，以便把自己畫得美些，惟獨王昭君不賄，畫工便故意把她畫得很醜，因此也從未見過漢元帝。不久，匈奴來求美女，元帝命昭君去。臨行前上殿，漢元帝這才發現昭君是後宮最漂亮的，悔之莫及，只得殺了畫工以洩憤。昭君死後，葬在北方草原（在今內蒙古呼和浩特市南），傳說當地多白草，而此塚獨青，故名。唐朝杜甫〈詠懷古迹〉之三：「一去紫臺連朔漠，獨留青冢向黃昏。」即指此墓。後亦泛指墳墓。塚，同「冢」。墳墓。案：「冢」字本意為山頂。因墳墓圓圓的像山頂，故名。灰冷，心灰意冷。亦比喻心境枯寂不動。⓫黃粱夢覺兩句　言享盡榮華富貴的黃粱夢一旦醒來，覺得人的一生不過是過眼雲煙，短暫易逝。黃粱夢，典出唐朝沈既濟《枕中記》：少年盧生，家貧，思「建功樹名，出將入相，列鼎而食，選聲而聽」。後在邯鄲旅店遇見道士呂翁，生自嘆窮困，呂翁從囊中取出青瓷枕遞給他，說：「枕此當令子榮適如意（讓你實現富貴的願望）。」這時店主正在蒸黃粱。盧生一著枕，立即進入夢中，娶崔氏女為妻，中進士，累官至節度使（地方長官，總攬數州軍、民、財政，權勢極大），大破戎虜；出將入相五十餘年，子孫滿堂，壽八十餘而終。及醒，黃粱尚未熟，十分驚詫，說：「豈其夢寐耶（難道是夢）？」翁笑曰：「人世之事亦猶是矣。」後因以「黃粱夢」、「一枕黃粱」比喻虛幻的事和不能實現的欲望。黃粱，粟米名。即黃小米。中國北方的主食之一。覺，睡醒；覺悟；明白。雲浮，如雲之飄散。形容短暫易逝。晉朝劉琨〈重贈盧諶〉：「時哉不我與，去乎若雲浮。」

【語譯】農曆每月十五日，月亮最圓最亮，十六以後逐漸變成月牙；人到中年，一生的事業達其頂峰，此後萬事都已罷了。兒女子孫自有他們自己的福分，不必為兒孫奔波操勞做馬牛。自古以來，人能夠活到七十歲的很稀少，試問你的生命還有幾度春秋？應當盡力的地方必須盡力，需要退縮的時候就退縮。人的一生不滿百年，心中卻常常縈繞著千年的憂愁。藥物治病，所能醫治的僅僅是身體的疾病，不能治心病；借酒澆愁，只能解一時之煩悶，不能解真愁。事事處處都要小心，途中遇到橋應當下馬緩行，能夠走路騎馬時就不要乘船。行路中走到危險的地方必須注意避讓，一旦事故發生，再想躲那就由不得自己了。昔日吳王宮中的幽靜小路早就被荒草野花湮埋，晉朝的一代風流人物、王公貴族也早就進了墳墓。功名富貴如果能夠長久，漢水也應改道流向西北。看到古墓上長滿深深的荒草，所有功名富貴的欲念都如同死灰一樣冰冷；享盡榮華富貴的黃粱夢一旦醒來，覺得人的一生不過是過眼雲煙，轉眼便逝。

人平不語，水平不流❶。便宜莫買，浪蕩莫收❷。不以我為德，反以我為仇❸。有花方酌酒，無月不登樓❹。人有三句硬話，樹有三尺綿頭❺。一家養女百家求，一馬不行百馬憂❻。深山畢竟藏猛虎，大海終須納細流❼。到此如窮千里目，誰知才上一層樓❽。欲知世事須嘗膽，會盡人情暗點頭❾。受恩深處宜先退，得意濃時便可休❿。莫待是非來入耳，從前恩愛反為仇⓫。

【章　旨】本節主要言世事公平公正，人們就不會抱怨；受到恩惠，稱心如意時當及早止步，以免物極必反。賢人、才士處處有，千萬不要鼠目寸光，夜郎自大。

【注　釋】❶人平不語兩句　意思是當人們受到公正的待遇，意願滿足了，就不會抱怨；小湖泊地勢平坦，缺乏之源流注入，水面太平靜了就不會流動。句出宋朝惟白《續傳燈錄》卷二三。人平不語，反用唐朝韓愈〈送孟東野序〉「大凡物不得其平則鳴」（即後世「不平則鳴」）之意。韓愈的意思是遇到不公正的待遇，就會發出不滿的呼聲，此句說滿足之後就不抱怨了。平，平允；公正。水平不流，句本《管子・侈靡》：「水平而不流，無源則遬竭（沒有源頭，很快就乾涸了）。」水平，水面平靜。❷便宜莫買兩句　謂東西太便宜了不要去買，恐怕有假；遊手好閒的浪蕩子不能收留，會惹災禍。浪蕩，遊手好閒，不務正業。❸不以我為德兩句　意為不以我的所作所為為恩德，反而將我視作仇敵。德，恩惠；恩德。反以我為仇，語出《詩・邶風・谷風》：「不我能慉（不再細心愛悅我），反以我為仇。既阻我德，賈用不售（種種美德沒有人理睬，有如貨物無處賣）。」❹有花方酌酒兩句　言謂眼前有鮮花才暢飲美酒，天上無明月則不登高樓。酌酒，飲酒；喝酒。❺人有三句硬話兩句　意為再軟弱的人，也能說幾句剛強的話；最堅硬的樹，也有幾尺柔軟的樹梢。民間俗語。硬話，語氣強硬的言辭。綿頭，此處指大樹柔韌的樹梢。綿，軟；軟弱。❻一家養女百家求兩句　言一家有好姑娘，許多人家會來求親；一匹馬不肯走，一群馬都跟著發愁。民間俗語。後一句比喻一個人的行為影響整體。❼深山畢竟藏猛虎兩句　謂是深山之中畢竟藏有猛虎，大海遼闊終究需要容納涓涓細流。大海終須納細流，《史記・李斯列傳》：「是以泰山不讓土壤，故能成其大；河海不擇細流，故能就其深。」強調高山之高，大海之大，是由平凡細微之物累積而成。細流，細小的水流。❽到此如窮千里目兩句　意思是到達某一境界，自認為已經窮盡，誰知道才剛剛踏上第一層樓。唐朝王之渙〈登鸛雀樓〉詩：「白日依山盡，黃河入海流。欲窮千里目，更上一層樓。」其後兩句「欲窮千里目，更上一層樓」寓高瞻遠矚、永無止境之意。本句則由此化出，譏諷那些鼠目寸光、夜郎自大者，自以為很了不起，其實只不過剛剛起步。如，好像。窮，極；盡；尋求到盡頭。千里目，遠望之目；目光看得很遠。❾欲知世事須嘗膽兩句　言想知道世事的複雜艱難必須先吃苦受難，悟透了人情世故才能夠慎言慎行。嘗膽，即「臥薪嘗膽」。典出《史記・越王句踐世家》：春秋時，越國被吳國打敗，越王句踐被俘，受盡侮辱。三年後返國，立志滅吳，報仇雪恥。除勵精圖治外，以柴草（薪）為床褥，「置膽于坐（把苦膽放在座位邊上），坐臥即仰（抬頭看）膽，飲食亦嘗膽也。」後用為刻苦自勵，發憤圖強，不敢安逸之典。會，領悟；理解。暗點頭，指悟透了人情世故之後，無論聽到看到什麼，心裡明白，但不隨便說話表態。❿受恩深處宜先退兩句　意為世上之事皆禍福相依，物極必反。受到許多恩惠時應當及時激流勇退，已經稱心得志時就要趕快停止罷手。宜，應當；應該。得意，得志；稱心、滿意。濃，謂程度深。休，停止；結束。⓫莫待是非來入耳兩句　意思是不要等到矛盾糾紛已經出現，那樣，從前的恩愛反而變成了仇恨。入耳，（各種矛盾糾紛及有關傳聞）進入耳中。即聽到。

【語　譯】當人們受到公正的待遇，意願滿足了，就不會抱怨；小湖泊地勢平坦，缺乏源流注入，水面過於平靜就不會流動。東西太便宜了不要買，恐怕有假；遊手好閒的浪蕩子不要收留，會惹災禍。不以我的所作所為為恩德，反而將我視作仇敵。眼前有鮮花才暢飲美酒，天上無明月則不登高樓。再軟弱的人，也能說幾句剛強的話；最堅硬的樹，也有幾尺柔軟的樹梢。一家有好姑娘，許多人家會來求親；一匹馬不肯走，一群馬都跟著發愁。凡事不可貌相，深山之中畢竟藏有猛虎，大海遼闊，終究需要容納涓涓細流。那些鼠目寸光、夜郎自大者，自以為很了不起，其實只不過剛剛開始起步。想知道世事的複雜艱難必須先吃苦受難，悟透了人情世故才能夠慎言慎行。世上的事禍福相依，物極必反。受到許多恩惠時應當立即激流勇退，已經稱心得志了就要趕快停止，不可等到矛盾糾紛已經出現才罷手，那時，從前的恩愛反而變成了仇恨。

貧家光掃地，貧女淨梳頭。景色雖不麗，氣度自優游❶。器具質而潔，瓦缶勝金玉；飲食約而精，園蔬愈珍饈❷。無益世言休著口，不干己事少當頭❸。留得五湖明月在，不愁無處下金鉤❹。休向君子諂媚，君子原無私惠；休與小人為仇，小人自有對頭❺。名利是繮鎖，牽纏時，逆則生憎，順則生愛；富貴如浮雲，覷破了，得亦不喜，失亦不憂❻。

【章　旨】本節主要言貧寒之家自有怡然自得、從容灑脫的氣度；名利是韁鎖，富貴如浮雲，看破了，得失無憂。君子、小人各有處世行事的方式，不可反其道而行之。

【注　釋】❶貧家光掃地四句　言貧寒之家家徒四壁，只有地面需要打掃；窮人的女孩沒有首飾，每日只能梳理頭髮。雖然看上去不漂亮，氣韻風度自有其怡然自得、從容灑脫之處。句本明末洪應明《菜根譚・概論》：「貧家淨掃地，貧女淨梳頭。景色雖不豔麗，氣度自是風雅。士君子一當窮愁寥落，奈何輒自廢弛哉！」景色，文中指「光掃地、淨梳頭」這種狀況。麗，美麗；漂亮。氣度，氣魄風度。自，本來；自然。優游，悠閒自得；從容灑脫。❷器具質而潔四句　意思是如果器皿質樸而乾淨，那麼瓦罐也將勝過金盆玉碗；如果飲食簡單而精緻，那麼，菜園中的蔬果也會超過山珍海味。句出《治家格言》。質，簡樸；樸實。瓦缶，一種陶製容器，俗稱瓦罐。缶，小口大腹的陶製容器。約，少；簡單。園蔬，菜園中的蔬菜瓜果。泛指普通的家常菜。愈，勝過；超過。珍饈，也作「珍羞」。精美貴重的食品。饈，精美的食品。❸無益世言休著口兩句　言與世道無益的話不要發表意見，與自己無關的事不要帶頭做。無益世言，無益於世道的話。世，世事；世道。休著口，不沾口；不開口。即不發表意見、不說話。不干己事，與自己不相干的事。干，關涉；相關。當頭，帶頭；為首。❹留得五湖明月在兩句　意思是只要五湖的明月還在，不愁沒有釣魚的地方。寓天下很大，處處都有隱居、生存之地的意思。句出《西遊記》第八二回：「留得五湖明月在，何愁無處下金鉤。」案：《國語・越語下》載：春秋末，越國大夫范蠡輔佐越王句踐，復興越國、滅吳雪恥之後，認為句踐為人「可與同患，難與處安」，便棄官歸隱，變易姓名，乘輕舟泛於五湖。後因以「五湖」指隱遁之所。本句即用此典。五湖，古代說法甚多，有指吳越地區的湖泊；有指太湖及附近四湖；也作古代江南五大湖的總稱，即具區、洮滆、彭蠡、青草、洞庭等等。金鉤，金屬釣鉤。❺休向君子諂媚四句　意為不要向君子討好諂媚，君子本來就不會為私情而違背道義；不要與小人結下怨仇，小人自然有其冤家對頭。句本明末洪應明《菜根譚・概論》：「休與小人仇讎，小人自有對頭；休向君子諂媚，君子原無私惠。」又，「休與小人為仇，小人自有對頭」兩句，出自明朝呂得勝《小兒語》。此二句，與本書頁一一二「惡人自有惡人磨」句意同，參見該句及其注釋。私惠，私人的恩惠。小人，人格卑鄙、識見淺顯的人。❻名利是繮鎖八句　謂功名利祿是轡繩和鎖鏈，當被它們束縛糾纏後，困頓挫折時會產生憎恨，功成名就了則愛不釋手；富貴如同虛浮不定的煙雲，一旦看破了其本質，得到了並不興奮喜悅，失去了也不憂愁焦慮。名利是繮鎖，常作「名韁利鎖」。因為名利能夠束縛人，故稱。宋朝柳永〈夏雲峰〉詞：「向此免名繮利鎖，虛廢光陰。」繮，韁繩；拴牲口的繩子。牽纏，糾纏。逆，困頓；挫折；不順。順，文中指功成名就、高官厚祿。覷，看。

【語　譯】貧寒之家家徒四壁，只有地面需要打掃；窮人的女孩沒有首飾，每日只能梳理頭髮。看上去雖然不漂亮，氣韻風度卻自有從容灑脫、怡然自得之處。如果器皿質樸而潔淨，那麼瓦罐也將勝過金盆玉碗；如果飲食簡單而精緻，那麼，菜園中的蔬果也會超過山珍海味。與世道無益的話不要發表意見，與自己無關的事不要帶頭去做。只要五湖的明月還在，不愁沒有隱居釣魚的地方。不要向君子討好諂媚，君子本來就沒有私人的恩惠；不要與小人結下怨仇，小人自然有其對頭。功名利祿是韁繩和鎖鏈，當被它們束縛糾纏後，困頓挫折時會產生憎恨，功成名就了則愛不釋手；富貴如同虛浮不定的煙雲，一旦看破了其本質，得到了並不興奮喜悅，失去了也不憂愁焦慮。

上韻

若登高，必自卑；若涉遠，必自邇❶。磨刀恨不利，刀利傷人指；求財恨不多，財多終累己❷。有福傷財，無福傷己❸。病加于小愈，孝衰于妻子❹。居視其所親，達視其所舉；富視其所不為，貧視其所不取❺。知足常足，終身不辱；知止常止，終身不恥❻。君子愛財，取之有道❼；小人放利，不顧天理❽。悖入亦悖出❾，害人終害己。人非善不交，物非義不取❿。

【章　旨】本節言既要有高遠的志向，又要從小處、近處著手。財富人人愛，但必須以合乎道義的方式取得；要真正了解一個人，應當觀察其日常生活的方方面面。

【注　釋】❶若登高四句　意思是如果攀登高處，一定要從底層開始；如果長途跋涉，一定要從近處起步。句本《禮記・中庸》：「君子之道，譬如行遠，必自邇；譬如登高，必自卑。」此又本《書・商書・太甲下》「若升高，必自下；若陟遐（遠），必自邇」而言。自卑，從低處開始。自，從。卑，低；低下。文中有「底層」、「基礎」之意。涉遠，走遠路；長途跋涉。涉，行走；跋涉。自邇，從近處起步。邇，近。❷磨刀恨不利四句　謂磨刀時只恨刀刃不夠鋒利，但刀太利了會割傷自己的手指；追求財富時只恨金銀珠寶不夠多，但錢財太多了反而害了自己。有物極必反之意。恨，遺憾；抱怨。利，鋒利。與「鈍」相對。累己，使自己受害。累，連累；使受害。《書・旅獒》：「不矜細行，終累大德。」❸有福傷財兩句　意為有福分的人所損失的不過是一些錢財，沒有福分的人往往傷害自身。傷，傷害；損害。❹病加于小愈兩句　言疾病加重往往在剛開始好轉之時，對父母的孝心衰減常常在娶妻生子之後。加，加重；增添。小愈，疾病稍有痊愈。孝衰于妻子，句出《鄧析子・轉辭篇》。《荀子・性惡》：「妻子具而孝衰于親，嗜欲得而信衰于友。」意同。衰，減少；衰退；懈怠。❺居視其所親四句　意思是要了解一個人，應當在日常生活中觀察他所親近的人，在其顯達後觀察他所舉薦的人；富貴了觀察哪些事情是他不做的，貧賤時則看哪些東西是他不拿的。句本《史記・魏世家》：魏文侯想確定宰相的人選，詢問李悝。「李悝曰：『君不察故也，居視其所親，富視其所與，達視其所舉，窮視其所不為，貧視其所不取。』」居，平素家居；平時生活。視，觀察；察看。所親，所親近的人；所交往的人。達，顯貴；顯達。舉，推薦；選用。不為，不做。❻知足常足四句　言自知滿足，不過分企求，就經常會感到滿足，這樣，一輩子都不會遭到羞辱；懂得適可而止，常常就能在適當的時候止步，這樣，一輩子都不會蒙受恥辱。句出清・金纓《格言聯璧・惠言類》。案：此四句原本《老子》第四四章：「知足不辱，知止不殆（能避免危險），可以長久。」知足，謂自知滿足，不作過分的企求。辱，恥辱；受恥辱。知止，謂懂得適可而止、知足。❼君子愛財兩句　意為君子也喜愛財富，但以合乎道德的方法來獲取。句出南宋普濟《五燈會元》卷二〇〈東林道顏禪師〉：「上堂：『元宵已過，化主出門，六群比丘，各從其類……不敬功德天，誰嫌黑暗女。有智主人，二俱不受。』良久曰：『君子愛財，取之以道。』」此又本《論語・里仁》：「富與貴，是人之所欲也，不以其道得之，不處也。」取之有道，以合乎道德的方法取得。❽小人放利兩句　謂小人放債牟取暴利，完全不顧天道良心。放利，猶「放債」。借錢與人以收取利息。❾悖入亦悖出　意為違背天理道德而獲取的財富名利，也將以同樣的方式失去。句出《禮記・大學》：「言悖而出者，亦悖而入；貨悖而入者，亦悖而出。」悖，違逆；違背（天理道德）。❿人非善不交兩句　言不是善良的人不要結交，不合道義的物品不能獲取。物非義不取，語用《論語・里仁》「富與貴，是人之所欲也，不以其道得之，不處也」及《論語・述而》「不義而富且貴，于我如浮雲」之意。義，謂符合正義或道德規範。

【語　譯】如果攀登高處，一定要從低下開始；如果長途跋涉，一定要從近處起步。磨刀時只恨刀刃不夠鋒利，但刀太利了會割傷自己的手指；追求財富時只恨金銀珠寶不夠多，但錢財太多了反而傷害了自己。有福分的人所損失的不過是一些錢財，沒有福分的人往往傷害自身。病情加重往往在剛開始好轉之時，孝心衰減常常是娶妻生子之後。要真正了解一個人的品性德行，那就應當在其日常生活中觀察他所親近的人，顯達後觀察他所舉薦的人，富貴了觀察哪些事情是他不做的，貧賤時則看哪些東西是他不拿的。自知滿足，不過分企求，就經常會感到滿足，這樣，一輩子都不會遭到羞辱；懂得適可而止，常常就能在適當的時候止步，這樣，一輩子都不會蒙受恥辱。君子也喜愛財富，但要以合乎道德的方法來取得；小人放債牟取暴利，則完全不顧天道良心。違背天理道德而獲取的財富名利，也將以同樣的方式失去；想謀害別人的人，最終總是害了自己。不是善良的人不要結交，不合道義的物品不可獲取。

身欲出樊籠外，心要在腔子裡❶。勿偏信而為奸所欺，勿自任而為氣所使❷。差之毫厘，謬以千里❸。使口不如自走，求人不如求己❹。為富兼為仁，願生莫願死❺。人見白頭嗔，我見白頭喜；多少少年亡，不到白頭死❻。

【章　旨】本節主要言為人行事不妨灑脫，居心一定要正；不可偏聽偏信，自以為是，差之毫厘，往往失之千里。

【注　釋】❶身欲出樊籠外兩句　意思是為人行事希望能超脫世俗，而居心則一定要正。句出北宋程頤、程顥《二程遺書》卷七。身，品德；才能。也指為人行事。樊籠，關鳥獸的籠子。比喻受束縛不自由的境地。文中指世俗、人世間。心要在腔子裡，謂居心要正。腔子，胸腹；軀體。❷勿偏信而為奸所欺兩句　謂不要偏聽偏信而被奸人所欺騙，不要自以為是而為意氣所驅使。偏信，相信一方；只聽一方之詞。自任，自用；自以為是。氣，意氣。使，驅使；役使；使喚。❸差之毫厘兩句　言開始時相差一小點，結果造成極大的錯誤。句出《漢書・司馬遷傳》：「故《易》曰：『差之毫厘，謬以千里。』」案：今《易》無此語。語見《易緯・通卦驗》：「君子慎始，差若毫厘，謬之千里。」此句也作「差之毫厘，失之千里」（見《大戴禮記・保傅》）。謬，又寫作「繆」。毫厘，一毫一厘。比喻極細微。毫、厘，皆為小的量度單位。十毫為一厘，十厘為一分，十分為一寸。謬，錯誤；差錯。❹使口不如自走兩句　意思是動嘴支使別人，不如自己動手；求助於他人不如求助於自己。使口，動口；動嘴（使喚別人）。求人不如求己，語本《文子・上德》：「怨人不如自怨，求諸人不如求之己。」求人，請求別人；向別人求助。❺為富兼為仁兩句　言家境富裕時還要兼有仁愛，人都希望生而不願意死。為富兼為仁，《孟子・滕文公上》：「陽虎曰：『為富不仁矣，為仁不富矣。』」後因以有「為富不仁」句。本文則希望「為富兼為仁」。願，希望；情願；願意。❻人見白頭嗔四句　意思是別人見了白頭髮就生氣，我見了白頭髮則高興；因為古往今來有多少少年人，還沒活到長白頭髮的年紀就死了。嗔，埋怨；發怒；生氣。白頭，猶白髮。

【語　譯】為人行事希望能超脫世俗，而居心則一定要正。不要偏聽偏信而被奸人所欺騙，不要自以為是而為意氣所驅使。開始時相差一小點，結果造成極大的錯誤。動嘴支使別人，不如自己動手；求助於他人不如求助於自己。家境富裕時還要兼有仁愛，人人都希望生而不願意死。別人見了白頭髮就生氣，我見了白頭髮則高興；古往今來有多少少年人，還沒活到長白頭髮的年紀就死了。

賊是小人，智過君子❶。君子固窮，小人窮斯濫矣❷。絕嗣之墳，無非好色狂徒；娼妓之祖，盡是貪花浪子❸。壁有縫，牆有耳❹。好事不出門，惡事傳千里❺。之子不稱服，奉身好華侈；雖得市童憐，還為識者鄙❻。君子學道則愛人，小人學道則易使❼。

【章　旨】本節言君子、小人處處有別，前者窮困時仍能信守道義，後者則胡作非為。作惡必定有報應。衣著服飾則應當守本分，說話應當謹慎，防範隔牆有耳。

【注　釋】❶賊是小人兩句　意思是盜賊雖然人品不好，其智往往超過正人君子。語見宋代費袞《梁溪漫志》。❷君子固窮兩句　意為君子當然也有窮困的時候，但君子能夠信守道義，安於貧困；而小人貧窮，就不能自我約束，會胡作非為。句出《論語・衛靈公》：孔子在陳國斷絕了糧食，「子路慍（很不高興）見曰：『君子亦有窮乎？』子曰：『君子固窮，小人窮斯濫矣。』」固窮，信守道義，安於貧賤窮困。固，安守；堅守。濫，無節制；不能自守。❸絕嗣之墳四句　意思是斷絕嗣續、沒有後代祭祀的墳墓中的人，生前必定是迷戀淫欲的狂徒；娼妓的祖先都是在煙花巷中流連忘返的浪蕩子。寓作惡必有報應之意。絕嗣，斷絕嗣續。即沒有後代。好色，貪愛女色。引申為迷戀淫欲。狂徒，放蕩恣肆之人。貪花，貪戀男女風情之事。花，指妓女或行為不端的女子。浪子，不務正業、專事遊蕩玩樂的青年人。❹壁有縫兩句　言牆壁有縫，牆外有耳。比喻看似嚴謹，實際卻有洩密的可能，所以說話應當謹慎。句出明朝阮大鋮《春燈謎記》：「墻有縫，壁有耳。防口舌，有哄傳。」（清朝孫錦標《通俗常語疏證・言語》引）民間俗語。戲曲、小說中常見。牆有耳，意思是牆外有人偷聽。語本《詩・小雅・小弁》：「君子無易由言，耳屬于垣。」後常作「隔牆有耳」。比喻秘密容易外洩。❺好事不出門兩句　謂值得稱道、有益於世的事情不容易廣為人知，惡事卻很快傳到千里之外。句出北宋道原《景德傳燈錄・紹宗禪師》：「僧問：『如何是西來意？』師曰：『好事不出門，惡事傳千里。』」南宋普濟《五燈會元》卷九有類似之語。好事，值得稱道、於世有益的事。惡事傳千里，形容壞事、醜事很容易廣泛流傳。又作「惡事行千里」。北宋孫光憲《北夢瑣言》卷六：「所謂好事不出門，惡事行千里，士君子得不戒之乎？」❻之子不稱服四句　意思是這個人的衣著服飾與其身分不相稱，一味喜好、追求華麗奢靡；雖然得到市井無知少年的羨慕喜愛，但還是被有識之士所鄙視。之子不稱服，語本《詩・曹風・候人》：「彼其之子，不稱其服。」之子，這個人。之，這個。代詞。不稱服，古人衣著服飾有一定的身分、等級規定，衣飾與自己的身分相稱謂稱服，不相稱則為不稱服。奉身，奉養自身。奉，供應；供養。華侈，豪華奢侈。市童，市井少年；世俗小人。憐，喜愛。識者，有見識的人；有識之士。❼君子學道則愛人兩句　言君子學習了道德禮儀會愛別人，小人學習了道德禮儀，知其本分，則容易使喚。句出《論語・陽貨》：「子之（到）武城（子游任武城宰），聞弦歌之聲。夫子莞爾而笑，曰：『割雞焉用牛刀。』子游對曰：『昔者偃也聞諸夫子曰：君子學道則愛人，小人學道則易使也。』子曰：『二三子，偃之言是也。前言戲之耳（開玩笑）。』」集解孔安國曰：「道謂禮樂也。樂以和人，人和則易使。」使，役使；使喚。

【語譯】盜賊是小人，其機智往往超過了君子。君子當然也有窮困的時候，但君子能夠信守道義，安於貧困；小人貧窮時，就不能自我約束，會胡作非為。斷絕嗣續、沒有後代祭祀的墳墓中的人，生前必定是迷戀淫欲的狂徒；娼妓的祖先都是在煙花巷中流連忘返的浪蕩子。牆壁有縫隙，牆外有耳朵，比喻看似嚴謹的事，實際上卻有洩密的可能，所以說話要謹慎。值得稱道、有益於世的事情不容易廣為人知，壞事、醜事卻很容易廣泛流傳。這個人的衣著服飾與其身分不相稱，一味喜好、追求華麗奢靡；雖然得到市井無知少年的羨慕喜愛，但還是被有識之士所鄙視。君子學習了道德禮儀會愛別人，小人學習了道德禮儀，知其本分，則容易使喚。

天下無不是底父母，世間最難得者兄弟❶。青出于藍而勝于藍，冰生于水而寒于水❷。不痴不聾，不作阿姑阿翁❸；得親順親，方可為人為子❹。處骨肉之變，宜從容，不宜激烈；當家庭之衰，宜惕厲，不宜委靡❺。

【章　旨】本節言父母兄弟是天下至親，兒女必須孝順父母，弟弟應當尊敬兄長，而長輩則要寬宏大量；萬一遇有變故，應鎮定慎重地處理。同時，後人要有超過前人的志向。

【注　釋】❶天下無不是底父母兩句　謂天底下沒有不對的父母，人世間最難得的是兄弟。句出明末程登吉原編、清朝鄒聖脈增補《幼學瓊林・兄弟》。民間俗語。案：中國古代文化強調上下尊卑，必須無條件地孝順、服從父母長輩，不可有絲毫違忤之處，即本節下句「得親順親，方可為人為子」。所以，無論父母說什麼、做什麼，都是正確的；即便有錯，也只能掩蓋斡旋古人稱之為「干蠱」，民間則習稱「天下無不是的父母」。清朝李漁《憐香伴》第二一齣：「到是奴家害羞了，天下無不是的父母，怎生仇怨著他。」難得者兄弟，明末馮夢龍《古今小說》卷一〇：「若失了個兄弟，分明罰了一手，折了一足，乃終生缺陷。說到此地，難得者兄弟，易得者田地。」❷青出于藍而勝于藍兩句　意為青色的染料從藍草中提煉出來，但顏色卻比藍草更深；冰由水凝結而成，卻比水更寒冷。句本《荀子・勸學》：「青，取之于藍，而青于藍；冰，水為之，而寒于水。」後因以「青出於藍」比喻學生勝過老師，或者後人勝過前人。藍，植物名。有多種，如蓼藍、松藍、木藍、馬藍等。葉可製作染料。❸不痴不聾兩句　意思是作阿婆阿公的，有時要裝聾作啞，寬宏大量。古諺。語本《太平御覽》卷四九六引《慎子》逸文：「諺云：『不聰不明，不能為王；不瞽（盲）不聾，不能為公。』」本指公卿的度量，後常與「不成姑公」等連用，謂不故作痴呆，不裝聾作啞，就不能當好婆婆公公。意指長輩要寬宏大量。唐朝趙璘《因話錄》卷一載：唐朝郭子儀之子郭曖娶昇平公主，夫妻不和，曖罵公主……，郭子儀得知此事後，綁了兒子，去朝堂等候處置。唐代宗對他說：「諺云：『不痴不聾，不作阿家（姑）阿公。』小兒女子閨帷之言（私房話），大臣安用聽（怎麼能聽）？」姑、翁，丈夫的父、母。即公、婆。❹得親順親兩句　謂順從父母的心意，得到父母的讚許，才能稱得上是「人」，是子女。句本《孟子・離婁上》：「不得乎親，不可以為人；不順乎親，不可以為子。」得親，得到父母的讚許、歡心。順親，順從父母的意願。方，才。為人，謂區別於萬物而作為「人」、成為一個「人」。漢朝王符《潛夫論・卜列》：「夫人之所以為人者，非以此八尺之身也，乃以其有精神也。」為子，意思同「為人」。成為「子女」；作為「子女」。❺處骨肉之變六句　意思是萬一遭遇至親骨肉的變故、糾紛時，應該鎮定從容而不要激烈衝動；在家庭處於衰敗不幸時，應當警惕慎重而不要萎靡不振。句本《菜根譚・概論》：「處父兄骨肉之變，宜從容，不宜激烈；遇朋友交游之失，宜剴切，不宜優游。」處，處於。即處在某種地位或狀態。骨肉，比喻至親。指父母兄弟子女等有血緣關係的親人。變，變故。也指糾紛矛盾。宜，應該；應當。惕厲，警惕謹慎；警惕激勵。亦作「惕勵」。語出《易・乾》：「君子終日乾乾，夕惕若厲，無咎。」委靡，頹唐；不振作。

【語　譯】天底下沒有不對的父母，人世間最難得的是兄弟。學生要勝過老師，後人應超過前人。就像青色的染料從藍草中提煉出來，但顏色卻比藍草更深；冰由水凝結而成，卻比水更寒冷。作婆婆公公的，有時要裝聾作啞，寬宏大量；作為子女，應順從父母的心意，得到父母的讚許，這才能稱得上是「人」，是子女。萬一遭遇至親骨肉的變故、糾紛時，應該鎮定從容而不要激烈衝動；在家庭處於衰敗不幸時，應當戒惕慎重而不要萎靡不振。

是日一過，命亦隨減❶。務下學而上達❷，毋捨近而趨遠❸。量入為出❹，湊少成多❺。溪壑易填，人心難滿❻。用人與教人，二者卻相反：

用人取其長，教人責其短❼。打人莫傷臉，罵人莫揭短❽。

【章　旨】本節主要說求學從基本處做起，志向則要高遠。使用人與教育人各有不同的原則；批評他人要有分寸。

【注　釋】❶是日一過兩句　謂這一日過去，生命也隨之減少一天。是日，這日；這一天。是，此；這。代詞。❷務下學而上達　意思是要從最基本的人情事理知識學起，而追求通達天命、仁義的最高目標。語出《論語・憲問》：「子曰：『不怨天，不尤（責怪、抱怨）人，下學而上達。知我者，其天乎！』」案：孔子此語的意義究竟是什麼，歷來解釋不同。較普遍的是「下學人事，上知天命」（見何晏集解引孔安國）。務，從事；致力。下學，學習人情事理的基本常識；從最基本的知識學起。上達，上知天命（通曉自然法則）。亦謂士君子修養德性，務求通達於仁義。❸毋捨近而趨遠　言不要捨棄近在眼前的道，卻去追求遙遠而沒有把握的東西。捨近而趨遠，即「捨近求遠」。語本《孟子・離婁上》：「道在邇（近）而求諸遠。」❹量入為出　謂根據收入的數額來確定支出數額。周朝起就作為國家的財政原則，歷代因之。《禮記・王制》：「冢宰制國用，必于歲之杪（末），五穀皆入，然後制國用……量入以為出。」後世並應用於家庭、個人等。❺湊少成多　即「積少成多」。語本《漢書・董仲舒傳》：「眾少成多，積小致鉅。」意為只要不斷積累，就會由少變多。湊，聚集；會合。❻溪壑易填兩句　意思是溪流溝壑容易填平，人心卻難以滿足。《北齊書・幼主紀論》謂：「虐人害物，搏噬無厭，賣獄鬻官，溪壑難填。」本句則說溪壑易填，是極言人的欲望之無窮。溪壑，溪谷。人心，指人的意願、欲望、情感等。❼用人與教人四句　謂任用人與教育人，二者的原則正好相反：任用人取其優點、長處，教育人則批評其缺點、過失。《從政遺規・薛文清公要語》：「用人當取其長而舍其短。若求各方於一人，則世無可用之才矣。」長，擅長；優點。責，譴責；懲處。短，缺點；過失。❽打人莫傷臉兩句　意思是打人不要打傷別人的臉，罵人不要揭穿別人的短處。寓凡事留有餘地，不可做絕之意。句出《金瓶梅詞話》第八六回：「你打人休打臉，罵人休揭短。有勢休要使盡了，趕人不可趕上。」民間俗語。小說、戲曲中常見。揭短，揭露短處。短，缺點；不足。

【語　譯】這一日過去，生命也隨之減少一天。要從最基本的人情事理知識學起，而追求通達天命、仁義的最高目標。不要捨棄近在眼前的道，卻去追求遙遠而沒有把握的東西。當家理財，應當根據收入的數額來確定支出的數額；只要不斷積累，就會由少變多。溪流溝壑容易填平，人心卻難以滿足。任用人與教育人，二者的原則正好相反：任用人取其長處，教育人則批評其短處。凡事留有餘地，不能過分。打人不要打傷別人的臉，罵人不要揭穿別人的短處。

仕宦芳規清、慎、勤，飲食要訣緩、煖、軟❶。水煖水寒魚自知，花開花謝春不管❷。蝸牛角上校雌雄，石火光中爭長短❸。留心學到古人難，立腳怕隨流俗轉❹。

【章　旨】本節介紹為官和飲食的訣竅，強調修養身性全在自己把握；爭奪蠅頭小利是可笑而不值得的。

【注　釋】❶仕宦芳規清慎勤兩句　意思是為官任職要遵循前賢的好法規，即清廉公正、謹慎認真、勤勉努力；

日常飲食的主要訣竅就是細嚼慢嚥、不吃冷食、飯菜軟細。仕宦，出仕；為官。仕，為官；任職。芳規，前賢的遺規；好的規則。清，清廉；廉潔公正。慎，謹慎。勤，盡力去做；勤勉努力。要訣，秘訣；訣竅。緩、暖、軟，都是指古代在飲食方面的養生之道。緩，慢慢吃，細嚼慢嚥。煖，指飯菜要熱，不吃或少吃冷食。軟，食物軟細。以其容易消化。❷水煖水寒魚自知兩句　謂水是煖和的還是寒冷的，只有魚兒自己知道；花盛開還是凋殘，春天並不過問。句本《菜根譚・閑適》：「花開花謝春不管，拂意（不如意）事休對人言；水煖水寒魚自知，會心處還期獨賞。」水煖水寒魚自知，水是熱是冷只有魚兒自己知道。含有修身養性及其所能達到的程度全在於自身之意。北宋道原《景德傳燈錄・袁州蒙山道明禪師》：「某甲雖在黃梅隨眾，實未省自己面目。今蒙指授入處，如人飲水，冷暖自知。今行者，即是某甲師也。」《黃蘗山斷際禪師傳心法要》等亦有類似的說法。後因以「如人飲水，冷暖自知」、「如魚飲水，冷暖自知」或「冷暖自知」比喻自己親身經歷、體驗過的事情，了解最為親切明白。禪宗以此比喻內心證悟的境界。亦以喻體會深淺，心中自明。本句即由此化出。花開花謝春不管，意為天道（大自然）按照自己的規律行事，並不因為個別事物的變化而改變。即《荀子・天論》所說：「天行有常，不為堯存，不為桀亡。應之以治，則吉；應之以亂，則凶。」❸蝸牛角上校雌雄兩句　意為在蝸牛的角上計較勝負強弱，於擊打石塊的火光中爭鬥高下優劣。比喻彼此爭奪、計較極其細微而不值得的事情。句本《菜根譚・概論》：「石火光中爭長競短，幾何光陰？蝸牛角上較雌論雄，許大世界？」此二句又由白居易〈對酒〉詩「蝸牛角上爭何事，石火光中寄此身。隨富隨貧且歡樂，不開口笑是痴人」化出。蝸牛角上校雌雄，語本《莊子・則陽》：「有國于蝸之左角者，曰觸氏，有國於蝸之右角者，曰蠻氏，時相與爭地而戰，伏尸數萬，逐北，旬有五日而後反。」後以「蝸角鬥爭」、「蝸爭」比喻因極細微事物而引起爭鬥。蝸牛角，蝸牛的角。比喻微小之地。校，計較；較量。雌雄，比喻勝負、高下。石火，以石敲擊，迸發出的火花。其光極為短暫微弱。長短，高和下；優和劣。❹留心學到古人難兩句　意思是用心學習，盡力達到古人也覺得很難的境界；立身處世要有基本準則，就怕跟著世俗流行的風氣、好惡而變化。留心，關心；關注；用心。立腳，猶言安身、立身。流俗，社會上流行的風俗習慣。多含貶義。《禮記・射義》：「幼壯孝弟，耆耋好禮，不從流俗。」

【語譯】為官任職要遵循前賢的好法規，即清廉公正、謹慎認真、勤勉努力；日常飲食的主要訣竅就是細嚼慢嚥、不吃冷食、飯菜軟細。修身養性及其所能達到的程度全在於自身，就像水是溫暖的還是寒冷的，只有魚兒知道；天道按照自己的規律行事，並不因為個別事物的變化而改變，就像花盛開還是殘敗，春天並不過問。在蝸牛角上糾纏計較勝負強弱，於擊打石塊的火光中爭鬥高下優劣。這是形容彼此爭奪、計較極其細微而不值得的事情。用心學習，盡力達到古人也覺得很難的境界，立身處世要有基本準則，就怕跟著世俗流行的風氣、好惡而變化。

凡是自是，便少一是❶；有短護短，更添一短❷。灑掃庭除，要內外整潔；關鎖門戶，必親自檢點❸。天下無難處之事，祇消兩個如之何；天下無難處之人，祇要三個必自反❹。

【章旨】本節言自以為是和掩飾過失只會導致更糟糕的結果；凡事嚴以律己、認真負責就能處理好各種事項及人際關係。

【注釋】❶凡是自是兩句　意思是任何事情都自以為是，那麼，就已經少了一項是（正確）。凡是，總括之詞；總括某個範圍內的一切。自是，自以為是。《老子》第四二章：「自見者不明，自是者不彰。」本句即用此意。❷有短護短兩句　謂有了缺點過失還要辯護遮掩，那就更增添了一個缺點。句本明朝呂坤《呻吟語・存心》：「有過是一過，不肯認過，又是一過。」護短，為缺點或過失辯護、掩飾。❸灑掃庭除四句　言打掃庭院，要裡裡外外都乾淨整潔；閉鎖門戶，必須親自仔細檢查。句本《治家格言》：「黎明即起，灑掃庭除，要內外整潔；即昏便息，關鎖門戶，必親自檢點。」庭除，庭院；庭階。除，宮廷的臺階。也作臺階的通稱。門戶，門扇。古代把雙扇稱作門，單扇稱作戶。通稱為門戶。檢點，察看；檢查。❹天下無難處之事四句　意為天底下沒有真正難以辦理的事，只要遵循孔子所說，處理好君臣父子等綱紀倫理、責任義務的關係就行；人世間沒有真正無法相處的人，只要像孟子所說的那樣經常反省自己是否做到了「仁」、「禮」、「忠」這三點就行。句出明朝呂坤《呻吟語・敦倫》：「天下無難處之事，只消得兩個『如之何』；天下無難處之人，只消得三個『必自反』。」處，前一句中指處理、辦理；後一個「處」，指相處、交往。祇消，只需；只要。兩個如之何，指《論語》所載孔子對於怎樣處理君臣、君民關係等問題時的兩次問答話語。《論語・為政》：「季康子（魯國的一個大官）問：『使民敬、忠以勸，如之何？』子曰：『臨之以莊，則敬；孝慈，則忠；舉善而教不能，則勸。』」又，《論語・八佾》：「定公問：『君使臣、臣事君，如之何？』孔子對曰：『君使臣以禮，臣事君以忠。』」如之何，（應該）怎麼做。三個必自反，指孟子所說的君子必須具備的三項反躬自問：「自反而仁」、「自反而有禮」、「自反而忠」。《孟子・離婁下》：「孟子曰：『君子所以異於人者，以其存心也。君子以仁存心，以禮存心。仁者愛人，有禮者敬人。愛人者，人恆愛之；敬人者，人恆敬之。有人于此，其待我以橫逆，則君子必自反也：我必不仁也，必無禮也，此物奚宜至哉（這種態度怎麼會來的呢）？其自反而仁矣，其自反而有禮矣。其橫逆由是也（依然如此），君子必自反也，我必不忠。自反而忠矣……。』」另，《孟子・離婁上》：「孟子曰：『愛人不親，反其仁；治（治理）人不治，反其智；禮人不答，反其敬——行有不得者皆反求諸己，其身正而天下歸之。』」意同。自反，反躬自問；自我反省。

【語　譯】任何事情都自以為是，那麼，就已經少了一項正確的行為；有了缺點過失還要辯護遮掩，那就更增添了一個缺點。打掃庭院，要裡裡外外都乾淨整潔；閉鎖門戶，必須親自仔細檢查。天底下沒有真正難以辨理的事，只要遵循孔子所說，處理君臣父子等綱紀倫理、責任義務的關係，就可以做好任何事；人世間沒有真正無法交往的人，只要像孟子所說的那樣經常反省自己是否做到了「仁」、「禮」、「忠」這三點，就能夠與任何人和睦相處。

凡事要好，須問三老❶。好問則裕，自用則小❷。勿營華屋，勿作淫巧❸。若爭小可，便失大道❹。但能依本分，終須無煩惱❺。有言逆于汝心，必求諸道；有言遜于汝志，必求諸非道❻。吃得虧，坐一堆；要得好，大做小❼。志宜高而身宜下❽，膽欲大而心欲小❾。

【章　旨】本節言要勤學好問、謙虛謹慎，不可為小利而失大德；別人所說的話無論是否合於自己的心意，都應當用道義來衡量。

【注　釋】❶凡事要好兩句　意為要想把事情做好，必須向有德行、有經驗的老年人請教。民間俗語。明・康海《中山狼》第三齣：「俺救了您，您要吃俺，世上有這等奇事麼？常言道：『若要好，問三老。』俺與您去尋著三個老的，問他，這是該吃俺不該吃俺。」凡事，不論什麼事情；所有的事。三老，古時掌教化的鄉官。

戰國魏有三老，秦置鄉三老，漢增置縣三老，東漢以後又有郡三老，並間置國三老。《漢書・高帝紀上》：「舉民年五十以上，有修行，能帥眾為善，置為三老，鄉一人。擇鄉三老一人為縣三老。」文中泛指有德行、有經驗的老年人。❷好問則裕兩句　謂勤於向別人請教的人識見宏闊，固執己見、自以為是的人眼界狹小。語出《書・仲虺之誥》：「能自得師者王，謂人莫己若（認為別人不如自己）者亡。好問則裕，自用則小。」孔傳：「問則有得，所以足；不問專固，所以小。」好問，勤於向人請教。裕，充足；充裕。自用，自行其事，不接受別人的意見。小，狹隘。❸勿營華屋兩句　意為不要建造富麗豪華的屋子，不要製作過於奇巧而無益的物品。營，建造；建設。華屋，壯麗豪華的樓宇房屋。淫巧，指過於精巧而無益的技藝和製品。常與「奇技」連用，作「奇技淫巧」。《書・泰誓下》：「〔商王〕作奇技淫巧，以悅婦人。」孔穎達疏：「奇技謂奇異技能，淫巧謂過度工巧。二者大同，但技據人身，巧指器物為異耳。」❹若爭小可兩句　言如果斤斤計較無足掛齒的細微之事，那就會失去最高的根本原則。小可，猶言「小小」。最小；很小。引申為低微、尋常、無足掛齒等意。大道，正道；常理。指最高的原則、自然規律。❺但能依本分兩句　謂只要能夠依照自己的本分行事，終生都不會有煩惱。但，只要。表示假設或條件。本分，本人的身分地位；一定的名分。終須，終是。須，必定；理所當然。❻有言逆于汝心四句　意思是如果別人說的話不合自己的心意，一定要用道義來衡量他的話是否正確；如果別人說了順從自己意願的話，則必須考慮它們是否違背了道義。句出《書・太甲下》。逆，違背；不合。求諸道，求之於道。諸，之於。代詞「之」和介詞「於」的合音。道，事理、規律；道德、道義。遜，順；恭順。非道，不合道義；不正當的手段。❼吃得虧四句　謂能夠吃虧，才能與別人和睦相處；想與別人交好友善，就要屈抑自己，甘居其下。坐一堆，坐在一起。指與周圍的人和睦相處。一堆，一起；一塊兒。得好，與人交好；得到別人的稱道。好，交好；友愛。大做小，指地位、財富、實力等方面較高者屈抑自己，甘居不如己者之下。❽志宜高而身宜下　言志向應當高遠，但做事要腳踏實地，從基礎開始。身，身體力行。❾膽欲大而心欲小　意思是任事要勇敢而思慮應當周密。此為唐・孫思邈對盧照鄰語。見唐朝劉肅《大唐新語・隱逸》：「〔孫思邈〕又曰：『膽欲大而心欲小，智欲圓而行欲方。』」孫思邈語又本《淮南子・主術》：「凡人之論，心欲小而志欲大，智欲圓而行欲方，能欲多而事欲鮮。」今多簡化作「膽大心細」。

【語　譯】要想把事情做好，必須向有德行、有經驗的老年人請教。勤於向別人請教的人識見宏闊，固執己見、自以為是者眼界狹小。不要建造富麗豪華的屋子，不要製作過於奇巧而無益的物品。如果斤斤計較無足掛齒的細微之事，那就會失去最高的根本原則。只要能夠依照自己的本分行事，終生都不會有煩惱。如果別人說的話不合自己的心意，一定要用道義來衡量他的話是否正確；如果別人說了順從自己意願的話，則必須考慮它們是否違背了道義。能夠吃虧，才能與別人和睦相處；想與別人交好友善，就要屈抑自己，甘居其下。志向應當高遠，但做事要腳踏實地，從基礎開始；任事要勇敢，而思慮則必須周密。

學者如禾如稻，不學者如蒿如草❶。唇亡齒必寒❷，教弛富難保❸。

書中結良友，千載奇逢❹；門內產賢郎，一家活寶❺。一場閑富貴，很很掙來，雖得還是失；百年好光陰，忙忙過去，縱壽亦為夭❻。事事有功，須防一事不終；人人道好，須防一人著惱❼。

【章　旨】本節主要說富貴沒有實際意義，讀書明理最重要；以及事事圓滿、人人稱道時還應注意細小的疏漏。

【注　釋】❶學者如禾如稻兩句　意思是愛學習的人就像禾苗、稻穀，能夠不斷成長，有益於世；不愛學習的人如同蓬蒿、雜草一樣，毫無作用。蒿，蒿草。比喻無用。❷脣亡齒必寒　即「脣亡齒寒」。謂嘴脣沒了，牙齒暴露在外，會覺得寒冷。比喻關係密切，利害相關。古諺。語出《左傳・僖公五年》：晉侯向虞國借道去伐虢國，「宮子奇諫曰：『虢，虞之表也；虢亡，虞必從之（隨之而亡）……諺所謂「輔車相依，脣亡齒寒」者，其虞、虢之謂也。』」虞國國君不聽，同意借道，結果晉軍滅亡虢國後回師途中順便也消滅了虞國。參見本書頁二五一「假途滅虢」句及其注釋。❸教弛富難保　言教育放鬆了，富貴就難以保持。教弛，放鬆教育。弛，鬆懈。❹書中結良友兩句　意思是能夠從讀書中結交志趣相投的良師益友，是千載難逢的奇遇。句本明末洪應明《菜根譚・閑適》：「千載奇逢，無如好書良友；一生清福，只在碗茗爐烟。」奇逢，意外奇特的相逢或遇合。❺門內產賢郎兩句　言家中如果養育出知書達禮、光宗耀祖的好兒郎，是全家族的珍奇之寶。門內，家庭；家中的人。賢郎，有德行才能的好兒郎；對他人兒子的美稱。活寶，極其珍奇的寶貝。多比喻被珍愛的人。❻一場閑富貴六句　意為一場沒有實際意義的富貴，辛辛苦苦地掙來，雖然得到了還是等於失去；人生百年的大好光陰，忙忙碌碌地度過，即便是長壽也只能說是短命。句本明末洪應明《菜根譚・閑適》：「一場閑富貴，狠狠掙來，雖得還是失；百歲好光景，忙忙過了，縱壽亦為夭。」閑富貴，沒有實際意義的富貴。閑，無關緊要；沒有實際意義。很很，指費力、辛勞。縱，即使。壽，長壽；活得歲數大。《論語・雍也》：「知者動，仁者靜；知者樂，仁者壽。」夭，短命；早死。案：此句意思與本書頁二二七「勸君莫作守財虜」等六句相似，可參見。❼事事有功四句　謂每件事都能做成功時，還必須提防有一件事情不能圓滿完成；每個人都稱道說好時，還應當防備有一個人惱怒。句出《菜根譚・應酬》：「酷烈之禍，多起于玩忽之人；盛滿之功，常敗于細微之事。故語云：『人人道好，須防一人著惱；事事有功，須防一事不終。』」功，成功；成效。終，了結；結束。道，說；

講。著惱，生氣；發怒。著，感到，感受到。

【語　譯】愛學習的人就像禾苗、稻穀，能夠不斷成長，有益於世；不學習的人如同蓬蒿、雜草一樣，毫無作用。嘴唇沒了，牙齒暴露在外，會覺得寒冷。這是比喻關係密切，利害相關。教育放鬆了，富貴就難以保持。這是強調教育的重要。能夠從讀書中結交志趣相投的良師益友，是千載難逢的奇遇；家中如果養育出知書達禮、光宗耀祖的好兒郎，是全家族的珍奇之寶。一場沒有實際意義的富貴，辛辛苦苦地掙來，雖然得到了還是等於失去；人生百年的大好光陰，忙忙碌碌地度過，即便是長壽也只能說是短命。每件事都做成功，還必須提防有一件事情不能圓滿完成；每個人都稱道說好，還應當防備有一個人惱怒。

寧添一斗，莫添一口❶。但求放心，休誇利口❷。要學好人，須尋好友。引酵若酸，那得好酒❸。寧遭父母手，莫遭父母口❹。狗不嫌家貧，兒不嫌母醜❺。

【章　旨】本節言交友、為人從起點就要正，不可邪；求學、做事認真踏實而不誇耀。要孝順父母，知恩圖報。

【注　釋】❶寧添一斗兩句　謂寧可增收一斗糧，不要增加一口人。民間俗語。含有窮人家添人口養不起的意思，也隱約反映了古代中國人所意識到的人口壓力。清朝文康《兒女英雄傳》第三〇回：「就眼前算算，無端的添了七八口人了。俗話說得好：『但添一口，不添一斗。』……怎生得夠。」寧，寧可；寧願。斗，量器。容量為一斗。一口，一人。❷但求放心兩句　意思是學問之道沒有別的，只是把那喪失的本心找回來而已，不可炫耀能言善辯。求放心，語本《孟子・告子上》：「學問之道無他，求其放心而已矣。」吳定《紫石山房文集・求放心解》：「孟子所謂『求放心』者，非納其放心聚之于學之謂，放心即孟子所謂『放其良心』、『失其本心』者也。」休，莫；不可；不要。誇，炫耀。利口，能言善辯；巧言。《書・周官》：「無以利口亂厥官（不要用巧言干擾官員）。」❸要學好人四句　言想要學習做個好人，必須尋求好的朋友；如果釀酒的酵母是酸的，怎麼能夠釀出好酒。句出明朝呂得勝《小兒語》：「要成好人，須尋好友。引酵若酸，那得甜酒。」引酵，釀酒發酵時用的酵母。❹寧遭父母手兩句　意為寧可挨父母打，不要被父母罵。民間俗語。父母口，指被父母責罵。❺狗不嫌家貧兩句　意思是狗有忠心，不會嫌棄主人家貧窮，兒女敬重養育自己的父母，不會抱怨母親不漂亮。俗諺。有知恩圖報，在任何情況下都不嫌棄之意。明朝徐田臣《殺狗記・吳宗看主》：「曾聞古人言：『兒不嫌母醜，犬不怨家貧。』我員外不知為何把小官人趕將出去。我聽得沒處安身，卻在城南破瓦窰中權歇。」嫌，不滿；厭惡；埋怨。

【語　譯】寧可增收一斗糧，不要增加一口人。只求心境安寧，無憂無慮，不可炫耀能言善辯。若要學習做個好人，必須尋求好的朋友；如果釀酒的酵母是酸的，怎麼能夠釀出好酒。寧可挨父母打，不要被父母罵。狗有忠心，不會嫌棄主人家貧窮，兒女懂得尊敬孝順父母，不會抱怨母親不漂亮。

勿貪意外之財，勿飲過量之酒❶。進步便思退步，著手先圖放手❷。不嫌刻鵠類鶩，祇怕畫虎成狗❸。責善勿過高，當思其可從；攻惡勿太嚴，要使其可受❹。享現在之福如點燈，隨點則隨滅；培將來之福如添油，愈添則愈久❺。恩裡由來生害，得意時須早回頭；敗後或反成功，拂心處莫便放手❻。

【章　旨】本節強調凡事有度，過猶不及，故而志滿意得時須及早罷手，勸善攻惡應考慮別人的接受能力；但處於逆境時則要努力堅持，闖出成功之路。

【注　釋】❶勿貪意外之財兩句　言不要貪圖意料之外的錢財，喝酒切勿超過自己的酒量。語出明清之際朱用純《治家格言》。❷進步便思退步兩句　謂當事業、地位上升，好於以往時，就要有激流勇退或一旦失意時的考慮；開始做一件事之前，就應當有將來如何罷手的打算。句本《菜根譚・概論》：「進步處便思退步，庶免觸藩之禍；著手時先圖放手，才脫騎虎之危。」進步，指人或事物向前發展，比原來好。退步，抽身引退；退讓。著手，動手；開始做。圖，考慮；謀劃；計議。放手，放棄；丟掉。❸不嫌刻鵠類鶩兩句　意思是不要埋怨所刻的天鵝像隻野鴨，只擔心畫老虎不成反而畫了個狗。典出《後漢書・馬援傳》：馬援寫信給他哥哥的兒子嚴、敦，其中提及他的兩個朋友，馬援說：「龍伯高敦厚周慎，口無擇言（沒有不合法度的議論），謙約節儉，廉公有威，吾愛之重之，願汝曹效之（希望你們仿效）。杜季良豪俠好義，憂人之憂，樂人之樂，清濁無所失，父喪致客，數郡畢至（父親去世時，幾個郡的人都來弔唁），吾愛之重之，不願汝曹效之。效伯高不得，猶為謹敕（謹慎自飭）之士，所謂刻鵠不成尚類鶩者也；效季良不得，陷為天下輕薄子，所謂畫虎不成反類狗者也。」後因以「刻鵠類鶩」比喻仿效雖不逼真，但還相似；而「畫虎類犬」、「畫虎成狗」則比喻仿效失真，反而弄得不倫不類（另，又比喻好高騖遠，終無成就，反貽笑柄）。也簡化為「畫虎刻鶩」、「畫虎」等。鵠，天鵝。類，相似；類似。鶩，野鴨。❹責善勿過高四句　意為勸勉他人從善，應當想到所提的要求他能否做到；指責別人的錯誤時不能過於嚴厲，要考慮他可以接受的程度。句本《菜根譚・概論》：「攻人之惡毋太嚴，要思其堪受；教人之善毋過高，當使其可從。」《史典・願體集》作「攻人之惡毋太嚴，教人之善毋過高」。責善，勸勉從善。責，要求；期望；督促。攻惡，指責別人的錯誤。攻，指責。《論語・先進》：「〔冉求〕非吾徒也，小子鳴鼓而攻之，可也。」❺享現在之福如點燈四句　謂享受現在的福分如同點燃油燈，燈油耗盡，油燈亦滅；培育將來的福分如同給燈加油，添得愈多，燃燒愈久。句本清・金纓《格言聯璧・齊家類》：「現在之福，積自祖宗者，不可不惜；將來之福，貽于子孫者，不可不培。現在之福如點燈，隨點則隨竭；將來之福如添油，愈添則愈明。」❻恩裡由來生害四句　言恩寵中得來的東西往往生出禍害，所以春風得意、飛黃騰達時必須及早回頭；失敗是成功之母，故而遭受挫折、違逆心意的時候不要立即放棄努力。句本《菜根譚・概論》：「恩裡由來生害，故快意時須早回頭；敗後或反成功，故拂心處莫便放手。」由來，自某處而來；自來。得意，得志；稱心；滿意。拂心，違逆心意；不順心。拂，逆；違背。

【語　譯】不要貪圖意料之外的錢財，喝酒切勿超過自己的酒量。當地位、財富上升，高於以往時，就要有激流勇退或一旦失意的考慮；開始做一件事之前，就應當有將來如何罷手的打算。不嫌刻鵠類鶩，只怕畫虎成狗，這是說仿效雖不逼真，但還相似；一旦模仿失真，好高騖遠，反而弄得不倫不類，終貽笑柄。勸勉他人從善，應當想到所提的要求他能否做到；指責別人錯誤時不能過於嚴厲，要考慮他可以接受的程度。享受現在的福分如同點燃油燈，燈油耗盡，油燈亦滅；培育將來的福分如同給燈加油，添得愈多，燃燒愈久。恩寵中得來的東西往往生出禍害，所以春風得意、飛黃騰達時必須及早回頭；失敗是成功之母，故而遭受挫折、違逆心意的時候不要立即放棄努力。

去韻

多交費財，少交省用❶。千里送毫毛，禮輕仁義重❷。骨肉相殘，煮豆然萁❸；兄弟相愛，灼艾分痛❹。以身教者從，以言教者訟❺。厚積不如薄取，濫求不如減用❻。一字入公門，九牛拖不出❼。理字不多大，千人抬不動❽。兩人自是，不反目稽唇不止，祇溫語稱他人一句好，便有無限歡欣；兩人相非，不破家亡身不止，祇回頭認自己一句錯，便有無邊受用❾。

【章　旨】本節主要言朋友、兄弟的情意遠重於財寶、權位；在與他人交往時，以身作則、相互謙讓比喋喋不休、賭氣鬥毆更有用。日常生活中無節制地索取，不如減少開支。

【注　釋】❶多交費財兩句　意為結交的朋友多，花費的錢財也多；結交的朋友少，花費的錢財也就少。交，結交；交往。也可直接指朋友。❷千里送毫毛兩句　謂千里之外送來毫毛，禮物雖然平凡微薄，但情愛、仁義深重。據《路史》記載：古代土官緬氏派遣緬伯高送天鵝給唐朝，途經沔陽湖時，一不小心天鵝飛去，僅掉下一根羽毛。緬伯高只好將這根羽毛獻給皇帝，並說：「禮輕人意重，千里送鵝毛。」後因以用「千里送鵝毛」比喻禮物雖然微薄而情意深厚。句即本此。❸骨肉相殘兩句　意思是骨肉兄弟自相殘殺，正如煮豆子時用豆稈作燃料。骨肉相殘，比喻親人之間相互殘害。煮豆然萁，南朝宋劉義慶《世說新語・文學》載：魏文帝（曹丕）嫉恨其弟曹植（東阿王；世又稱陳思王）的才華，曾命他行走七步就要作成一首詩，作不成將被殺。曹植「應聲便為詩：『煮豆持作羹，漉菽以為汁。萁在釜下然，豆在釜中泣。本是同根生，相煎何太急。』帝深有慚色。」後因以「煮豆然萁」、「七步詩」等比喻骨肉相殘。然，通「燃」。燃燒。萁，豆秸。另，《漢魏六朝百三名家集・陳思王集》引《漫叟詩話》作：「煮豆燃豆萁，豆在釜中泣。本是同根生，相煎何太急。」❹兄弟相愛兩句言兄弟之間相互友愛，有了痛苦共同分擔。灼艾分痛，指宋太祖趙匡胤與其弟太宗趙炅友愛的故事。事見《宋史・太祖紀三》：「太宗嘗病亟（病重），帝往視之，親為灼艾。太宗覺痛，帝亦取艾自灸。」後因以「灼艾分痛」、「灸艾分痛」比喻兄弟友愛。灼艾，中醫療法之一。燃燒艾絨熏灸人體的一定穴位。❺以身教者從兩句謂以身作則，用自己的行為來教育別人，別人容易聽從；如果僅以口說而身不行的方式進行教育，則常常引起別人的反感和辯駁。即言教不如身教之意。身教，以自己的行為教育別人。語出漢朝劉向《列女傳・魯之母師》：「夫人諸姬皆師之，君子謂母師能以身教。」從，聽從；順從。言教，用講說的方式進行教育。訟，爭論；喧嚷。❻厚積不如薄取兩句　意思是積聚大量財寶，不如取用微薄；無節制地索求財富，不如減少開支費用。厚積，廣儲；多積累。厚，多；廣。薄取，取用微薄。薄，減輕；微薄。濫求，無節制地索求。濫，過度；無節制。減用，減少開支費用。❼一字入公門兩句　謂一張狀紙送進衙門，九頭牛也拉不出來。比喻身遭訟累，無從擺脫。俗諺。句本南宋普濟《五燈會元》卷二〇〈天童曇華禪師〉：「上堂云：『參禪人切忌錯用心。悟明見性是錯用心，成佛作祖是錯用心，看經講教是錯用心，行住坐臥是錯用心，吃粥吃飯是錯用心，屙屎送尿是錯用心，一動一靜，一往一來，是錯用心。更有一處錯用心，歸宗不敢與諸人說破，何故？一字入公門，九牛車不出。」」案：中國傳統文化強調禮治與教化，認為刑法是不得已的處罰，僅僅是禮的輔助，即所謂「德刑相濟，化治天下」，最終達到無訴訟的德治社會的目的，即「刑，期于無刑」。因此，一般視訴訟為惡。此外，上下尊卑等級森嚴，沒有公民權利、無罪推定等觀念和相關的法律條文，加之經辦官員、胥吏的勒索敲詐，即使是原告，也會因為曠日持久的「官司」而拖累，甚至家破人亡。故有此俗語，意在提醒準備訴訟者仔細思量，切勿輕易進官府，自惹麻煩。❽理字不多大兩句　意為「理」這個字並不大，但它所包含的天理、道理的分量卻極重，千人萬人抬不動。含有真理不可抗拒之意。理，道理；事理。❾兩人自是八句　意思是兩個人都自以為是，不鬧到翻臉爭吵不會罷休；只要能用溫和的話語稱讚別人一句，雙方都會非常高興。兩個人都認為是對方的錯，互相指責攻擊，不吵到家破人亡不會停止；只要回過頭來檢討自己並認錯，就會受益無窮。反目，語出《易・小畜》：「夫妻反目。」本指夫妻不合。後泛指翻臉、不合。稽脣，即「反脣相譏」。受到指責而反過來與對方計較。稽，計較；爭論。溫語，溫和的話語。相非，相互以對方為非。即都認為對方是錯的。破家亡身，即「家破人亡」。家庭破產，家人死散。亡身，也指本人死亡。受用，猶受益、得益。《朱子語錄》卷九：「今只是要理會道理，若理會得一分，便有一分受用；理會得二分，便有二分受用。」

【語　譯】結交的朋友多，花費的錢財也多；結交的朋友少，花費的錢財也就少。千里之外送來毫毛，禮物雖然平凡微薄，但情愛、仁義深重。骨肉兄弟自相殘殺，正如煮豆子時用豆稈作燃料；兄弟之間相互友愛，有了痛苦共同分擔。以身作則，用自己的行為來教育別人，別人容易聽從；如果僅以口說而身不行的方式進行教育，則常常引起別人的反感和辯駁。積聚大量財寶，不如取用微薄；無節制地索求財富，不如減少開支費用。一張狀紙送進衙門，九頭牛也拉不出來。這是提醒準備訴訟者仔細思量，切勿輕易進官府，自惹麻煩。「理」這個字並不大，但它所包含的天理、道理的分量卻極重，千人萬人都抬不動。兩個人都自以為是，不鬧到翻臉爭吵不會罷休，只要能用溫和的話語稱讚別人一句，雙方都會非常高興；兩個人都認為是對方的錯，互相指責攻擊，不吵到家破人亡不會停止，只要回過頭來檢討自己並認錯，就會受益無窮。

和氣致祥，乖氣致戾❶。玩人喪德，玩物喪志❷。福至心靈，禍至心晦❸。受寵若驚❹，聞過則喜❺。創業固難，守成不易❻。門內有君子，門外君子至；門內有小人，門外小人至❼。東海曾聞無定波，北邙未肯留閑地❽。趨炎雖煖，煖後更覺寒增；食蔗能甘，甘餘便生苦趣❾。爭名利，要審自己分量，休眼熱別個，輒生嫉妒之心；撐門戶，要算自己來路，莫步趨他人，妄起挪扯之計❿。家庭和睦，疏食盡有餘歡；骨肉乖違，珍饈亦減至味⓫。觀過知仁⓬，投鼠忌器⓭。愛而知其惡，憎而知其善⓮。貧而無怨難，富而無驕易⓯。

【章旨】本節主要言平和致福，邪惡招難，家庭和睦勝過一切；要與君子結交，虛心接受意見，萬勿趨炎附勢，追逐名利。

【注釋】❶和氣致祥兩句　謂平和之氣可致福祥，邪惡之氣招致罪孽。句本《漢書・劉向傳》：「和氣致祥，乖氣致異。」和氣，溫和的氣度；平和的氣度。致，導致；帶來。乖氣，邪惡之氣；不祥之氣。戾，暴虐；罪行。❷玩人喪德兩句　意思是戲弄人則喪失德行，沉迷於所愛好的器物會喪失遠大的理想。句出《書・旅獒》。孔傳：「以人為戲弄則喪其德，以器物為戲弄則喪其志。」玩人，戲弄人；捉弄人。玩，戲弄；耍弄；捉弄。玩物，沉溺於所喜愛的物品。❸福至心靈兩句　言福分來到時心思也變得聰穎靈巧，災禍降臨時內心則昏暗愚昧。俗諺。句本《資治通鑑・後漢天福十二年》：「戊寅，帝還至晉陽。」胡三省注：「鄙語有之：『福至心靈，禍來神昧。』」靈，聰穎；靈巧。晦，昏暗不明。❹受寵若驚　謂驟然受到意外的恩寵而感到驚喜和不安。宋朝歐陽脩〈辭特轉吏部侍郎表〉：「受寵若驚，況被非常之恩；事君無隱，敢傾至懇之誠。」❺聞過則喜　意為聽到別人指出自己的錯誤就高興。語本《孟子・公孫丑上》：「子路，人告之以有過則喜。」聞，聽見。過，過錯；錯誤。❻創業固難兩句　意思是創業固然很困難，保持成就和業績也不容易。唐朝吳兢《貞觀政要・君道》載：唐太宗即位之初，曾與群臣總結隋朝二世而亡的教訓，探討治國之道。唐太宗問：「帝王之業，草創與守成孰難？」房玄齡說創業難，魏徵說守成難，爭論不已。唐太宗總結他們的觀點，說：「房玄齡跟我打天下，萬死一生，見創業之難；魏徵和我一起治理國家，惟恐富貴安逸導致驕奢怠惰，以致如隋朝二世而亡，故守成為不易。不過創業的艱難已成往事，守成之難，還要和大家一起努力。」句即本此。守成，保持前人的成就和業績。❼門內有君子四句　謂家中有君子，外面的君子就會來到；家中有小人，外面的小人也會到來。寓「物以類聚，人以群分」之意。句出明朝馮夢龍《警世通言・俞伯牙摔琴謝知音》：「鍾子期道：『大人出言謬矣。豈不聞十室之邑必有君子。門內有君子，門外君子至。大人若欺負山野中沒有聽琴之人，這夜靜更深荒崖下也不該有撫琴之客了。』」門內，家庭；家中人。❽東海曾聞無定波兩句　意思是曾經聽說過滔滔東海有風平浪靜、不起波濤的時候，北邙山的墓園則荒冢累累，從未有過空閒之地。句本明末洪應明《菜根譚・閑適》：「東海水曾聞無定波，世事何須扼腕；北邙山未省留閑地，人生且自舒眉。」含有拚命追求功名富貴是毫無意義的意思。定波，波濤平息。定，停；止息。北邙，即邙山，在今洛陽市北。此指墓地。參見本書頁二六「北邙荒塚無貧富，玉壘浮雲變古今」兩句及其注釋。❾趨炎雖煖四句　意為奔向火邊，雖然得到一時的溫暖，但暖和後卻更感到寒冷倍增；吃甘蔗能嘗到一點甜味，但甜味過後就生出苦味。句出《菜根譚・閑適》：「趨炎雖煖，煖後更覺寒威；食蔗能甘，甘餘便生苦趣。何似養志于清修而炎涼不涉，栖心于淡泊而甘苦俱忘，其自得更為多也。」趨炎，喜暖；奔向火焰。也比喻趨附權勢。甘，甜。苦趣，佛教指地獄、餓鬼、畜生這三種「惡道」，均為輪迴中的受苦之處。趣，通「趨」。本文字面意思是苦味，隱含「苦趣」的原意，即受苦之處。以趨炎、食蔗之後的結果為趨附權勢者戒。❿爭名利八句　言爭奪名利，要仔細掂量自己的能力，不可一味羨慕別人，否則就會生出嫉妒之心；維持家業，應詳細核計收入、支出，切勿攀比仿效他人，致使輕起借債擺闊的餿主意。審，詳究；細察。分量，力量（實力、能力）輕重、深淺。休，不要。眼熱，羨慕；眼紅。輒，每每；總是；就。撐門戶，謂維持或恢復家業。來路，來源。多指經濟、人力等所由來之處。步趨，追隨；效法。語出《莊子・田子方》：「夫子步（走）亦步，夫子趨（快走）亦趨，夫子馳（急行）亦馳，夫子奔逸絕塵（飛馳，不見蹤影），回（顏回）瞠若乎後矣！」妄，輕易；胡亂。挪扯，移用、借用款項。⓫家庭和睦四句　謂家庭和睦關愛，即便是粗茶淡飯也歡樂無盡；父子兄弟情感不合，哪怕是山珍海味也食之無味。疏食，粗糲的飯食。疏，粗糙。也指粗食。餘歡，充分的歡欣。餘，豐足；不盡。乖違，背離；隔絕。珍饈，貴重珍奇的食品；山珍海味。至味，最美好的滋味；最美味的食品。⓬觀過知仁　意為查看一個人所犯過錯的性質，就可以了解他的為人。語本《論語・里仁》：「人之過也，各于其黨（同類），觀過，斯知仁矣。」過，過錯；錯誤。⓭投鼠忌器　言老鼠在器物旁邊，想打老鼠，又怕傷壞器物。比喻做事有所顧忌，不敢放手進行。古諺。語本西漢賈誼〈治安策〉：「里諺曰：『欲投鼠而忌器。』此善喻也。鼠近于器，尚憚不投，恐傷其器，況于貴臣之近主乎？」又作「投鼠之忌」。⓮愛而知其惡兩句　意思是對自己所愛的人應當了解他的缺點，對自己憎惡的人也要知道他的長處。語出《禮記・曲禮上》。惡，缺點；壞處。善，優點；長處。⓯貧而無怨難兩句　謂貧窮而沒有怨言很難，富貴但不驕奢比較容易。句出《論語・憲問》：「貧而無怨難，富而無驕易。」驕，驕奢淫逸；驕傲。

【語譯】平和之氣可致福祥，邪惡之氣招來罪孽。戲弄人則喪失德行，沉迷於所愛好的器物則喪失遠大的理想。福分來到時心思也變得聰穎靈巧，災禍降臨時內心則昏暗愚昧。驟然受到意外的恩寵會感到驚喜和不安；聽到別人指出自己的過錯就感到高興。創業固然很困難，保持成績也不容易。人以群分，物以類聚。家中有君子，外面的君子就會來到；家中有小人，外面的小人也會到來。曾經聽說過滔滔東海有風平浪靜、不起波濤的時候，北邙的墓園則荒冢累累，從未有過空閒之地。奔向火邊，雖然得到一時的溫煖，但煖和後卻更感到寒冷倍增；吃甘蔗能嘗到一點甜味，但甜味過後就生出苦味。喜好趨炎附勢者當仔細思量。爭奪名利，要仔細掂量自己的能力，不可一味羨慕別人，否則就會生出嫉妒之心；維持家業，應詳細核計收入、支出，切勿攀比仿效他人，致使輕起借債擺闊的餿主意。家庭和睦關愛，即便是粗茶淡飯也歡樂無盡；父子兄弟情感不合，哪怕是山珍海味也食之無味。觀察一個人所犯過錯的性質，就可以了解他的為人。老鼠在器物旁邊，想打老鼠，又怕傷壞器物。比喻想做事而有所顧忌，不敢放手進行。對自己所愛的人應當了解他的缺點，對自己憎惡的人也要知道他的長處。貧困而不抱怨很難，富足但不驕奢較容易。

晴空看鳥飛，流水觀魚躍，識宇宙活潑之機；霜天聞鶴唳，雪夜聽雞鳴，得乾坤清純之氣❶。先學耐煩，切莫使氣；性躁心粗，一生不濟❷。

舉世好承奉，承奉非佳意。不知承奉者，以爾為玩戲❸。得時莫誇能，不遇休妒世。物盛則必衰，有隆還有替❹。路逕仄處，留一步與人行；滋味濃的，減三分讓人嗜❺。為人要學大，莫學小，志氣一卑汙了，品格難乎其高；持家要學小，莫學大，門面一弄闊了，後來難乎其繼❻。爭鬥場中，出幾句清冷言語，便掃除無限殺機；寒微路上，用一片赤熱心腸，遂培植許多生意❼。

【章旨】本節主要言從各種自然現象中認識領悟宇宙博大浩瀚、生生不息之奧秘；立身處世要有大志向，日常生活則應謙讓忍耐，不可阿諛奉承。

【注釋】❶晴空看鳥飛六句　意思是晴空萬里，看鳥兒展翅高飛，流水潺潺，觀魚兒騰身跳躍，由此認識宇宙富有生氣和活力之天機；深秋時節，遠遠傳來白鶴鳴叫，飛雪之夜，靜靜細聽雄雞報曉，從中悟得乾坤清正純潔的浩瀚之氣。句本《菜根譚・閑適》：「霜天聞鶴唳，雪夜聽雞鳴，得乾坤清純之氣；晴空看鳥飛，活水觀魚戲，識宇宙活潑之機。」晴空，晴朗的天空。活潑之機，富有生氣和活力的關鍵。活潑，富有生氣和活力。機，事物的關鍵、樞紐；事物變化之所由。霜天，深秋的天空；深秋天氣。鶴唳，鶴鳴。唳，鳴叫。清純之氣，清正純潔的浩瀚之氣。清純，清正純潔。❷先學耐煩四句　謂先要學會忍耐，不怕麻煩，千萬不可恣逞意氣；性情焦躁，粗枝大葉，一輩子都不會獲得成功。《書・君陳》：「必有忍，其乃有濟。」本句即脫胎於此。耐煩，能忍耐；不急躁；不怕麻煩。使氣，恣逞意氣；意氣用事。性躁，脾氣急躁。性，性情；脾氣。躁，焦急；焦躁。不濟，不成功；沒有成就。濟，成就；成功。❸舉世好承奉四句　意為世上的人都喜歡聽奉承話，其實奉承討好你的人並非懷著善意。你哪裡知道前來阿諛奉承者，只不過把你當作玩偶。舉世，全世界；普天下。承奉，奉承討好。佳意，好意；善意。爾，你。玩戲，戲弄；開玩笑。❹得時莫誇能四句　言志得意滿時不要誇耀自己的才能，懷才不遇時不可憤世嫉俗。事物達到鼎盛必會衰敗，有顯赫一定有消亡。得，成功；得志；如意。不遇，不得志；不被賞識。休，不要；不必。妒世，憤世嫉俗；憎惡、嫉恨社會。物盛則必衰，即「物極必反」、「物極則反」之意。隆，興盛；豐厚；顯赫。替，衰微；消亡；廢棄。❺路徑仄處四句　意為道路狹窄的地方，往兩旁讓讓，留點餘地給別人通行；享受美味佳肴時，自己少吃一些，省下三分讓別人品嘗。句本《菜根譚・概論》：「徑路窄處，留一步與人行；滋味濃的，減三分讓人嘗。此是涉世一極樂法。」《史典・願體集》作：「徑路窄處，須讓一步與人行；滋味濃時，須留三分與人食。」仄，狹窄。嗜，喜好；喜愛。此處意為品嘗。❻為人要學大八句　謂為人立身應當學大器，不要學小器，志氣一旦卑污低下，品格很難高尚；居家過日子則要節儉，不可大手大腳，一旦習慣於奢侈豪華的場面，今後的生活難以維持。大，前一個「大」有大氣、大器、大丈夫等意；後一個「大」有大手大腳、奢華、浪費等意。小，前一個「小」有小氣、小器、小人等意；後一個「小」有勤儉、節省、事事小心等意。品格，品性；志趣；格調。持家，保持家業；主持家務。門面，場面；局面。弄闊，把場面做得很大。文中指生活豪華奢侈。難乎其繼，即「難以為繼」。不容易持續。❼爭鬥場中六句　意思是在口角、鬥毆的場合中說幾句清醒冷靜的話語，就會消除掉許多欲加傷害甚至殺戮之心；對身處貧賤困苦的人，以一片赤誠熱情的心腸待他，就能夠培植出無限的信心和生命力。句本《菜根譚・應酬》：「從熱鬧場中出幾句清冷言語，便掃除無限殺機；向寒微路上用一點赤熱心腸，自培植許多生意。」清冷言語，冷靜清醒的話語。殺機，欲加殺害之心；殺伐的念頭。寒微路上，處於貧賤困苦的狀況中。寒微，出身貧賤；家世低微。赤熱心腸，赤誠熱情的心地。心腸，情感；心地。生意，生機；生命力。

【語譯】晴空萬里，看鳥兒展翅高飛，流水潺潺，觀魚兒騰身跳躍，由此認識宇宙富有生氣和活力的天機；深秋時節，遠遠傳來白鶴鳴叫，飛雪之夜，靜靜細聽雄雞報曉，從中悟得乾坤清正純潔的浩瀚之氣。做人首先要學會忍耐，不怕麻煩，千萬不可恣逞意氣；性情焦躁，粗枝大葉，一輩子都不會獲得成功。世上的人都喜歡聽奉承話，其實奉承討好者並非懷著善意。你哪裡知道前來阿諛奉承者，只不過把你當作玩偶。志得意滿時不要誇耀自己的才能，懷才不遇時也不可憤世嫉俗。事物達到鼎盛必會衰敗，有顯赫一定有消亡。道路狹窄的地方，往兩旁讓讓，留點餘地給別人通行；享受美味佳肴時，自己少吃一些，省下三分讓別人品嘗。為人立身應當學大器，不要學小器，志氣一旦卑污低下，品格就很難高尚；居家過日子則要節儉，不可大手大腳，一旦習慣於奢侈豪華的場面，今後的生活則難以維持。在口角、鬥毆的場合中說幾句清醒冷靜的話語，就會消除掉許多欲加傷害甚至殺戮之心；對身處貧賤困苦的人，以一片赤誠熱情的心腸待他，就能夠培植出無限的信心和生命力。

一日為師，終身為父❶。衣不如新，人不如故❷。忍一言，息一怒；饒一著，退一步❸。三十不立，四十見惡，五十相將尋死路❹。愛兒不得愛兒憐，聰明反被聰明誤❺。

【章　旨】本節言尊師重教，寬宏大量，不要耍小聰明；如果在三十歲時還不能有所作為，可能終身沒有出息。

【注　釋】❶一日為師兩句　謂只要一日當過（我的）老師，就終生像對待父親一樣地對待他。極言尊重老師，及師生情誼深厚。古諺。元曲中已屢見。如元朝關漢卿《玉鏡臺》：「小姐拜哥哥，一日為師，終身為父。」❷衣不如新兩句　意思是穿衣服，舊衣比不上新衣；交朋友，新友比不上舊友。句出漢朝樂府古辭〈古豔歌〉。而〈古豔歌〉則本於《晏子春秋・內篇・雜上五》：「衣莫若新，人莫若故。」更早則見於《書・盤庚上》：「遲任有言曰：『人惟求舊，器非求舊，惟新。』」孔傳：「遲任，古賢。言人貴舊，器貴新。」不如，比不上。故，故友；舊友。❸忍一言四句　意為當有是非口角時，忍住少說一句話，就能平息一次對方的憤怒；寬容饒恕別人一件事，對方也會退讓一步的。饒，寬容；饒恕。一著，本謂下棋落一子。亦指行事的一個步驟、武術的一個招數等。著，圍棋下子。也謂招數。比喻計策或手段。❹三十不立三句　言假如一個人在三十歲時還不能有所作為，那麼，到四十歲時就會被人憎惡嫌棄，五十歲則將自尋死路，一步步走向死亡。《論語・為政》：「吾十有五而志于學，三十而立。」後以「三十而立」表示人在三十歲左右有所成就。再，《論語・陽貨》：「年四十而見惡焉，其終也已。」本文即就此二句立意。三十不立，三十歲時還不能有所成就。見惡，被憎惡。相將，將要；跟隨。❺愛兒不得愛兒憐兩句　謂疼愛兒子卻得不到所愛者的關心照顧，耍小聰明反而因小聰明而吃虧。愛，第一個「愛」是動詞，第二個「愛」表示被動，意為被愛。憐，憐憫；疼愛。文中主要指關愛、同情、照顧。聰明反被聰明誤，言聰明人反為聰明所誤。語本北宋蘇軾〈洗兒〉詩：「人皆養子望聰明，我被聰明誤一生。」明朝周楫《西湖二集》卷四：「蘇東坡曉得一生吃虧在聰明二字，所以有感作這首詩。然與其聰明反被聰明誤，不如做個愚蠢之人，一生無災無難，安安穩穩，做到九棘三槐（宰相），極品垂朝，何等快活，何等自在。」亦省作「聰明誤」、「聰明自誤」。案：蘇軾才華橫溢，坦蕩豪放，常得罪權貴，一生坎坷，故而有此自嘲之語。本文則含有貶義，意思是耍小聰明反而因小聰明而吃虧，有勸戒他人誠實本分、不可賣弄小聰明之意。

【語　譯】只要一日當過我的老師，就終生像對待父親一樣地對待他。穿衣服，舊衣比不上新衣；交朋友，新友比不上舊友。當有是非口角時，忍住少說一句話，就能平息一次對方的憤怒；寬容饒恕別人一件事，對方也會退讓一步的。假如一個人在三十歲時還不能有所作為，那麼，到四十歲時就會被人憎惡嫌棄，五十歲則將自尋死路，一步步走向死亡。疼愛兒子卻得不到所愛者的關心照顧，耍小聰明反而因小聰明而吃虧。

心去終須去，再三留不住❶。非意相干，可以理遣；橫逆加來，可以情恕❷。貧窮患難，親戚相顧；婚姻死喪，鄰保相助❸。親者毋失其為親，故者毋失其為故❹。得意不宜再往，凡事當留餘步❺。寧使人訝其不來，勿令人厭其不去❻。有生必有死，孽錢歸孽路❼。不怕無來處，祇怕多去處❽。務要見景生情，切莫守株待兔❾。喪家亡身，多言占了八分；世微道替，百直曾無一遇❿。

【章　旨】本節主要言親戚、鄰里應互相幫助，保持親情、友誼；當遇到橫逆尋釁時，用道理、情感來寬恕、排遣。臨事處世要隨機應變，不可墨守成規。

【注　釋】❶心去終須去兩句　言感情、情意一旦淡漠消退，最終總要失去的，即便再三挽留也難以留住。❷非意相干四句　意思是面對無故尋釁，可以用道理來排遣不快；遭遇強暴無理，可以以情感來寬恕。句出《晉書・衛玠傳》：「玠嘗以人有不及，可以情恕；非意相干，可以理遣，故終身不見喜慍（怒）之色。」非意相干，惡意相犯；無故尋釁。相干，干犯；尋釁。可以理遣，可以用道理來排遣。以，用。遣，排遣；去除；抒發。橫逆，橫暴無理的行為；橫行暴虐。可以情恕，可以以情感來寬恕。❸貧窮患難四句　謂在貧窮患難的時候，親戚之間相互照顧；有婚姻、死喪之事時，鄰里們互相幫助。相顧，互相照顧；互相照應。北齊顏之推《顏氏家訓・兄弟》：「二親既歿，兄弟相顧，當如形之與影，聲之與響。」鄰保，鄰居。保，舊時戶籍編制單位。歷代不同。隋朝五家為保，唐時四鄰為保，宋代十家為一保；清則十戶為一甲，十甲一保，即一百家為一保。儘管具體戶數不一，但彼此間都是鄉鄰，故稱。❹親者毋失其為親兩句　意為親人間不失其所以為親人的親情，故交間不失其所以為故交的友誼。故者，故交；舊友。❺得意不宜再往兩句　言志得意滿時不應當再向前去，做任何事情都要留有餘地。句本《治家格言》：「凡事當留餘地，得意不宜再往。」❻寧使人訝其不來兩句　謂寧可使人驚訝你為什麼不來了，不要讓人討厭你怎麼還不走。訝，驚訝；詫異。❼孽錢歸孽路　意思是因罪孽得來的錢終究會因為罪孽而失去。此與本書頁一四七「悖入亦悖出」相似，參見該句及其注釋。孽錢，因罪孽而得到的錢。孽，罪惡；邪惡。❽不怕無來處兩句　言錢不怕沒有掙來之處，只怕需要花錢的地方太多。❾務要見景生情兩句　意為臨事處世一定要靈活，隨機應變；千萬不可固執，墨守成規。務要，務必；必須；一定。見景生情，本意為看到眼前的景物而引起某種聯想或感想；後引申有「隨機應變」之意。清朝李漁《閑情偶寄・頤養・行樂》：「苟能見景生情，逢場作戲，即可悲可涕之事，亦變歡娛。」本句即含此意。守株待兔，典出

《韓非子・五蠹》：「宋人有耕田者，田中有株，兔走（奔跑），觸（撞）株折頸（折斷脖子）而死，因釋耒（放下農具）而守株，冀（希望）復得兔。兔不可復得，而身為宋國笑。今欲以先王之政，治當世之民，皆守株之類也。」後因以比喻死守狹隘經驗，不知變通。也省稱為「守株」、「株守」。株，露出地面的樹樁。❿喪家亡身四句　意思是家破人亡，多嘴多舌是主要原因；世道衰敗，社會墮落時，任何正直的德行都難以遇見。世微道替，世道衰敗；社會道德風尚墮落。微、替，都有衰落、衰敗之意。百直曾無一遇，任何正直的品德都難以遇見或者不被賞識。百，虛數。言其多。直，正直的品德、德行。遇，得到；被賞識。

【語　譯】感情一旦淡漠消退，最終是要失去的，即便再三挽留也難以留住。面對無故尋釁，可以用道理來排遣不快；遭遇強暴無理，可以以情感來寬恕。貧窮患難的時候，親戚之間相互照顧；有婚姻、死喪之事時，鄰里們互相幫助。親人間不要失去作為親人的親情，故交間不要失去作為故交的友誼。志得意滿時不應當再向前去，做任何事情都要留有餘地。寧可使人驚訝你為什麼不來了，而不要讓人討厭你怎麼還不走。有生必定有死，因罪孽而得來的錢終究會因為罪孽而失去。錢不怕沒有掙來之處，只怕需要花錢的地方太多。臨事處世一定要隨機應變，千萬不可墨守成規。家破人亡，多嘴多舌是主要原因；世道衰敗，社會墮落時，任何正直的德行都難以遇見。

得忍且忍，得耐且耐；不忍不耐，小事變大❶。事以密成，語以洩敗❷。相論逞英雄，家計漸漸退❸。賢婦令夫貴，惡婦令夫敗❹。一人有慶，兆民永賴❺。富貴家宜寬厚，而反忌刻，如何能享；聰明人宜斂藏，而反炫耀，如何不敗❻？

【章　旨】本節言遇事當忍耐，做事要保守秘密；富貴者宜寬厚，聰明人應內斂。帝王行德政，天下人受益；妻子賢慧，能助丈夫成功。

【注　釋】❶得忍且忍四句　意思是能忍就忍，能耐且耐；遇事不能忍耐，小事也會變成大事。得，能夠。且，姑且；暫且。❷事以密成兩句　言做事情因為能夠保守機密而成功，言語不慎為人所知而失敗。句出《韓非子・說難》：「夫事以密成，語以洩敗。」以，因為。洩，洩露。❸相論逞英雄兩句　意為相互論爭各逞英雄，家庭生計就會逐漸衰敗。相論逞英雄，有互相攀比，競相比富之意。家計，家庭生計；家產；家財。漸漸退，逐漸衰敗。❹賢婦令夫貴兩句　謂賢慧的妻子能夠幫助丈夫獲得富貴成功，邪惡的妻子會使丈夫一敗塗地。令，使。❺一人有慶兩句　意思是帝王做了好事，普天下的人都受益。句出《書・呂刑》：「一人有慶，兆民永賴，其寧惟永。」孔傳：「天子有善，則兆民賴之，其乃安寧長久之道。」後因以而將「一人有慶」用為歌頌帝王德政之詞。一人，古代稱天子；亦為天子自稱。慶，善；善事。兆民，億兆民眾；普天下的人。賴，有所依靠而受益。❻富貴家宜寬厚六句　言富貴之家應當仁恕厚道，卻反而猜疑刻薄，怎麼能夠享有長久的富貴；心智聰明的人應當含蓄內斂，卻反而到處賣弄炫耀，怎麼會不失敗。句出《菜根譚・概論》：「富貴家宜寬厚，而反忌刻，是富貴而貧賤其行矣，如何能享；聰明人宜斂藏，而反炫耀，是聰明而愚懵其病矣，如何能不敗。」寬厚，寬大厚道。忌剋，心存妒忌而欲凌駕於人。也泛指為人妒忌刻薄。又作「忌克」、「忌刻」。斂藏，收藏；蘊藏。本文指含蓄內斂，才不外露。斂，收藏。

【語　譯】能忍就忍，能耐且耐；遇事不能忍耐，小事也會變成大事。做事情因為能夠保守機密而成功，言語不慎為人所知則失敗。相互論爭各逞英雄，家庭生計就會逐漸衰敗。賢慧的妻子能夠幫助丈夫獲得富貴成功，邪惡的妻子會使丈夫一敗塗地。帝王做了好事，普天下的人都受益。富貴之家應當仁恕厚道，卻反而嫉妒刻薄，怎麼能夠享有長久的富貴；心智聰明的人應當含蓄內斂，卻反而到處炫耀，怎麼會不失敗？

見怪不怪，怪乃自敗❶。一正壓百邪❷，少見必多怪❸。君子之交淡以成，小人之交甘以壞❹。視寢興之早晚，知人家之興敗❺。寂寞衡茅觀燕寢，引起一段冷趣幽思；芳菲園圃看蝶忙，覷破幾般塵情世態❻。

【章旨】本節言以鎮定對待怪異，以正氣壓倒邪惡；君子之交平淡長久，小人之交甜膩易敗。要學會從日常生活中觀察人的品行家境，從蟻、蝶的忙碌中看破追逐名利的無意義。

【注釋】❶見怪不怪兩句　謂見到罕見怪異的現象或事物，不驚訝，不以為怪，該怪自然就消失了。句見宋朝洪邁《夷堅三志己・姜七家豬》：「姜佛然曰：『畜生之言，何足為信，我已數月來知之矣。見怪不怪，其怪自壞。』」怪，第一個是名詞，指罕見奇異的事物；第二個是動詞，指驚異、覺得奇怪。不怪，不以為怪；不驚訝。自敗，自行敗壞；自然失敗。❷一正壓百邪　意為一腔正氣能夠壓倒各種邪惡。俗諺。語本康海《王蘭卿》第二折：「常言道：『三關度一米，一正敵百邪。』休只管教藥淘的他行羸氣怯。」❸少見必多怪　言見聞少，遇不常見的事物就會大驚小怪，以為是怪異。俗諺。語本漢・牟融〈理惑論〉：「諺曰：『少所見，多所怪，睹駝駝（看見駱駝），言馬腫背。』❹君子之交淡以成兩句　意為君子間的交往平淡如水，不尚虛華，故而能夠長久；小人間的交往像甜酒一樣濃烈甘甜，所以很容易敗壞。句由《禮記・表記》「故君子之接如水，小人之接如醴（甜酒），君子淡以成，小人甘以壞」化出。此又本《莊子・山木》：「且君子之交淡若水，小人之交甘若醴；君子淡以親，小人甘以絕。」❺視寢興之早晚兩句　謂觀察一個人的日常起居，就可以知道這個家庭是興旺還是衰敗。寢興，睡下和起床。泛指日夜或起居。寢，睡覺。興，起床。❻寂寞衡茅觀燕寢四句　意思是在寂寞冷清的簡陋茅屋中細看閒居之處，引發一股清幽淡泊的意趣和深思；在蔬果繁茂、花草盛美的園圃中觀察忙忙碌碌的蝴蝶，由此看破塵俗市井追名逐利、紛攘不已的百般眾生相。句本明末洪應明《菜根譚・閑適》：「芳菲園林看蜂忙，覷破幾般塵情世態；寂寞衡茅觀燕寢，引起一種冷趣幽思。」衡茅，衡門茅屋；簡陋的居室。衡門，橫木為門。衡，架在屋梁或門窗上的橫木。燕寢，睡眠；休息。也泛指閒居之處。冷趣，清幽淡泊的意趣。幽思，深思；沉思。芳菲，花草盛美。園圃，種植果木菜蔬的園地。覷破，看破。覷，看。塵情，猶言凡心俗情，即追名逐利、嫌貧愛富等各種習見的社會眾生相。世態，世俗的情態。多指人情淡薄而言。

【語　譯】見到怪異的事物和現象，不以為怪，不驚訝，其怪自然就消失了。一腔正氣能夠壓倒各種邪惡。見聞少，遇不常見的事物就會大驚小怪，以為是怪異。賢者間的交往平淡如水，不尚虛華，故而能夠長久；小人間的交往像甜酒一樣濃烈甘甜，所以很容易敗壞。觀察一個人的日常起居，就可以知道這個家庭是興旺還是衰敗。在寂寞冷清的簡陋茅屋中細看閒居之處，引發一股清幽淡泊的意趣和深思；在蔬果繁茂、花草盛美的園圃中觀察忙忙碌碌的蝴蝶，由此看破塵俗市井追名逐利、紛攘不已的百般眾生相。

言忠信，行篤敬❶。君子安貧，達人知命❷。惟聖罔念作狂，惟狂克念作聖❸。愛人者，人恆愛；敬人者，人恆敬❹。好訟之子，多致終凶❺；積善之家，必有餘慶❻。損友敬而遠，益友親而近❼。善與人交，久而能敬❽；過則相規❾，言而有信❿。貧士養親，菽水承歡⓫；嚴父教子，義方是訓⓬。不為昭昭信節，不為冥冥墮行⓭。

【章旨】本節直接徵引多種前賢話語或典故，說明立身行事、為人處世的各項準則。

【注釋】❶言忠信兩句　意為說話忠誠信實，行為篤厚敬肅。句出《論語・衛靈公》：「子張問行。子曰：『言忠信，行篤敬，雖蠻貊之邦，行矣。』」忠信，忠誠信實。《易・乾》：「君子進德修業，忠信所以進德也。」篤敬，忠厚恭敬嚴肅。篤，忠厚；專一；真誠。❷君子安貧兩句　謂德行高尚的人安於清貧，以追求聖賢之道為樂；通達事理的人知道事物的生滅變化都由天命決定的道理。語出唐朝王勃〈秋日登洪府滕王閣餞別序〉：「所賴君子安貧，達人知命。老當益壯，寧知白首之心；窮且益堅，不墜青雲之志。」安貧，自甘於清貧。文中有「安貧樂道」之意，即安於清貧，以追求聖賢之道為樂。語本《論語・雍也》：「賢哉回（顏回）也！一簞食，一瓢飲，在陋巷。人不堪其憂，回也不改其樂。」達人，通達事理的人。知命，懂得事物生滅變化都由天命決定的道理。意本《易・繫辭上》：「樂天知命，故不憂。」❸惟聖罔念作狂兩句　意思是聰明睿智的人如果不思考就會變成愚妄無知，愚妄無知者能夠思考則可以變得賢明。句出《書・多方》。惟，語助詞。沒有具體意義。也作「唯」、「維」。聖，事無不通、聰明睿智者。罔，無；不。念，思考；考慮。狂，與「聖」相對。

愚頑；愚妄無知者。克，能；能夠。❹愛人者四句　言愛別人的人，別人經常愛他；尊敬別人的人，別人也經常尊敬他。句出《孟子・離婁下》。恆，經常；常常。副詞。敬，恭敬；尊重。❺好訟之子兩句　謂喜好爭論訴訟的人及其後代，多半沒有好下場。案：這與中國傳統文化注重教化、修身，鄙視訴訟有關。參見本書頁一七○「一字入公門，九牛拖不出」兩句及其注釋。好訟之子，喜好爭論訴訟的人；喜好爭訟者的兒子或後代。訟，爭論；喧嚷；訴訟；控告。致，導致。終凶，不幸的結局。凶，不吉；不幸；災難。❻積善之家兩句　意為積累善行的家庭，必然會有留給子孫的福澤。句出《易・坤》：「積善之家，必有餘慶；積不善之家，必有餘殃（災禍）。」積善，積累善行。餘慶，先人遺存的恩澤；留給子孫後輩的福澤。❼損友敬而遠兩句　意思是對自己有害的朋友，態度恭敬但遠遠避開他；有益於己的朋友，敬愛他並多多接近。損友，品行不良，因而對自己有害的朋友。益友，對自己有益的朋友。句本《論語・季氏》：「益者三友，損者三友：友直、友諒、友多聞，益也；友便辟（諂媚逢迎）、友善柔（阿諛奉承）、友便佞（巧言善辯，阿諛逢迎），損矣。」❽善與人交兩句　謂善於同別人交往的人，相交的時間越久別人越尊敬他。句本《論語・公冶長》：「子曰：『晏平仲善與人交，久而敬之。』」❾過則相規　意思是有過錯則互相規勸。規，規勸；諫諍。❿言而有信　謂說話誠實守信。語出《論語・學而》：「與朋友交，言而有信。」⓫貧士養親兩句　意思是家境貧寒的人奉養雙親，只要盡心照顧，事事順從，哪怕吃豆飲水，仍是其樂融融。典出《禮記・檀弓》：「子路曰：『傷（悲哀）哉！貧也！生無以為養（活著沒有東西奉養），死無以為禮（死時沒有喪葬禮節）也。』孔子曰：『啜（吃）菽飲水盡其歡，斯之謂孝（這就叫做孝）矣。……貧何傷乎（貧窮有什麼可悲傷的呢）？』」後因以「菽水」、「啜菽飲水」指孝子供養父母。養親，奉養父母。菽水，豆和水。指所食惟有豆與水，形容生活清苦。承歡，侍奉父母，事事順其心意，讓他們高興。⓬嚴父教子兩句　謂父親教育子女，應該教以立身行事所當遵守的規範和道理。典出《左傳・隱公三年》：衛莊公寵愛兒子州吁，對他的不軌行為不加約束。「石碏進諫：『臣聞愛子教之以義方，弗納于邪。』」參見本書頁一二六「訓子要有義方」句及其注釋。嚴父，舊謂「父嚴母慈」，故常以「嚴父」稱父親。義方，行事應當遵守的規範和道理。是，助詞。用在賓語和它的動詞之間，起賓語提前的作用，以達到強調的目的。如《書・益稷》：「無若丹朱傲，惟慢游是好（不要像丹朱那樣傲慢，只喜歡懶惰和遊玩）。」訓，教誨；教導。

⑬不為昭昭信節兩句　意思是不因為人人都看得見而表現自己的節操，不因為別人看不見就做敗壞德行之事。為，因為；由於。昭昭，明亮；光亮。文中指公眾場合眾目睽睽之處。信，同「伸」。伸張；伸展。節，氣節；節操。冥冥，幽暗；黑暗。文中指別人看不見的時候或地方。墮，損毀；敗壞。行，德行；品行。

【語　譯】說話忠誠信實，行為篤厚敬肅。德行高尚的人安於清貧，以追求聖賢之道為樂；通達事理的人知道事物的生滅變化都由天命決定的道理。聰明睿智的人如果不思考就會變成愚妄無知，愚妄無知者能夠思考則可以變得聰明。愛別人的人，別人經常愛他；尊重別人的人，別人也經常尊重他。喜好爭論訴訟的人及其後代，多半沒有好下場；積累善行的家庭，必然會有留給子孫的福澤。對自己有害的朋友，態度恭敬但遠遠避開他；有益於己的朋友，敬愛他並多多接近。善於同別人交往的人，相交的時間越久別人越尊敬他；朋友之間有了過錯要互相規勸，說話應當誠實守信。家境貧寒的人奉養雙親，只要盡心照顧，事事順其心意，哪怕吃豆飲水，粗茶淡飯，仍是其樂融融。父親教育子女，應當教以立身行事應該遵守的規範和道理。不因為人人都看得見而表現自己的節操，不因為別人看不見就做敗壞德行之事。

勤，懿行也，君子敏于德義，世人則借勤以濟其貪；儉，美德也，君子節于貨財，世人則假儉以飾其吝❶。欲臨死而無挂礙，先在生時事事看得輕；欲遇變而無倉忙，須向常時念念守得定❷。識得破，忍不過；說得硬，守不定。笑前轍，忘後跌；輕千乘，豆羹競❸。

【章旨】本節言君子與小人行事的目的、原則常會截然相反，君子行事重道德，修身養性；小人則假德行之名而利其私欲，言行不一、口是心非。

【注釋】❶勤懿行也八句　謂勤勞是善行，君子務正業，致力於其中的德行道義，而世俗之人則假借勤勞以滿足其貪欲；節儉是美德，君子不妄用，是為了節省物力財貨，而世俗之人則憑藉節儉來掩飾其吝嗇。句本明末洪應明《菜根譚・概論》：「勤者敏于德義，而世人借勤以濟其貪；儉者淡于貨利，而世人假儉以飾其吝。君子持身之符，反為小人營私之具矣。惜哉！」懿行，善行。懿，美；美德。敏，勤勉；勉力。德義，德行道義。濟，幫助；補益；增加。節，節約；省儉。貨財，貨物；財物。假，憑藉；依靠。飾，掩飾。❷欲臨死而無挂礙四句　意為想在臨死的時候沒有什麼牽掛，先要在活著的時候能夠把任何事情都看得很輕；希望遇到意外變故而不倉皇忙亂，必須於平時的每一個心念都信守本分，保持安寧鎮定。句本《菜根譚・修省》：「欲遇變而無倉忙，須向常時念念守得定；欲臨死而無貪戀，須向生時事事看得輕。」挂礙，牽挂；挂念。倉忙，倉皇忙亂。常時，平時。念念，一個心念接著一個心念；每一個心念。明朝王守仁《傳習錄》：「只念念要存天理，即是立志。」守得定，保持住安寧鎮定不慌亂。定，安定；心專注於一境而不散亂。❸識得破八句　意思是對功名利祿的虛幻，道理上似乎能夠看破，心裡卻忍不住；嘴上說得硬，行動中則把持不住。嘲笑前人翻車，卻忘了後面自己也跌跤；輕視權貴豪富，自己卻為蠅頭小利而爭競。案：此數句皆譏諷言行不一、口是心非的世俗眾生相。識得破，看破。忍不過，忍不住。前轍，以前過往車輪壓出的痕跡。比喻前人或以前的錯誤、教訓。同「前車之鑒」。輕千乘、豆羹競兩句，脫胎於《孟子・盡心下》：「好名之人，能讓千乘之國，苟非其人，簞食豆羹見于色。」千乘，千輛兵車（古時以一車四馬為一乘）。戰國時期諸侯國小者稱千乘，大者稱萬乘。文中比喻權勢極高，財富眾多。豆羹，豆器中的羹。比喻一丁點、細微。豆，古代食器。也用作裝酒肉的祭器。形似高足盤，容量十分有限。羹，用肉類或菜蔬等製成的帶濃汁的食物。今多指煮成或蒸成的濃汁或糊狀食品。競，爭競；角逐。

【語譯】勤勞是善行，君子務正業，致力於其中的德行道義，而世俗之人則假借勤勞以滿足其貪欲；節儉是美德，君子不妄用，是為了節省物力財貨，而世俗之人則憑藉節儉來掩飾其吝嗇。想在臨死的時候沒有什麼牽挂，先要在活著的時候能夠把任何事情都看得很輕；希望遇到意外變故而不倉皇忙亂，必須平時於每一個心念都信守本分，保持安寧鎮定。世俗眾生多言行不一、口是心非：功名利祿的虛幻，道理上似乎能夠看破，心裡卻忍不住；嘴上說得硬，行動中則把持不定；嘲笑前人翻車，卻忘了後面自己跌跤；輕視權貴豪富，自己卻為蠅頭小利而爭競。

子有過，父當隱；父有過，子當諍❶。木受繩則直，人受諫則聖❷。

良藥苦口利于病，忠言逆耳利于行❸。家醜不可外傳❹，流言切莫輕信❺。

下情難于達上❻，君子不恥下問❼。

【章旨】本節主要言人應當虛心求教，不恥下問，接受那些聽起來不舒服，但有助於增進德行、改正錯誤的意見；而流言蜚語切不可信。

【注釋】❶子有過四句　意思是兒子有過失，父親應當教育但不張揚；父親有過失，兒子應當直言規勸。句本《論語・子路》：「葉公語孔子曰：『吾黨有直躬（正直坦率）者，其父攘（偷）羊，而子證（告發）之。』孔子曰：『吾黨之直者異于是（與此不同）。子為父隱，父為子隱，直在其中矣。』」案：中國傳統文化強調綱常倫理，父慈子孝。兒子有過失，父親應當教育但不張揚；父親有過失，兒子只能斡旋掩蓋，不得告發，告發反有不孝之罪。所以孔子說「子為父隱，父為子隱，直在其中。」隱，隱諱；隱瞞。諍，直言規勸。❷木受繩則直兩句　謂樹木經匠人的墨線量度就可以取直，人能夠接受規勸則會變得賢明。句本《書・說命》：「惟木從繩則正，后從諫則聖。」繩，繩墨；木工用的墨線。諫，規勸；匡正。聖，聖明；賢明。❸良藥苦口利于病兩句　言療效高的藥物往往味苦難吃，但有利於疾病早癒；正直的勸告聽起來不舒服，但有助於改正錯誤、增進德行。句出漢朝劉向《說苑・正諫》：「孔子曰：『良藥苦于口利于病，忠言逆于耳利于行。』」此又本《韓非子・外儲說左上》：「夫良藥苦于口，而智者勸而飲之，知其入而已己疾也；忠言拂于耳，而明主聽之，知其可以致功也。」常簡稱為「良藥苦口」。忠言逆耳，正直的勸告聽起來不順耳（不愉快、不舒服）。❹家醜不可外傳　謂家庭內部不體面的事情不應當向外人傳揚。語本南宋普濟《五燈會元》卷一五〈化城鑒禪師〉：「問：『如何是和尚家風？』師曰：『不欲說似人。』問：『為什麼如此？』師曰：『家醜不外揚。』」後演化為民間俗語。戲曲、小說中常見。如元朝無名氏《爭報恩》第二折：「便好道家醜不可外揚，相公自己斷了吧。」❺流言切莫輕信　謂沒有根據的流言蜚語千萬不要輕易相信。流言，沒有根據的話。多指背後議論、污蔑或挑撥的話。輕信，輕易相信。❻下情難于達上　意思是民眾的情況或心意難以反映到上面。《管子・明法》：「臣有擅主者，則主令不得行，而下情不上通。」下情，下級或民眾的情況或心意。達上，反映到上面；傳遞到上面。❼君子不恥下問　謂賢德之士不恥於向不如自己的人虛心請教。不恥下問，向地位、學問不如自己的人虛心請教而不認為有失體面。語出《論語・公冶長》：「敏而好學，不恥下問，是以謂之文也。」何晏集解：「下問，謂凡在己下者。」不恥，不認為有失體面；不以為恥。

【語　譯】兒子有過失，父親應當教育但不張揚；父親有過失，兒子應當直言規勸。樹木經匠人的墨線量度就可以取直，人能夠接受規勸則會變得賢明。療效高的藥物往往味苦難吃，但有利於疾病早癒；正直的勸告聽起來不舒服，但有助於改正錯誤、增進德行。家庭內部不體面的事情不應當向外人傳揚，沒有根據的流言蜚語千萬不要輕易相信。民眾的情況、心意難以反映到上面，賢德之士不恥於向不如自己的人虛心請教。

芙蓉白面，不過帶肉骷髏；美豔紅妝，盡是殺人利刃❶。讀書而寄興于吟咏風雅，定不深心；修德而留意于名譽事功，必無實證❷。一人非之，便立不定，祇見得有是非，何曾知有道理；一人不知，便就不平，祇見得有得失，何曾知有義命❸。

【章　旨】本節言讀書修德要領悟道義天命，注重實效，不可有名無實，更不可沉溺於溫柔鄉中難以自拔。

【注　釋】❶芙蓉白面四句　言美貌女子，不過是帶著皮肉的骷髏；豔麗佳人，都是些殺人的利刃。案：本文作者認為美女佳人消磨男兒志氣，使之沉醉於溫柔鄉，有「女人是禍水」之意，故比之「帶皮骷髏」、「殺人利刃」，以警告、誡惕後人不可沉溺於此。芙蓉白面、美豔紅妝，皆指美女、佳麗。芙蓉，荷花。謂膚如凝脂、豔若荷花的美女。紅妝，婦女妝飾多用紅色，故常以之指代美女。❷讀書而寄興于吟咏風雅四句　意思是讀書求學而只寄情於吟詩作賦，肯定沒有專心致志，深刻領悟；修養德行卻又關心名譽功利，必然有名無實，毫無實效。句本《菜根譚・概論》：「學者要收拾精神，並歸一處。如修德而留意于事功名譽，必無實詣；讀書而寄興于吟咏風雅，定不深心。」寄興，寄寓情趣；專注於。吟咏風雅，吟詩作賦。吟咏，歌唱；作詩詞。《詩・周南・關雎序》：「吟咏情性，以風其上。」也作「吟詠」。風雅，《詩經》中有〈國風〉、〈大雅〉、〈小雅〉，後因以指代《詩經》或詩文之事。不深心，內心無深刻感受；不專心致志。深心，猶一心、專心。修德，修養德行；行善積德。留意，關心；注意。事功，功績；功勞。實證，實效。❸一人非之八句　意為有一個人責難你，(你)便坐立不安，這是只知道對錯、褒貶，並不知曉道理根本；有一個人不了解你，(你)就憤憤不平，這是只看到名利得失，哪裡懂得道義天命。非，責難；反對。立不定，坐立不安；站不穩。是非，對錯；褒貶；評論。何曾，何嘗；幾曾。用反問的語氣表示未嘗或並不。得失，得和失。特指名利的得和失。義命，正道；天命；道義。亦泛指本分。

【語　譯】美貌女子，不過是帶著皮肉的骷髏；豔麗佳人，都是些殺人的利刃。讀書求學而只寄情於吟詩作賦，肯定沒有專心致志，深刻領悟；修養德行卻又關心名譽功利，必然有名無實，毫無實效。有一個人責難你，便坐立不安，這是只知道對錯、褒貶，並不知曉道理根本；有一個人不了解你，就憤憤不平，這是只看到名利得失，哪裡懂得道義天命。

智生識，識生斷❶。當斷不斷，反受其亂❷。人各有心，心各有見❸。有鹽同鹹，無鹽同淡❹。人間私語，天聞若雷；暗室虧心，神目如電❺。一毫之惡，勸人莫作；一毫之善，與人方便❻。終身讓路，不枉百步；終身讓畔，不失一段❼。難合亦難分，易親亦易散❽。口說不如身行，耳聞不如目見❾。祇見錦上添花，未聞雪裡送炭❿。

【章　旨】本節主要言有識之士能當機立斷，說得多不如做得多；上天會記下人的點滴言行，因此，世風雖然不正，仍應做好事，遠惡行。

【注　釋】❶智生識兩句　言智慧產生見識，見識產生決斷。斷，決斷；決定；判斷。❷當斷不斷兩句　意思是應當作出決斷的時候不能決斷，反會因為猶豫不決而深受其害。句出《史記・春申君列傳》：「語曰：『當斷不斷，反受其亂。』春申君失朱英之謂邪？」亂，危害；禍害。❸人各有心兩句　意為每個人都有自己的思想、情感，不同的思想情感產生不同的見解。心，思想、意念。見，見解；見識。❹有鹽同鹹兩句　謂有鹽時都鹹，沒有鹽時同淡。寓有福同享，有難同當之意。❺人間私語四句　意思是人世間的悄悄話，上天聽起來就像雷聲一樣響亮；暗室中做了虧心事，神靈的目光如閃電似的明亮。句出元・無名氏《看錢奴》第一折：「這等人輕視貧乏，不恤孤寡，天生下一種狡猾，將鬼神都滿唬。常言道：『人間私語，天聞若雷；暗室虧心，神目如電。』信有之也。」民間俗語。戲曲、小說中常見。私語，私下談話；低聲說話。虧心，負心；違背良心；

問心有愧。❻一毫之惡四句　謂一絲一毫的壞事，奉勸諸位都不要去做；一星一點的好事，皆應盡力，以給人方便。一毫，一丁點；極細小。毫，極纖細的毛。比喻極細微、一點兒。❼終身讓路四句　意為一輩子給人讓路，不冤枉區區百步；一輩子耕地讓畔，不喪失一塊田地。句出《新唐書・朱敬則傳》：「敬則兄仁軌，字德容。隱居養親……常誨弟子曰：『終身讓路，不枉百步；終身讓畔，不失一段。』」不枉，不冤枉。表示事情沒有白做。讓畔，種田人互相謙讓，在田界處讓對方多占有土地。畔，田界。不失，不喪失。❽難合亦難分兩句　言難於親近結交者（一旦結交）也難於分離，容易親近結交的亦容易失去。句出明末洪應明《菜根譚・應酬》：「落落（孤獨貌）者難合亦難分，欣欣（喜樂自得）者易合亦易散。是以君子寧以剛方見憚（被人怕），毋以媚悅取容（討好）。」散，分散；喪失。❾口說不如身行兩句　謂說得多不如親自去做，聽到的不如看見的可靠。身行，親自做；親身實踐。耳聞不如目見，句本漢朝劉向《說苑・政理》：「夫耳聞之，不如目見之；目見之，不如足踐之。」也作「耳聞不如目睹」、「耳聞不如眼見」。耳聞，聽說；聽到。❿衹見錦上添花兩句　意為只看見錦上添花，趨炎附勢；沒聽說過雪中送炭，救困濟貧。有感嘆世風不正、人情淡漠之意。句本明末淩濛初《初刻拍案驚奇》卷二二：「『只有錦上添花，哪有雪中送炭。』只這兩句言語，道盡世人情態。」民間俗語。戲曲、小說中常見。錦上添花，漂亮的錦緞上再繡花朵。比喻美上加美，好上加好。文中有「趨炎附勢」之意。錦，有彩色花紋的絲織品。雪裡送炭，大雪天給人送去炭火。比喻濟人之急。又作「雪中送炭」。

【語　譯】智慧產生見識，見識產生決斷。應當作出決斷的時候不能決斷，反而會因為猶豫不決而深受其害。每個人都有自己的思想、情感，不同的思想情感產生不同的見解。有鹽時都鹹，沒有鹽時同淡。這是說有福同享，有難同當。人世間的悄悄話，上天聽起來就像雷聲一樣響亮；暗室中做了虧心事，神靈的目光如閃電似的明亮。一絲一毫的壞事，奉勸諸位都不要去做；一星一點的好事，皆應盡力，以給人方便。一輩子給人讓路，不冤枉區區百步；一輩子耕地讓畔，不喪失一塊田地。難於親近結交者也難於分離，容易親近結交的亦容易失去。說得多不如親自去做，聽到的不如看見的可靠。世情淡漠，只看見錦上添花，趨炎附勢；沒聽說過雪中送炭，救困濟貧。

傳家二字耕與讀，防家二字盜與奸，傾家二字淫與賭，守家二字勤與儉❶，作種種之陰功，行時時之方便❷。不汲汲于富貴，不戚戚于貧賤❸。素位而行，不尤不怨❹。先達之人可尊也，不可比媚；權勢之人可遠也，不可侮慢❺。祖宗富貴，自詩書中來，子孫享富貴而賤詩書；祖宗家業，自勤儉中來，子孫得家業而忘勤儉❻。以孝律身，即出將入相，都做得妥妥亭亭；以忍御氣，雖橫禍飛災，也免脫千千萬萬❼。

【章旨】本節介紹歷代傳承的治家及處世要訣，強調耕讀、勤儉、忠孝；感嘆相當多的子孫繼承了祖先家業富貴，卻忘了根本。

【注釋】❶傳家二字耕與讀四句　意思是傳給子孫的兩個字是「耕」與「讀」，防範敗家的兩個字是「盜」與「奸」，蕩盡家產的兩個字是「淫」與「賭」，守住家業的兩個字是「勤」與「儉」。案：此四句是針對歷代權貴、豪富之家難以持久的教訓而總結的治家格言。傳家，傳給子孫或子孫世代相傳的（物品或觀念）。耕與讀，耕種與讀書。農耕時代春種秋收是維持生計的根本，讀書則可以使人長知識懂道理。這是千百年來中國傳統文化所倡導的傳家之寶。防家，防範敗壞或喪失家業。防，防範；戒備；防止。盜，盜竊；偷盜。奸，奸淫；刁滑。傾家，喪失全部家產；家產蕩盡。傾，覆亡；頹敗；倒塌。守家，守住、保持家業。❷作種種之陰功兩句　謂人生在世當做各種好事，積累陰功；時時為他人著想，與人方便。陰功，某些宗教或迷信者認為在人世間所做而在陰間可以記功的好事。❸不汲汲于富貴兩句　意為不急切追求富貴，不憂愁懼怕貧賤。句本《漢書・揚雄傳》：「雄少而好學……博覽無所不見。為人簡易佚蕩，口吃不能劇談，默而好深湛之思。清淨亡（無）為，少耆欲，不汲汲于富貴，不戚戚于貧賤，不修廉隅以徼名當世。」汲汲，心情急切貌。汲，用同「急」。戚戚，憂懼貌；憂傷貌。《論語・述而》：「君子坦蕩蕩，小人長戚戚。」❹素位而行兩句　意思是就現在所處的地位做所應當做的事，不怨天尤人、責怪抱怨。素位而行，語本《禮記・中庸》：「君子素其位而行，不願乎其外。」素，現在。尤，責備；怪罪。怨，抱怨。❺先達之人可尊也四句　言對有德行學問的前輩可以尊敬，但不可依附諂媚；對地位顯赫的權貴可以疏遠，但不可傲慢無禮。先達，有德行學問的前輩。比媚，依附諂媚。比，順從；附從。侮慢，對人輕忽，態度傲慢，乃至冒犯無禮。❻祖宗富貴六句　謂祖宗的富貴都是靠苦讀詩書、建功立業而得來，子孫後代享受富貴而鄙夷詩書；祖宗的家業都是從勤勞節儉中積得，子孫繼承家業後卻忘了勤儉。句本清朝金纓《格言聯璧・齊家類》：「祖宗富貴，自詩書中來，子孫享富貴，則棄詩書矣；祖宗家業，自勤儉中來，子孫享家業，則忘勤儉矣。」賤，鄙視；輕視。❼以孝律身六句　意思是以孝道約束自己，即使位高權重、出將入相，都能夠做得穩妥適當；以忍耐克制意氣，即便有意外的災禍降臨，也可以減免許多許多。律身，同「律己」。約束自己；要求自己。律，約束。出將入相，謂文武雙全，出戰領兵為將，入閣理事為相。亦泛指官居高位。妥妥亭亭，妥帖、適當。妥妥，安定貌。亭亭，公平；均衡。御氣，控制意氣；制御血氣。御，制服；抵擋。橫禍飛災，意外降臨的災禍。亦作「橫禍非災」、「橫殃飛禍」等。橫禍，意外的災禍。免脫，免去。

【語譯】傳給子孫的兩個字是「耕」與「讀」，防範敗家的兩個字是「盜」與「奸」，蕩盡家產的兩個字是「淫」與「賭」，守住家業的兩個字是「勤」與「儉」。人生在世當做各種好事，積累陰功；時時為他人著想，與人方便。不急切追求富貴，不憂愁懼怕貧賤。就現在所處的地位做所應當做的事，不怨天尤人、責怪抱怨。對有德行學問的前輩可以尊敬，但不可依附諂媚；對地位顯赫的權貴可以疏遠，但不可傲慢無禮。祖宗的富貴都是靠苦讀詩書、建功立業而得來，子孫後代享受富貴而鄙夷詩書；祖宗的家業都是從勤勞節儉中積得，子孫繼承家業後卻忘了勤儉。以孝道約束自己，即使位高權重、出將入相，都能夠做得穩妥適當；以忍耐克制意氣，即便有意外的災禍降臨，也可以減免許多許多。

善有善報，惡有惡報。若有不報，日子未到❶。水不緊，魚不跳❷。年年防饑，夜夜防盜❸。禍福無門，惟人自召❹。好義固為人所欽，貪利乃為鬼所笑❺。賢者不炫己之長，君子不奪人所好❻。受享過分，必生災害之端；舉動異常，每為不祥之兆❼。救既敗之事，如馭臨巖之馬，休輕加一鞭；圖垂成之功，如挽上灘之舟，莫稍停一棹❽。

【章旨】本節言善惡有報，禍福自召，逾越常規的享受、願望，都是不祥之兆；當事情將成或將敗時，都要特別努力，萬分小心。

【注　釋】❶善有善報四句　謂行善有好的報答，作惡有惡的報應。如果報應尚未出現，那只是報應的時間還沒有到。句本元朝無名氏《來生債》第一折：「善有善報，惡有惡報，不是不報，時辰未到。」案：古代中國已有「天報應」的觀念，如《荀子・宥坐》：「為善者天報之以福，為不善者天報之以禍。」佛教傳入中國後，又融入了佛教的「因果報應」說，成為民間俗語。戲曲、小說中常見。報，猶言報應、果報。❷水不緊兩句　意為水流不湍急，魚兒不會跳出水面。緊，猛烈；湍急。❸年年防饑兩句　言年年都要留下餘糧，防備饑荒；夜夜都要提高警覺，防備盜賊。俗諺。西周生輯著《醒世姻緣傳》第九四回：「常言道：『年年防險，夜夜防賊。』這兩句話雖只是尋常俗話，卻是居家要緊的至言。」年年，每年。夜夜，每夜。❹禍福無門兩句　意思是禍福之出沒有定數，全由人們的言行招引自取。《左傳・襄公二十三年》：「季氏以公鉏為馬正，慍（惱怒）而不出。閔子馬見之，曰：『子無然（不必如此）。禍福無門，惟人所召。』」亦作「禍福無門人自召」。門，（禍福的）由來之處。自召，自己招致；自取。❺好義固為人所欽兩句　言嚮往並致力於仁義確實為人們所敬佩，貪圖錢財私利連鬼都會恥笑他。好義，嚮往並致力於仁義。固，一定；確實；當然。副詞。欽，敬；欽佩。貪利乃為鬼所笑，典出《南史・劉伯龍傳》：南朝宋劉伯龍少時家貧，成人後，歷任尚書左丞、武陵太守等要職，但依然窮困，常在家感嘆，並想做生意以贏利，卻忽然看見一個鬼在旁邊撫掌大笑，「伯龍嘆曰：『貧窮固有命，今日乃復為鬼所笑。』遂止。」貪利，貪圖錢財、私利。❻賢者不炫己之長兩句　意為賢德之人不炫耀自己的長處，正人君子不搶奪別人喜愛的東西。炫，通「衒」。顯示；誇耀。人所好，別人所喜歡、愛好（的事物或人）。君子不奪人之好，俗諺。元朝馬致遠《任風子》第四折：「他小心兒不肯自度量，可不道君子不奪人之好。」❼受享過分四句　意思是享受過分，必定是引發災害的開始；行為異常，常常是預示禍患的徵兆。受享，享受；享用。端，先兆；開始。舉動，舉止；行為。兆，徵兆；起始；發端。❽救既敗之事六句　謂挽救已經失敗的事情，如同駕御行至懸崖的馬匹，必須萬分小心，輕輕一鞭都不能打；謀取將要成功的事情，好比拉逆水而上的船，絲毫不得鬆懈，切勿稍停一槳。句本《菜根譚・應酬》：「救既敗之事者，如馭臨崖之馬，休輕策一鞭；圖垂成之功者，如挽上灘之舟，莫少停一棹。」既敗，已經失敗。臨崖，靠近懸崖邊。亦比喻面臨危險。休，不要。圖，謀取；考慮。垂成，即將成功。垂，接近；即將。挽，牽引；拉。上灘，逆水上行。棹，船槳。

【語　譯】行善有好的報答，作惡有惡的報應。如果報應尚未出現，那只是報應的時間還沒有到。水流不湍急，魚兒不會跳出水面。年年都要留下餘糧，防備饑荒；夜夜都要提高警覺，防備盜賊。禍福之出沒有定數，全由人們的言行招引自取。嚮往並致力於仁義確實為人們所敬佩，貪圖錢財私利連鬼都會恥笑他。賢德之人不炫耀自己的長處，正人君子不搶奪別人喜愛的東西。享受過分，必定是引發災害的開始；行為異常，常常是預示禍患的徵兆。挽救已經失敗的事情，如同駕御行至懸崖的馬匹，必須萬分小心，輕輕一鞭都不能打；謀取將要成功的事情，好比拉逆水而上的船，絲毫不得鬆懈，切莫稍停一槳。

窗前一片浮青映白，悟入處，盡是禪機；階下幾點飛翠落紅，收拾來，無非詩料❶。

【章　旨】本節言在普通的日常生活中，在活潑潑的生命中，在大自然的一草一木中，都可以體驗無限的、永恆的宇宙本體，都可以觸發賦詩填詞的靈感。

【注釋】❶窗前一片浮青映白六句 意思是窗前一片晴空，藍天映照白雲，細細品味，從中悟出的都是禪家機鋒；臺階下幾點落葉殘花，隨風飛舞盤旋，收拾起來，無一不是作詩填詞的材料。句本《菜根譚・閑適》：「階下幾點飛翠落紅，收拾來，無非詩料；窗前一片浮青映白，悟入處，盡是禪機。」浮青映白，藍天白雲。浮青，也作「浮清」。指青天。《北齊書・文苑傳・顏之推》：「仰浮清之藐藐，俯沉奧之茫茫。」悟入，佛教語。謂覺知並證入實相之理。語本《法華經・方便品》：「欲令眾生悟佛知見故，出現于世；欲令眾生入佛知見道故，出現于世。」禪機，佛教禪宗和尚談禪說法時，用含有機要秘訣的言辭、動作或事物來暗示教義，使人得以觸機領悟，故名。亦直接指禪法機要。案：中國古代的老子、莊子（道家）認為宇宙的本體是「道」，而「道」是無所不在的，《莊子》就說過，螞蟻、螻蛄、雜草、磚頭、瓦片都體現「道」。佛教傳入中國後，吸取道家等思想形成的禪宗更把這種思想推進了一步，認為在普通的日常生活中，在活潑潑的生命中，在大自然的一草一木中，都可以體驗無限的、永恆的、空寂的宇宙本體，在形而下的東西中就可以直接呈現形而上的東西。即所謂「青青翠竹，盡是法身；郁郁黃花，無非般若。」故本句言「悟入處，盡是禪機」。飛翠落紅，落葉殘花。飛翠，飛舞盤旋的葉片。落紅，落花。案：落葉殘花往往是季節、氣候變化的象徵，文學家、藝術家很容易觸景生情，產生創作的衝動，在其詩詞、小說中飛翠、落紅等亦為常用語詞，如唐朝戴叔倫〈相思曲〉：「落紅亂逐東流水，一點芳心為君死。」故本文作者有「收拾來無非詩料」之說。無非，無一不是；不外乎。詩料，作詩的材料。明朝李開先〈暮春遊城東水村〉詩之二：「觸目皆詩料，置身在畫圖。」

【語譯】窗前一片晴空，藍天映照白雲，細細品味，從中悟出的都是禪家的機鋒；階下幾點落葉殘花，隨風飛舞盤旋，收拾起來，無一不是作詩填詞的材料。

種麻得麻，種荳得荳❶。天網恢恢，疏而不漏❷。見官莫向前，做客莫在後❸。會數而禮勤，物薄而情厚❹。大事不糊塗，小事不滲漏❺。內藏精明，外示渾厚❻。佳人傅粉，誰識白刃當前❼；螳螂捕蟬，豈知黃雀在後❽。天欲禍人，必先以微福驕之，所以福來不必喜，要看會受；天欲福人，必先以微禍儆之，所以禍來不必憂，要看會救❾。

【章　旨】本節言天網恢恢，因果相報，不可貪小利、戀美色而忘根本，也不必為禍福喜憂，而應著重於自己的所做所為，明瞭大是大非。

【注　釋】❶種麻得麻兩句　謂栽種麻，收穫麻；種下豆，收穫豆。比喻做了什麼樣的事情，就會得到什麼樣的結果。俗諺。佛教以此喻因果報應。其更常見的形式是「種瓜得瓜，種豆得豆」、「種瓜得瓜，種李得李」。如翟灝《通俗編・草木》引《涅槃經》「種瓜得瓜，種李得李」。清朝紀昀《閱微草堂筆記・灤陽消夏錄四》：「夫種瓜得瓜，種豆得豆，因果之相償也。」荳，「豆」的異體字。❷天網恢恢兩句　意為天道如大網，雖稀疏卻無漏失。比喻作惡者逃不出上天的懲罰。句本《老子》第七三章：「天網恢恢，疏而不失。」天網恢恢，言天道如大網，籠罩一切。天網，上天布下的羅網。恢恢，宏大、廣闊貌。疏，稀疏；疏漏。❸見官莫向前兩句　言見到官不要搶著上前，做客時不要落在後面。案：前句有不要趨炎附勢或自找麻煩之意，後句則有不自卑，且應當準時、守禮之意。❹會數而禮勤兩句　意思是會見頻繁而禮節周到，禮物雖薄但情意深厚。會數，見面頻繁。會，會面；拜會。數，屢次；頻繁。物薄而情厚，即「千里送毫毛，禮輕仁義重」意。參見本書頁一七〇該句及其注釋。❺大事不糊塗兩句　言大是大非不糊塗，小事情也無疏漏。大事不糊塗，謂對待大是大非問題，頭腦清醒明白，毫不含糊。典出《宋史・呂端傳》：「太宗欲相端（任命呂端當宰相），或曰（有人說）：『端為人糊塗。』太宗曰：『端小事糊塗，大事不糊塗。』決意相之。」滲漏，喻文字、語言或做事的破綻、漏洞。❻內藏精明兩句　謂精明能幹深藏內心，外表則顯示淳樸敦厚。參見本書頁八三「內要伶俐，外要痴呆」兩句及其注釋。渾厚，淳樸敦厚。❼佳人傅粉兩句　意思是看到盛裝豔麗的美女，誰能識破眼前是一把殺人的利刃。案：此句有「冶容誨淫（妖豔的容飾是教人為淫），美色是禍」的意思。參見本書頁一九三「芙蓉白面」四句及其注釋。佳人，美女。宋玉〈登徒子好色賦〉：「天下之佳人，莫若楚國；楚國之麗者，莫若臣里；臣里之美者，莫若臣東家之子。」傅粉，搽粉。傅，塗搽。白刃，鋒利的刀。❽螳螂捕蟬兩句　意為螳螂捕捉蟬，哪裡知道黃雀在後面正打算吃牠。比喻目光短淺，只知眼前利益而不顧後患。典出《莊子・山木》：「莊周游乎雕陵之樊，覩（看見）一異鵲……褰裳躩步（用手提起衣服，快速行走），執彈而留之。覩一蟬，方得美蔭而忘其身，螳螂執翳而搏之，見得而忘其形；異鵲從而利之，見利而忘其真。」漢朝劉向《說苑・正諫》：「園中有樹，其上有蟬，蟬高居悲鳴飲露，不知螳螂在其後也；螳螂委身曲附欲取蟬，而不知黃雀在其傍也。」豈知，哪裡知道。❾天欲禍人八句　謂上天想要降禍於人，必定會先給一點微小的福分讓他得意忘形，所以福氣到來時不必歡喜，要看會不會承受；上天想賜福於人，必定會先給一點微小的災難以警告他，所以禍患到來時不必擔憂，要看會不會挽救。句本《菜根譚・評議》：「天欲禍人，必先以微福驕之，所以福來不必喜，要看他會受；天欲福人，必先以微禍儆之，所以禍來不必憂，要看他會救。」另，明朝呂坤《續小兒語・雜言》：「禍到休愁，也要會救；福來休喜，也要會受。」意同。禍人，害人；使人受禍。驕之，使人驕縱；使人得意忘形。會受，會不會承受。受，接受；承受。福人，賜福於人。儆之，警告他。儆，警戒；警告。

【語譯】栽種麻，收穫麻；種下豆，收穫豆。這是比喻做了什麼樣的事情，就會得到什麼樣的結果。天道如大網，雖稀疏卻無漏失。這是比喻作惡者逃不出上天的懲罰。見到官不要搶著上前，做客時不要落在後面。會見頻繁而禮節周到，禮物雖薄但情意深厚。大是大非不糊塗，小事情上也不馬虎。精明能幹深藏內心，外表則顯示淳樸敦厚。看到盛裝豔麗的美女，誰能識破眼前是一把殺人的利刃。螳螂捕捉蟬，哪裡知道黃雀在後面正打算吃牠。這是比喻目光短淺，只知眼前利益而不顧後患。上天想要降禍於人，必定會先給一點微小的福分讓他得意忘形，所以福氣到來時不必歡喜，要看會不會承受；上天想賜福於人，必定會先給一點微小的災難以警告他，所以禍患到來時不必擔憂，要看會不會挽救。

入韻

算甚麼命，問甚麼卜。欺人是禍，饒人是福❶。鷦鷯巢林，不過一枝；鼴鼠飲河，不過滿腹❷。大儉之後，必有大奢；大兵之後，必有大疫❸。天眼恢恢，報應甚速❹。人欺不是辱，人怕不是福❺。人親財不親，人熟禮不熟❻。百病從口入，百禍從口出❼。片言九鼎❽，一公百服❾。點石化成金，人心猶未足❿。不肯種福田，捨財如割肉，臨時空手去，徒向閻君哭⓫。轉身變畜生，兒女替不出⓬。

【章　旨】本節言算命、占卜都沒有用，一切禍福皆由自己的行為決定。生前不肯積福，死到臨頭再向上天、閻羅求救則為時已晚。

【注　釋】❶算甚麼命四句　謂算什麼命！占什麼卜！欺負人是禍害，寬容人是福分。句出元朝鄭德輝《老君堂》第一折：「聖人道：『算什麼命！問什麼卜！欺人是禍，饒人是福。』」算命，一種推算命運的方法。術數家以人出生的年、月、日、時，按天干、地支依次排列成八個字（稱「八字」），再用本干支所屬五行生剋推算人的命運，斷定人的吉凶禍福。相傳始於唐・李虛中，托名鬼谷子。唐朝韓愈〈殿中侍御史李君墓誌銘〉：「〔李君名虛中，〕最深于五行書，以人之始生年月日所直日辰干支，相生勝衰死王相，斟酌推人壽夭貴賤利不利，輒先處其年時，百不失一二。」問卜，即「占卜」、「占卦」。一種推斷命運、解決疑難的方法。古代用龜甲、蓍草等，後世用銅錢、牙牌等推斷吉凶禍福，提示解決疑難的方法。饒人，寬容人；讓人。參見本書頁一五「饒人不是痴漢」兩句及其注釋。❷鷦鷯巢林四句　意思是小鳥在森林中築巢，所占據的不過是一根樹枝；鼴鼠到大河邊飲水，也只是喝飽肚子為止。句本《莊子・逍遙遊》：「鷦鷯巢于深林，不過一枝；偃（鼴）鼠飲河，不過滿腹。」後因此而以「鷦鷯心」、「鼴鼠（一種最小的老鼠）飲河」、「鼴腹鷦枝」等比喻欲望、需求有限。鷦鷯，鳥名。形小，體長約三寸。以昆蟲為主要食物。常取茅葦毛毳為巢，大如雞卵，繫以麻髮，於一側開孔出入，甚精巧，故俗稱巧婦鳥。巢林，築巢於林中。巢，築巢。動詞。鼴鼠，一種地老鼠。體矮胖，長十餘厘米，毛黑褐色，嘴尖。有利爪，適於掘土。白天住土穴中，夜晚出來捕食昆蟲，也吃農作物的根。古人常與鼢鼠相混淆。飲河，在河邊飲水。❸大儉之後四句　意為過度節儉，其後必定有過度的奢侈；大規模的戰爭之後，必定會流行大瘟疫。大兵，大規模的戰爭。兵，戰爭；軍事。《孫子・計》：「兵者，國之大事。」大疫，瘟疫流行。這是因為大規模的戰爭往往導致大量的人口死亡，死屍來不及掩埋或根本沒有掩埋，因腐爛等原因污染環境，致使瘟疫發生。❹天眼恢恢兩句　謂上天的眼睛看得寬廣，人間的報應來得迅速。天眼恢恢，與本書頁二〇三「天網恢恢」意義近似，可參見。天眼，佛教所說的五眼之一，又稱「天趣眼」，能透視六道、遠近、上下、前後、內外及未來等。《大智度論》卷五：「於眼，得色界四大造清淨色，是名天眼。天眼所見自下地六道中眾生諸物，若近，若遠，若麁，若細，諸色無不能照。」❺人欺不是辱兩句　意思是受人欺負不是恥辱（因為罪孽在他）；被人懼怕不會得福分（積怨必有報應）。辱，受恥辱。❻人親財不親兩句　謂雖然彼此親密無間，但錢財不能不分清；即使相互非常熟悉，但禮節不可有絲毫馬虎。財不親，錢財人人喜愛，卻冷酷無情，如果不能彼此分清，親人間也會產生矛盾衝突。有「親兄弟明算賬」之意。禮不熟，禮節不熟悉，行禮時就會很認真。以之比喻即便相互間非常熟悉，在禮節上不可馬虎。❼百病從口入兩句　言疾病多半起於飲食不當，言語不慎便會招惹災禍。句本《太平御覽》卷三六七引晉・傅玄〈口銘〉：「病從口入，禍從口出。」此又本《易・頤》：「君子以慎言語，節飲食。」後多以之強調飲食當有節制，言語必須謹慎。❽片言九鼎　意為僅僅幾句話就能產生巨大的作用或力量。其更常見的形式是「一言九鼎」。典出《史記・平原君列傳》：秦昭王十五年（西元前二九二年），秦國包圍了趙國首都邯鄲，趙國派平原君去楚國求救，毛遂自願同往。經毛遂一番曉以利害的言辭，楚王同意出兵救趙。平原君因而讚揚說：「毛先生一至楚，而使趙重于九鼎大呂。」後因以為典實，謂一句話可以產生極大的力量。片言，簡短的語言或文字。九鼎，相傳夏禹鑄九鼎，象徵九州。夏、商、周三代奉為象徵國家政權的傳國之寶。戰國時，秦、楚、晉皆有興師到周問鼎之事（意在圖謀王位）。周顯王時（西元前三六八～前三二〇年），九鼎沒於泗水城下，不復以見。文中以之喻言語的分量極重。❾一公百服　意為辦事公正眾人都會敬佩服從。服，信服；佩服；順從。❿點石化成金兩句　謂把石頭變成了黃金，貪心依然不能滿足。比喻貪欲之大。點石化成金，即「點石成金」。又作「點鐵成金」。舊時認為仙人、道士等能夠點鐵、石而成黃金。流傳有許多這方面的傳說。北宋道原《景德傳燈錄・靈照禪師》：「還丹一粒，點鐵成金；至理一言，點凡成聖。」⓫不肯種福田四句　意思是平時不願意行善積德，施捨錢財就像割肉；死到臨頭兩手空空去陰間，那時再向閻王爺哭著求救已經來不及了。種福田，猶積福。佛教認為積德行善可得福報，猶如種田，可得收穫。徒，白白地；徒然。閻君，即「閻羅」。梵語Yamarāja的略譯，佛教稱主管地獄的神。通稱閻王。民間也習用「閻老」、「閻羅王」等稱呼。⓬轉身變畜生兩句　謂待轉世投胎變成了畜生，兒女子孫想替代也不可能。轉身變畜生，佛教認為，眾生根據生前善惡行為在六道（天道、人道、阿修羅道、畜生道、餓鬼道、地獄道）中輪迴生死。人若做了許多惡事，死後轉世投胎就會變成畜生或者餓鬼，甚至下地獄。

【語　譯】算什麼命！占什麼卜！欺負人是禍害，饒恕人是福分。需求終究有限，貪婪毫無意義。就像小鳥在森林中築巢，所占據的不過是一根樹枝；鼴鼠到大河邊飲水，也只是喝飽肚子為止。過度節儉之後必定有過度的奢侈；大規模的戰爭後，必定會流行大瘟疫。上天的眼睛看得寬廣，人間的報應來得迅速。受人欺負不是恥辱，因為罪孽在他；被人懼怕不會得福分，積怨必有報應。雖然彼此親密無間，但錢財不能不分清；即使相互非常熟悉，但禮節不可有絲毫馬虎。病從口入，是說疾病多半起於飲食不當；禍從口出，是說言語不慎便會招惹災禍。片言九鼎，這是形容僅僅幾句話就能產生巨大的作用；一公百服，這是說辦事公正眾人都會敬佩服從。有些人貪欲極大，哪怕把石頭變成了黃金，依然不能滿足。平時不願意行善積德，施捨錢財就像割肉；死到臨頭兩手空空去陰間，那時再向閻王爺哭著求救已經來不及了。待轉世投胎變成了畜生，兒女子孫想替代也不可能。

積產遺子孫，子孫未必守；積書遺子孫，子孫未必讀。莫將真心空計校，惟有大德享百福❶。不作無益害有益，不貴異物賤用物❷。誰人不愛子孫賢？誰人不愛千鍾粟？奈五行不是這般題目❸。

【章　旨】本節言儘管人人都希望高官厚祿、子孫賢能孝順，實際卻並非如此，故不必費盡心思空盤算，多多積德行善，才能享大福。

【注　釋】❶積產遺子孫六句　謂積聚財產留給子孫，子孫未必能夠守住；積累書籍留給子孫，子孫未必認真去讀。因此，不必費盡心思為兒孫打算，指望他們日後孝順，最後滿腔真情卻落一場空；惟有自己多多積德行善，才能享受各種福分。亦寓兒孫的人生之路由他們自己走，不必過分操心之意。參見本書頁一三七「兒孫自有兒孫福，莫與兒孫做馬牛」兩句及其注釋。遺，遺留；留給。真心，指疼愛子孫、為他們操心的一片真情。計校，算計；謀劃。亦作「計較」、「計挍」。大德，大功德；德行高尚。❷不作無益害有益兩句　言不要做那些沒有益處反而損害德行操守等有益之事，不要看重奇異、珍稀的物品卻輕視日常所用之物。句本《書・旅獒》：「不作無益害有益，功乃成；不貴異物賤用物，民乃足。」貴，崇尚；重視。異物，奇異、珍稀之物。賤，輕視；鄙視。用物，日常所用之物。❸誰人不愛子孫賢三句　意為哪個人不喜歡自己的子孫賢德有才，哪個人不貪戀高官厚祿，無奈天地宇宙中並沒有這樣的命相。句本宋朝羅大經《鶴林玉露》卷一四：「世傳〈滿江紅〉詞云：『……誰不愛，黃金屋，誰不羨，千鍾粟，奈五行不是這般題目。枉費心神空計較，兒孫自有兒孫福，也不須採藥訪神仙，惟寡欲。』以為朱文公所作。余讀而繹之，以為此特安分無求者之詞耳，決非文公口中語。」賢，有德行；多才能。千鍾粟，一千鍾粟。指代俸祿優厚。《史記・魏世家》：「魏成子以食祿千鍾，什九在外，什一在內。」也泛指高官厚祿。千鍾，謂多。鍾，古代容量單位。有說六斛為一鍾，有說八斛為一鍾，又說十斛為一鍾。一斛約今二萬毫升左右。奈，無奈；怎奈；奈何。五行，金、木、水、火、土。中國古代稱構成各種物質的五種元素，古人常以此說明宇宙萬物的起源和變化。題目，指命相。

【語　譯】積聚財產留給子孫，子孫未必能夠守住；積累書籍留給子孫，子孫未必認真去讀。因此，不必費盡心思為兒孫打算，最後滿腔真情卻落得一場空，兒孫並不孝順；惟有自己多多積德行善，才能享受各種福分。不要做那些沒有益處反而損害德行操守等有益之事，不要看重奇異、珍稀的物品而輕視日常所用之物。哪個人不喜歡自己的子孫賢德有才？哪個人不貪戀高官厚祿？無奈天地宇宙間並沒有這樣的命相。

恩宜自淡而濃，先濃後淡者，人忘其惠；威宜自嚴而寬，先寬後嚴者，人怨其酷❶。以積貨財之心積學問，則盛德日新；以愛妻子之心愛父母，則孝行自篤❷。

【章　旨】本節言要用積累金銀財寶的願望和努力來積累學問，以愛妻子兒女的心意情感來愛父母；以及權勢者施恩與懲責時的不同方法。

【注　釋】❶恩宜自淡而濃六句　意思是給別人以恩惠好處，應該先從小恩小惠開始，逐漸增加，如果先施以大恩惠，而後給小恩小惠，那人就忘了先前的大恩惠；施加威勢、懲罰，則應當先嚴厲而後逐漸寬仁，如果先寬仁再嚴厲，人們就會怨恨你的殘酷苛刻。句出《菜根譚・概論》。濃、淡，文中指恩惠的大、小。惠，恩惠；好處。威，使人畏懼懾服的力量、威嚴；懲罰、刑法。怨，怨恨；埋怨。酷，殘暴；苛刻。❷以積貨財之心積學問四句　調如果能夠用積累金銀財寶的心力來積累學問，那麼一定會品德高尚，日日進步；能夠以愛妻子兒女的心意來愛父母，那麼孝行自然深厚。句本《菜根譚・修省》：「以積貨財之心積學問，以求功名之念求道德，以愛妻子之心愛父母，以保爵位之策保國家，出此入彼，念慮只差毫末，而超凡入聖，人品且判星淵（天地之別）矣。人胡（何）不猛然轉念哉？」貨財，貨物；財物。泛指金銀財寶。亦作「貨材」。盛德日新，品德高尚，日日進步。語本《易・繫辭上》：「日新之謂盛德。」盛德，品德高尚；高尚的品德。日新，日日更新。妻子，妻子兒女。孝行，孝敬父母的德行。自篤，自然深厚。篤，加厚；深厚。

【語　譯】施予別人恩惠好處，應該先從小恩小惠開始，逐漸增加，如果先施以大恩惠，而後給小恩小惠，那人就忘了先前的大恩惠；施加威勢、懲罰，則應當先嚴厲而後逐漸寬仁，如果先寬仁再嚴厲，人們就會怨恨你的殘酷苛刻。如果能夠用積累金銀財寶的心力來積累學問，那麼一定會品德高尚，日日進步；能夠以愛妻子兒女的心意來愛父母，那麼孝行自然深厚。

學須靜，才須學。非學無以廣才，非靜無以成學❶。行義要強，受諫要弱❷。生于憂患，死于安樂❸。閑時不燒香，急時抱佛腳❹。不患老而無成，祇怕幼而不學❺。咬得菜羹香，尋出孔顏樂❻。話到口邊留半句，理有十分讓一著❼。富貴如刀兵戈矛，稍放縱，便銷膏靡骨而不知；貧賤如鍼砭藥石，一憂勤，即砥節勵行而不覺❽。

【章　旨】本節言讀書必須專心，才能需要鍛煉。艱難困苦能使人奮鬥生存，安逸快樂則易導致軟弱衰亡；要像孔子和顏回那樣安於貧困，從追求道義、探索學問中獲得樂趣。

【注釋】❶學須靜四句　意思是讀書必須專心致志，才能需要學習鍛煉。不學習無法擴展才能，不專心難以成就學業。句出三國・蜀・諸葛亮〈戒子書〉：「夫學須靜，才須學。非學無以廣才，非志無以成學。」靜，精神貫注專一。廣才，擴展才能。廣，擴大；擴，擴展。成學，成就學業。成，成就。動詞。❷行義要強兩句　謂躬行仁義要堅定，勉力去做；接受批評應虛心，決不護短。行義，躬行仁義。強，堅定；堅決。受諫，接受批評。弱，柔軟。文中指態度溫和、虛心。❸生于憂患兩句　謂困苦患難能夠促使人奮鬥因而生存，安逸快樂卻易導致沉溺軟弱甚至死亡。句本《孟子・告子下》：「人恆過（常有錯誤），然後能改……入則無法家拂士（有法度、能輔弼的大臣士子），出則無敵國外患者，國恆亡。然後知生于憂患，死于安樂。」生，生存；活（與「死」相對）。憂患，艱難困苦；艱苦患難。❹閑時不燒香兩句　言平日不努力或不早做準備，到事情緊急時才倉促設法張羅。俗諺。宋朝劉攽《中山詩話》：「王丞相嗜諧謔（愛開玩笑）。一日，論沙門道（談論佛教），因曰：『投老欲依僧。』客遽對曰：『急則抱佛腳。』王曰：『投老欲依僧是古詩一句（指唐朝孟郊〈讀經〉詩：垂老抱佛腳，教妻讀黃經）。』客亦曰：『急則抱佛腳是俗諺全語。』」明朝張誼《宦游記聞・抱佛免罪》則謂：「雲南之南一番國，其俗尚釋教（崇尚佛教），人有犯罪應誅者，其國主捕之。其人恐，急奔往某寺中抱佛腳、知悔過，願削髮為僧，不敢蹈前非……俗諺云：『閑時不燒香，急來抱佛腳。』蓋本諸此。」也作「平日不燒香，臨時抱佛腳」。閑時，閒暇無事時。❺不患老而無成兩句　意為不怕年老了還沒有成就，只擔心年輕時不努力學習。患，憂慮；擔心。祇，只；僅。❻咬得菜羹香兩句　意思是吃著菜羹也覺得很香，從中體悟出孔子和顏回安於貧困，追求道義、探索學問的樂趣。菜羹，以蔬菜煮的羹。文中借指生活貧苦。語本南宋呂本中《東萊呂紫微師友雜志》：「汪信民嘗云：『人常咬得菜根，則百事可做。』」謂人能吃苦（菜根苦），就什麼事情都可以做。語用此意。孔顏樂，指孔子和他的弟子安於貧困，而以追求道義、探索學問為樂。孔顏，孔子與其弟子顏回的並稱。顏，顏回（西元前五二一～前四九〇年）。春秋末魯國人，字子淵，故又稱顏淵。孔子學生。家貧，居陋巷，簞食瓢飲，大家都為之憂愁，顏回卻不改其讀書求道之樂。孔子稱讚他「不遷怒，不貳過」，「其心三月不違仁。」早卒，孔子極為悲痛。後被尊為「復聖」。❼話到口邊留半句兩句　言話到了嘴邊再斟酌一下，留半句不說；遇事時，即便所有的道理都在自己這兒，也給別人讓一步。寓話不可說盡，事不可做絕之意。一著，一著棋。亦謂招數。比喻計策或手段。❽富貴如刀兵戈矛六句　意思是富貴如同殺人的刀槍戈矛，稍一放任肆意，就會在不知不覺中銷毀糜爛人的肌體意志；貧賤好比治療疾病的藥物器械，身處憂患而勤奮努力，就能在不經意間磨練節操，修養德行。句本《菜根譚・概論》：「居逆境中，周身皆針砭藥石，砥節礪行而不覺；處順境內，眼前盡兵刀戈矛，銷膏靡骨而不知。」放縱，放任肆意而不受約束。銷膏靡骨，消融肌膚，糜爛骨骼。比喻銷毀糜爛人的身體、志向、德行等。銷膏，燈燭燃燒時耗費油膏。《漢書・董仲舒傳》：「積惡在身，猶火之銷膏而人不見也。」本句即含此意。銷，消耗；消融。膏，油脂。鍼砭藥石，都是中醫的醫療用品。鍼，同「針」。中醫用以刺穴位以治病的器械，古代針灸用石針，後世用金針。砭，砭石。古代用以治癰疽、除膿血的石針。藥，藥物。石，指礦物類藥物。亦指砭石。憂勤，多指帝王或朝廷為國事而憂慮勤勞。文中指士子。砥節勵行，謂磨練節操，修養德行。也作「砥節礪行」、「砥節厲行」。砥勵，磨練；激勵。也作「砥礪」、「砥厲」。砥，質地較細的磨刀石。礪，質地較粗的磨刀石。

【語譯】讀書必須專心致志，才能需要學習鍛煉。不學習無法擴展才能，不專心難以成就學業。躬行仁義要堅定，勉力去做；接受批評應虛心，決不護短。困苦患難反而能使人奮鬥生存，安逸快樂卻導致軟弱衰亡。「閒時不燒香，急時抱佛腳」，這是譏諷那些平日不努力或不早做準備，到事情緊急時才匆忙設法張羅的人。不怕年老了還沒有成就，只擔心年輕時不努力學習。吃著菜羹也覺得很香，從中體悟出孔子和顏回安於貧困，追求道義、探索學問的樂趣。話到了嘴邊再斟酌一下，留半句不說；遇事時，即便所有的道理都在自己這兒，也給別人讓一步。富貴如同殺人的刀槍戈矛，稍一放任肆意，就會在不知不覺中銷毀糜爛人的肌體意志；貧賤好比治療疾病的藥物器械，身處憂患而勤奮努力，就能在不經意間磨礪節操，修養德行。

送君千里，終須一別❶。不矜細行，終累大德❷。親戚不悅，無務外交；事不終始，無務多業❸。臨難毋苟且，臨財毋苟得❹。氣死莫告狀❺，餓死莫做賊。醉後思仇人，君子避酒客❻。智者千慮，必有一失；愚者千慮，必有一得❼。

【章旨】本節言若不注重小節，最終會害大德；遇到危難當大義凜然，面對錢財應廉潔自好。智者千慮，必有一失；愚者千慮，必有一得，所以要聽多方面意見。

【注釋】❶送君千里兩句　謂送行千里，終究有分別的時候。係勸慰對方不必遠送之辭。俗諺。宋元以來戲曲、小說中常見。也作「送君千里，終有一別」、「送君千里終有別」等。如元朝無名氏《馬陵道》楔子：「哥哥，送君千里，終有一別，哥哥你回去。」❷不矜細行兩句　意思是不注重小事、小節，日積月累，終會損害大德。句出《書・旅獒》。孔傳：「輕忽小物，積害毀大，故君子慎其微。」矜，慎重；顧惜。細行，日常生活中的小節、小事。累，連累；使受害。大德，大節；品德操守的主要方面（相對於小節、小德而言）。❸親戚不悅四句　言如果連身邊的親戚都不喜歡你，那就不要再致力於和朋友、外人的交往；如果做事總是有始無終，那就不要從事多種工作。親戚不悅兩句，句本《墨子・修身》：「近者不親，無務求遠；親戚不附（親近、歸附），無務外交。」不悅，不喜歡；不讚許。無務外交，不要致力於和朋友、外人交往。外交，與朋友、外人的交往。務，從事；致力。事不終始，做事有始無終。終始，從開頭到結局；事情發生、發展、演變的全過程。無務多業，不必從事許多工作。❹臨難毋苟且兩句　意思是遇到危難不苟且偷生，當大義凜然；面對錢財不隨便求取，應廉潔自好。句本《禮記・曲禮上》：「臨財毋苟得，臨難毋苟免。很（狠）毋求勝，分毋求多。」此二句常分別省作「臨財不苟」、「臨難不苟」。苟且，只圖眼前，得過且過。文中指貪生怕死。苟，隨便；馬虎。臨難，身當危難。常指面臨死亡。難，危難；災難。臨財，面對財物。苟得，不當得而得。苟，貪求。❺氣死莫告狀　言受再大的冤屈，寧可氣死也不上官府告狀。案：這與中國傳統文化觀念和司法腐敗有關。參見頁一七〇「一字入公門，九牛拖不出」兩句及其注釋。告狀，提出控告；提起訴訟。❻醉後思仇人兩句　意為喝醉酒後很容易想到自己的仇人，君子應當遠離貪杯的酒徒。有避免捲入不必要的是非之意。避，躲開；迴避。酒客，好飲酒的人。❼智者千慮四句　謂聰明人即便對問題一再深思熟慮，也難免出現差錯；愚鈍者經過細緻考慮的意見中，總會有一些可取之處。古諺。句出《史記・淮陰侯列傳》：「廣武君曰：『臣聞智者千慮，必有一失；愚者千慮，必有一得。』」此又本《晏子春秋・雜下十八》：「嬰聞之：『聖人千慮，必有一失；愚人千慮，必有一得。』」亦作「智者千慮，或有一失；愚者千慮，或有一得」或「千慮一失」、「千慮一得」等。智者，有智謀的人；聰明人。愚者，愚笨的人；淺陋的人。千慮，反覆考慮；深思熟慮。

【語　譯】送行千里，終究有分別的時候，所以不必遠送。不注重小事小德，最終會損害大德。如果連身邊的親戚都不喜歡你，那就不要再致力於和朋友、外人的交往；如果做事總是有始無終，那就不要從事多種工作。遇到危難不苟且偷生，當大義凜然；面對錢財不隨便求取，應廉潔自好。受再大的冤屈，寧可氣死也不上官府告狀；家境貧困，寧可餓死也不能做賊。喝醉酒後很容易想到自己的仇人，為避免捲入不必要的是非，君子應當遠離貪杯的酒徒。聰明人即便對問題一再深思熟慮，也難免出現差錯；愚鈍者經過細緻考慮的意見中，總會有一些可取之處。

千年田地八百主，田是主人人是客❶。良田不由心田置，產業變為冤業折❷。真士無心邀福，天即就無心處牖其衷；險人著意避禍，天即就著意處奪其魄❸。權貴龍驤，英雄虎戰，以冷眼觀之，如蠅競血，如蟻聚羶；是非蜂起，得失猬興，以冷情當之，如冶化金，如湯消雪❹。

【章旨】本節言以冷靜、輕蔑的眼光去看，豪門權貴飛黃騰達，英雄豪傑激烈爭鬥，以及是非成敗、窮通得失，實際上都毫無意義，甚且招災惹禍；努力修養身心，上天自會賜福。

【注釋】❶千年田地八百主兩句　謂千年的土地已經先後換了八百個主人，所以土地才是真正的主人，人只不過是過客而已。民間俗語。千年田地八百主，語本南宋普濟《五燈會元》卷四〈靈樹如敏禪師〉：「問：『如何是和尚家風？』師曰：『千年田，八百主。』問：『如何是千年田八百主？』師曰：『郎當屋舍沒人修。』」田是主人人是客，清朝杜文瀾《古謠諺》卷四九引《呵凍漫筆》卷上：「諺云：『田是主人人是客。』……自天地開闢以來，此田此地，賣者買者，不知曾經幾千百人，而後傳至我。我今得之，子孫縱賢能守，能必其世世相承千百年而不失守乎？終亦遞相賣買無定主爾。」案：中國的土地私有制與土地買賣開始很早，宋代以後，江南經濟較發達地區買賣土地更是頻繁。故有此說。明末清初顧炎武《天下郡國利病書・江南十一・徽權》謂：「細民興替不時，田產轉賣甚亟（快）。諺云：『千年田，八百主。』非虛語（假話）也。」由於田產是農耕時代最重要的財產形式，衡量一個人的家境往往首先看其田地的多少。田地買賣如此頻繁，也就含有家業難以持久、萬萬不可昧著良心巧取豪奪（見下句）的意思。千年、八百主，皆為虛數。言時間之長及交換之頻繁。❷良

田不由心田置兩句　意為良田並不能隨心意而得，如果用不正當的方法獲取，就會因為造下的罪孽而毀敗。心田，佛教語。即心。謂心藏善惡種子，隨緣滋長，善得善果，惡有惡報，如田地生長五穀荑稗，故稱。南朝梁簡文帝〈上大法頌表〉：「澤雨無偏，心田受潤。」冤業，即「冤孽」。佛教語。因造惡業而招致的冤報。折，毀掉；減損。❸真士無心邀福四句　意思是道德高尚、才華出眾的人並不刻意祈求賜福，上天則會在他無心之處引導其獲得福分；陰險邪惡的人費盡心機力圖避開災禍，上天卻在他有意躲避的地方降下災禍，奪其魂魄。句本《菜根譚・概論》：「真士無心邀福，天即就無心處牖其衷；險人著意避禍，天即就著意處奪其魄。可見天之機權最神，人之智巧何益。」真士，有操守、才能之士。無心，猶無意、不打算。邀福，祈求賜福。邀，求取。牖其衷，啟發其內心；引導其獲得福分。牖，通「誘」。開導；教導。衷，善；福。《書・湯誥》：「惟皇上帝，降衷于下民。」孔傳：「衷，善也。」險人，邪惡的人。險，邪惡；陰險。著意，刻意；用心；集中注意力。奪其魄，奪去其魂魄；使其失魂落魄。指因災禍降臨而極度害怕。❹權貴龍驤十句　意思是豪門權貴如駿馬騰躍般飛黃騰達，英雄豪傑似猛虎搏擊一樣激烈爭鬥，以冷靜、輕蔑的眼光去看，他們都如同蒼蠅爭食血腥之物或螞蟻聚集在腥羶的東西上，令人噁心；是非成敗似群蜂亂舞，紛然並起，窮通得失宛如刺猬毛針豎起，密集雜亂，以清醒、淡漠的心情對待，皆好似熔爐煉化金屬，沸水消融冰雪，毫無意義。句本《菜根譚・概論》：「權貴龍驤，英雄虎戰，以冷眼觀之，如蠅聚膻，如蟻競血；是非蜂起，得失猬興，以冷情當之，如冶化金，如湯消雪。」龍驤，駿馬昂舉騰躍貌。文中指飛黃騰達。龍，高大的馬；駿馬。《儀禮・覲禮》：「天子乘龍，載大旆。」鄭玄注：「馬八尺以上為龍。」驤，奔馳；騰躍。虎戰，像猛虎一樣激烈搏擊爭鬥。冷眼，冷靜、客觀的眼光；輕蔑的眼光。如蠅競血，如同蒼蠅爭食血腥之物。比喻爭奪名利、追求女色等齷齪行為。也作「如蠅逐臭」。如蟻聚羶，就像螞蟻聚集在腥羶的東西上。語本《莊子・徐无鬼》：「羊肉不慕蟻，蟻慕羊肉，羊肉羶也。」後以「如蟻附羶」、「如蟻聚羶」比喻趨炎附勢或追逐名利的行為。羶，羊騷氣；帶有腥膻氣味的食物。是非，糾紛；口舌。蜂起，像群蜂飛舞，紛然並起。比喻眾多、雜亂。猬興，刺猬毛豎起。比喻密集而雜亂。冷情，冷靜或冷淡的情緒。當，對待。如冶化金，如同熔爐冶煉金屬。冶，指冶煉金屬的熔爐。化金，使金屬熔化。如湯消雪，如同開水消融冰雪。湯，沸水；熱水。

【語　譯】千年的土地已經先後換了八百個主人，所以土地才是真正的主人，人只不過是過客而已。良田並不能隨心意而得，如果用不正當的方法取得，就會因為造下的罪孽而毀敗。道德高尚、才華出眾的人並不刻意祈求賜福，上天則會在他無心之處引導其獲得福分；陰險邪惡的人費盡心機力圖避開災禍，上天卻在他有意躲避的地方降下災禍，奪其魂魄。豪門權貴如駿馬騰躍般飛黃騰達，英雄豪傑似猛虎搏擊一樣激烈爭鬥，以冷靜、輕蔑的眼光去看，他們都如同蒼蠅爭食血腥之物或螞蟻聚集在腥羶的東西上，令人噁心；是非成敗似群蜂亂舞，紛然並起，窮通得失宛如刺猬毛針豎起，密集雜亂，以清醒、淡漠心情對待，皆好似熔爐煉化金屬，沸水消融冰雪，毫無意義。

客不離貨，財不露白❶。讒言不可聽，聽之禍殃結：君聽臣遭誅，父聽子遭滅，夫婦聽之離，兄弟聽之別，朋友聽之疏，親戚聽之絕❷。鬼神可敬不可諂❸，冤家宜解不宜結❹。人生何處不相逢，莫因小怨動聲色❺。

【章　旨】本節言出門在外應處處小心，日常在家心胸要寬，切不可聽信讒言，為小事動怒。

【注　釋】❶客不離貨兩句　謂出門在外，不要離開自己的物品，也不可在他人面前顯露所帶的錢財。民間俗語。客，旅客；旅居在外。露白，在他人面前露出自己所帶的錢財。白，指銀子。泛指錢財。元朝無名氏《硃砂擔》第四折：「自古道：『出外做客，不要露白。』」❷讒言不可聽八句　意思是讒言不可聽信，聽信讒言就會災禍不斷：國君聽信讒言，大臣就會遭責備甚至被殺；父親聽信讒言，兒女就會有滅頂之災；夫妻聽信讒言，就會離異；兄弟聽信讒言，就會分家；朋友聽信讒言，就會疏遠；親戚聽信讒言，就會絕交。讒言，陷害、毀謗別人的壞話；挑撥離間的話。禍殃結，災禍接連不斷。禍殃，禍害；災難。結，聚合；連接。誅，責備；殺戮。滅，指死亡。《南史・范曄傳》：「曄常謂死為滅，欲著《无鬼論》。」別，分開；離析。文中指分家。絕，斷絕交往。❸鬼神可敬不可諂　言鬼神應當尊敬但不可以獻媚討好。《論語・雍也》：「樊遲問知。子曰：『務民之義，敬鬼神而遠之，可謂知也。』」此後，「敬鬼神而遠之」始終是中國文化的主流。本句即用此意。諂，奉承；獻媚。❹冤家宜解不宜結　謂仇恨應當化解而不應該再結下。冤家，仇人；仇敵。❺人生何處不相逢兩句　意為人的一生中會在任何地方與別人相逢，不要因為小小的怨恨而勃然大怒，與人結下冤仇。動聲色，發怒。聲色，指說話時的聲音和臉色。

【語　譯】出門在外，不要離開自己的物品，也不可在他人面前顯露所帶的錢財。讒言不可聽信，聽信讒言就會災禍不斷：國君聽信讒言大臣就會遭責備甚至被殺，父親聽信讒言兒女就會有滅頂之災，夫妻聽信讒言就會離異，兄弟聽信讒言就會分家，朋友聽信讒言就會疏遠，親戚聽信讒言就會絕交。鬼神應當尊敬但不可以獻媚討好，仇恨應當化解而不應該再結下。人的一生中會在任何地方與別人相逢，不要因為小小的怨恨而勃然大怒，與人結下冤仇。

心思如青天白日，不可使人不知；才華如玉韞珠含，不可使人易測❶。性天澄澈，即飢餐渴飲，無非康濟身腸；心地沉迷，縱演偈談元，總是播弄精魄❷。芝蘭生于深林，不以無人而不芳；君子修其道德，不為窮困而改節❸。滿招損，謙受益❹。百年光陰，如駒過隙❺。世事明如鏡，前程暗似漆❻。有麝自然香，何必當風立❼。

【章旨】本節強調為人處世應當襟懷坦蕩，謙虛謹慎，不到處張揚，也絕不因為窮困或無人知曉就輕易改變道德節操。

【注釋】❶心思如青天白日四句　意思是心地要像青天白日一樣光明坦蕩，不可使別人不知道；才華則應似玉韞珠含般深藏不露，不可輕易讓別人了解。句本明末洪應明《菜根譚・概論》：「君子之心事，天青日白，不可使人不知；君子之才華，玉韞珠藏，不可使人易知。」心思，心地；內心。青天白日，晴空萬里。比喻光明正大，心懷坦蕩。玉韞珠含，把美玉、珍珠收藏起來。即才華應當含而不露之意。玉韞，即「韞玉」。藏玉。語本《論語・子罕》：「有美玉于斯，韞匵（櫝）而藏諸？求善賈而沽諸？」後因以「韞匵」、「韞玉」等比喻掩藏才智或懷才待用。韞，藏；蘊藏。測，猜度；知道。玉含，即「含玉」。蘊藏著寶玉。含，懷而不露；隱藏在內。❷性天澄澈六句　意為天性清明純淨的人，即便生活簡單自然，飢餐渴飲，也都能滋養身心；心地沉淪墮落，迷戀俗物，儘管日日談論禪理，講經論道，總是白費精神。句本《菜根譚・概論》：「性天澄澈，即飢餐渴飲，無非康濟身心；心地沉迷，縱談玄演偈，總是撥弄精魂。」性天澄澈，指人的天性明白純潔。性天，即天性。先天具有的特質或性情。澄澈，清澈；水清見底。比喻純淨、明白。即，即使；即便。飢餐渴飲，餓了就吃，渴了就喝。形容生活簡單自然。康濟身腸，保養身體；滋養身心。康濟，保養；滋養。身腸，身軀；身心。心地沉迷，心性不寧，迷戀功名利祿等俗物。心地，佛教語。指心。即思想、意念等。佛教認為三界唯心，心如滋生萬物的大地，能隨緣生一切諸法，故稱。語本《心地觀經》卷八：「眾生之心，猶如大地，五穀五果從大地生……以是因緣，三界為心，心名為地。」沉迷，深深地迷惑、迷戀。縱，即使；儘管。演偈談元，念經論道；講說推演宗教的經典教義。演偈，演繹唱誦佛經中的唱頌詞。演，推演；闡發。偈，梵文「偈佗」（Gatha）的簡稱，即佛經中的唱頌詞。通常以四句為一偈。談元，即「談玄」。談論宗教義理。元，通「玄」。道家所稱的道。也指道教學說和佛教學說。播弄精魄，翻動擺布精神魂魄。文中有即便修道學佛，也是白費力氣精神之意。播弄，翻動；擺布。精魄，精神魂魄。❸芝蘭生于深林四句　意思是芝蘭香草生長在森林中，不因為無人觀賞而失去了芬芳；君子修養道德品行，不因為窮困就改變了節操。句本《孔子家語・在厄》：「且芝蘭生于深林，不以無人而不芳；君子修道立德，不為窮困而改節。」芝蘭，芷和蘭。皆香草。芝，通「芷」。改節，改變節操。《孔子家語・在厄》：「〔子貢〕入問孔子曰：『仁人廉士，窮，改節乎？』」❹滿招損兩句　謂驕傲自滿招致損失，謙虛謹慎得到益處。句出《書・大禹謨》：「滿招損，謙受益，時乃天道。」滿，驕傲自滿。❺百年光陰兩句　言人生百年的時光，如駿馬飛馳過縫隙一樣迅速。句本《莊子・知北遊》：「人生天地間，若白駒之過郤（隙），忽然而已。」後因以「白駒過隙」、「白駒」等比喻迅速流逝的時間。百年，指人生不過百歲。如駒過隙，即「白駒過隙」。謂日影如白色的駿馬飛馳過縫隙。形容時間過得極快。駒，駿馬。❻世事明如鏡兩句　意為塵俗之事如同明鏡般清晰，未來的境遇則像黑漆一樣黯淡。世事，世上的事；塵俗之事。前程，未來的處境。❼有麝自然香兩句　謂身上佩有麝香，自然會香氣四溢，何必迎風站立，故意招搖。含有譏諷那些淺薄而喜歡到處賣弄者的意思。麝，獸名。俗稱香獐。形似鹿而小，無角。善跳躍。雄麝有腺囊，能分泌麝香。文中指麝香或香氣。當風立，迎風站立。

【語　譯】心地要像青天白日一樣光明坦蕩，不可使別人不知道；才華則應似玉韞珠含般深藏不露，不可輕易讓別人了解。天性清明純淨的人，即便生活簡單自然，飢餐渴飲，也都能滋養身心；心地沉淪墮落，迷戀俗物，儘管日日談論禪理，講經論道，總是白費精神。芝蘭香草生長在森林中，不因為無人觀賞而失去了芬芳；君子修養道德品行，不因為窮困就改變了節操。驕傲自滿招致損失，謙虛謹慎得到益處。人生百年的時光，如駿馬飛馳過縫隙一樣迅速。塵俗之事如同明鏡般清晰，未來的境遇則像黑漆一樣黯淡。身上佩有麝香，自然會香氣四溢，何必迎風站立，故意招搖。

良田萬頃，日食三餐；大廈千間，夜眠八尺❶。救生不救死，寄物不寄失❷。人生孰不需財，匹夫不可懷璧❸。廉官可酌貪泉水❹，志士不受嗟來食❺。適志在花柳粲爛、笙歌沸騰處，那都是一場幻境界；得趣于木落草枯、聲稀味淡中，才覓得一些真消息❻。

【章　旨】本節言人的日常需求十分有限，不必拼命追求；能從平淡孤寂中獲得樂趣，才是人生真諦。品德高潔者不為誘惑所動，志向遠大者不接受有辱人格的財物。

【注　釋】❶良田萬頃四句　言家有萬頃良田，每天所吃不過三餐；建造大廈千間，晚上睡覺也只占八尺。寓人生在世需求有限，拚命追求功名富貴毫無意義的意思。參見本書頁二〇六「鷦鷯巢林」四句及其注釋。《十二樓・三與樓》第一回：「終日坐在其中，正合著命名之方，方曉得捨少務多，反不如棄名就實。俗語四句果然說得不差：『良田萬頃，日食一升；廣廈千間，夜眠八尺。』前那些物力，都是虛費了的。」夜眠八尺，晚上睡覺只需要一張八尺長的床。❷救生不救死兩句　意為救護眾生就是為了不讓他們遭難死亡，寄存物品原本就是不使其遺失。救生，拯救眾生。寄物不寄失，謂寄放物品原是為了不使其遺失。亦作「寄在不寄失」。元朝高文秀《黑旋風》第二折：「兀那廝，可不道寄在不寄失。」寄物，寄存物品。❸人生孰不需財兩句　意思是人生在世，誰不需要錢財，但尋常百姓不可擁有珍貴的財寶，否則會給自己帶來災禍。孰，誰。匹夫不可懷璧，典出《左傳・桓公十年》：「虞叔有玉，虞公問他要，不給。事後後悔，說：『周諺有之：匹夫無罪，懷璧其罪（平民藏美玉就有了罪）。我怎麼能用此美玉，這是自己惹禍。』於是便獻給虞公。」後因以「懷璧」比喻多財招禍。匹夫，古指平民男子。也泛指普通人。懷璧，懷藏美玉。璧，玉器名。扁平、圓形、中心有孔。古代貴族用作朝聘、祭祀、喪葬時的禮器，也作佩戴的裝飾。亦泛指美玉。❹廉官可酌貪泉水　謂真正廉潔正直的官吏即使飲用了貪泉水也不會產生貪婪之心。事見《晉書・良吏傳・吳隱之》：吳隱之操守清廉，被任命為廣州刺史。廣州包帶山海，珍異所出，故前後刺史皆中飽私囊。吳隱之赴任途中抵達距廣州二十里的石門，該地有泉名貪泉，相傳飲此水者，即使是廉潔的人也會變貪。隱之酌而飲之，並因此賦詩曰：「古人云此水，一歃懷千金。試使夷齊（伯夷、叔齊）飲，終當不易心。」他到任後，清廉、操守更勝於以往，常食不過菜及乾魚而已。後用作官吏清廉的典故。酌，舀；挹取。❺志士不受嗟來食　言志向遠大的人決不接受有辱人格的施捨。典出《禮記・檀弓下》：齊國大災荒，黔敖準備了許多食物放在路旁，以待飢民來吃。有個餓者以袖子蒙住臉，拖著鞋子，十分虛弱地走來，黔敖左手捧著食物，右手拿著水，說：「嗟！來食。」那人揚目直瞪著黔敖，說：「予唯不食嗟來之食，以致於斯也。（我就是因為不吃嗟來之食，所以才餓成這個樣子。）」黔敖趕快道歉，但那人終因不食而死。志士，有遠大志向的人。不受，不接受。嗟來食，原指憐憫人飢餓，呼其來食。後多指侮辱性的施捨。嗟，嘆詞。《書・費誓》：「公曰：『嗟！人無譁，聽命。』」❻適志在花柳粲爛笙歌沸騰處四句

意思是舒適自得於繁華奢靡、歌舞宴樂之地，那不過都是虛幻的境界；從木落草枯、平淡無奇中獲得樂趣，這才找到了人生的真諦。適志，舒適自得。花柳粲爛，指繁華奢靡的遊樂之地。笙歌沸騰，歌舞宴樂，一片歡騰。笙歌，吹笙唱歌；也泛指奏樂歌唱，歌舞宴樂。笙，管樂器名。為中國古代的主要樂器之一。幻境界，虛幻不實之處。得趣，領會情趣；獲得樂趣。木落，樹葉凋落。晉左思〈蜀都賦〉：「木落南翔，冰泮北徂。」聲稀味淡，謂平淡無奇，沒有什麼名聲。有曲高和寡、不為人知之意。亦作「聲希味淡」。真消息，真諦；真正的道理。

【語譯】家有萬頃良田，每天所吃不過三餐；建造大廈千間，晚上睡覺只占八尺。拯救眾生就是為了不讓他們遭難死亡，寄存物品原本就是不使其遺失。人生在世，誰不需要錢財，但尋常百姓不可擁有珍貴的寶器，否則會給自己帶來災禍。真正廉潔正直的官吏即使飲用了貪泉水也不會產生貪婪之心，志向遠大的人決不接受有辱人格的施捨。舒適自得於繁華奢靡、歌舞宴樂之地，那不過都是虛幻的境界；從木落草枯、平淡孤寂中獲得樂趣，這才找到了人生的真諦。

聖賢言語，雅俗併集❶。人能體此❷，萬無一失❸。

【章旨】本節回應首節，希望讀者能夠認真體會領悟聖賢的話語，事事效法，這樣，行事立身、為人處世就絕對不會出差錯。以之結束全書。

【注　釋】❶併集　集聚。❷體此　體會；效法。❸萬無一失　形容絕對不會出差錯。語本西漢枚乘〈七發〉：「孔、老覽觀，孟子持籌而筭（算）之，萬不一失。」

【語　譯】聖賢們的話語，高雅的、通俗的都收集在這裡。只要能夠體會其中深意，事事效法，為人處世就絕對不會出差錯。

千字文

千字文

天地玄黃❶，宇宙洪荒❷。日月盈昃❸，辰宿列張❹。

【章旨】本節數句皆出自典籍，言開天闢地、宇宙誕生時的情形和日月星辰的運行、排列，表達了古代中國人的宇宙觀；也作為全文的開篇，引出下文。

【注釋】❶天地玄黃　意思是開天闢地時，天地間一片混沌朦朧，天是赤黑色的，地是黃色的。語本《易．坤》：「玄黃者，天地之雜也。天玄而地黃。」孔穎達疏：「天色玄，地色黃。」玄，赤黑色。後多用以指黑色。❷宇宙洪荒　言遠古時代到處是洪水，荒蕪淒涼，杳無人煙。宇宙，上下四方，天地之間。《淮南子．原道》：「橫四維而含陰陽，紘宇宙而章三光。」高誘注：「四方上下曰宇，古往今來曰宙。以喻天地。」洪荒，洪水蠻荒。謂混沌、蒙昧狀態。借指遠古時代。❸日月盈昃　意為日月運行於天空，太陽過了正午就會逐漸西斜，月亮盈滿之後就會慢慢虧缺。盈昃，謂月圓月缺，日升日落。《易．豐》：「日中則昃，月盈則食。」盈，圓滿；無殘缺。昃，太陽西斜。❹辰宿列張　意思是無數星辰散布於遼闊的天空。辰宿，星辰；星宿。辰，日、月、星的總稱。也泛指眾星。宿，星宿。中國古代指某些星的集合體。如箕宿由四顆星組成，尾宿由九顆星組成等等。案：中國古代天文學家把周天黃道（太陽和月亮所經天區）的恆星分成二十八個星座，稱二十八宿。其中，東方七宿：角、亢、氐、房、心、尾、箕；北方七宿：斗、牛、女、虛、危、室、壁；西方七宿：奎、婁、胃、昴、畢、觜、參；南方七宿：井、鬼、柳、星、張、翼、軫。列張，散布排列。漢・陸賈《新語・道基》：「張日月，列星辰，序四時，調陰陽。」列，陳列；排列。張，布列；分布。

【語　譯】開天闢地時，天地間一片混沌朦朧，天是赤黑色的，地是黃色的；到處都是洪水，荒蕪淒涼，杳無人煙。日月運行於天空，太陽過了正午就會逐漸西斜，月亮盈滿之後就會慢慢虧缺，無數星辰散布於遼闊的天空。

寒來暑往，秋收冬藏❶。閏餘成歲❷，律呂調陽❸。雲騰致雨，露結為霜❹。

【章　旨】此六句承接上段，言自然界雲、雨、霜、露，四季變化，可知天道之大；先民們在長期的生產生活中認識自然規律，制律定曆，按節令春耕夏耘，秋收冬藏。

【注　釋】❶寒來暑往兩句　謂春夏秋冬，四季循環；農民耕作，秋收冬藏。寒來暑往，冬天來了夏天去了。言四季交替變化。語本《易・繫辭下》：「寒往則暑來，暑往則寒來，寒暑相推而成歲焉。」寒，冷。亦指寒冷的季節。暑，炎熱；炎熱的夏季。秋收冬藏，秋季收穫農作物，冬季把收穫之物貯藏起來。《荀子・王制》：「春耕夏耘，秋收冬藏，四者不失時。」文中言秋冬而未言春夏，是因為字詞所限的省略。❷閏餘成歲　意為把幾年閏餘的日子歸併，編成閏月，插入歲中，使成為閏年。閏，曆法術語。一回歸年的時間為三六五天五時四八分四六秒。陽曆把一年定為三六五天，所餘的時間約每四年積累成一天，加在二月末；農曆把一年定為三五四天或三五五天，所餘的時間約每三年積累成一個月，加在一年裡。這樣的辦法，曆法上稱作閏。閏餘，農曆一年和一回歸年相比所多餘的時日。《史記・曆書》：「黃帝考定星曆，建立五行，起消息，正閏餘。」裴駰集解引《漢書音義》：「以歲之餘為閏，故曰閏餘。」案：農曆一年較一回歸年相差約十日二一時，每三年置一閏月，五年閏兩個月，十九年閏七個月。每逢閏年所加的一個月叫閏月。最初放在歲末，稱「十三月」。後為使月份不與四季脫節，就加在恰當的某月之後，稱「閏某月」。成歲，成為一年。語出《書・堯典》：「朞（期），三百有六旬有六日，以閏月定四時，成歲。」❸律呂調陽　意思是用律呂測定節候，調和陰陽，使大家知道時序的運行。律呂，古代校正樂律的器具。用竹管或金屬管製成，共十二管，管徑相等，以管的長短來確定音的不同高度。從低音管算起，成奇數的六個管叫「律」，成偶數的六個管叫「呂」，合稱「律呂」。後亦用以指樂律、音律；或比喻準則、標準。古人認為十二律呂各對應一個月。為準確測定節候，築一不透風的密室，把蘆葦（葭）膜燒成灰（葭灰），置於律管中，按照方位，將律管放室內木案上，保持絕對安靜。某一節候到，某律管中的葭灰即自行飛出，表示該節候已到。見《漢書・律曆志上》。❹雲騰致雨兩句　言雲彩翻騰湧動，終致下雨；露水遇到嚴寒，結而為霜。騰，翻滾；上升。

【語　譯】春夏秋冬，四季更替循環；農民耕作，春種夏耘，秋收冬藏。曆法中有閏月、閏年，以合四季節令；六律六呂對應十二個月，以律呂測定節候，調和陰陽，使大家知道時序的運行。雲彩翻騰湧動，終致下雨；露水遇到嚴寒，結而為霜。

金生麗水，玉出崑岡❶。劍號巨闕，珠稱夜光❷。果珍李柰，菜重芥薑❸。海鹹河淡，鱗潛羽翔❹。

【章　旨】本節由天道而至地道。地生萬物，有金玉珠寶之美，山川草木之盛，鳥獸蟲魚之繁，可知地道之廣。

【注　釋】❶金生麗水兩句　謂黃金生成於麗水，美玉出產在昆岡。麗水，也作「麗江」。古水名。即今雲南金沙江。古時即以出產黃金而著名。《韓非子・內儲說上》：「荊南之地，麗水之中生黃金。」昆岡，古代對昆侖山的別稱。以產美玉著名。《書・胤征》：「火炎昆岡，玉石俱焚。」孔安國注：「山脊曰岡，昆山出玉。」漢朝桓寬《鹽鐵論・力耕》：「美玉珊瑚出于昆山，珠璣犀象出于桂林。」❷劍號巨闕兩句　言最著名的寶劍叫巨闕劍，最精美的珍珠稱夜光珠。巨闕，古代名劍。相傳越王允常令歐冶子鑄寶劍五柄，其中最好的一柄名巨闕。漢朝袁康《越絕書・外傳・記寶劍》謂：巨闕鑄成，「穿銅釜，絕鐵鎘（鬲，古代炊具），胥中決如粢米（穿銅斷鐵如同斬穀米），故曰巨闕。」夜光，即夜明珠。傳說中夜間能發光的寶珠。此類傳說甚多，相傳最早發現夜明珠的是夏禹。晉朝王嘉《拾遺記・夏禹》載：禹治水時，「鑿（查勘）龍關之山，亦謂之龍門。至一空岩，深數十里，幽暗不可復行，禹乃負火（拿著火把）而進。有獸，狀如豕（豬），銜夜明之珠，其光如燭。」❸果珍李柰兩句　意為水果中的珍品是李子和柰子，蔬菜中不可或缺的是芥和薑。果珍，水果中的珍品。李，李子；李樹的果實。《詩經》中已多次言及。如「投我以桃，報之以李」（《詩・大雅・抑》）。柰，柰子；柰樹的果實。似李子而肉紅，味酸甜。芥，芥菜。葉子可以作蔬菜食用，種子（芥子）可榨油。❹海鹹河淡兩句　意思是海水是鹹的，河水是淡的。魚類潛藏在水中，鳥兒翱翔於天空。鱗，魚類的代稱；也作「鱗介」的簡稱。泛指有鱗和介甲的水生動物。羽，鳥類的代稱。文中以鱗、羽指代天下（世界上）所有的動物。《周禮・考工記・梓人》：「天下之大獸五：脂者、膏者、臝者、羽者、鱗者。」僅言鱗、羽，是省文。

【語譯】黃金生成於麗水，美玉出產在昆岡。最著名的寶劍叫巨闕劍，最珍貴的珠子稱夜光珠。水果中的珍品是李和柰，蔬菜中芥和薑都很重要。海水是鹹的，河水是淡的。魚類潛藏在水中，鳥兒翱翔於天空。

龍師火帝❶，鳥官人皇❷。始制文字，乃服衣裳❸。推位讓國，有虞陶唐❹。弔民伐罪，周發商湯❺。坐朝問道，垂拱平章❻。愛育黎首，臣伏戎羌❼。遐邇壹體，率賓歸王❽。鳴鳳在竹，白駒食場。化被草木，賴及萬方❾。

【章旨】本節從宇宙轉至人事，敘述中國文化、制度的創造，歷史上著名帝王的德政、事蹟；以及國泰民安，四海昇平，中國成為東方文化中心的宏大氣象。

【注釋】❶龍師火帝　謂遠古時代，伏羲氏以龍作為官職的名稱，稱之「龍師」；燧人氏發明了鑽木取火，故名「火帝」。龍師，傳說中的遠古官名。相傳伏羲氏時有龍馬（龍頭馬身的神獸）獻圖的祥瑞，便以龍作為百官師長之名，故曰「龍師」。《左傳・昭公十七年》：「大皞氏以龍記，故為龍師而龍名。」杜預注：「大皞，伏犧氏，風姓之祖也。有龍瑞，故以龍命官。」如執掌教育的春官叫青龍氏，執掌政治的夏官叫赤龍氏，執掌刑法的秋官叫白龍氏，執掌土木製造的冬官叫黑龍氏，中官則稱黃龍氏等等。事見《春秋左傳》、《漢書・五行志》等。師，官。火帝，傳說中發明鑽木取火的燧人氏。《韓非子・五蠹》：「有聖人作，鑽燧取火，以化腥膻，而民悅之，使王天下（讓他當王），號之曰燧人氏。」另一說指傳說中遠古時代五帝之一的炎帝。〈三皇本紀〉載：「炎帝神農氏以火德王，故曰炎帝，以火名官。」❷鳥官人皇　意為少皞氏為王後，有鳳凰飛來祝賀，便以鳥名作為官銜，稱鳥官；也有一位古代帝王被稱作「人皇」，他與天皇、地皇合稱「三皇」。鳥官，相傳遠古時代少皞氏為王後，有一對鳳凰飛來祝賀，於是便以鳥名作為官銜，稱鳥官、鳥師。如執掌曆法的官叫鳳鳥氏，執掌兵馬的官叫雎鳩氏，執掌土地、人民的官叫祝鳩氏，執掌工程的官叫鳲鳩氏，執掌刑法的官叫爽鳩氏等等。事見《左傳・昭公十七年》及《左氏春秋》。人皇，傳說中遠古部落的酋長，後將其神化，與天皇、地皇合稱「三皇」。唐朝司馬貞補《史記・三皇本紀》：「人皇九頭，乘雲車，駕六羽，出谷口。弟兄九人，分長九州，各立城邑。」❸始制文字兩句　意思是上古時期結繩記事，黃帝命其史官倉頡創造了文字，文化從此迅速發展；從前人們披獸皮樹葉，後來開始製作衣裳，至黃帝時各種服飾及穿著制度趨於完善。始制文字，上古時代沒有文字，在繩子上打各種不同的結以記事，很不方便且容易搞錯。相傳黃帝的史官倉頡依據鳥跡蟲紋，創造了文字。文字造成時，天降粟，鬼夜哭。參見東漢許慎《說文解字》〈序〉及〈練字〉。《書・序》則作另一說：「〈伏羲〉始畫八卦，造書契，以代結繩之政，由是文籍生焉。」制，創造。乃服衣裳，遠古時代的人類以獸皮、樹葉為衣，至黃帝時各種服飾及穿著制度趨於完善。傳說黃帝的妻子嫘祖發明了養蠶，教大家繅絲織布，自此開始穿衣服。參見《史記・五帝本紀》及《綱鑑易知錄》等。服，穿著。動詞。衣裳，古代上衣稱衣，下衣稱裳。後統稱為衣裳。❹推位讓國兩句　言帝堯和帝舜並不把天下當作私有財產，而是把君位讓給賢能有德的人。推位讓國，推薦有賢能的人，把本來屬於自己的皇位和國家的治權讓給他。推位，推薦有賢能的人繼承君位。相傳帝堯年老，聽說虞舜聰明能幹，經過三年的考驗後，把帝位讓給了舜。舜繼位三十年後，以同樣的方式，經過治水的考驗，傳位於禹。見《書・堯典》、《書・舜典》、《史記・五帝本紀》等。推，薦舉；推選。有虞陶唐，帝舜和帝堯。案：傳說中帝堯在先，讓位於虞舜。文中為了押韻而將次序顛倒。虞，帝舜。上古五帝之一。因其先國於舜（一說「舜」為謚號），故又稱虞舜。古代傳說中的聖君。相傳他父親雙目失明，姓嬀。母親見大虹意感而生舜於姚墟，故姓姚；眼中有兩個瞳仁（重瞳），故名重華。《大戴禮記・五帝德》：「宰我曰：『請問帝舜。』孔子曰：『……好學孝友，聞於四海，陶家事親，寬裕溫良，敦敏而知時，畏天而愛民。』」陶唐，即帝堯。上古五帝之一。古代傳說中的聖君。帝嚳之子，姓伊祁，名放勛。初封於陶（今山東省定陶縣），後徙於唐（今山西省平陽縣），故也稱陶唐、唐堯。《大戴禮記・五帝德》謂：「宰我曰：『請問帝堯。』孔子曰：『高辛氏之子也，曰放勛。其仁如天，其智如神，就之如日，望之如雲，富而不驕，貴而不豫。』」❺弔民伐罪兩句　意思是殷商的成湯和周朝的武王為了解救苦難中的百姓及討伐罪人，起兵反抗，推翻暴政。弔民伐罪，亦作「吊民伐罪」。撫慰受害的百姓，討伐有罪的人。弔，撫慰；慰問。周發，周王朝的建立者。姬姓，名發。繼承其父文王的滅商遺志，先會盟諸侯於盟津，誓師討伐荒淫殘暴的商紂王。繼而聯合西南各族渡黃河攻商，牧野一戰取得大勝，並分幾路攻克中原各地，商紂王自焚，商亡。建立周朝，定都於鎬。商湯，又稱武湯、成湯、武王等。子姓，名履。商朝的建立者。夏朝末年，夏桀殘暴無道。成湯選拔出身微賤但有才能的伊尹任以國政，經過一系列準備後起兵攻夏，接連取勝，滅亡夏朝，建立商朝，定都於亳。❻坐朝問道兩句　謂古代的聖君端坐朝廷，與賢臣共同商討為政之道；以謙恭謹慎、從容瀟脫的態度，把國家治理得井井有條。問道，諮詢或討論為政之道。垂拱，垂著衣服，拱著雙手。謂不親理事務。語出《書・武成》：「惇信明義，崇德報功，垂拱而天下治。」孔穎達疏：「謂所任得人，人皆稱職，手無所營，下垂其拱。」後多用以稱頌帝王無為而治。平章，辨別彰明。用《書・堯典》「九族既睦，平章百姓」之意。平，辨治。❼愛育黎首兩句　意為英明的君主不分內外，愛護養育所有的百姓，所以，偏遠地區的戎、羌等民族也都願意歸化，俯首稱臣。黎首，民眾；百姓。即「黎民」。黎，眾；廣。首，頭。另一說謂：黎，黑。古代士大夫以上才可戴冠，平民百姓以黑布裹頭，故稱黎首。臣伏，俯首稱臣。戎羌，泛指周邊少數民族。戎，古族名。支系眾多。殷、周時有鬼戎、西戎、餘無之戎等；春秋時，有犬戎、驪戎、蠻戎等七種；戰國、秦時也屢見於史書。多從事游牧，部分從事農耕。羌，古族名。主要分布地相當於今甘肅、青海、四川一帶。秦漢時，部落眾多，總稱西羌。以游牧為主。其後逐漸與西北地區的漢族和其他民族融合。❽遐邇壹體兩句　言舉國上下不分種族遠近，結成一體；四海臣民都歸附於天子，萬眾一心。遐邇，遠近。承接上文，「遐」指周邊各少數民族，「邇」指內地黎民百姓。率賓歸王，謂普天下的臣民都歸附於天子。率賓，「率土之濱」的省稱。謂四海（境域）之內。語出《詩・小雅・北山》：「溥天之下，莫非王土；率土之濱，莫非王臣。」句用此意。率，自。賓，通「濱」。水邊。❾鳴鳳在竹四句　意思是美麗的鳳凰在竹林中歡快地鳴唱，白色的馬駒在田野裡悠閒地吃草。聖王的仁德覆蓋了無知的草木，天子的恩典施及地上的每個角落。鳴鳳在竹，《孔演圖》：「鳳非竹實不食。」鳳，鳳凰。古代傳說中的百鳥之王。雄的叫鳳，雌的叫凰。通稱為鳳或鳳凰。鳳凰出現，是祥瑞的象徵。白駒食場，語出《詩・小雅・白駒》：「皎皎白駒，食我場苗。」食場，在田野裡吃草。化被草木，仁德的化育覆蓋、延及草木。形容仁德的深厚普遍。化，教化；教育。被，覆蓋；延及。賴及萬方，恩典遍及各地。賴，好處；恩典。

【語　譯】遠古時代，伏羲氏以龍作為官職的名稱，稱之「龍師」；燧人氏發明了鑽木取火，故名「火帝」。少皞氏為王後，有鳳凰飛來祝賀，於是便以鳥名作為官銜，叫作「鳥官」；也有一位古代帝王被稱為「人皇」，他與天皇、地皇合稱「三皇」。上古時期結繩記事，黃帝命其史官倉頡創造了文字，文化從此迅速發展；從前人們披著獸皮樹葉，至黃帝時各種服飾及穿著制度趨於完善。帝堯和帝舜並不把天下當作私有財產，而是把君位讓給賢能有德的人；殷商的成湯和周朝的武王為了解救苦難中的百姓及討伐罪人，起兵反抗，推翻暴政。古代的聖君端坐朝廷，與賢臣共同商討為政之道；以謙恭謹慎、從容灑脫的態度，把國家治理得井井有條。英明的君主不分內外，愛護養育所有的百姓，所以，偏遠地區的戎、羌等民族也都樂意歸化，俯首稱臣。舉國上下無論遠近、種族，結成一體；四海臣民都歸附於天子，萬眾一心。美麗的鳳凰在竹林中歡快地鳴唱，白色的馬駒在田野裡悠閒地吃草。聖王的仁德覆蓋了無知的草木，天子的恩典施及地上的每個角落。

蓋此身髮，四大五常。恭惟鞠養，豈敢毀傷❶。女慕貞烈，男效才良❷。知過必改，得能莫忘❸。罔談彼短，靡恃己長❹。信使可覆，器欲難量❺。墨悲絲染❻，《詩》讚羔羊❼。景行維賢，克念作聖❽。德建名立，形端表正❾。空谷傳聲，虛堂習聽❿。禍因惡積，福緣善慶⓫。尺璧非寶，寸陰是競⓬。

【章　旨】中國文化認為治國平天下的大業要自正心、修身的點滴之事做起。本節即從身體髮膚受之父母開始，強調身之重不可不修；而後分述正心、修身所當遵守忠、孝、仁、義、禮、智、信等基本倫常。

【注　釋】❶蓋此身髮四句　意思是我們的身體由地、水、風、火四種物質構成，稱為「四大」；我們的行為以仁、義、禮、智、信為準則，稱為「五常」。恭敬誠篤地想到自己的身體由父母生育、德行由父母教養，怎麼敢輕易隨便地毀傷損害。句本《孝經・開宗明義章》：「身體髮膚，受之父母，不敢毀傷，孝之始也。立身行道，揚名于後世，以顯父母，孝之終也。」蓋，文言文的發語詞，沒有具體意義。身髮，身體、頭髮。即人體。

四大，佛教以地、水、火、風為四大。認為此四者分別包含了堅、溼、暖、動四種性能，人身即由此構成。因亦用作人身的代稱。《圓覺經》：「我今此身，四大和合。所謂髮毛爪齒、皮肉筋骨、髓腦垢色，皆歸於地；唾涕膿血、津液涎沫、痰淚精氣、大小便利，皆歸於水；暖氣歸火；動轉歸風。」另，道家以道、天、地、人為四大。見《老子》。儒家思想也把大功、大名、大德、大權稱作四大。見《晉書‧忠義傳‧王豹》。五常，中國傳統文化所強調的人必須遵守的五種倫常德行。在不同場合有不同所指，主要有：1.指仁、義、禮、智、信。西漢董仲舒〈賢良策一〉：「夫仁、義、禮、智、信，五常之道，王者所當修飭也。」2.指父子有親，君臣有義，夫婦有別，長幼有序，朋友有信。見《孟子‧滕文公上》。又稱「人倫」、「倫常」。3.指父義、母慈、兄友、弟恭、子孝。《書‧泰誓下》：「今商王受，狎侮五常。」孔穎達疏：「五常即五典，謂父義、母慈、兄友、弟恭、子孝，五者人之常行。」恭惟，恭敬誠篤地思考。惟，思考；思念。鞠養，撫養；養育。亦作「鞠育」。語本《詩‧小雅‧蓼莪》：「父兮生我，母兮鞠我，拊我畜我，長我育我。」鞠，生養；撫育。豈敢毀傷，怎麼敢輕易毀壞損傷。❷女慕貞烈兩句　謂女性要仰慕貞操節烈的品行，男子當效法德才兼備的賢人。慕，嚮往；思慕；仿效。貞烈，剛正有志節。常用以讚美剛正守節，寧死不屈的堅強女子。亦作「貞列」。效，仿效；效法。

❸知過必改兩句　言知道自己有過錯，必須立即改正，不可因循苟且，一錯再錯；學會一種技能後，應當經常使用練習，以免疏忽荒廢，前功盡棄。知過，自知過失。過，過錯；錯誤。《國語‧魯語》：「過而能改，民之上也。」得能，學會、掌握某種知識技能。忘，通「亡」。失去、喪失之意。句用《論語‧學而》「學而時習之，不亦樂乎」之意。❹罔談彼短兩句　意為不要談論別人的短處，不要誇耀自己的長處。句本漢朝崔瑗〈座右銘〉：「無道人之短，無說己之長。」罔、靡，都有不要、不可之意。短，缺點；短處。持，依賴；矜誇；自負。長，優點；長處。❺信使可覆兩句　意思是說話誠實守信，作出的承諾一定要履行，經得起別人檢驗；心胸應當寬闊，氣度要大到使別人難以測量。信，誠實不欺；守信用，實踐諾言。覆，審查；核實；驗證。器，度量；胸懷。❻墨悲絲染　言墨子看到雪白的絲被染成各種顏色而悲哀。語本《淮南子》：「墨翟見練絲而悲，為其可

以黃，可以黑。」案：《墨子・所染》謂：墨子看到潔白的絲在染缸中被染成各種顏色而悲哀流淚，感嘆：「染于蒼（青色）則蒼，染于黃則黃。不可不慎也。」即由此領悟人會受環境的習染而失去本性，就像絲被染而失去潔白一樣可悲。墨，墨子（約西元前四六八～前三七六年）。春秋戰國之際思想家，墨家學派的創始人。名翟。原為宋國人，曾任大夫，後長期居住魯國。聚徒講學，有弟子三百人。他提出天志、明鬼，主張兼愛、非攻，尚賢、尚同，倡導節用、非樂等，尤重艱苦實踐，服從紀律。其學說在當時與儒家並稱顯學。❼詩贊羔羊　謂《詩經》的〈羔羊〉篇讚美羊羔毛色的純正清一。《詩・召南・羔羊》：「羔羊之皮，素絲五紽。」含有人也應當像羔羊一樣永遠保持純正之意。❽景行維賢兩句　意思是尊敬仰慕並處處仿效賢者的德行，時時思考五常之道且事事實踐，普通人也可以成為聖人。景行維賢，佩服尊敬並處處仿效賢者的德行。景行，仰慕；佩服尊敬（並仿效）。猶「景仰」。語出《詩・小雅・車舝》：「高山仰止，景行行止。」鄭玄箋：「古人有高德者則慕仰之，有明行者則而行之。」克念作聖，能夠時時思考五常之道並處處實行，普通人也可以成為聖人。語出《書・多方》：「惟聖罔念作狂，惟狂克念作聖。」（參見本書頁一八七「惟聖罔念作狂，惟狂克念作聖」兩句及其注釋。）克，能夠。念，思考。❾德建名立兩句　謂德行建立了自然就會有好名聲；形體端正，儀容自然就會莊重。形端表正，形體端正，儀容自會莊重。形，形體；身體。端，正；不偏斜。表正，儀容端正莊重。表，儀容；外表。❿空谷傳聲兩句　意為空曠的山谷能將聲音傳播得很遠，高大空闊的廳堂能聽到回音。比喻人之心靈純正寬廣，就能聽取各種意見。空谷傳聲，人在山谷中發聲，即可以聽到回聲；亦謂山谷空曠，能將聲音傳得很遠。語本南朝梁武帝〈淨業賦〉：「若虛谷之應聲，似游形之有影。」虛堂習聽，高大空闊的廳堂能聽到回音。比喻人之心靈純正寬廣，就能聽取各種意見。虛堂，空曠高大的廳堂。虛，空無所有。與「實」相對。習聽，反覆聽到聲音。習，通「襲」。重複；反覆。⓫禍因惡積兩句　謂災禍由於作惡多端而招來，福分則是樂善好施的回報。語本《易・坤》：「積善之家，必有餘慶；積不善之家，必有餘殃。」參見本書頁一八七「積善之家，必有餘慶」兩句及其注釋。緣，由於；因為。惡積，惡行的累積。善慶，因善而得到的回報。慶，恩澤；福澤。引申為祥瑞。⑫尺璧非寶兩句　意思是名貴的美玉不是寶物，分分秒秒的時間才值得珍視追逐。語本《淮南子・原道》：「故聖人不貴尺之璧，而重寸之陰，時（時間）難得而易失也。」後人以「惜寸陰」極言珍惜時間。參見本書頁一三「晝坐惜陰，夜坐惜燈」兩句及其注釋。尺璧，直徑一尺的璧玉。言其珍貴。璧，美玉。寸陰是競，分分秒秒的時間才值得珍視爭競。寸陰，短暫的光陰。形容時間很短，且過得很快。競，爭競；角逐。

【語　譯】我們的身體髮膚由地、水、風、火四種物質構成，稱為「四大」；我們的行為以仁、義、禮、智、信為準則，稱為「五常」。恭敬誠篤地想到自己的身體由父母生育、德行由父母教養，怎麼敢輕易隨便地毀傷損害。女性要仰慕貞操節烈的品行，男子當效法德才兼備的賢人。知道自己有過錯，必須立即改正，不可因循苟且，一錯再錯；學會一種技能後，應當經常使用練習，以免疏忽荒廢，前功盡棄。不要談論別人的短處，不要誇耀自己的長處。說話誠實守信，作出的承諾一定要履行，經得起別人檢驗；心胸應當寬闊，氣度要大到使別人難以測量。墨子看到潔白的絲在染缸中被染成各種顏色而悲泣，並由此領悟人會受環境的習染而失去本性，就像絲被染而失去潔白一樣可悲；《詩經》的〈羔羊〉篇讚美羊羔毛色的純正清一，人也應當像羔羊一樣，永遠保持純正。尊敬並處處仿效賢者的德行，時時思考五常之道且事事實踐，普通人也可以成為聖人。德行建立了自然會有好名聲；站如松，坐如鐘，形體端正，儀容自然就會莊重。空曠的山谷能將聲音傳播得很遠，高大空闊的廳堂能聽到回音。人的心靈純正寬廣，就能接受、聽取各種意見。災禍由於作惡多端而招來，福分則是樂善好施的回報。直徑一尺的名貴美玉不是寶物，分分秒秒的時間才值得珍視與爭競。

資父事君，曰嚴與敬❶。孝當竭力，忠則盡命❷。臨深履薄，夙興溫凊❸。似蘭斯馨，如松之盛。川流不息，淵澄取映❹。容止若思，言辭安定❺。篤初誠美，慎終宜令❻。榮業所基，籍甚無竟❼。學優登仕，攝職從政❽。存以甘棠，去而益詠❾。

【章　旨】五常之中最重要的是父子君臣，而孝為百善始，移孝以作忠，這是一切倫理的根本。本節即從孝、忠開始，論述君子當以臨淵履薄的小心謹慎盡孝盡忠，孝成德備，自能事君澤民，建流芳千古的大功業。

【注　釋】❶資父事君兩句　意為以侍奉父親的道理侍奉君主，其最基本的原則是畏憚與恭敬。句本《孝經・士》：「資於事父以事母，而愛同；資於事父以事君，而敬同。故母取其愛，而君取其敬，兼之者，父也。」資父，贍養和侍奉父親。資，奉養；供給。事，侍奉；服侍。嚴，畏懼；恭敬。❷孝當竭力兩句　謂孝順父母應當竭盡全力，效忠君主則要不惜生命。句本《論語・學而》：「子夏曰：『賢賢易色（以尊敬優秀品德的心來改變愛美色的心）；事父母，能竭其力；事君，能致其身；與朋友交，言而有信。雖曰未學，吾必謂之學也。』」竭力，用盡所有的力量。忠，忠誠無私；盡心竭力。文中特指對君主的忠誠。盡命，犧牲生命。❸臨深履薄兩句　意思是（侍奉君主）要似如臨深淵、如履薄冰般的小心謹慎；（孝順父母）則應當早起晚睡，冬天寒冷時以身暖被，讓父母得到溫暖，夏天炎熱時以扇扇席，讓父母享受涼爽。臨深履薄，臨近深水邊上及在薄冰上行走。言其必須極其小心謹慎。語本《詩・小雅・小旻》：「戰戰兢兢，如臨深淵，如履薄冰。」夙興，早起。

文中為「夙興夜寐」的省稱。即早起晚睡。語出《詩・小雅・小宛》：「夙興夜寐，毋忝爾所生。」夙，早。興，起來。溫清，「冬溫夏清」的省稱。冬天溫被（以身溫暖床上席被）使暖，夏天扇席使涼。侍奉父母之禮。語本《禮記・曲禮上》：「凡為人子之禮，冬溫而夏清，昏定而晨省。」清，涼爽。❹似蘭斯馨四句　言能孝於親，其德之清香芬芳似蘭花，繁茂長青如松柏；綿長而不間斷，像江河之水奔流不息；潔清純真，可為他人榜樣，如湖泊之清澈照人。斯，猶則、乃；那麼。連接詞。馨，芬芳；清香。川流不息，河水流動不停。形容德行像水流一樣連續不斷。語本《禮記・中庸》：「小德川流，大德敦化，此天地之所以為大也。」淵澄取映，潭水明淨清澈，可以用作鏡子照人。比喻德行之純真，可以作為他人的榜樣。語本《禮記・中庸》：「溥博淵泉，而時出之。溥博如天，淵泉如淵。見而民莫不敬，言而民莫不信，行而民莫不說（悅）。是以聲名洋溢乎中國，施及蠻貊。」淵澄，潭水明淨清澈。取映，當作鏡子來照。映，照；映照。❺容止若思兩句　意思是有德之人儀容舉止沉靜安詳，有若深思；說話時從容鎮定，言辭平和。語本《禮記・曲禮》：「毋不敬，儼若思，安定辭。」容止，儀容舉止。思，思考。《論語・季氏》：「君子有九思：視思明，聽思聰，色（臉色）思溫（溫和），貌思恭，言思忠，事思敬，疑思問，忿思難（發怒時考慮後患），見得（可得的東西）思義。」本句即含此意。❻篤初誠美兩句　意為從孩童時起就純樸厚道，力行忠孝，的確是美德；如若能夠終身謹慎行之，才算是真正的美德善行。篤初，從初始起就純樸厚道，力行忠孝。篤，忠實；淳厚。誠，的確；固然。慎終，直至結束都十分謹慎。宜，合適；應當。令，善；美好。❼榮業所基兩句　謂孝成而德備，這是日後參與政事、建樹盛大功業的基礎，並由此美名遠揚，流芳百世。榮業所基，建立盛大功業所依憑的基礎。榮業，盛大的功業。即指下句「攝職從政」等事項。籍甚無竟，巨大的聲譽沒有止盡。籍甚，盛大；盛多。《漢書・陸賈傳》：「賈以此游漢庭公卿間，名聲籍甚。」王先謙補注引周壽昌曰：「籍甚，《史記》作『藉盛』，蓋籍即藉，用白茅之藉，言聲名得所藉而益盛也。」無竟，沒有止盡。竟，通「境」。邊界；疆界。❽學優登仕兩句　言學業優秀，懂得事君澤民之理，就可以踏上仕途，擔任官職，治理國家。學優登仕，語本《論語・子張》：「仕而優則學，學而優則仕。」登仕，登上仕途；任官；做官。攝職，擔任官職；參與政事。❾存以甘棠兩句　意思是如果能像召公那樣勤政愛民，那麼，在位時民眾會以各種方式表達他們的感激愛戴，離任後則作詩表達其永久的讚美、思念之情。存，在位；活著。甘棠，樹名。即棠梨。《史記・燕召公世家》載：「周武王之滅紂，封召公於北燕……召公巡行鄉邑，有棠樹，決獄政事其下，自侯伯至庶人各得其所，無失職者。召公卒，而民人思召公之政，懷棠樹不敢伐，哥（歌）咏之，作〈甘棠〉之詩。」案：即《詩・召南・甘棠》：「蔽芾（蔥蘢）甘棠，勿剪勿伐，召伯所茇。蔽芾甘棠，勿剪勿敗，召伯所憩。蔽芾甘棠，勿剪勿拜（折枝），召伯所說。」後遂以「甘棠」稱頌循吏的美善之政和遺愛。去，離任；去世。文中二意皆有。益詠，更加稱頌、歌詠之。益，更加；愈加。

【語　譯】以侍奉父親的道理侍奉君主，其最基本的原則就是畏憚與恭敬。孝順父母應當竭盡全力，效忠君主則要不惜生命。要有如臨深淵、如履薄冰般的小心謹慎。早起晚睡，冬天寒冷時以身暖被，讓父母得到溫暖；夏天炎熱時以扇扇席，讓父母享受涼爽。能孝於親，其德行似蘭花清香芬芳，如松柏繁茂長青；綿長而不間斷，如江河之水奔流不息；潔清純真，可為他人之榜樣，就像湖泊清澈可以照人。有德之人，儀容舉止沉靜安詳，有若深思；說話時從容鎮定，言辭平和。從孩童時起就純樸厚道，力行忠孝，的確是美德；若能終身謹慎行之，才算是真正的美德善行。孝成而德備，這是日後參與政事、建樹盛大功業的基礎，並由此而美名遠揚，流芳百世。學業優秀，懂得事君澤民之理，就可以踏上仕途，擔任官職，治理國家。如果能像召公那樣勤政愛民，那麼，在位時民眾會以各種方式表達他們的感激愛戴，離任後則作詩表達其永久的讚美、思念之情。

樂殊貴賤，禮別尊卑❶。上和下睦，夫唱婦隨❷。外受傅訓，入奉母儀❸。諸姑伯叔，猶子比兒❹。孔懷兄弟，同氣連枝❺，交友投分，切磨箴規❻。

【章　旨】五倫中有貴有賤，古人認為先王制禮作樂，其目的就是區別上下、貴賤；而修身、齊家，則是治國、平天下的前提。故本節從禮樂別尊卑、貴賤起句，依次言五常中的夫婦、兄弟、朋友諸方面的倫理關係。

【注　釋】❶樂殊貴賤兩句　謂音樂有貴與賤的差異，禮儀是區別尊與卑的標誌。樂殊貴賤，古代把音樂分成兩種：一種是宮廷中的貴族音樂，另一種是民間百姓的通俗音樂。前者稱雅樂、陽春白雪，後者稱俚曲（或俗曲）、下里巴人。二者不可混淆，以表示等級差別。殊，區別；差異。禮別尊卑，有沒有「禮」，以及各等級間的禮儀差異，是區別尊貴與卑賤的標誌。《漢書・公孫弘傳》：「進退有度，尊卑有分，謂之禮。」案：古代的「禮」範圍很廣，包含祭祀、敬神、典禮、禮儀以及各種行為規範、道德準則。古禮之名有五：吉、凶、軍、兵、嘉；古禮之事有九：冠、婚、朝、聘、喪、祭、賓主、鄉飲酒、軍旅，而「庶人不廟祭，則宗廟之禮所不及也；庶人徒行，則車乘之禮所不及也；庶人見君子不為客，則朝廷之禮所不及也」（《禮記・曲禮上》游桂注），即「禮不下庶人」。所以，禮也就成為區別尊貴與卑賤的標誌。❷上和下睦兩句　言五倫中雖有上下、尊卑之分，但長幼之間或尊貴者與卑賤者之間要和睦相處；妻子應當惟夫命是從，處處順從丈夫。上，長者；尊者。下，幼者；卑者。夫唱婦隨，語本《關尹子・三極》：「天下之禮，夫者唱，婦者從；牡者馳，牝者逐；雄者鳴，雌者應。」唱，一作「倡」。倡導；先導。隨，跟隨；聽從。❸外受傳訓兩句　意為外出求學，接受師傅的教誨；回到家中，奉行母親立下的規範。傳訓，師傅的教誨、訓導。傳，師傅；老師。入，進。指回到家裡。奉，奉行；遵循。母儀，母親立的規範。儀，禮儀；法規。❹諸姑伯叔兩句　意思是要以孝順父母的恭敬謹慎來孝順諸位姑母、伯父、叔父，要以疼愛關心自己子女的情感來關愛每個侄兒、侄女。這是父子之倫的擴展。猶子，猶如兒子。謂侄子如同兒子。語出《禮記・檀弓上》：「喪服，兄弟之子，猶子也。蓋引而進之也。」本指喪服而言，即為自己兒子和為自己侄子所穿喪服的日期相同。後因稱兄弟之子為猶子。與此相應，侄女稱猶女，堂侄稱從猶子。猶，如同。比兒，侄子。謂侄兒可比擬自己的兒子。即與自己兒子相同。比，類似；相同。❺孔懷兄弟兩句　謂兄弟們共同承受父母之氣，血脈相連，彼此之間要非常友愛，互相關懷。孔懷，原謂甚相思念。語出《詩・小雅・常棣》：「死喪之威，兄弟孔懷。」後用為兄弟的代稱。孔，大；盛。懷，懷念；思念。同氣連枝，喻指同胞兄弟姊妹。因為他們共同承受父母之氣血，有如大樹，分枝雖多，卻都本於同一樹根。❻交友投分兩句　意思是交朋友應選擇志趣相投者，以便在學問上互相切磋琢磨，在德行上互相勸誡規諫。投分，意氣相合。投，猶靠近。分，情分。切磨，「切磋琢磨」的省稱。語本《詩・衛風・淇奧》：「有匪君子，如切如磋，如琢如磨。」切、磋、琢、磨，都是加工珠寶玉器的工藝名稱。以此比喻道德學問方面互相研討勉勵。箴規，勸誡規諫。箴，規勸；告誡。

【語譯】音樂有貴與賤的差異，禮儀是區別尊與卑的標誌。五倫中雖有上下、尊卑之分，但長幼之間、尊貴者與卑賤者之間應當和睦相處；妻子必須惟夫命是從，處處順從丈夫。外出求學，接受師傅的教誨；回到家中，奉行母親立下的規範。要以孝順父母的恭敬謹慎來孝順諸位姑母、伯父、叔父，要以疼愛關心自己子女的情感來關愛每個侄兒、侄女，這是父子之倫的擴展。兄弟們共同承受父母之氣，血脈相連，彼此間要非常友愛，相互關懷；交朋友應選擇志趣相投者，以便在學問上互相切磋琢磨，在德行上互相勸誡規諫。

仁慈隱惻，造次弗離❶。節義廉退，顛沛匪虧❷。性靜情逸，心動神疲❸。守真志滿，逐物意移❹。堅持雅操，好爵自縻❺。

【章旨】在五倫皆備後，本節進一步詳述倫常道德的具體表現：仁厚慈愛、憐憫同情、節操義行、廉潔謙讓等等，強調即便在動蕩變故、顛沛流離時，也絕不輕易改變。若能堅持高尚的德行節操，自然會得到高官厚祿。這是對上述有關倫常道德各節的小結。

【注釋】❶仁慈隱惻兩句　意為仁厚慈愛、憐憫同情，這都是人類最美好的品德，即便處於困頓流離的狀況時，也絕不違背離棄。隱惻，即「惻隱」。同情，憐憫。《孟子・公孫丑上》：「今人乍見孺子（小孩子）將入於井，皆有怵惕（驚駭）惻隱之心。……惻隱之心，仁之端（開始）也；羞惡之心，義之端也；辭讓之心，禮之端也；是非之心，智之端也。」本句即含此意。即由仁慈惻隱推及仁、義、禮、智、信。造次弗離，即便處於災難困頓的狀況時也絕不違背離棄。意本《論語・里仁》：「君子無終食之間違仁，造次必於是，顛沛必於是。」造次，此處是「造次顛沛」的省稱。言流離困頓、緊急關頭。弗離，不可背棄；不可離開。弗，不；不可。❷節義廉退兩句　謂節操、義行、廉潔、謙讓，是人之為人的根本，即使在動蕩變故、顛沛流離時仍絲毫不虧。節，志節；節操。堅持既定的原則而不輕易改變叫節。《孟子・滕文公上》：「富貴不能淫，貧賤不能移，威武不能屈。」後世常以之作為「氣節」的主要內容。義，合於正義或道德規範者為義。廉，潔身自愛而不貪。

退，退讓；謙虛。顛沛，動蕩變亂；挫折困頓。匪虧，不虧。匪，同「非」。不；無。❸性靜情逸兩句　意思是本性寧靜，心情自然安逸；內心躁動，精神就會疲乏。性，人的本性；天性。心動，內心浮躁；有欲念。神疲，精神疲乏。南朝梁劉勰《文心雕龍・養氣》：「率志委和，則理融而情暢；鑽礪過分，則神疲而氣衰。」句含此意。❹守真志滿兩句　言堅守仁義禮智信之真性，德行自然圓滿；一味追求物質享受，意志便會動搖。守真，保持無所欲念的本性；保持真元。語出《莊子・漁父》：「慎守其真，還以物與人，則無所累矣。」文中有堅守仁義禮智信之真性的含義。志滿，德行圓滿。志，德行；心智。逐物，追求物質享受。意移，意志動搖。❺堅持雅操兩句　意思是堅守高尚的德行節操，自然能夠得到高官厚祿。雅操，高尚的操守德行。好爵自縻，謂如果能夠堅持德行操守，王者必舉而用之，分給（授予）爵位（即自然能夠得到高官厚祿）。語本《易・中孚》：「我有好爵，吾與爾縻（分）之。」本文的「自縻」，是說高官厚祿通過自己修德所致，有自求多福的意思。好爵，好的官職。即高官厚祿。爵，爵位；官職。縻，通「靡」。分。

【語譯】仁厚慈愛、憐憫同情，這都是人類最美好的品德，即便處於災難困頓的狀況時，也絕不違背離棄；節操、正義、廉潔、謙讓，是人之為人的根本，縱使動蕩變故、顛沛流離仍絲毫不虧。本性寧靜，心情自然安逸；內心躁動，精神就會疲乏。固守仁義禮智信之真性，德行自然圓滿；一味追求物質享受，意志便會動搖。堅持高尚的德行節操，自然能夠得到高官厚祿。

都邑華夏，東西二京❶。背邙面洛，浮渭據涇❷。宮殿盤鬱，樓觀飛驚❸。圖寫禽獸，畫彩仙靈❹。丙舍傍啟，甲帳對楹❺。肆筵設席，鼓瑟吹笙❻。陞階納陛，弁轉疑星❼。右通廣內，左達承明❽。既集《墳典》，亦聚群英❾。杜稾鍾隸，漆書壁經❿。

【章旨】從此節起，轉入對國家、朝廷的敘述。本節介紹都城的地理位置和地貌，並用大量的排比句，詳細描繪宮室的壯觀華麗、典籍庋藏的豐富，以彰顯中國文化之深厚，氣魄之博大，無愧於「華夏」之美名。

【注釋】❶都邑華夏兩句　謂華夏的都城有兩處：東京洛陽，西京長安。都邑華夏，即華夏的都邑。為韻律而倒置。都邑，都城；首都。邑，城市。華夏，原指中國的中原地區，後復包舉中國的全部領土而言，遂成為中國的古稱。《左傳・定公十年》孔穎達疏：「中國有禮儀之大，故稱夏；有服章之美，謂之華。華夏一也。」東西二京，指東京雒（洛）陽，西京長安（今西安市）。案：西漢建都長安，東漢改都雒（洛）陽。雒陽的地理位置在長安以東，因稱雒陽為東京，長安為西京。明朝以後，南京與北京亦並稱二京。❷背邙面洛兩句　言東京洛陽，背靠邙山，面對洛水；西京長安，左臨渭河，右依涇水。背邙面洛，洛陽城的東北有邙山，洛水流經城東南。背，背面；背靠。面，前；向；對著。浮渭據涇，長安城位於渭水和涇水匯合處的南岸，依傍涇水，又似漂浮在渭水上，故稱「浮渭據涇」。浮，漂在水上。據，依；靠。洛，洛水。古水名。即今河南省洛河。三國・魏・曹植〈洛神賦〉即詠洛水之神。渭，水名。黃河最大的支流，源出甘肅省鳥鼠山，橫貫陝西省中部，至潼關入黃河。《書・禹貢》謂：「弱水既西，涇屬渭汭（河流匯合的地方）。」涇，涇水。渭河的支流，在陝西省中部。也稱涇河。❸宮殿盤鬱兩句　言宮殿曲折幽深，盤旋美盛。盤鬱，曲折幽深貌；盤旋美盛貌。樓觀飛驚，樓觀勢高若飛，令人驚嘆。樓觀，泛指宮殿、高樓之類的高大建築物。觀，古代宮門外的雙闕，因其高於其他建築物，可在上面觀望。後以指屋之最高者或高大的樓臺屋宇。❹圖寫禽獸兩句　意為殿宇樓閣處處雕梁畫棟，五彩繽紛，繪有各種栩栩如生的飛禽走獸、神靈仙怪。圖寫，繪畫；畫；描繪。❺丙舍傍啟兩句　意思是兩邊側室的門從旁開啟，殿中兩兩對立的柱子間懸掛著由珍珠美玉綴成的華貴帳幕。丙舍傍啟，丙舍的門開於其側。丙舍，後漢宮中正室兩邊的房屋，以甲乙丙丁排次，其第三等的舍稱丙舍。後亦用以泛指正室旁的別室，或簡陋的房舍。傍啟，側面開門。傍，旁邊；側面。啟，開。甲帳，漢武帝所造的帳幕，「以琉璃珠玉、明月夜光（夜明珠）雜錯天下珍寶為甲帳，次為乙帳。甲以居神，乙以自居。」（見《北堂書鈔》卷一三二引《漢武故事》）後因以指華美的室內陳設。對楹，宮殿中兩兩對立的柱子稱對楹。楹，廳堂的前柱。❻肆筵設席兩句

意為宮廷裡設下極豐盛的筵席，樂隊彈琴鼓瑟，吹笙奏樂。肆筵，擺開筵席。肆，陳設；鋪開。鼓瑟吹笙，彈瑟吹笙。亦泛指演奏器樂。語出《詩・小雅・鹿鳴》：「我有嘉賓，鼓瑟吹笙。」鼓，敲擊或彈奏（樂器）。動詞。瑟，撥弦樂器。春秋時已流行，常與古箏或笙合奏。形似古琴，但無徽位。有五十弦、二十五弦、十五弦等種。今瑟有二十五弦、十六弦二種。每弦有一柱，上下移動，以定聲音。笙，管樂器名。由簧片、笙管、斗子三部分組成。❼陞階納陛兩句　謂文武百官連袂而來，登階入殿；禮帽上的飾物閃閃發光，好像群星撒落人間。陞階，登上臺階。陞，同「升」。登上。納陛，古代帝王賜給有殊勛的諸侯或大臣的「九錫」之一。鑿殿基為登升的陛級，納（藏）之於檐下，使尊者上臺階時不被看見，故名。文中指登上臺階，進入殿堂。納，入；使入。陛，臺階。弁轉疑星，《詩・衛風・淇奧》：「有匪（位）君子，充耳琇瑩，會弁如星。」弁轉，字面是帽子移動。實際指大臣們登階入殿時帽子隨人而動。弁，古代貴族的一種帽子，通常穿禮服時用之（吉禮之服用冕）。赤黑色布做的叫爵弁，是文官所戴；武官戴白鹿皮做的，叫皮弁。疑星，好像星星。疑，類似；好像。❽右通廣內兩句　言往右拐，可通向貯藏典籍的廣內殿；向左走，則抵達大臣們值班的承明廬。廣內，廣內殿。漢代宮廷藏書之所。後泛指帝王書庫。承明，承明殿。古代天子左右路寢（正殿）稱承明，因承接明堂之後，故稱。漢代未央宮中有承明殿。再，指承明廬。漢承明殿旁屋，侍臣值宿所居。後以入承明廬作為入朝或在朝

為官的典故。從本文看，應作後一解。❾既集墳典兩句　意思是宮廷中既收藏著大量圖書典籍，亦匯聚了眾多賢能之士。墳典，三墳、五典的並稱。後轉為古代典籍的通稱。三墳、五典，傳說中我國最古老的書籍。《左傳・昭公十二年》：「是能讀三墳、五典、八索、九丘。」杜預注：「皆古書名。」孔穎達疏：「孔安國〈尚書序〉云：『伏羲、神農、黃帝之書謂之三墳，言大道也；少昊、顓頊、高辛、唐、虞之書謂之五典，言常道也。』」即《三墳》是三皇之書，《五典》是五帝之書。也有人認為，三墳係指天、地、人三禮，或天、地、人三氣。今存《三墳書》，分〈山墳〉、〈氣墳〉、〈形墳〉。相傳伏羲氏本〈山墳〉而作《連山易》，神農氏本〈氣墳〉而作《歸藏易》，黃帝本〈形墳〉而作《乾坤易》，各衍為六十四卦，繫之以傳。案：後三書實係宋人偽造。也有人說五典即《尚書》中的〈堯典〉、〈舜典〉、〈大禹謨〉、〈皋陶謨〉和〈益稷〉五篇。群英，眾多賢能之士。❿杜稾鍾隸兩句　謂圖書中既有漢朝杜度的草書，三國魏鍾繇的隸書；也有漆書、壁經這樣的古代珍貴典籍。杜稾，指漢代杜度的草書。杜，杜度。漢章帝時人，善作草書。稾，同「稿」。詩文的草稿。寫文章打草稿時一般都用草書，故也稱草書為「稾」。草書，漢字字體名。草書之稱，為隸書通行後的草寫體，取其書寫便捷，故也名草隸。漢章帝好之，漢魏間的章草，殆由此得名。後漸脫隸書筆意，用筆日趨圓轉，筆畫連屬，並多省簡，遂成今草。晉王羲之、獻之父子又創諸字上下相連的草體，至唐朝張旭、懷素，宋・米芾等又發展為筆勢恣縱、字體牽連、筆筆相通的狂草。鍾隸，指三國魏著名書法家鍾繇的隸書。鍾，鍾繇（西元一五一～二三〇年）。潁川（今河南）人，字元常。東漢末，為侍中尚書僕射，封東武亭侯。三國魏時，累官至太傅，人稱「鍾太傅」。工書，師法曹喜、蔡邕、劉德昇，博取眾長，形成由隸入楷的新貌。與晉・王羲之並稱「鍾王」。隸書，漢字字體名。也叫佐書、史書。由篆書簡化演變而成。把篆書圓轉的筆畫變成方折，改象形為筆畫化，以便書寫。始於秦代，普遍使用於漢魏。秦人程邈將這種書寫體加以收集整理，後世遂有程邈創隸書之說。漆書壁經，皆指珍貴的古代典籍。漆書，用漆書寫的竹木簡。墨發明以前，古人以漆在竹簡上寫字。壁經，也稱「壁書」、「壁中書」。漢代發現於孔子宅壁中的藏書。一般認為寫於戰國時期。秦始皇禁止民間藏書，焚書坑儒時，孔子八世孫孔鮒（或謂鮒弟騰）藏入壁中。漢武帝末年，魯共王想擴大其宮殿，毀壞孔子宅壁，發現藏於其中的《古文尚書》及《禮記》、《論語》、《孝經》等書。（見《漢書・藝文志》）

【語　譯】華夏的都城有兩處：東京洛陽，西京長安。東京洛陽，背靠邙山，面對洛水；西京長安，左泛渭河，右依涇水。都城中宮殿幽深曲折，盤旋美盛；樓觀高聳若飛，令人驚嘆。殿宇樓閣處處雕梁畫棟，五彩繽紛，繪有各種栩栩如生的飛禽走獸、神靈仙怪。兩邊側室的門從旁開啟，殿中兩兩對立的柱子間懸掛著由珍珠美玉綴成的華貴帳幕。宮廷裡擺設極其豐盛的筵席，樂隊彈琴鼓瑟，吹笙奏樂；文武百官連袂而來，登階入殿，禮帽上的飾物閃閃發光，好像群星撒落人間。往右拐，可通向貯藏典籍的廣內殿；向左走，則抵達大臣們值班的承明殿。宮廷中既收藏著大量圖書典籍，亦匯聚了眾多賢能之士。圖書中既有漢朝杜度的草書、三國魏國鍾繇的隸書；也有三墳、五典、漆書、壁經這樣的古代珍貴典籍。

府羅將相，路俠槐卿❶。戶封八縣，家給千兵❷。高冠陪輦，驅轂振纓❸。世祿侈富，車駕肥輕❹。策功茂實，勒碑刻銘❺。磻溪伊尹，佐時阿衡❻。奄宅曲阜，微旦孰營❼？桓公匡合，濟弱扶傾❽。綺回漢惠❾，說感武丁❿。俊乂密勿⓫，多士寔寧⓬。晉楚更霸，趙魏困橫⓭。假途滅號，踐土會盟⓮。何遵約法，韓弊煩刑⓯。起翦頗牧，用軍最精。宣威沙漠，馳譽丹青⓰。

【章　旨】本節從對宮廷的描述轉入稱美人才，概要介紹了中國歷史上著名的文臣武將，他們或為國家民族的崛起興盛、為保衛邊疆的安寧和平作出了貢獻，或在群雄爭競的特定時代中嶄露頭角，他們的豐功偉績和輝煌榮耀，皆載入史冊，繪圖刻碑，流芳千古。

【注　釋】❶府羅將相兩句　意思是天子在宮廷中有文武大臣輔佐朝政，出行時則公卿將相侍列路旁。府，官署。文中指宮廷。羅，包羅；羅致。路俠，即「夾路」、「夾道」。在道路兩旁侍奉。俠，通「夾」。槐卿，指三公九卿。《周禮・秋官》載：周代朝廷種有三棵槐樹、九棵棘樹，公卿大夫分坐其下，以定三公九卿之位。後因以「槐棘」、「槐鼎」、「槐卿」等喻指三公九卿之位，亦泛指執政大臣。❷戶封八縣兩句　謂天子獎賞爵高功大的將相，每人可得八縣之廣的土地和數千之多的家丁。封，帝王以爵位、土地、名號等賜人。❸高冠陪輦兩句　言大臣們戴著高高的禮帽陪同皇帝巡行四方，車子奔馳時，纓帶飄揚。高冠，頂部高起的帽子。文中指代大臣。陪輦，陪侍警衛皇帝；隨從護駕。猶「陪輿」、「陪鑾」。輦，原為人拉的車。秦漢後專指帝王后妃所乘坐的車子。亦代指皇帝。驅轂，驅動車輪。即車子奔馳。轂，車輪。文中借指車子。纓，繫冠的帶子。❹世祿侈富兩句　意思是對國家作出貢獻的將相，其子孫世代享受優厚的俸祿，駕肥馬，乘輕車，過著富足奢侈的生活。世祿，世代享有爵祿。侈富，豪富；奢華。車駕肥輕，駕肥馬，乘輕車。形容生活奢華。輕車，輕快的車子。❺榮功茂實兩句　意為他們的豐功偉績和輝煌榮耀，都撰成銘文，鐫刻於碑，讚美稱頌，並流芳千古。榮功，榮耀功勞。案：榮功，有版本作「策功」。言（將相們）出謀策劃的功勞。茂實，盛美的德業。漢・司馬相如〈封禪文〉：「俾萬世得激清流，揚微波，斐英聲，騰茂實。」勒碑刻銘，把記載功勞的文字鐫刻在石碑上，讚美稱頌，並流傳後世。勒，雕刻。銘，銘文。刻寫在金石等物上的文辭，或以讚美稱頌功德，或用以自警，多用韻語。❻磻溪伊尹兩句　謂姜太公幫助周武王滅紂建立周朝，伊尹協助商湯推翻夏建立商朝，他們又各輔佐了周武、商湯之後的諸位君王。磻溪，水名。在今陝西省寶雞市東南。相傳姜太公在此垂釣，遇見周文王。西漢韓嬰《韓詩外傳》卷八：「太公望少為人壻，老而見去，屠牛朝歌，賃於棘津，釣於磻溪。」亦借指姜太公。姜太公，姜姓，呂氏，名望，字尚父。一說字子牙，又稱呂牙。年老時隱居漁釣，遇見周文王，遂輔佐文王及周武王，滅商有大功。周公東征勝利後，他被封於齊，為齊國始祖，因有太公之稱。俗稱姜太公。伊尹，商初大臣。名伊，尹是官名。一說名摯。傳說為家奴出身，原為有莘氏女的陪嫁之臣。以其才能，商湯用為「小臣」，助商滅夏，掌國政。湯去世後，先後輔佐外丙、仲壬二君，官為保衡（又作阿衡）。仲壬去世，又立其侄太甲。太甲即位三年，因不遵湯法，被他放逐；三年後悔過，又被接回復位。伊尹因此作〈太甲訓〉三篇（今佚）。佐時，輔佐當世之君治理國家。佐，輔助；幫助。阿衡，商代官名。師保之官。伊尹曾任此職，故常以指伊尹。《詩・商頌・長發》：「實惟阿衡，實左右商王。」阿，依靠。❼奄宅曲阜兩句　意為撫定周朝，治理魯國，除了周公旦，誰還能建此功業。奄宅，撫定。謂統治。宋朝王禹偁〈杜伏威傳〉贊并序〉：「唐公義旗，奄宅京邑。」另，奄，古國名。在今山東省曲阜縣。宅，開闢為居住之處；定居；居住。用作動詞。西周周公的封地在魯（今山東省兗州東南至江蘇省沛縣、安徽省泗縣一帶），都曲阜。故另一解作周公曾取曲阜而居之。微，無；沒有。旦，周公旦。西周初人。姬姓，名旦。周文王子，武王弟。又稱叔旦。采邑在周（今陝西岐山北），封地在曲阜（魯國都城）。曾助武王滅商。武王死，成王年幼，由他攝政。擔任「三監」的管叔、蔡叔等人不服，心懷妒忌，散播謠言，致使成王猜疑。周公為此引退奄國，作詩〈鴟鴞〉，表明心志。成王讀後恍然大悟，迎回周公。管叔等人便聯合武庚和東夷反叛，周公出師東征，三年平定。繼而營建東都成周（今河南洛陽），將多數殷貴族遷往於此，加強控制，並大規模分封諸侯，使周成為幅員廣闊而強盛的王朝。相傳他曾制禮作樂，建立法制，對中國文化的創造和發展有重大貢獻。後作為聖賢的典範。《尚書》中的〈大誥〉、〈康誥〉、〈多士〉、〈無逸〉、〈立政〉等篇都載有他的言論。孰，誰。營，經營；管理。❽桓公匡合兩句　謂齊桓公為了匡正天下之亂，會合諸侯，幫助弱小的國家，救助衰弱的周王朝。桓公，齊桓公（？～西元前六四三年）。春秋時齊國國君。姜姓，名小白。襄公弟。初出奔於莒（今山東省莒縣）。齊內亂，襄公被殺，他由莒回國即位。西元前六八五～前六四三年在位。任用管仲執政，進行改革，使國力富強，創立霸業。先制服魯、宋、鄭等國，滅亡譚、遂。曾伐山戎以救燕，抵禦狄以救邢、衛，並聯合八國之師侵蔡伐楚，迫使楚結盟於召陵。又多次會盟，制止周惠王廢黜太子鄭，以安定王室。周惠王死後奉太子鄭即位，是為周襄王。齊桓公三十五年（西元前六五一年）會合諸侯盟於葵丘（今山東省曹縣西），後周有戎難，又兩次徵發諸侯人力戍周。後人因稱其霸業為「尊王攘夷」。匡合，語本《論語・憲問》：「桓公九合諸侯，不以兵車，管仲之力也……管仲相桓公，霸諸侯，一匡天下，民到於今受其賜。」後以「匡合」委謂糾合力量，匡定天下（正天下之亂）。匡，糾正；扶正。濟弱扶傾，救濟弱小，扶持傾危。扶傾，扶持傾覆之物。喻挽救危局。文中指救助衰弱的周王朝。傾，歪斜；傾覆；危險。❾綺回漢惠　意為綺里季等商山四皓維護了漢惠帝的帝位。綺，綺里季。亦省作「綺里」、「綺季」。漢初隱士。「商山四皓」之一。《史記・留侯世家》載：「四皓隱居商山，漢高祖徵召，不應。後高祖欲廢太子劉盈，立寵姬戚夫人子趙王如意為太子。呂后用留侯（張良）計，厚禮卑辭，迎請四皓，使輔太子。一日高祖置酒，太子侍，四皓從太子。高祖曰：『羽翼已成，難以動矣。』遂輟（中止）廢太子事。」回，回護；保護。惠帝，漢惠帝（西元前二一〇年～前一八八年）。名盈，高祖劉邦子。西元前一九五～前一八八年在位。性孱弱，在位時以病不理政事，由母呂后執政。先後有蕭何、曹參為相。❿說感武丁　謂傅說因武丁夢中感悟，而任為宰相，治理國政，使商朝中興。說，傅說。商王武丁的大臣。《書・說命上》載：傅說原是在傅巖從事版築的奴隸。武丁在夢中感悟，見一聖人，令人按其所說畫出圖像，使百官搜求，得說。任為宰相，治理國政，使商朝中興。說，一作「兌」。武丁，商朝國君。盤庚弟，小乙子。死後稱高宗。相傳少時生活在民間。即位後，任用傅說、甘盤，勤於治理，使殷復興。享國五十九年。⓫俊乂密勿　意思是許多才德卓越的人士勤勉謹慎地為國效忠。俊乂，亦作「俊艾」。英傑；才德出眾的人。語出《書・皋陶謨》：「翕受敷施，九德咸事，俊乂在官。」乂，本意為治理、治能。引申作才德出眾的人。密勿，勤勉努力。句本《詩・小雅・十月之交》：「黽勉從事，不敢告勞。」《漢書・劉向傳》引此句，作「密勿」：「君子獨處守正，不撓眾枉，勉彊（強）以從王事……故其詩曰：『密勿從事，不敢告勞。』」⓬多士寔寧　謂正因為有眾多品學兼優的賢士，國家才得以太平安寧。句本《詩・大雅・文王》：「濟濟多士，文王以寧。」多士，眾多的賢士。《尚書》、《詩經》中已屢見。寔寧，得以安寧；能夠安寧。寔，通「是」。⓭晉楚更霸兩句　意思是春秋時期晉國的晉文公和楚國的楚莊王輪流稱霸；戰國時，趙、魏等六國被張儀的「連橫」政策逼入困境，被秦國各個擊破。晉，古國名。西元前十一世紀周分封的諸侯國，在今山西省西南部，建都於翼（今山西翼城）。晉獻公遷都於絳，陸續攻滅周圍小國。而後晉文公改革內政，增強軍隊，迎接周襄王復位，以「尊王」相號召；城濮之戰大勝楚軍，並在踐土會盟諸侯，成為霸主。楚，古國名。原是商的與國，西周時立國於荊山一帶，以後疆土擴大到長江中游，建都於郢（今湖北江陵）。春秋時兼併周圍小國，不斷與晉爭霸。楚莊王即位後，整頓內政，興修水利，國勢大盛。隨即在邲大敗晉軍，並陸續使魯、宋、鄭、陳等國歸附，成為霸主。更，輪流；更替。霸，稱霸，作諸侯聯盟的首領（動詞）；霸主，古代諸侯聯盟的首領（名詞）。春秋時，齊桓公、晉文公、秦穆公、宋襄公、楚莊王先後稱霸，是為春秋五霸。參見本節注❽中有關齊桓公的注釋。文中僅言晉、楚而未言秦、宋，是因為字數所限而省略。趙，古國名。戰國七雄之一。開國君主趙烈侯是晉大夫趙衰的後代，和魏、韓瓜分晉國，建都晉陽（山西太原），後遷都邯鄲。趙武靈王實行改革後，國力強大。長平之戰為秦軍大敗，從此逐漸衰落。西元前二二二年為秦所滅。魏，古國名。戰國七雄之一。開國君主魏文侯和趙、韓一起瓜分了晉國。建都安邑（今山西省夏縣北）。魏文侯任用李悝進行改革，成為戰國初期的強國。馬陵之戰失敗後，國勢一蹶不振。西元前二二五年被秦所滅。困橫，為連橫政策所困。案：戰國時弱國聯合進攻強國，稱為合縱；隨從強國去進攻其他弱國，稱為連橫（也稱連衡）。戰國後期秦國最強大，蘇秦曾遊說齊、楚、燕、趙、韓、魏等國聯合抗秦，即合縱；而後張儀則遊說各國事奉秦國，或追隨秦去進攻其他國家，即連橫。一說南北為縱，六國地連南北，故六國聯合為合縱；東西為橫，秦地偏西，六國居東，故六國服從秦國謂之連橫。⓮假途滅虢兩句　謂春秋時晉獻公向虞國借道去進攻虢國，虞國同意了，結果晉軍滅亡虢國後班師回朝的途中又順便將虞國消滅；晉文公曾在踐土會盟諸侯，被推為盟主。假途滅虢，《左傳・僖公五年》載：晉獻公要攻打虢國，派謀士荀息帶著十分貴重的禮物去見虞國國君，商談借道虞國之事。虞國大臣以唇亡齒寒為喻勸阻，虞君不聽，同意借道。結果晉軍滅虢後的回師途中，把虞國也順便滅了。後因以「假途滅虢」泛指以向對方借路為名行滅對方之實的計謀。參見本書頁一六三「唇亡齒必寒」句及其注釋。假途，借路。假，借。虢，古國名。西元前十一世紀周分封的諸侯國。有東虢、西虢之分。東虢在今河南滎陽，西元前七六七年為鄭所滅；西虢在今陝西寶雞、陝縣一帶。西元前六五五年為晉所滅。踐土會盟，西元前六三二年，晉文公在踐土會盟晉侯、齊侯、宋公、蔡侯、鄭伯、衛子、莒子等各諸侯。踐土，古地名。春秋時屬鄭。在今河南原陽西南。會盟，古代諸侯之間為了協調關係、維持邦交，定期或不定期舉行集會，訂立盟約。語本《左傳・昭公三年》：「令諸侯三歲而聘，五歲而朝，有事而會，不協而盟。」⓯何遵約法兩句　意為蕭何遵照漢高祖劉邦的約法制定出簡明實用的漢律，韓非主張用嚴厲的法律治國，不僅百姓苦不堪言，自己也被苛繁的酷刑定罪，死於獄中。何遵約法，漢高祖初入關中，與父老約法三章：「殺人者死，傷人及盜，抵罪。」盡除秦朝的嚴刑峻法，後來覺得約法過於簡單，不足以治奸邪，又令蕭何作律九章。何，蕭何（？～西元前一九三年）。西漢初政治家。秦末助劉邦起義，進入咸陽後，收取秦政府的律令圖書，掌握了全國的山川險要、郡縣戶口。劉邦封漢王，任他為宰相，在劉邦戰勝項羽、建立漢朝的過程中擔負十分重要的任務。曾奉劉邦命，制定律令制度。所作《九章律》，今佚。遵，遵奉。韓，韓非（約西元前二八〇～前二三三年）。戰國末韓國貴族，思想家。法家的代表人物。與李斯同師事荀卿。他主張嚴刑峻法，綜合前期法家中商鞅的「法」治、申不害的「術」治、慎到的「勢」治，提出了以「法」為中心的法、術、勢三者合一的君主統治術。後秦出兵攻韓，他被迫出使秦國，不久遭李斯、姚賈陷害，自殺於獄中。弊，定罪。《北史・節義傳・劉子翊》：「律以弊刑，禮以設教。」煩刑，苛細的刑罰。煩，繁多；繁雜。⑯起翦頗牧四句　言戰國時期秦國的白起、王翦，趙國的廉頗、李牧都是著名的將領，善於用兵。他們戰功赫赫，威名遠揚沙漠邊陲，聲譽載入史冊、繪成畫卷，流傳千古。起，白起（？～西元前二二八年）。一稱公孫起。戰國時秦國名將，善用兵，屢戰屢勝。連續擊敗韓、趙、魏、楚等國的軍隊，攻克七十餘座城池，並攻破楚都郢。因功封武安君。長平之戰包圍了四十萬趙軍，趙軍四次突圍皆未成功，最後投降，旋即全部被殺。因功高為相國范雎所忌，後被罷免官爵，不久被秦昭王賜劍命自殺。見《史記・白起王翦列傳》。翦，王翦。戰國末年秦將。少好軍事，後被秦始皇封為上將，相繼攻破趙、燕、楚等國，是秦始皇滅六國、平定天下的重要功臣。封武成侯。見《史記・白起王翦列傳》。頗，廉頗。戰國時趙國名將。因大破齊兵，趙惠文王時用為上卿。用兵如神，常出奇兵。長平之戰堅壁固守三年，後因趙孝成王中了秦的反間計，改任趙括為將，致遭大敗。燕國乘機進攻趙國，廉頗迎戰，大敗燕軍，被封為信平君，為假相國。見《史記・廉頗藺相如列傳》。牧，李牧（？～西元前二二八年）。戰國末年趙將。勇猛善戰，精於布陣。先後滅襜襤，破東胡，降林胡，大敗匈奴，並打敗秦軍。因功封武安君。後因趙王中秦反間計，被誣謀反而遭殺害。宣威，宣揚軍威、戰績。沙漠，指北方邊陲游牧民族居住的地區。馳譽丹青，功績聲譽載入史冊，流芳千古。馳譽，猶馳名。聲名遠揚。馳，傳揚；傳播。丹青，丹砂和青雘。畫圖所用的顏料，因而也用作繪畫的代稱。中國古代曾為為國家立下大功者畫像，並把這些圖像掛在特定的地點，如漢代的麒麟閣、雲臺，唐代的凌煙閣等，使他們流芳百世。另，丹青也指史籍。古代丹冊紀勳，青史紀事。文中二意兼有。

【語譯】天子在宮廷中有文武大臣輔佐朝政，出行時則公卿將相侍列路旁。爵高功大的卿相得到豐厚的賞賜，每人可得八縣之廣的土地和數千之多的家丁。大臣們戴著高高的禮帽陪同皇帝巡行四方，車子奔馳時，纓帶飄揚。對國家作出貢獻的將相，其子孫世代享受優厚的俸祿，駕肥馬，乘輕車，過著富足奢侈的生活；他們的豐功偉績和輝煌榮耀，都撰成銘文，鐫刻於碑，讚美稱頌，並流芳千古。在這些大臣中，姜太公幫助周武王滅紂建立周朝，伊尹協助商湯推翻夏桀建立商朝，他們又各輔佐了周武、商湯之後的諸位君王。撫定周朝，治理魯國，除了周公旦，還有誰能建此功業？齊桓公為了匡正天下之亂，會合諸侯，幫助弱小的國家，救助衰弱的周王朝。綺里季等商山四皓維護了漢惠帝的帝位；傳說因武丁夢中感悟，任為宰相，治理國政，使商朝中興。許多才德卓越的人士勤勉謹慎地為國效忠，正因為有如此眾多品學兼優的賢士，國家才得以太平安寧。春秋時，齊桓公、晉文公、秦穆公、宋襄公、楚莊王先後稱霸；戰國時，趙、魏等六國被張儀的「連橫」政策逼入困境，被秦國各個擊破。晉國的晉獻公向虞國借道去進攻虢國，虞國同意了，結果晉軍滅亡虢國後班師回朝的途中又順便將虞國消滅了；晉文公曾在踐土會盟諸侯，被推為盟主。蕭何遵照漢高祖劉邦的約法制定出簡明實用的漢律，韓非主張用嚴刑峻法治國，不僅百姓苦不堪言，自己也被苛繁的酷法定罪，死於獄中。戰國時期秦國的白起、王翦，趙國的廉頗、李牧都是著名的將領，善於用兵。他們戰功赫赫，威名遠揚沙漠邊陲，功績聲譽載入史冊、繪成畫卷，千古流傳。

九州禹迹，百郡秦并❶。嶽宗泰岱，禪主云亭❷。雁門紫塞，雞田赤城。昆池碣石，鉅野洞庭❸。曠遠綿邈，巖岫杳冥❹。

【章　旨】本節以部分著名山川名勝為例，介紹中國遼闊悠遠綿邈不絕的錦繡河山；並說明大禹劃定了中國的行政區，至秦始皇確立了影響後世數千年的郡縣制。

【注　釋】❶九州禹迹兩句　謂大禹劃定九州，他的足跡遍及中國大地；秦始皇併吞六國，設立郡縣，一統天下。九州，相傳黃帝將古代中國的行政區劃分為九州，至虞舜則分成十二州；大禹治平洪水後，重新劃定為九州。九州的名稱各書所載不一。《書・禹貢》作：冀州（在今河北省境內）、兗州（今河北省西南及山東省西北部）、青州（今山東省東部）、徐州（今江蘇省北部、山東省南部及安徽省東北部）、揚州（包括今江蘇、安徽、江西、浙江、福建各省的部分地區）、荊州（今湖南及湖北省）、豫州（今河南省）、梁州（今四川省以及陝西省西南的部分地區）、雍州（今陝西省北部及甘肅省西南部）。《爾雅・釋地》有幽、營州而無青、梁州；《周禮・夏官・職方》有幽、并州而無徐、梁州。後以「九州」泛指天下、全中國。禹，亦稱大禹、夏禹。夏代的建立者。姒姓，名文命。舜時任司空。傳說當時洪水泛濫，禹的父親鯀用堵截的方法治水未能成功，後來禹採用疏導法，歷經十三年，終於治平洪水，被舜選為繼承人。舜去世後即位。因初封為夏伯，便以夏為國號，建立夏朝。由於洪水後一片汪洋，不辨區域，禹自冀之西分作荊、豫、幽、雍四州，冀之東分作兗、青、徐、揚四州，加上冀，合為九州。年百歲，死於會稽（今浙江紹興）。見《史記・夏本紀》。今紹興市東南有大禹陵。百郡秦併，秦始皇滅六國後，廢封建，改郡縣，劃全國為三十六郡。漢代重新劃分行政區，分全國為一百零三郡。❷嶽宗泰岱兩句　意為五嶽中以東嶽泰山最尊貴，為諸山所宗；歷代帝王在泰山腳下的雲雲山、亭亭山封禪，祭奠天地。嶽宗，山岳中最尊貴、為諸山所宗者稱嶽宗。嶽，同「岳」。古代指名山「四嶽」或「五嶽」。四嶽：東嶽岱山，南嶽衡山，西嶽華山，北嶽恆山。五嶽，中國五大名山的總稱。古書記述略有不同。一般作東嶽岱山，南嶽衡山，西嶽華山，北嶽恆山，中嶽嵩山。宗，尊。泰、岱，皆指泰山（岱，泰山的別名）。在山東省泰安縣境內。古代帝王常在泰山舉行封禪大典。禪，古代帝王祭祀天地的大典。文中為「封禪」的省稱。在泰山上築

的下腳山泰皆，亭、雲。依，主。禪稱，德之地報，地祭場闢上山父梁的下山泰在；封稱，功之天報，壇為土

小山名。雲雲山，在今泰安縣東南；亭亭山，在今泰安縣南。古代舉行封禪大典時，其禪，常依於雲、亭兩山。《史記・封禪書》：「昔無懷氏封太（泰）山，禪雲雲。伏羲氏封太山，禪雲雲。神農氏封太山，禪雲雲。炎帝封太山，禪雲雲。黃帝封太山，禪亭亭。顓頊封太山，禪雲雲。帝嚳封太山，禪雲雲。堯封太山，禪雲雲。舜封太山，禪雲雲。湯封太山，禪雲雲。」❸雁門紫塞四句　意思是中國自古地域廣闊，著名的要塞有雁門關，宏偉的國防線是長城，偏遠的驛站為雞田；山有赤城、碣石，池有昆明、滇池，大澤湖泊則屬鉅野、洞庭。雁門，本為山名，在今山西省代縣西北。古以兩山對峙，雁度其間得名。唐於雁門山頂置雁門關。東、西峻峭，中路盤旋崎嶇，是長城的重要關口之一。宋為防禦契丹的重地。明以後移至今址。亦常泛指北方邊塞。紫塞，長城的代稱。晉朝崔豹《古今注・都邑》：「秦築長城，土色皆紫，漢塞亦然，故稱紫塞焉。」亦以之泛指北方邊塞。雞田，古驛站。在今寧夏靈武一帶。另一說在今河北省境內。赤城，山名、郡名。赤城山有兩座：一在浙江天台北，為天台山南門，以土色皆赤，狀如雲霞，望之似雉堞，得名；另一為今四川省灌縣西南之青城山的別名。宋朝陸游〈將之榮州取道青城〉詩：「倚天山作海濤傾，看遍人間兩赤城。」南朝梁國曾因赤城山的緣故而置赤城郡，故址在今浙江臺州，後用作臺州的別稱。昆池，即昆明池。湖沼名。有二：一為漢武帝元狩三年（西元前一二〇年）為準備與昆明國作戰訓練水軍和解決長安水源不足的困難而開鑿。池周圍四十里，廣三百二十頃。宋朝以後湮沒。另一即滇池。在今雲南省昆明市西南。碣石，山名。在今河北省昌黎縣北。《書・禹貢》：「夾右碣石入於河……太行、恆山，至於碣石，入於海。」秦始皇、漢武帝皆東巡至此，刻石觀海。漢末曹操用兵烏桓過此，作〈碣石篇〉。鉅野，鉅野澤。即大野澤，亦作巨野澤。古澤藪名。《書・禹貢》、《周禮・職方》等古書均有記載。故址在今山東省巨野縣北，古濟水中流在此通過，向東又有水道與古泗水相接。唐時湖面南北三百里，東西百餘里。五代後南部涸為平地，北部成為梁山泊的一部分。洞庭，洞庭湖。在今湖南省北部，長江南岸。是中國第二大淡水湖，素有「八百里洞庭」之稱。❹曠遠綿邈兩句　意為錦繡河山綿延

遼闊，高山大川深遠悠長。曠遠，遼闊悠遠。綿邈，連續不斷；悠長深遠。巖岫，峰巒；山洞。杳冥，幽深高遠；奧秘莫測。

【語　譯】大禹劃定九州，他的足跡遍及中國大地；秦始皇併吞六國，設立郡縣，一統天下。五嶽中以東嶽泰山最尊貴，為諸山所宗；歷代帝王在泰山腳下的雲雲山、亭亭山封禪，祭奠天地。中國自古地域廣大，著名的要塞有雁門關，宏偉的國防線是長城，偏遠的驛站為雞田；山有赤城、碣石，池有昆明、滇池，大澤湖泊則屬鉅野、洞庭。錦繡河山綿延遼闊，高山大川深遠悠長。

治本于農，務茲稼穡❶。俶載南畝，我藝黍稷❷。稅熟貢新❸，勸賞黜陟❹。

【章　旨】本節言（農耕時代）中國以農業為立國之本，朝廷鼓勵督促農耕，有各種獎勵懲罰措施；民眾致力於春種夏耘、秋收冬藏，按時納稅貢新。

【注　釋】❶治本于農兩句　謂中國以農立國，治國、治家的根本皆在農業，務必致力於春種夏耘、秋收冬藏的各種事項。治本，治國的根本措施。本，根本。務茲，致力於此。務，從事；致力。茲，此。代詞。稼穡，耕種和收穫。《詩・魏風・伐檀》：「不稼不穡，胡取禾三百廛兮？」稼，耕種；種植。穡，收穫穀物。❷俶載南畝兩句　意為春天到了，開始整理田地，種植穀物。俶載南畝，句出《詩・小雅・大田》：「俶載南畝，播厥百穀。」俶載，開始從事某種工作。後因《詩經》之句而指農事伊始。俶，開始；最初。載，事業；事情。

南畝，向陽的田地。我藝黍稷，種植黍和稷。句出《詩・小雅・楚茨》：「我藝黍稷，我黍與與，我稷翼翼。我倉既盈，我庾維億。」也含有詩中所表達的秋後豐收，穀物滿倉的意思，以引出下句「稅熟貢新」。藝，種植。黍稷，黍和稷。中國的主要農作物。穀物中有黏性的叫黍，無黏性的稱稷。也有說黍是穀子，稷是高粱。❸稅熟貢新　言秋天莊稼成熟，收穫之後，要向官府交納稅糧貢米。稅熟，收穫後，官府向農民徵收賦稅，或農民向官府交納賦稅。稅，徵收或交納賦稅。用作動詞。熟，農作物成熟；有收穫、收成。貢新，進貢新熟的穀物。貢，進貢；進獻方物於帝王。❹勸賞黜陟　意思是朝廷鼓勵督促農耕，考核各地的勸農官員，勤農守法者獎賞提升，懶惰有過者貶斥革職。勸，勸勉、鼓勵農耕。案：秦、漢設大農丞，唐、宋設勸農使，每至春夏農忙季節，巡行鄉間，勸課農桑。賞，獎賞。黜陟，官吏的進退升降。《書・舜典》：「三載考績，三考黜陟幽名，庶績咸熙。」黜，貶斥；廢除。陟，提升；進用。

【語譯】中國以農立國，治國、治家的根本皆在農業，務必致力於耕作、收藏的各種事項。春天到了，開始整理田地，種植穀物；秋天莊稼成熟，收穫之後，要向官府交納稅糧貢米。朝廷鼓勵督促農耕，考核各地的勸農官員，勤農守法者獎賞提升，懶惰有過者貶斥革職。

孟軻敦素，史魚秉直❶。庶幾中庸，勞謙謹敕❷。聆音察理，鑑貌辨色❸。貽厥嘉猷，勉其祗植❹。省躬譏誡，寵增抗極；殆辱近恥，林皐幸即❺。兩疏見機，解組誰逼。索居閑處，沉默寂寥❻。求古尋論，散慮逍遙。欣奏累遣，慼謝歡招❼。

【章　旨】中國文化在幾千年的發展中形成了十分豐富而獨到的人生理想、價值觀念、道德倫理、行為方式，從本節起轉入對這些問題的敘述。本節主要強調人生在世應注重修養身心，剛正不阿，保持勤勞、謙恭、謹慎、戒懼的美德；同時要能夠審時度勢，激流勇退，歸隱山林。

【注　釋】❶孟軻敦素兩句　意為立身處事，應當像孟子一般精純本色，如史魚那樣持正不阿。孟軻，孟子（約西元前三七二～前二八九年）。戰國時思想家。名軻，字子輿。鄒（今山東省鄒縣東南）人。受業於孔子孫子思的門人，精通五經。主張性善論，認為仁、義、禮、智是天賦道德意識，教人注重存心養性，深造自得；善養浩然之氣，則可「塞於天地之間」。他被認為是孔子學說的繼承者，有「亞聖」之稱。著有《孟子》，現存七篇。敦素，崇尚質樸無飾；注重本色。敦，注重；崇尚。素，質樸無飾；本色。史魚秉直，語本《論語・衛靈公》：「直哉史魚，邦有道如矢，邦無道如矢。」史魚，春秋時衛國大夫。名鰌，字子魚。一說史為官名。史官。衛國國君衛靈公親小人遠賢人，史魚屢屢勸諫而不聽，深以為恥，臨終遺言置屍窗下。衛靈公往弔，對這種不合喪禮的狀況十分奇怪，其子說明原因，衛靈公大為感動，遂從其意。後人因稱之為「尸諫」。西漢韓嬰《韓詩外傳》：「〔史魚〕生以身諫，死以尸諫，可謂直矣。」秉直，持正。秉，持；執。❷庶幾中庸兩句　言若能如此，那就接近中庸了；此外，還要保持勤勞、謙恭、謹慎、戒懼的美德。庶幾，差不多；近似。中庸，不偏為中，不易為庸。謂待人處事不偏不倚，無過無不及。《論語・雍也》：「中庸之為德也，其至矣乎。」勞謙，勤勞謙恭。《易・謙》：「勞謙，君子有終，吉。」謹敕，謹慎自飭。敕，戒懼。❸聆音察理兩句　謂聽人說話，要審析其中的道理是非；與人交往，應注意察言觀色，辨其邪正。聆音，聞聲；聽到聲音。察理，辨析事理。察，辨析；詳審。鑒貌辨色，觀察和辨識人的容貌神色。鑒，同「鑑」。照察；審辨。❹貽厥嘉猷兩句　意思是留傳給子孫好的榜樣法則，勸勉鼓勵他們恭慎正直、莊敬自強。貽厥，語出《書・五子之歌》：「明明我祖，萬邦之君，有典有則，貽厥子孫。」貽，留傳；遺留。猷，道；法則。勉，勸勉；鼓勵。祗，恭敬；敬慎。植，通「直」。❺省躬譏誡四句　意為聽到別人的譏諷嘲笑時要儆惕戒懼，反躬自省；榮耀恩寵增長到極限時必定離災禍、恥辱不遠了，故而應立即激流勇退，及時歸隱山林皋壤，或可幸免於難。省躬，反躬自省；自我反省。省，反省；檢討。躬，自身。譏，譏諷；譏刺。誡，儆戒；警敕。寵增抗極殆辱近恥兩句，用《老子》「禍兮福所倚，福兮禍所伏」意。寵，恩寵；榮耀。抗，同「亢」。高；昂。殆，近；接近。林皋，語出《莊子・知北遊》：「山林與！皋壤與！使我欣欣然而樂與！」後因以「林皋」指山林皋壤或樹林水岸。皋，水邊高地。幸即，希望去。幸，希望；期望。即，至；到；靠近。❻兩疏見機四句　言漢代的疏廣和疏受皆身居高位，但他們懂得禍福相倚之理，沒有任何人逼迫，看準時機便辭官回鄉，獨居山野，悠閒自在，甘於恬靜淡泊的歲月。兩疏，指西漢大臣疏廣與其侄疏受二人。《漢書・疏廣傳》載：疏廣，字仲翁。東海蘭陵（今山東蒼山西南）人。少好學，明《春秋》。家居教授，學者（前來求學者）自遠方至。徵為博士太中大夫。地節三年（西元前六七年），任太子太傅。疏廣的侄子受，字公子，亦以賢良舉為太子家令。受好禮恭謹，敏而有辭，漢宣帝拜太子少傅。二人皆為宣帝賞識，數受賞賜。在位五年，皇太子年十二，通《論語》、《孝經》。疏廣對疏受說：「吾聞：『知足不辱，知止不殆』；『功遂身退，天之道也』。今仕至二千石（已高官厚祿），宦成名立，如此不去，懼有後悔。豈如父子相隨出關，歸老故鄉，以壽命終，不亦善乎？」於是皆稱病乞骸骨。歸家後，家人勸他們將宣帝、太子所賜給的巨額黃金購買田宅，疏廣說：「子孫賢而多財，則損其志；愚而多財，則益其過。」把這些錢全部分給鄉黨宗族。後世以之作「功遂身退」的典故。機，通「幾」。先兆；徵兆；時機；機會。《易・繫辭下》：「幾者，動之微，吉凶之先見者也。君子見幾而作，不俟終日（不等到天黑）。」本句即用此意。解組，猶「解綬」、

「解印」。解下印綬。謂辭去官職。組，絲帶；古代佩印用的綬。誰逼，是誰逼迫的呢。以反問的形式強調沒有任何人逼迫。索居，獨居。《禮記．檀弓上》：「吾離群而索居，亦以久矣。」索，離散；孤獨。閑處，在家閒居。寂寥，恬靜；淡泊。❼求古尋論四句　謂在古聖先賢的文著中尋求人生的真諦和立身處事的準則，排遣憂愁，逍遙安適，日進於欣悅；杜絕驅逐所有的煩惱牽掛，得到一切歡快喜樂。求古尋論，在古聖先賢的文著中尋求為人處事的道理。散慮，排遣憂愁。散，解除；排遣。欣，歡樂；喜。奏，進。累，煩惱；掛繫。遣，驅之使去；使離開。慼，憂愁；悲傷。謝，消失；杜絕。歡，歡樂。招，引來；招來。

【語　譯】立身處事，應當像孟子一般精純本色，如史魚那樣持正不阿。若能如此，那就接近中庸了；此外，還要保持勤勞、謙恭、謹慎、戒懼的美德。聽人說話，要審析其中的道理是非；與人交往，應注意察言觀色，辨其邪正。留傳給子孫好的榜樣法則，勉勵他們恭慎正直、莊敬自強。聽到別人的譏諷嘲笑時要儆惕戒懼，反躬自省；榮耀恩寵增長到極限時必定離災禍、恥辱不遠了，故而應立即激流勇退，及時歸隱山林皋壤，或可幸免於難。漢代的疏廣和疏受皆身居高位，但他們懂得禍福相倚之理，沒有任何人逼迫，看準時機便辭官回鄉。獨居山野，悠閒自在，甘於恬靜淡泊的歲月。在古聖先賢的文著中尋求人生的真諦和為人處事的準則，排遣憂愁，逍遙安適，日進於欣悅，杜絕驅逐所有的煩惱牽掛，得到一切歡快喜樂。

渠荷的歷，園莽抽條❶。枇杷晚翠，梧桐蚤凋❷。陳根委翳，落葉飄搖❸。遊鵾獨運，凌摩絳霄❹。

【章　旨】本節承上節辭官歸隱而言，介紹鄉居生活中花紅柳綠、魚潛鳥翔的自然美景，四季更替、新陳代謝的勃勃生機；以及由此顯現出來的君子特立獨行、不與俗眾為伍的精神。

【注　釋】❶渠荷的歷兩句　謂池塘中的荷花鮮豔燦灼、光彩奪目，庭園裡的茂草抽條長枝，生機勃勃。渠荷的歷，池塘中的荷花鮮豔奪目。渠，水渠；池塘。的歷，光亮燦灼、鮮豔奪目貌。也作「的礪」、「的皪」。古詩文中常以之形容荷花。如唐朝王勃〈越州秋日宴山亭序〉：「參差夕樹，烟侵橘柚之園；的歷秋荷，月照芙蓉之水。」宋朝歐陽脩〈真州東園記〉：「芙蕖芰荷之的歷，幽蘭白芷之芬芳。」的，明亮；鮮明。園莽，庭園中茂盛的青草。莽，草；草叢。抽條，草木長出枝條。❷枇杷晚翠兩句　言歲暮嚴冬，枇杷樹依然青翠蔥蘢，而梧桐葉則早就凋零了。晚翠，至冬猶綠。晚，歲暮。蚤，通「早」。凋，凋零；凋謝。❸陳根委翳兩句　意思是草木陳腐的老根已經枯死，落葉飄搖，隨風飛舞。陳根，老樹根；草木陳腐的老根。委翳，萎謝；枯死。委，通「萎」。翳，通「殪」。樹木枯死，落葉飄搖。❹遊鵾獨運兩句　意思是鯤鵬展翅，獨自翱翔於天際，直上凌霄。句用《莊子・逍遙遊》「鵬之徙於南冥也，水擊三千里，摶扶搖而上者九萬里」句以及「蜩、學鳩和斥鴳滿足、自得於自己瑣屑的生活，而嘲笑譏諷鯤鵬」句的意思，含有君子特立獨行，不屑與俗眾為伍之意。鵾，同「鯤」。鯤鵬，傳說中的大鳥名。語本《莊子・逍遙遊》：「北冥有魚，其名為鯤，鯤之大，不知其幾千里也。化而為鳥，其名為鵬。鵬之背，不知其幾千里也。」鯤，後訛為「鵾」。常以「鯤鵬」比喻才能卓異、志向高遠的人。運，移動。指飛翔。凌摩，猶言接近、迫近。凌，升；登上。摩，迫近；接觸。絳霄，指天空極高處。天之色本為蒼青，之所以稱「丹霄」、「絳霄」、「赤霄」者，是因為古人觀天象以北極為基準，仰首所見者皆在北極之南，故借南方之色以為喻。見明朝王逵《蠡海錄・天文類》。

【語　譯】池塘中的荷花鮮豔燦灼、光彩奪目，庭園裡的茂草抽條長枝，生機勃勃。歲暮嚴冬，枇杷樹依然青翠蔥蘢，而梧桐葉則早就凋零了；草木陳腐的老根已經枯死，落葉飄搖，隨風飛舞。鯤鵬展翅，獨自翱翔於天際，直上凌霄。

耽讀玩市，寓目囊箱❶。易輶攸畏，屬耳垣牆❷。具膳餐飯，適口充腸。飽飫烹宰，飢厭糟糠❸。親戚故舊，老少異糧❹。妾御績紡，侍巾帷房❺。紈扇圓潔，銀燭煒煌。晝眠夕寐，藍筍象床❻。弦歌酒讌，接杯舉觴。矯手頓足，悅豫且康❼。嫡後嗣續，祭祀烝嘗。稽顙再拜，悚懼恐惶❽。箋牒簡要，顧答審詳❾。骸垢想浴，執熱願涼❿。驢騾犢特，駭躍超驤⓫。誅斬賊盜，捕獲叛亡⓬。

【章旨】本節承上節，從居家的環境轉入日常生活，描述讀書問道、飲食起居、待人接物、賓朋歡聚、祭祀承宗等諸方面以及所應具備的禮節和注意事項。

【注釋】❶耽讀玩市兩句　謂求學問道者，要像東漢王充那樣刻苦勤奮，沉醉於讀書，即便在熱鬧繁華的街市上，眼中所見也惟有箱囊中貯藏的書籍。句用東漢學者王充少時在書肆苦讀，後來成為著名學者之典。《後漢書・王充傳》載：「充少孤（喪父），鄉里稱孝。後到京師，受業太學，師事扶風班彪。好博覽，而不守章句。

家貧無書，常遊於洛陽市肆，閱所賣書，一見輒能誦記（過目不忘），遂博通眾流百家之言……著《論衡》八十五篇。」耽讀，酷愛讀書；沉醉於讀書。耽，愛好；迷戀。玩，研討；反覆體會。市，鬧市；市場。寓目，猶過目。觀看。囊、箱，指裝書的袋子和箱子。❷易輶攸畏兩句　意思是說話要小心謹慎，即便談論微不足道的事情也應戒懼，防備隔牆有耳，會惹麻煩。語本《詩・小雅・小弁》：「君子無易由言，耳屬於垣。」易，輕易；輕率。輶，輕；易。文中有不足道的小事之意。攸，所。助詞。畏，害怕；擔心。屬耳垣牆，把耳朵貼在牆上。意思是牆外有人偷聽。比喻秘密容易外洩。後常作「隔牆有耳」。參見本書頁一五一「壁有縫，牆有耳」兩句及其注釋。屬耳，以耳觸物。常謂偷聽。屬，接觸。垣牆，院牆；圍牆。垣，矮牆。❸具膳餐飯四句　言家中準備飯菜，只要口味合適，能夠吃飽就行，不可過分講究，奢侈浪費。實際上，酒足飯飽後即使是山珍海味也會生厭；飢腸轆轆時吃糠嚥菜亦覺滿足。具膳，準備飯菜。具，辦。適口，適合自己的口味。充腸，猶「充飢」。吃飽肚子。飫，飽食。文中有吃得很飽而厭之意。烹宰，宰殺、烹煮牲畜。指代雞鴨魚肉、山珍海味等食品。厭，吃飽；滿足。糟糠，酒渣、穀皮之類的粗劣食物，貧者以之充飢。❹親戚故舊兩句　意為親朋好友來做客當以禮相待，款待老者和孩子要用不同的食品。故舊，舊交；老友。異糧，不同的食品。案：中國傳統倫理強調上下尊卑、長幼有別，加之老人和孩子的飲食需求不同（如老人要軟、熱，孩子則可能想要脆、涼），故而以不同的食物款待長者與幼者。❺妾御績紡兩句　謂婦女紡紗織布，操持家務，侍奉丈夫的飲食起居。妾御績紡，婦女在家中紡紗織布。案：農耕時代男耕女織，上文說男子春種秋藏，納糧貢新，此處言婦女紡紗織布，操持家務。妾，小妻；側室。也用作舊時女子自稱的謙辭。文中泛指婦女。御，從事。績紡，把絲麻等纖維紡成紗或線。古代紡指紡絲，績指緝麻（把麻析成細縷撚接起來）。案：在棉花引進中國之前，達官貴人穿絲綢，平民百姓穿麻葛衣服。績麻是織麻布前所必須的工作。《詩經》中已有記載。《詩・陳風・東門之枌》：「不績其麻，市也婆娑。」侍巾，侍奉夫君的飲食起居。巾，手巾之類的生活用具。帷房，內室；閨房。帷，帳、幔之類有間隔、遮蔽作用的懸垂的布帛製品。❻紈扇圓潔四句　意思是圓形的絹扇潔白素雅，銀白色的燭光輝煌耀眼。白天躺在青色的竹席上休息，夜晚安臥於象牙床上睡眠。紈扇，白色細絹製成的團扇。紈，白色細絹。銀燭，銀白色的蠟燭。亦形容燭光的明亮。煒煌，猶輝煌。煒，同「輝」。光；光輝。晝，白天。寐，睡；入睡。藍筍，青色的竹席。筍，亦作「筠」。嫩竹的青皮；篾青。柔韌性好，可製席。文中即指筍席，嫩竹青編成的席子。《書・顧命》：「西夾南嚮，敷重筍席。」象床，以象牙鑲嵌裝飾的床。

❼弦歌酒讌四句　謂在有樂隊、歌舞助興的酒宴上，親友賓客高舉酒杯，一杯接一杯開懷暢飲，直喝得手舞足蹈，興高采烈。弦歌，奏樂歌唱。弦，弦樂器。文中指奏樂。讌，同「宴」。酒席；酒宴。接杯，一杯接著一杯。接，連續；持續不斷。舉觴，舉杯。觴，古代盛酒器。矯手頓足，手舞足蹈。矯手，舉手。矯，高舉。頓足，以腳跺地。多形容情緒激昂或極其悲傷。悅豫，亦作「悅悆」。喜悅；愉快。康，安樂；安寧。

❽嫡後嗣續四句　意思是子子孫孫世代繁衍，嫡長子承祖父之宗，有四時祭祀之責：春祠、夏礿、秋嘗、冬烝；在舉行祭禮時，深懷敬畏恭謹之心，叩頭至地，拜了再拜，一片赤忱。嫡後，正妻所生之子。即嫡子。嗣續，子孫世代繼承；子孫繁衍。《國語・晉語》：「嗣續其祖，如穀之滋。」韋昭注：「言子孫將繼續其先祖，如穀之蕃滋。」祭祀，祀神供祖的儀式。祭，以物供奉神鬼祖先的通稱。祀，古代對鬼神、先祖所舉行的祭禮。烝、嘗，皆古代宗廟四時祭祀的祭名。《禮記・王制》：「天子諸侯宗廟之祭，春曰礿，夏曰禘，秋曰嘗，冬曰烝。」案：這是夏、商時期的祭名，周朝改為春曰祠，夏曰礿。文中僅言烝、嘗，而未言祠、礿，是省略以合韻。西漢董仲舒《春秋繁露・四祭》：「四祭者，因四時之所生孰，而祭其先祖父母也……祠者，以正月始食韭也；礿者，以四月食麥也；嘗者，以七月嘗黍稷也；蒸（烝）者，以十月初進稻也。」稽顙再拜，亦作「稽首再拜」。古代行稽首禮後，又先後拜兩次，表示禮節隆重。稽顙，古代的一種跪拜禮，屈膝下拜，以額觸地，表示極度的虔誠，是九拜中最恭敬者。稽，叩頭至地。顙，額。悚、懼、恐、惶，皆有恐懼害怕、戰戰兢兢之意。極言其深懷敬畏，一片赤誠，惟恐疏忽的情狀。

❾箋牒簡要兩句　言書信、公文要寫得簡明扼要，回答問題應詳細準確。箋、牒，狹條形小竹片和木片。古時無紙，以此書寫。後用以稱書札、奏記之類的公、私文體。顧答，回答。顧，回視；看。審詳，詳細；仔細。審，詳

究；細察。❿骸垢想浴兩句　意為人的本性都是相同的，身上有了污垢就想洗澡，拿著燙手的東西就希望它趕快冷卻。語本《詩・大雅・桑柔》：「誰能執熱，逝不以濯（洗）。」骸，形骸。指身體。垢，污垢；污穢。浴，洗澡。執熱，拿著燙手的東西。再，另一種解釋謂：執熱，苦熱。暑熱難熬，大汗淋漓，任何人都想洗澡潔體，以求涼快。⓫驢騾犢特兩句　謂家中牲畜滿圈，驢騾成群，牛犢馬駒歡騰跳躍，駿馬馳騁，大地震撼。《禮記・曲禮》：「問庶人之富，數畜以對。」本句即用此意。表示家境富足，衣食無憂。犢，小牛。特，牡牛。即公牛。駭，馬受驚；驚駭。文中有馬群奔馳騰躍，驚天動地之意。超驤，騰躍而前貌。漢朝張衡〈思玄賦〉：「僕夫儼其正策兮，八乘騰而超驤。」驤，奔馳；騰躍。⓬誅斬賊盜兩句　意思是為保鄉里太平安寧，應當時時防範，懲罰殺戮竊賊強盜，抓獲背叛逃亡者。誅，懲罰；殺戮。斬，殺。叛亡，背叛逃亡。

【語　譯】求學問道者，要像東漢王充那樣刻苦勤奮，沉醉於讀書，即便在熱鬧繁華的街市上，眼中所見也惟有箱囊中的書籍。說話小心謹慎，哪怕談論微不足道的事情也應戒懼，防備隔牆有耳，會惹麻煩。家中準備飯菜，只要口味合適，能夠吃飽就行，不可過分講究，奢侈浪費。實際上，酒足飯飽後即使是山珍海味也會生厭；飢腸轆轆時吃糠嚥菜亦覺滿足。親朋好友來做客當以禮相待，款待老者和孩子要用不同的食品。婦女紡紗織布，操持家務，侍奉丈夫的飲食起居。圓形的絹扇潔白素雅，銀色的燭光輝煌耀眼。白天躺在青色的竹席上休息，夜晚安臥於象牙床上睡覺。在有樂隊、歌舞助興的酒宴上，親朋好友高舉酒杯，一杯接著一杯開懷暢飲，直喝得手舞足蹈，興高采烈。子子孫孫世代繁衍，嫡長子承祖父之宗，有四時祭祀之責：春祠、夏礿、秋嘗、冬烝。在舉行祭禮時，深懷敬畏恭謹之心，叩頭至地，拜了再拜，一片赤忱。書信、公文要寫得簡明扼要，回答問題應詳細準確。人的本性都是相同的，身上有了污垢就想洗澡，拿著燙手的東西就希望它趕快冷卻。家中牲畜滿圈，驢騾成群，牛犢馬駒歡騰跳躍，駿馬馳騁，震撼大地。為保鄉里太平安寧，應當時時防範，懲罰殺戮竊賊強盜，抓獲背叛逃亡者。

布射遼丸，嵇琴阮嘯❶。恬筆倫紙，鈞巧任釣❷。釋紛利俗，并皆佳妙❸。毛施淑姿，工顰妍笑❹。

【章　旨】本節介紹歷史上一些著名的能工巧匠和有特殊才能的人。他們的發明創造減少了勞作的苦累麻煩，給百姓帶來了便利和功效，是值得稱讚的良善行為。

【注　釋】❶布射遼丸兩句　謂呂布箭術出眾，熊宜遼擅長弄丸。嵇康琴藝超群，阮籍善於長嘯。布射，呂布善於射箭。布，呂布（?～西元一九八年）。東漢末五原九原（今內蒙古包頭市西北）人，字奉先。善弓馬，時稱「飛將」。初追隨并州刺史丁原，繼而殺丁原歸董卓，又與王允合謀殺董卓。任奮威將軍，封溫侯。此後割據徐州（今山東省南部、江蘇省北部）。建安三年（西元一九八年），在下邳（今江蘇省睢寧縣西北）為曹操所敗，被擒殺。《三國志・魏志・呂布傳》載：東漢末年，劉備與袁術相攻，劉備的兵力不及袁術。呂布為他們從中調解。他令人在營門中舉一支戟，言：「諸君觀布射戟小支，一發中者，諸君當解去；不中，可留決鬥。」布舉弓射戟，正中小支。諸將皆驚，言：「將軍天威也。」明日復歡會，然後各罷（雙方偃旗息鼓）。射，射箭。戟，古代兵器名。合戈、矛為一體，略似戈，兼有戈之橫擊、矛之直刺的兩種作用，殺傷力比戈、矛為強。遼丸，熊宜遼擅長弄丸。遼，熊宜遼。《左傳》哀公十六年和《莊子》「遼」作「僚」。《莊子・徐无鬼》：「市南宜僚弄丸，而兩家之難解。」據成玄英、羅勉道等人疏：熊宜遼是春秋時楚國勇士，居於市南，因號市南子。善弄丸鈴，常一個在手，八個在空中。楚國大夫白公勝欲作亂。聽說熊宜遼很有才幹，能敵五百人，派人去找他，「宜遼正上下弄丸而戲，不與使者言。使者以劍擊，宜遼並不驚懼，既不從命，也不言它。」弄丸，一種技藝。兩手上下拋接許多彈丸，不使落地。嵇琴，嵇康擅長彈琴。嵇，嵇康（西元二二四～二六三年），三國魏文學家。本姓奚，會稽人。先人為避怨，移家於譙郡銍（今安徽省宿縣西南）嵇山之側，因以為姓。字叔夜，官中散大夫，世稱嵇中散。為竹林七賢之一。丰姿俊逸，不自藻飾。其高情遠趣，率然玄遠。善談理，崇尚老莊。博學多才，善文能詩，風格清峻；亦善鼓琴，以彈〈廣陵散〉著名，聲調絕倫。因不滿當時執掌政權的司馬氏集團，遭人構陷，為司馬昭所殺。臨刑前取琴奏〈廣陵散〉，彈畢說：「〈廣陵散〉於今絕矣！」見《晉書・嵇康傳》。有《嵇中散集》。阮嘯，阮籍善於長嘯。阮，阮籍（西元二一〇～二六三年），三國時陳留尉氏縣（今屬河南省）人，字嗣宗。阮瑀子。官至步兵校尉，世稱阮步兵。志氣宏放，傲然獨德，善彈琴，能長嘯，博覽群書，尤好老莊。蔑視禮教，嘗以「白眼」看待「禮俗之士」。以生活於魏晉易代之際，不滿現實，故縱酒談玄，曠達不羈；後期則「口不臧否人物」，以此自保。能詩善文，與嵇康齊名，為竹林七賢之一。原有集，已散佚。後人輯有《阮嗣宗集》。史載，阮籍善於長嘯，嘯聲洪亮悠長。南朝宋國劉義慶《世說新語・棲逸》：「阮步兵嘯聞數百步。」其家鄉有嘯臺，又名阮公嘯臺（在今河南省尉氏縣東南）。❷恬筆倫紙兩句　言蒙恬首先製筆，蔡倫發明造紙。馬鈞心靈手巧，精於設計製造；任公子喜愛垂釣，曾經釣上大魚。恬筆，蒙恬首創製筆。恬，蒙恬（？～西元前二一〇年），秦名將。祖先是齊國人，自其祖父蒙驁起世代為秦將。曾從王翦將兵攻齊，大破之，拜為內史。秦統一六國後，率三十萬大軍擊退匈奴，收復河南（今內蒙古河套一帶），並修築長城，守衛數年，匈奴不敢進犯。後為秦二世所迫，自殺。傳說他最先製作毛筆。唐朝韓愈〈毛穎傳〉以擬人的手法為毛筆作傳，謂：「蒙恬伐中山，圍毛氏族（兔子），拔其豪，載穎而歸。」《博物志》云：「蒙恬造筆。」案：此說不確。從考古出土的實物看，戰國末年已有毛筆。蒙恬可能改善了毛筆的製作方法。倫紙，蔡倫造紙。倫，蔡倫（？～西元一二一年）。東漢桂陽（治所在今湖南省郴縣）人。字敬仲。宦官。和帝時為中常侍，曾任主管製造御用器物的尚方令，封龍亭侯。他總結了西漢以來用麻質纖維造紙的經驗，改進造紙術，採用樹皮、麻頭、破布等為原料造紙，於元興元年（西元一〇五年）奏報朝廷。時有「蔡侯紙」之稱。見《後漢書・宦者傳・蔡倫》。後世傳為紙的發明人。鈞巧，馬鈞巧思絕世，擅長製作。鈞，馬鈞。一作馬均。三國扶風（治所在今陝西省興平縣東南）人，字德衡。任魏國博士。曾改進綾機，提高了生產效率。後為給事中。奉魏明帝命，製作「指南車」（一作「司南車」）和「水轉百戲」（以大木雕為輪，用水力推動）。又於家作「翻車」（龍骨水車，至今部分鄉村仍在使用），可連續灌溉，輕便省力，兒童亦可運轉。他改進諸葛亮所造「連弩」，功效提高五倍；又改當時的「發石車」為輪轉，能連續發石，遠達數百步。相傳還曾製造過木人，能跳舞，與真人無異。時人稱讚他「巧思絕世」。任釣，任公子曾經釣得大魚。任，任公子。古代傳說中善於釣魚的人。也稱任公、任父。典出《莊子・外物》：任公子做了個巨大的釣鉤，以五十頭牛為魚餌，蹲在會稽山上，投竿於東海，整整一年都沒有釣著。忽然有大魚吞餌，牽動大鉤沉入水中，大魚翻滾，白浪滔天，聲如鬼神，震驚千里。任公子釣得後，製成鹹魚，從浙江到廣東一帶的人都飽食了此魚。成玄英疏：「任，國名。任國的公子。」後世常以之入詩詞。如《文選・七里瀨》：「目覩嚴子瀨，想屬任公釣。」❸釋紛利俗兩句　意思是先人所作的各項發明創造，減少了勞作的苦累麻煩，給百姓帶來了便利和功效，全都是值得稱讚的良善行為。釋紛，解除麻煩、勞累。釋，消除；解除。紛，交錯；雜亂。文中有麻煩、不便之意。利俗，給百姓帶來便利、功效。俗，世俗；俗眾。指平民百姓、大眾。佳妙，美妙；值得稱道的良善行為。佳，讚贊；讚賞。❹毛施淑姿兩句　意為毛嬙、西施體態優雅，姿容美麗，無論是皺眉憂愁還是開顏歡笑，都豔麗動人。毛，毛嬙。施，西施。皆古代著名的美女。淑姿，優美的體態；美好的姿容。淑，美；善；美好。姿，姿態；姿容。工，擅長；善於。顰，皺眉。此指西施因「病心」（心口疼）而愁眉苦臉。事見《莊子・天運》。妍，美麗；聰慧。

【語　譯】呂布箭術出眾，熊宜遼擅長弄丸。嵇康琴藝超群，阮籍善於長嘯。蒙恬首先制筆，蔡倫發明造紙；馬鈞巧思絕世，精於設計製造；任公子喜愛垂釣，曾經釣上大魚。先人所作的各項發明創造，減少了勞作的苦累麻煩，給百姓帶來了便利和功效，全都是值得稱讚的良善行為。毛嬙、西施體態優雅，姿容美麗，無論是皺眉憂愁還是開顏歡笑，都豔麗動人。

年矢每催❶，曦暉朗曜❷。璇璣懸斡❸，晦魄環照❹。指薪修祜，永綏吉劭❺。矩步引領，俯仰廊廟❻。束帶矜莊，徘徊瞻眺❼。孤陋寡聞，愚蒙等誚❽。

【章　旨】本節是對君子修身養性的概要總結。謂儘管歲月無情、時光飛逝，但只要世世修養身心、行善積德，學問、事業代代相承，就可以長久平安，永享大福；無論身在何處，言行舉止皆一絲不苟，儀表神態莊敬恭謹，俯仰之間堂堂正正，無愧於天地尊親。

【注　釋】❶年矢每催　意思是漏矢不停地移動，頻頻告誡人們：時光飛逝而去。年矢，有二解：一是抽象的，謂時光如箭，飛速逝去；一是具體的，謂漏矢不停地移動，告訴人們時光飛逝而去。矢，箭。也可以指「漏矢」。文中作「漏壺」——中國古代利用滴水多寡來計量時間的一種計時器——解。漏壺又稱「更漏」、「漏刻」。是一種壺底有孔的壺。壺中插一標竿，稱作浮箭或漏矢，矢上刻有度數，下用一只箭舟托著，浮在水面上。當水一滴一滴從小孔中流出時，水平面的變化由矢上的刻度顯示出來，藉以指示時間。《後漢書・律曆志下》：「孔壺為漏，浮箭為刻。」中國在周朝已有漏壺。此後為了提高水流速度的穩定性，逐漸增加一只或幾只漏壺，形成多級漏壺，使時間顯示更準確。每催，常常催促；一次又一次地催促。每，常常；頻頻；屢次。❷曦暉朗曜　言燦爛的陽光照耀著大地。曦，太陽；陽光。暉，通「暈」。日光。朗曜，亦作「朗耀」。光芒閃耀；光明照耀。朗，明亮。曜，明亮；光輝；照耀。❸璇璣懸斡　意為璇璣運轉，測四時天象。璇璣，亦作「琁璣」、「璿璣」。有二解：一是古代觀測天象的儀器中能運轉的部分，亦指整個測天儀器。《書・舜典》：「在璿璣玉衡，以齊七政。」孔穎達疏引馬融曰：「渾天儀，可旋轉，故曰璣；衡，其橫簫，所以視星宿也。以璿為璣，以玉為衡，蓋貴天象也。」一是指北斗的前四星，亦泛指北斗。地球繞太陽旋轉，北斗的斗柄因此在不同的時間指向不同的方位，好像北斗在旋轉。故本句也可解為「北斗星高懸空中，四季旋轉」。懸，高掛在空中。斡，旋轉。❹晦魄環照　謂夜晚月有盈缺變化，循環不已。晦魄，夜月。晦，農曆每月的最後一天。也指晚上、夜。魄，通「霸」。月初出或將沒時的微光。文中指月亮。❺指薪修祜兩句　意思是儘管歲月無情，老之將至，但只要世世修養身心、行善積德，學問、事業代代相承，就可以長久平安，永享大福。《禮記・禮運》：「以正君臣，以篤父子，以睦兄弟，以齊上下，夫婦有所，是謂承天之祜。」本句即用此意。指薪，學問、德行、事業代代相傳。典出《莊子・養生主》：「指窮於為薪，火傳也，不知其盡也。」謂不斷往火上添薪，前薪燃盡，後薪以續，前後相續，所以火永遠不滅。後世因以「薪盡火傳」比喻學問、事業等代代相承。薪，柴。修祜，謂修養身心，行善積德，可得大福。修，修養；培養。文中有修養身心，行善積德之意。祜，福。永綏，長久平安。綏，安。吉劭，吉祥美好。劭，美好。❻矩步引領兩句　言無論身在廟堂還是日常家居，言行舉止都要一絲不苟，端正莊重；俯仰之間堂堂正正，無愧天地。矩步，端莊合度的行步姿態。形容舉動合乎規矩，一絲不苟。引領，挺直脖子。語本《孟子・梁惠王上》：「如有不嗜殺人者，則天下之民皆引領而望之矣。」引，伸著（頸項）。領，頸。俯仰廊廟，日常生活中舉止行為亦應端正莊重，如同在朝廷上和宗廟中一樣。本句亦含有《孟子・盡心上》

「仰不愧於天，俯不怍於人」之意。即立身端正，上對天，下對人，都問心無愧。俯仰，低頭和抬頭。推而廣之，指一舉一動、舉動、舉止。廊廟，殿堂周圍的屋子和太廟。指朝廷。廟，亦指祭祀祖先、神靈的宗廟、神廟。❼束帶矜莊兩句　意為無論是安步徐行還是登高遠眺，都應該衣冠整潔，儀表神態莊敬恭謹。束帶，整飾衣服。是一種向人表示恭敬和尊重的姿態。《論語・公冶長》：「束帶立於朝，可使與賓客言也。」矜莊，嚴肅莊敬。矜，謹守；慎重。徘徊，安行貌；徐行貌。瞻眺，遠望；觀看。瞻，看；望。眺，從高處遠望。❽孤陋寡聞兩句　謂即便鄉居，仍要多與有學識德行的友人交往，否則孤陋寡聞，學識淺薄，就與那些愚昧無知者一樣，遭人譏誚嘲笑。孤陋寡聞，學識淺薄；見聞不廣。語出《禮記・學記》：「獨學而無友，則孤陋而寡聞。」本句亦用此意。愚蒙，愚昧無知的人。等誚，相類似的譏誚嘲笑。等，等同；一樣；類似。誚，譏誚；嘲笑。

【語　譯】漏矢不停地移動，頻頻告誡人們：時光飛逝而去；璇璣運轉，測四時天象變化。白天陽光燦爛，照耀大地；夜晚月盈月缺，循環不已。儘管歲月無情，老之將至，但只要世世修養身心、行善積德，學問、事業代代相承，就可以長久平安，永享大福。無論是身在廟堂還是日常家居，無論是安步徐行還是登高遠眺，都應該衣冠整潔，言行舉止一絲不苟，儀表神態莊敬恭謹；俯仰之間堂堂正正，無愧於天地尊親。即便鄉居，仍要多與有學識德行的友人交往，否則孤陋寡聞，學識淺薄，就與那些愚昧無知者一樣，遭人譏誚嘲笑。

謂語助者，焉哉乎也❶。

【章　旨】本節是全文的結束，周興嗣巧妙地把幾個不易寫入正文的語助詞安放於此。

【注 釋】❶謂語助者兩句 意思是稱之為語助詞的，有焉、哉、乎、也等詞。語助，語助詞。在語言中專門表示各種語氣的助詞。一般位於句末或句中停頓之處，也稱語氣詞。古代常用「也」、「矣（已）」、「耳」、「爾」、「焉」等表示陳述語氣；用「乎」、「歟（與）」、「邪（耶）」等表示疑問語氣；用「哉」、「乎」、「矣（已）」、「夫」、「噫」等表示感嘆語氣；用「矣」、「乎」、「歟」、「也」等表示祈使語氣；放在句中表示語氣停頓的有「也」、「乎」、「焉」等。此外「蓋」、「夫」等字放在句首，則為音節助詞（習稱「發語詞」），這類詞並無實際意義，只有舒緩語氣、引出下文的作用。古漢語中，「也」、「矣（已）」、「夫」、「乎」、「歟（與）」等詞的使用頻率相當高且十分靈活，其確切含義和在句中的作用應當根據上下文來判斷，不可一概而論。為了細緻確切地表達語氣，有時還會疊用兩個甚至三個語氣助詞。如北宋・王安石〈許君墓誌銘〉：「噫！其可哀也已！」現代漢語則常用「的」、「嗎」、「呢」、「麼」、「吧」、「啊」、「了」等表示語氣。

【語 譯】在語言中用以表示各種語氣的助詞，有焉、哉、乎、也等等，稱之為語助詞。

新譯李商隱詩選
新譯范文正公選集
新譯蘇洵文選
新譯蘇軾文選
新譯蘇軾詞選
新譯蘇轍文選
新譯曾鞏文選
新譯王安石文選
新譯唐宋八大家文選
新譯柳永詞集
新譯李清照集
新譯辛棄疾詞選
新譯陸游詩文選
新譯歸有光文選
新譯唐順之詩文選
新譯徐渭詩文選
新譯薑齋文集
新譯顧亭林文集
新譯納蘭性德詞
新譯方苞文選
新譯鄭板橋集
新譯袁枚詩文選
新譯李慈銘詩文選
新譯聊齋誌異選
新譯閱微草堂筆記
新譯浮生六記
新譯弘一大師詩詞全編

教育類

新譯爾雅讀本
新譯顏氏家訓
新譯聰訓齋語
新譯曾文正公家書
新譯三字經
新譯百家姓
新譯幼學瓊林
新譯增廣賢文・千字文
新譯格言聯璧

歷史類

新譯史記
新譯漢書
新譯後漢書
新譯三國志
新譯資治通鑑
新譯史記——名篇精選
新譯尚書讀本
新譯周禮讀本
新譯逸周書
新譯左傳讀本
新譯公羊傳
新譯穀梁傳
新譯春秋穀梁傳
新譯戰國策
新譯國語讀本
新譯說苑讀本
新譯新序讀本
新譯吳越春秋
新譯西京雜記
新譯列女傳
新譯越絕書
新譯燕丹子
新譯東萊博議
新譯唐六典
新譯唐摭言

宗教類

新譯金剛經
新譯高僧傳
新譯碧巖集
新譯百喻經
新譯楞嚴經
新譯梵網經
新譯圓覺經
新譯法句經
新譯六祖壇經
新譯禪林寶訓
新譯維摩詰經
新譯經律異相
新譯阿彌陀經
新譯無量壽經
新譯妙法蓮華經
新譯景德傳燈錄
新譯大乘起信論
新譯釋禪波羅蜜
新譯八識規矩頌
新譯永嘉大師證道歌
新譯華嚴經入法界品
新譯地藏菩薩本願經
新譯悟真篇
新譯无能子
新譯坐忘論
新譯列仙傳
新譯抱朴子
新譯神仙傳
新譯性命圭旨
新譯老子想爾注
新譯周易參同契
新譯道門觀心經
新譯養性延命錄
新譯樂育堂語錄
新譯沖虛至德真經
新譯長春真人西遊記
新譯黃庭經・陰符經

地志類

新譯山海經
新譯水經注
新譯佛國記
新譯大唐西域記
新譯洛陽伽藍記
新譯徐霞客遊記
新譯東京夢華錄

政事類

新譯商君書
新譯鹽鐵論
新譯貞觀政要

軍事類

新譯孫子讀本
新譯司馬法
新譯尉繚子
新譯三略讀本
新譯六韜讀本
新譯吳子讀本
新譯李衛公問對

◎新譯百家姓

馬自毅、顧宏義／注譯

《百家姓》是影響、流傳最為廣泛的一種有關姓氏知識的民間啟蒙讀物。本書以近代廣為流行的《百家姓》為依據，並參校明、清數種相關版本，著錄中華五百零四個主要姓氏。每個姓氏皆標讀音，詳考其歷史來源，收載相關郡望，檢列著名人物，蒐羅流傳較廣、影響較大的姓氏楹聯，並簡要注釋。書後還附有《百家姓》未收之較常見姓氏一百三十七個，以及音序索引，閱讀使用，非常方便。

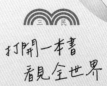